USURPATION D'IDENTITÉ

DES MÊMES AUTEURS

AUX ÉDITIONS DENOËL

Celle qui n'était plus...,
dont H. G. Clouzot a tiré son film: Les Diaboliques.
Les Louves, *porté à l'écran par Luis Saslavsky.*
D'entre les morts,
dont A. Hitchcock a tiré son film: Sueurs Froides.
Le Mauvais Œil.
Les visages de l'ombre, *porté à l'écran par David Easy.*
A cœur perdu
dont Étienne Périer a tiré son film: Meurtre en 45 tours.
Les Magiciennes, *porté à l'écran par Serge Friedman.*
L'ingénieur aimait trop les chiffres
Maléfices, *porté à l'écran par Henri Decoin.*
Maldonne, *porté à l'écran par Sergio Gobbi.*
Les victimes
Le Train Bleu s'arrête treize fois *(Nouvelles).*
... Et mon tout est un homme *(Prix de l'Humour Noir 1965).*
La mort a dit peut-être
La porte du large
réalisé à la Télévision par Pierre Badel
Delirium
Les veufs
La vie en miettes
Manigances *(Nouvelles).*
Opération Primevère *(Téléfilm).*
Frère Judas
La tenaille
La lèpre
L'âge bête *(Téléfilm).*
Carte Vermeil

À LA LIBRAIRIE DES CHAMPS-ÉLYSÉES

Le secret d'Eunerville
La Poudrière
Le second visage d'Arsène Lupin
La justice d'Arsène lupin

AUX PRESSES UNIVERSITAIRES

Le roman policier
(Coll. Que sais-je?)

AUX ÉDITIONS PAYOT

Le roman policier *(épuisé).*

AUX ÉDITIONS HATIER — G.-T. RAGEOT

Sans Atout et le cheval fantôme
Sans Atout contre l'homme à la dague
Les Pistolets de Sans Atout
romans policiers pour la jeunesse

BOILEAU - NARCEJAC

USURPATION D'IDENTITÉ

Hachette
littérature

A notre ami San Antonio,
l'inimitable.

La plupart des nouvelles qui figurent dans ce recueil ont éte écrites il y a bien longtemps. Je débutais. Je me cherchais Apprenti, j'étais tenté d'imiter tel ou tel. Aussi, pour en finir tout de suite avec des influences paralysantes, je résolus de les subir toutes à la fois. C'est pourquoi je m'exerçai à composer de courtes histoires qui, en vérité, ne sont ni des pastiches ni des « à la manière de ». Rien, ici, d'apprêté ni de laborieux ; rien de littéraire ni d'impertinent. Seul comptait pour moi le plaisir d'inventer et d'écrire sous un déguisement sans cesse renouvelé. Je m'amusais comme un enfant à me grimer, en prenant pour modèles les meilleurs auteurs, naturellement, mais sans songer le moins du monde à établir un palmarès.

Et puis je rencontrai Pierre Boileau et, récemment, il nous parut plaisant de reprendre ces textes oubliés et d'ajouter à l'ancien ouvrage quelques nouvelles destinées à le rajeunir. Boileau me souffla quelques idées, concernant notamment Dominique, Exbrayat et Irish. C'est pourquoi j'estime que, malgré ses protestations, son nom doit figurer à côté du mien. Aujourd'hui je suis le meneur de jeu. Demain ce sera son tour. Quelle importance ? Pourvu qu'on lise un Boileau-Narcejac.

THOMAS NARCEJAC

LE MYSTÈRE DE NIGHTINGALE MANSION

A la manière de Sir A. Conan Doyle

L'année 1889 fut particulièrement fertile en crimes dont la plupart ont illustré le nom pourtant célèbre de Sherlock Holmès. En consultant mes notes, je relève au hasard l'affaire O'Sullivan, l'affaire Randall ou bien encore la fameuse aventure du capitaine Godchaw où mon ami aurait infailliblement péri s'il n'avait su interpréter à temps le symbole des quatre de trèfle. Mais je ne connais pas de plus étrange affaire que celle que j'ai l'intention de mettre aujourd'hui sous les yeux de mes lecteurs et que les journaux de l'époque appelèrent le « Mystère de Nightingale Mansion ».

Ma jeune femme ayant dû s'absenter quelques jours pour entrer en possession d'un petit héritage, j'éprouvai l'irrésistible envie de rendre visite à Sherlock Holmès que j'avais un peu négligé, durant quelques semaines. Avant même de sonner chez mon ami, j'aperçus sa maigre silhouette qui passait et repassait derrière les rideaux de son logis de Baker Street où tant d'affaires tragiques avaient déjà reçu leur dénouement. Il se faisait tard et je me reprochai de déranger Sherlock Holmès en plein travail, mais la curiosité l'emporta sur les scrupules et je pénétrai chez Holmès qui parut très content de me voir, je veux dire qu'il poussa un grognement, me désigna un fauteuil et bourra minutieusement une petite pipe de terre noire tout en me regardant attentivement. J'étais habitué à ces façons et j'attendis en souriant que mon ami eût terminé son examen. Ce ne fut d'ailleurs pas très long.

— Mon cher Watson, dit Sherlock Holmès, la révolte

n'aura pas de suite et l'ordre sera rétabli avant la fin de la semaine! Le capitaine avec qui vous avez causé près de la gare de Paddington est mal renseigné!

Je sursautai! Comment ce diable d'homme avait-il pu deviner les pensées que je roulais dans ma tête en venant chez lui? Des troubles venaient d'éclater au Pendjab, une garnison avait été massacrée et l'on parlait déjà d'un soulèvement général analogue à celui des Cipayes. Depuis ma campagne en Afghanistan, je connaissais bien l'indigène et, naturellement, je redoutais les suites d'une révolte pour mon pays et aussi pour mes vieux compagnons de Lahore. Quant à l'officier, c'était une rencontre tellement fortuite!...

Holmès s'amusait de mon étonnement.

— Comment avez-vous su?... dis-je.

Il ne me laissa pas finir.

— Vous venez de vous faire couper les cheveux et vous portez à la joue droite une estafilade qui saigne encore. Je vois aussi, toujours du côté droit, plusieurs petites coupures à votre menton. Or vous avez l'habitude de vous raser vous-même. Quelle est donc la puissante raison qui a pu vous inciter à vous faire raser par un coiffeur? Et pourquoi ce coiffeur vous a-t-il ainsi tailladé la figure? Il est facile de répondre! De quoi s'entretient-on, en effet, chez un coiffeur? Des événements du jour; on parlait par conséquent du Pendjab. Et comme ce pays vous est familier, vous avez pris part à la discussion. Pour la prolonger, vous avez accepté de vous faire raser et vous étiez tellement surexcité que vos mouvements involontaires ont provoqué les coupures du menton et l'estafilade de la joue. Vous tourniez sans cesse la tête vers un interlocuteur placé à votre droite, interlocuteur qui ne pouvait être qu'un homme parfaitement au courant des choses de l'Inde, donc, probablement, un officier. Cet officier a réussi à vous faire partager ses craintes et vous avez ruminé ses propos avec tant d'attention que vous avez failli être renversé par un véhicule. Voyez la jambe de votre pantalon, tout éclaboussée d'une boue jaunâtre, comme celle, précisément, qu'on trouve aux abords de la gare de Paddington. Eh bien, je suis convaincu que le Pendjab ne court aucun danger et je crois que votre inquiétude est sans fondement!

Les procédés de Sherlock Holmès me confondaient toujours et j'admirais l'ingéniosité et la rigueur de ses déductions.

— Comment connaissez-vous, demandai-je encore, le grade de mon interlocuteur ?

— Réfléchissez donc, s'écria Sherlock Holmès. Plus jeune, votre homme aurait pris les événements à la légère; plus vieux, il aurait eu de la situation une vue plus large et plus exacte. Il ne pouvait donc s'agir que d'un officier soucieux de ses responsabilités et vivant près de la troupe, un capitaine !

— Évidemment, dis-je. Tout cela était facile à deviner ! Mais j'ai beau moi-même utiliser votre méthode, elle ne me donne aucun renseignement valable.

Sherlock Holmès alluma une seconde pipe et reprit :

— Mon cher Watson, vous regardez mais vous n'observez pas. Vous ne cherchez pas à rattacher des détails qui vous semblent insignifiants à leur cause qui, elle, est toujours importante et intéressante à connaître. Ainsi, tenez, je vois d'ici un grand gaillard qui piétine, sur le trottoir d'en face, sans se décider à sonner. Regardez-le. Vous constaterez sans peine qu'il est timide, amoureux, orphelin de père et numismate.

Je n'eus pas le temps d'aller jusqu'à la fenêtre. On sonnait et le groom introduisit un homme de haute taille, habillé avec élégance, qui rougit comme un enfant quand il se trouva en présence de Sherlock Holmès. Celui-ci le fit asseoir avec beaucoup de bonne grâce, car il savait être charmant quand il voulait s'en donner la peine.

— Avant de vous demander le motif de votre visite, dit-il, permettez-moi de vous poser quelques questions pour satisfaire la curiosité de mon ami le Docteur Watson.

Je protestai de la main, mais il continua de plus belle :

— Vous avez perdu votre père très jeune, Sir... Sir ?

— Sir John Bancroft. J'avais huit ans lorsque mon père mourut; c'est exact. Qui vous a renseigné ?

— D'abord ceci.

Sherlock Holmès montrait un crêpe à la manche du pardessus de John Bancroft.

— Et puis ceci.

Il désignait un cache-col de laine tricoté assorti aux gants également tricotés.

— Et enfin ceci.

Il faisait voir le parapluie à long manche que notre visiteur tenait debout entre ses jambes.

— Vous avez, Sir John, une maman qui veille sur vous avec un soin vigilant et dont vous êtes, sans doute, la seule raison de vivre! Elle vous prête même, je crois, son propre parapluie!

John Bancroft devint écarlate, mais ne laissa percer aucune trace de gêne ou de mauvaise humeur. Au contraire, l'accueil de Sherlock Holmès semblait le mettre à l'aise.

— Je vois qu'on ne peut rien vous cacher, dit-il d'une voix un peu voilée mais pleine de douceur et de charme. Votre réputation n'est pas surfaite. J'ai perdu, en effet, mon père dans un accident et, depuis, ma mère et moi avons toujours porté son deuil. Ma mère ne peut admettre que je sois devenu un homme — je vais avoir 28 ans — et, comme vous l'avez remarqué, elle m'entoure de toutes sortes de soins touchants.

— Et comment a-t-elle accueilli la nouvelle de vos fiançailles ? demanda Holmès négligemment.

John Bancroft parut stupéfait.

— Vous êtes donc sorcier, murmura-t-il, et, cette fois, il était tout pâle.

— Bah! Vous connaissez le proverbe : « Omne ignotum pro magnifico », s'écria Sherlock Holmès en riant. Je vous ai aperçu dans la rue, tout à l'heure, et vous étiez si troublé, si hésitant, que j'ai tout de suite compris la source de votre embarras : vous êtes tiraillé entre l'amour filial et une grande passion et il vous répugne d'avouer celle-ci à Mrs. Bancroft.

— C'est exactement cela, dit John Bancroft. J'ai fait la connaissance, il y a un mois environ, d'une délicieuse jeune fille, Maisy Harlowe, au concert de Saint Jame's Hall...

— J'y étais! interrompit Holmès. Sarasate joua la Sonate à Kreutzer d'une façon divine. Pourtant la première variation n'était pas assez nuancée à mon goût. Vous savez, Watson, quand le violon répond à l'interrogation passionnée du piano par cette phrase déchirante...

Et comme je ne comprenais pas assez vite à son gré, il s'empara de son violon et exécuta la fameuse phrase avec un feu admirable. Il reposa son instrument et, tourné vers Bancroft :

— Excusez-moi, dit-il. Cette musique allemande me transporte. Vous n'êtes pas violoniste, je le vois à votre menton et à vos doigts, mais vous êtes collectionneur de médailles et vous devez à ce titre partager mon enthousiasme pour le beau!

— Sir John, fis-je remarquer, ne nous a point dit qu'il était collectionneur.

— Mais regardez donc l'épingle de son cache-col, s'écria Holmès avec impatience. C'est une pièce de monnaie fort ancienne, en or massif et d'une extrême rareté, semble-t-il. Elle ne peut être portée que par un connaisseur.

John Bancroft acquiesça :

— J'admire votre faculté d'intuition, Mr. Holmès! Je suis, en effet, numismate, et expert des musées nationaux. Je possède une collection de pièces et de médailles peut-être unique au monde et j'aime porter sur moi, en guise de bijoux, les plus beaux spécimens de ma galerie. Cette pièce est un écu de Malte au millésime de l'an 1125.

— Revenons à Miss Harlowe, murmura Holmès. Je ne vous interromprai plus.

— Hélas! J'aime cette jeune fille et je sais qu'elle m'aime. Mais cette jeune fille, qui est toute fraîcheur et toute innocence, est poursuivie par de mystérieux ennemis qui cherchent à la faire mourir. Elle a déjà reçu de nombreuses lettres de menaces et a été attaquée, un soir, à la porte de son domicile. Sans l'intervention d'un passant qui appela un policeman, ma pauvre Maisy ne serait plus de ce monde. Je suis donc décidé à l'abriter sous mon propre toit, à Nightingale Mansion, au mépris des convenances et malgré la répugnance de ma mère qui a vu d'un très mauvais œil le développement de notre idylle. Et je suis venu vous demander conseil et protection.

— Avez-vous conservé ces lettres de menaces ?

— Pas toutes. En voici une.

Et il tendit à Sherlock Holmès un papier plié en quatre.

Mon ami le lut et haussa les épaules. Il me tendit la feuille :

— Qu'en pensez-vous, Watson ?

Des lettres avaient été découpées dans un journal et collées avec une patience infinie. Elles formaient la phrase suivante :

« *Ton Johnny ne te sauvera pas de la mort !* »

— Je pense, dis-je, que le procédé qui consiste à découper des caractères imprimés pour en faire des mots et des phrases est le plus sûr de tous. Il assure un anonymat complet. Je pense aussi que ces menaces pourraient bien, dans un avenir prochain, s'adresser à Sir John si ce dernier se pose en défenseur de Miss Harlowe.

— Je suis de votre avis, Watson ! Avez-vous des ennemis, Sir John ?

— Je ne crois pas ! Mais ma collection est célèbre et, naturellement, attire les malfaiteurs. Il y a six mois, notamment, un audacieux cambrioleur réussit à pénétrer à Nightingale Mansion, malgré toutes les précautions que j'ai prises. Tom, mon domestique, put donner l'alarme à temps, et le malandrin se hâta de fuir....

— Miss Harlowe, avant de vous connaître, recevait-elle déjà des lettres comme celle que vous venez de nous montrer ?

— Non ! C'est justement ce qui m'inquiète. Veut-on empêcher notre mariage ? Veut-on, peut-être, exercer sur moi une tentative de chantage ? ou bien y a-t-il dans la vie de Maisy une circonstance qu'elle ignore et qui serait la cause des menaces qu'on lui adresse ? Je me perds en conjectures !

— Avez-vous interrogé les parents de Miss Harlowe ?

— Non ! Ils habitent, m'a-t-elle dit, aux environs de Newcastle. J'ai l'intention d'aller les voir bientôt. Maisy vit seule à Londres, chez une amie qui, pour le moment, voyage en France.

— Avez-vous une photographie de Miss Harlowe ?

John Bancroft rougit de nouveau et tira de son portefeuille une photographie qu'il tendit à Sherlock Holmès. Celui-ci passa dans son laboratoire et il y demeura si longtemps que John Bancroft, pour la première fois, manifesta quelque impatience. Enfin, il revint, toujours impassible, et me montra le portrait de miss Harlowe. Son fiance n'avait point menti. Elle était charmante, avec quelque chose de vif et de moqueur dans le regard qui lui donnait une expression d'énergie. Elle semblait très jeune et un peu maigre, sans doute, à cause de sa chevelure magnifique dont les nattes, artistement tressées et réunies en chignon, accablaient de leur poids son mince visage. Je rendis la photographie, non sans un compliment auquel notre visiteur fut sensible.

— Que me conseillez-vous ? demanda ce dernier.

— Je crois que votre plan n'est pas mauvais, dit Sherlock Holmès. Miss Harlowe sera en sécurité chez vous et nous aurons le temps d'aviser.

Et comme John Bancroft paraissait un peu déçu, il ajouta :

— Je me charge de tirer au clair ce mystère. Ne craignez rien ! Si un événement nouveau se produisait, faites-moi prévenir immédiatement.

Il reconduisit John Bancroft et quand il reparut il était soucieux et plus énigmatique que jamais.

— Cette affaire, dis-je, semble toute simple. Ce jeune homme est victime d'un envieux qui cherche à faire échouer son mariage.

Holmès hocha la tête d'un air de doute.

— Vous le savez, Watson, il n'y a rien de moins simple qu'un lieu commun. Autant il est facile de résoudre un problème en apparence compliqué, de découvrir l'auteur d'un crime extraordinaire, autant il est difficile d'expliquer des faits de l'ordre le plus banal parce qu'ils comportent une signification multiple et que les indices sont insuffisants. Les personnes qui ont recours à moi viennent généralement quand elles redoutent un danger précis mais, au contraire, Sir John n'a pas attendu assez longtemps. L'affaire n'est pas mûre. Il faut patienter !

Holmès se pelotonna sur sa chaise en remontant ses genoux étiques jusqu'à son nez en bec d'aigle. Il adoptait volontiers cette position incommode quand il faisait appel à toutes les ressources de son esprit si fertile en déductions savantes. Je pris mon chapeau tandis que mon ami, qui avait disposé près de lui un paquet de tabac et deux petites pipes en terre, s'enveloppait d'un nuage de fumée.

— Puis-je compter sur vous, Watson ? me cria-t-il, au

moment où j'ouvrais la porte. Je vous promets de l'amusement. Revenez demain soir!

J'acceptai avec joie son invitation et m'en fus, remuant mille pensées et m'abandonnant à une rêverie où le Pendjab et Miss Harlowe se mariaient curieusement.

De l'amusement! Sherlock Holmès aurait dû dire du drame, plutôt! Quand je revins à l'appartement de Baker Street, je trouvai mon ami tout joyeux. Il s'habillait et m'invita, de sa chambre, à lire la lettre qui se trouvait sur son bureau. Elle était écrite de la main de John Bancroft. Je la transcris sans y rien changer :

« *Cher Monsieur Holmès,*

« *Venez tout de suite, pour l'amour du Ciel! Ils ont réussi à enlever Maisy et à dérober les plus belles pièces de ma collection. Je suis ruiné et ma fiancée est probablement morte! Personne n'a pu sortir, pourtant, de Nightingale Mansion. Tout cela est absurde et affreux à la fois! Venez vite, je vous en conjure! J'ai prévenu la police, mais c'est en vous que je place toute ma confiance!*

« *John Bancroft.* »

Sherlock Holmès sifflotait un menuet de Rameau. Je ne savais que penser.

— Eh bien! dit-il enfin. Avez-vous lu la lettre ?

— Oui! C'est épouvantable! Ce malheureux jeune homme est bien à plaindre!

Holmès éclata de rire mais je ne songeai pas à m'offusquer de sa gaieté car je savais que l'illustre détective méprisait le sexe faible et se moquait en toute occasion de ce qu'il appelait ma ridicule sensibilité. Il ne tarda pas à me rejoindre et nous prîmes un hansom car Nightingale Mansion est située tout à l'ouest de Londres, dans un quartier retiré où de nobles demeures se cachent derrière des frondaisons épaisses. Durant le trajet, Holmès ne parla guère et je n'osai interrompre le cours de sa méditation. Il me posa, cependant, une question qui ne laissa pas de m'embarrasser :

— Comment feriez-vous, Watson, si vous vouliez pénétrer dans une propriété étroitement surveillée et sérieusement défendue ?

Je demeurai coi et mon ami n'insista pas. Bientôt, d'ailleurs, le hansom nous déposa devant Nightingale Mansion où nous fûmes immédiatement introduits par un domestique merveilleusement stylé qui devait être Tom. Il faisait nuit et j'eus de la peine à distinguer dans l'obscurité la masse sombre de la maison qui se confondait avec les feuillages très denses du parc. Des grondements sauvages s'élevèrent non loin de nous, mais Tom nous rassura tout de suite :

— C'est le chien loup, dit-il. Il est enchaîné. Nous le lâchons le soir ! C'est un gardien redoutable.

— Est-ce le seul moyen de défense ? demanda Holmès.

— Oh non ! Un fil électrique court au sommet du mur d'enceinte et en interdit l'escalade. En outre, un système perfectionné de signaux reliés à un tableau situé dans le bureau de Sir John permet non seulement de savoir que quelqu'un vient d'entrer dans la maison mais encore de situer sa présence dans telle ou telle pièce. Enfin, la galerie des monnaies n'a qu'une issue : la porte qui ouvre sur le bureau et Sir John seul possède la clé de cette porte...

A ce moment, John Bancroft parut sur le perron. Il semblait bouleversé bien qu'il fît effort pour conserver son calme. D'un geste, il congédia Tom et nous emmena au premier étage, dans un petit salon. Là, il nous raconta l'horrible drame qui venait de dévaster sa vie.

— ...Il était cinq heures environ. Je venais de faire préparer le thé que Maisy et moi devions prendre ici même. Vous pouvez voir, près de vous, le plateau encore intact. Maisy était un peu fatiguée. Elle était arrivée après le déjeuner et s'était retirée dans sa chambre après avoir eu avec ma mère une brève entrevue à la vérité peu cordiale. J'allai donc frapper à sa porte pour la prévenir que la collation était prête. Elle me remercia et me dit qu'elle achevait de s'habiller et que, dans quelques minutes, elle me rejoindrait au salon. Je l'attendis donc ; j'entendis la porte de sa chambre s'ouvrir et se refermer puis elle poussa un cri aigu. Je me précipitai. Elle gisait dans le couloir en face de la porte du bureau. Son visage et son cou étaient ensanglantés ; elle paraissait morte. Affolé, je la pris dans mes bras et la portai sur le divan du bureau. Malgré tous mes efforts, elle demeura inanimée...

— Quels efforts ? questionna Holmès.

— Eh bien, je possède dans un petit meuble quelques bouteilles de liqueur et une petite pharmacie. Je fis respirer des sels à ma pauvre Maisy...

— Ce meuble était-il fermé à clef ?

— Oui ! Je porte mes clefs à un trousseau qui ne me quitte jamais. Voudriez-vous le voir ?

— Pas du tout ! Continuez !

— ...Donc, Maisy ne donnait plus aucun signe de vie. Je descendis alors au rez-de-chaussée pour envoyer Tom chercher le médecin et la police.

— Vous pouviez le sonner ?

— Sans doute ! Mais il me répugnait de laisser Tom entrer dans mon bureau en un pareil moment !

« Je remontai ensuite en toute hâte. Jugez de ma stupéfaction quand je constatai, en pénétrant dans mon bureau, que le corps de Maisy avait disparu. Je me précipitai dans sa chambre. Personne ! Je visitai les deux salons, l'autre chambre et le débarras. Personne ! Alors, saisi d'un doute affreux, je me rendis dans la galerie. Les vitrines avaient été fracturées; les médailles et les pièces les plus précieuses avaient été raflées. C'était un désastre. Une petite flaque de sang sur le tapis du bureau attestait seule le passage de Maisy. Je vérifiai rapidement les fenêtres : elles étaient toutes fermées. Je fouillai alors le rez-de-chaussée sans découvrir la moindre trace. L'assassin et la victime s'étaient littéralement volatilisés. Désespéré, je vous envoyai le billet qui vous a annoncé le drame.

— Avez-vous lâché le chien, après avoir constaté la disparition de Miss Harlowe ?

— Non ! Je jugeai que c'était inutile puisque, d'une minute à l'autre, la police allait arriver. Mais je lançai le courant électrique dans le fil qui entoure la propriété. Je suis sûr que personne n'a pu sortir puisque j'ai visité toute la maison et que je suis demeuré dans le vestibule jusqu'au retour de Tom.

— Qui donc a porté votre billet ?

— Clara, la femme de chambre de ma mère. De ce côté aussi, j'ai fait le nécessaire. Vous pouvez me croire : personne ne s'est dissimulé chez elle. Elle est au-dessus de tout soupçon...

— Ensuite ?

— C'est Tom qui ouvrit au policier chargé de l'enquête, un nommé Lestrade. Vous le connaissez ?

Holmès sourit mais garda le silence.

— Pourquoi, demandai-je, n'avez-vous pas fermé votre circuit-signal et observé le tableau qui se trouve dans votre bureau ?

— C'était inutile, puisque j'avais fouillé toute la maison; je préférais garder la porte d'entrée jusqu'au retour de Tom.

— Et Lestrade ? A-t-il découvert quelque chose ?

— Ce policier a, lui aussi, fouillé partout et n'a encore rien trouvé. Il est en ce moment auprès de ma mère, comme si la pauvre femme savait quelque chose! Toute cette affaire est obscure et terrible! Croyez-vous qu'on retrouvera Maisy ?

Sherlock Holmès regarda John Bancroft droit dans les yeux et murmura :

— En vérité, je ne le crois pas!

John Bancroft poussa un gémissement et porta son mouchoir à ses lèvres. Je ressentais pour lui une immense pitié.

— Tout n'est peut-être pas perdu! dis-je pour le consoler. Mais Sherlock Holmès me jeta un tel regard que je n'osai poursuivre.

— Montrez-moi le bureau, dit Holmès.

Le bureau était une vaste pièce rectangulaire qui communiquait avec la galerie par une porte massive. Quand cette porte était fermée, le bureau devenait une sorte de chambre noire car il ne recevait le jour que par la porte de la galerie. Sherlock Holmès commença ses investigations et qui l'eût vu à quatre pattes sur le tapis, une loupe à la main, le front plissé, l'œil aux aguets, aurait eu de la peine à reconnaître l'élégant mélomane de Saint Jame's Hall ou le misogyne amateur de cocaïne de Baker Street! Sa physionomie s'était transformée, ses yeux étincelaient, ses narines palpitaient comme celles d'un chien; il poussait par moment des grognements incompréhensibles et se déplaçait avec une vélocité et une souplesse surprenantes. Lestrade ne parut pas autrement surpris de trouver Sherlock Holmès en cette posture. Il haussa les épaules, me serra la main et, son pouce rejeté en arrière, indiquant Holmès, il me demanda :

— Alors, du nouveau ?

Puis, sans attendre ma réponse, il m'entraîna dans le couloir et chuchota :

— Affaire très simple ! Avec la complicité de Tom, Mrs Bancroft a fait disparaître le cadavre de cette intrigante qui cherchait à se faire épouser ! Mrs Bancroft n'a pas encore avoué, mais je vois bien qu'elle est dans un cruel embarras et je vais, de ce pas, cuisiner Tom. Croyez-moi ! Ce n'est pas avec une loupe que vous découvrirez la vérité !

Il ricana et me jeta un « Bonne chance ! » qui me fit monter le rouge au visage. Sherlock Holmès poursuivait sa besogne avec le plus parfait mépris des contingences. Il explora la galerie qui ne présentait aucun désordre. Mais la plupart des vitrines étaient vides. Autour des serrures, le bois avait éclaté sous la pesée d'un instrument métallique. Il était aisé de voir que l'assassin avait agi avec précipitation. Plusieurs points restaient pour moi fort obscurs et je ne pus m'empêcher d'interroger John Bancroft :

— Comment l'homme a-t-il pu s'introduire dans la galerie ?

— Je l'ignore ! La serrure de la porte est une merveille de mécanique et l'unique clef qui permet de la faire jouer est toujours dans ma poche !

— Mais vous portez cette clef à un trousseau, n'est-ce pas ? Or ce trousseau a quitté votre poche un court instant !

— Comment cela ?

— Oui ! Rappelez-vous ! Ce petit meuble qui contient votre pharmacie, vous l'avez ouvert pour y prendre un flacon de sels. Vous étiez pressé : je suppose que vous avez laissé la clef sur la serrure et tout le trousseau avec elle ?

— C'est exact ! Je suis descendu et je me rappelle maintenant que j'ai refermé le meuble à mon retour, d'un geste machinal. J'étais tellement abasourdi que j'agissais comme un automate, mais ce geste me revient en mémoire !

— Alors, n'en doutez pas, l'assassin a profité de votre

courte absence pour s'emparer de la clef et ouvrir la porte de la galerie.

— Très bien, Watson! dit Sherlock Holmès derrière mon dos. C'est la seule explication plausible, en effet!

— Mais où s'est caché l'assassin, dans ce cas? demanda John Bancroft. Je suis resté en bas trois minutes au maximum. Il a bien fallu trois minutes au malfaiteur pour ramasser son butin. J'aurais dû, par conséquent, le rencontrer soit dans ce bureau soit dans les pièces voisines quand j'ai fouillé l'étage. Et Maisy? Où a-t-il pu cacher Maisy? Vous le savez, vous?

— Le tapis vous renseignera à ce sujet, déclara froidement Holmès et il s'éloigna vers l'extrémité du corridor, avec l'intention manifeste de visiter le débarras et la chambre bleue.

— Il sait quelque chose! s'écria Bancroft. Il allait s'élancer sur les pas de Holmès. Je le retins.

— Laissez-le faire, dis-je. Ne cherchez pas à provoquer ses confidences. Quand il est en plein travail, il n'aime pas qu'on le questionne. Voyons plutôt nous-mêmes ce tapis.

Nous nous penchâmes au-dessus de la flaque de sang, mais je n'aperçus aucun indice susceptible de nous éclairer.

— Quelle était la nature de la blessure?

— Je l'ignore! Maisy portait autour du cou une sorte de petite écharpe et j'ai l'impression que le sang suintait sous le lainage. Je n'eus pas le temps de la soigner, vous comprenez! Je voulais surtout la ranimer car elle était effroyablement pâle. Je suppose qu'elle fut frappée avec un stylet ou une arme analogue. Ses mains étaient tachées de sang ainsi que son visage. Elle s'était probablement débattue et avait même dû chercher à arracher son écharpe.

Cette explication redoubla mon inquiétude. Une blessure au cou saigne toujours abondamment mais la mort suspend l'hémorragie. Or il n'y avait eu que très peu de sang répandu. Maisy était très certainement morte.

Sherlock Holmès nous appela, du bout du couloir. Il se tenait à l'entrée de la chambre bleue.

— Regardez! dit-il.

Nous le suivîmes dans le débarras qu'une petite lucarne

éclairait faiblement. La pièce était exiguë. Des vêtements usagés : complets, pardessus, manteaux de pluie, étaient suspendus à une tringle. Une glace à cadre de bambou était accrochée à un clou.

— Vous avez visité cette pièce, Sir John ?

— Oui ! Comme toutes les autres !

— Dans quel ordre avez-vous examiné l'appartement ?

— Je vous l'ai déjà dit, je crois. J'ai fouillé le petit et le grand salon. Puis je suis entré dans la chambre bleue, j'ai traversé le débarras, je suis sorti dans le couloir et j'ai visité, pour terminer, la chambre de Maisy et le cabinet de toilette.

— C'est bien ce que je pensais ! Miss Harlowe avait une valise ?

— Oui !

— Cette valise est-elle encore dans sa chambre ?

— Je ne me souviens pas !

— Allez voir, Watson, je vous prie !

J'eus beau regarder sous le lit et jusque dans la cheminée, il me fut impossible de retrouver la valise. Sherlock Holmès parut charmé de cette nouvelle qui ajouta encore à l'angoisse de l'infortuné Bancroft. De mon côté, je comprenais de moins en moins. Ainsi, non content de faire disparaître un cadavre, l'assassin avait en outre escamoté une valise ? Cela tenait du prodige ! Sherlock Holmès me regardait d'un air narquois.

— Vous possédez maintenant, Watson, le signalement de l'assassin !

Je bondis.

— Comment ! Je ne possède rien du tout ! Je ne suis pas plus avancé qu'au premier moment de l'enquête !

— Ne vous emballez pas, mon cher ami ! L'assassin est un individu qui mesure environ 5 pieds 2 pouces. Il est blond et mince et abuse de la cocaïne. Il a fait du théâtre et habite tout près de Lexington Palace... Voyez en effet ce miroir. Est-ce là sa place habituelle ? Non ! n'est-ce pas ? La voici !

Du doigt Holmès montrait sur la tapisserie un rectangle de papier vif.

— ... Derrière la glace, la tapisserie a conservé sa teinte primitive tandis que tout alentour elle a considérablement pâli. L'assassin a eu besoin de cette glace mais comme elle était trop haute pour lui, il l'a décrochée pour la suspendre ailleurs. Cela vous donne exactement sa taille. Il a dû se repeigner devant ce miroir car j'ai trouvé à terre plusieurs cheveux blonds emmêlés. Or il n'y a pas de blond dans la maison. Il est mince et léger car il a réussi à se dissimuler sans éveiller l'attention de Sir Bancroft...

— Comment diable s'y est-il pris ?

— Oh! de la manière la plus simple! Il se tenait dans le débarras quand vous étiez dans la chambre bleue. Il lui suffisait donc de passer dans le couloir sur la pointe des pieds tandis que vous visitiez le débarras, puis de se glisser dans la chambre au moment où vous sortiez vous-même dans le couloir. Si vous étiez revenu dans la chambre, il n'aurait eu qu'à se dissimuler de nouveau dans le débarras et ainsi de suite! Vous tourniez, en somme, l'un autour de l'autre, le malfaiteur abandonnant la pièce que vous vous prépariez à fouiller pour y revenir une fois la fouille terminée. Vous avez eu l'impression que l'appartement était vide alors que votre adversaire s'y cachait encore. Nous avons affaire à un gaillard extrêmement adroit qui, de toute évidence, est très souple et très léger car vous n'avez pas entendu le moindre craquement, le moindre froissement, n'est-ce pas ?

— Absolument rien! Mais j'étais si troublé que je ne faisais guère attention à tous ces détails.

— Et comment savez-vous, dis-je, que cet homme abuse de la cocaïne ?

— N'avez-vous pas remarqué que la serrure de la porte de la galerie est éraillée, comme si l'on avait tâtonné avant d'introduire la clef dans son logement ? C'est le fait d'un individu qui manque de précision dans les gestes menus qui exigent un poignet ferme et une main souple. C'est pourquoi le malandrin n'a même pas essayé d'ouvrir les vitrines avec les clefs du trousseau. Il a préféré faire sauter les serrures!

— D'accord! Mais on peut aussi bien supposer qu'il s'agit d'un alcoolique, par exemple!

— Pas mal raisonné, Watson! Si je prétends que notre criminel est un cocaïnomane, c'est parce que je possède sur lui d'autres renseignements encore que vous ne tarderez plus à connaître.

— Et Maisy ? demanda plaintivement John Bancroft.

— Avez-vous étudié le tapis ?

— Certes oui ! Mais le tapis ne nous a rien appris !

— C'est que vous n'avez pas su regarder ! Venez !

Holmès nous entraîna dans le bureau et nous obligea à nous accroupir autour de la tache rouge.

— Quelle est sa forme ?

— C'est à peu près celle d'une énorme goutte d'eau.

— C'est exact, à la condition de préciser. Une goutte d'eau qui s'écrase à la verticale ressemble à une sorte de roue dentée. Une goutte d'eau qui s'écrase selon un certain angle s'allonge d'autant plus que l'angle de chute est plus fermé. Voyez, par exemple, une goutte de pluie sur une vitre. Or nous avons sous les yeux une tache allongée qui est entourée d'éclaboussures toutes dirigées dans le même sens. Avez-vous noté ce sens ? Les éclaboussures sont orientées dans la direction de la galerie. Approchons-nous de la porte de la galerie. Voici encore, ici, une gouttelette, très petite et extrêmement allongée. Tout près de la porte, voici une seconde gouttelette. Alors, vous saisissez ?

John Bancroft me regarda avec désespoir.

— Je ne comprends rien à toutes vos subtilités, s'écria-t-il. Rendez-moi Maisy, je vous en supplie !

— Expliquez-nous... dis-je à mon tour.

— Les faits parlent, pourtant ! Mais je vois bien que vous vous refusez à les entendre. Il faut donc en faire surgir d'autres plus éloquents ! Je vais vous en fournir un tout de suite !

Il tira un cordon et, au bout d'un court instant, Tom apparut.

— Que Monsieur veuille bien m'excuser, dit-il, le policier, en bas, m'interrogeait.

— Rappelez vos souvenirs, Tom ! Quand Mr. Lestrade est arrivé, il était accompagné d'un policeman, n'est-ce pas ?

— Oui, Monsieur !

— Comment était ce policeman ?

— Grand et solide !

— Bon ! avez-vous vu ressortir ce policeman ?

— Oui, Monsieur !

C'est alors que Tom se troubla. Sherlock Holmès le regardait en souriant.

— Oh! Monsieur! Monsieur!

— Eh bien ?

— Il me semble, maintenant, que la deuxième fois le policeman était plus petit. Plus j'y pense et plus j'en suis sûr, ce n'était pas le même homme!

— Il portait une valise, n'est-ce pas ?

— Oui, Monsieur! Une grande valise de cuir fauve!

— C'était lui! C'était l'assassin! murmura John Bancroft accablé.

— Oui! dit Holmès. Il s'est servi de la glace pour se déguiser et pendant que Lestrade faisait les premières constatations, il est sorti en prenant son temps, à la barbe des policiers, sous le nez de Tom. Il comptait sur le désarroi des esprits et, vous le voyez, son calcul était juste!

— Mais qu'a-t-il fait de Maisy ? dit John Bancroft. Elle est peut-être encore dans la maison ? Il faut recommencer nos recherches!

Sherlock Holmès secoua la tête avec tristesse.

— Vous voulez savoir ce qu'est devenue Miss Harlowe ? Venez avec nous ce soir à 10 heures, à Lexington Palace. Rendez-vous à Trafalgar Square!

A neuf heures, j'arrivai chez Holmès. J'appris qu'il n'était pas encore rentré, mais un mot de lui m'enjoignait de l'attendre. Je patientai donc, malgré mon désir de connaître le fin mot du mystère de Nightingale Mansion. Je n'étais pas assis depuis cinq minutes qu'un pas retentit dans l'escalier et je vis entrer un mendiant loqueteux et minable, au chapeau défoncé. Un emplâtre lui cachait l'œil gauche. D'un bond, je fus sur lui, prêt à le chasser, quand le rire de Sherlock Holmès s'éleva. Il retira chapeau et emplâtre et je reconnus avec stupeur son profil aigu et ses yeux gris. Je connaissais de longue date le talent d'acteur de mon ami, mais jamais Holmès ne m'avait abusé plus complètement que ce soir-là. Il se dévêtit rapidement, tout en bavardant.

— J'ai retrouvé notre homme! La prise est d'importance! L'assassin de Nightingale Mansion n'est autre que David Diamond!

Je sursautai. Quoi! David Diamond! L'homme qui avait cambriolé le Comptoir des Indes! L'homme qui avait dévalisé le château de Lord Castlereigh! L'homme qui... Mais à quoi bon énumérer tous ses détestables exploits! La police des deux continents le recherchait depuis des années et Sherlock Holmès venait de relever sa piste! En vérité, c'était un merveilleux coup de chance!

— Mais comment avez-vous deviné ?...

— Dès la première minute, je connaissais à peu près toute la vérité. Mais je m'intéresse à John Bancroft! Je veux lui ouvrir progressivement les yeux.

— Ah! Je comprends! m'écriai-je — et un trait de lumière venait en effet de m'éblouir! — Miss Harlowe est la complice de Diamond! Elle a séduit le malheureux Bancroft et a introduit son amant dans la place!

— Bravo! Watson! Vous y êtes! Mais pressons! Êtes-vous armé ? Non ? Prenez alors ce revolver car le gaillard est résolu! Nous avons un hansom à la porte. Nous allons rejoindre John Bancroft et gagner Lexington Palace.

Le trajet, malgré un brouillard épais, fut rapide. Lexington Palace brillait, dans la nuit, de tous les feux de sa façade. Sherlock Holmès avait pris trois places et nous nous installâmes dans une loge d'avant-scène d'où il était facile de suivre le spectacle sans s'exposer aux regards indiscrets. John Bancroft bouillait d'inquiétude et d'irritation. Les façons étranges et volontairement énigmatiques de Holmès lui devenaient insupportables à mesure que l'heure du dénouement approchait. Aussi, n'accorda-t-il aux premiers numéros de la représentation qu'une attention intermittente, trouvant, j'imagine, déplacée l'invitation de Sherlock Holmès. Ce dernier consultait fréquemment le programme et semblait prendre plaisir à entendre les chanteurs, à suivre les évolutions hardies des trapézistes et des équilibristes. A dix heures, il me toucha le bras.

— Regardez-le bien, souffla-t-il.

Un jongleur entrait en scène, moulé dans un maillot écarlate qui mettait en valeur la grâce de ses attitudes. Je consultai à mon tour le programme qui mentionnait, en gros caractères, la rentrée de Diabolo.

— C'est l'homme de Nightingale Mansion! me dit encore Holmès à l'oreille.

J'éprouvai comme un serrement de cœur. C'était donc là le fameux Diamond! Il jonglait avec cinq torches enflammées, la tête levée vers nous et j'apercevais son fin visage et ses yeux clairs.

— Pour un cocaïnomane, murmurai-je, il est encore diablement adroit!

— Diablement est le mot, répondit Holmès en souriant. C'est qu'il a pris sa dose, mais c'est un homme fini...

Comme pour donner raison à Holmès, Diamond manqua une des torches qui tomba sur le plancher de la scène et Diabolo passa immédiatement à un autre exercice. Mais il semblait jouer de malheur : il cassa, en effet, plusieurs assiettes et le public commença à s'agiter. Soudain, une clameur s'éleva : Diabolo qui faisait voler maintenant des sabres et des couteaux avait eu une défaillance et l'un des poignards venait de s'enfoncer dans sa poitrine. Il s'affaissa tandis que retombait autour de lui, avec des chocs sourds, une dangereuse pluie de lames d'acier. Sherlock Holmès s'était levé et déjà nous entraînait à sa suite. J'entendis vaguement l'orchestre qui attaquait une marche pour rassurer et calmer le public, mais je n'avais pas une minute à perdre si je voulais rester dans le sillage de Sherlock Holmès qui galopait comme un lévrier, John Bancroft sur ses talons. Dans les coulisses, notre course se trouva ralentie par le va-et-vient des machinistes et des artistes qui se bousculaient, la figure effarée. Une véritable foule se pressait devant la loge de Diabolo. Sherlock Holmès jouait des coudes et avançait lentement, criant à tue-tête :

— Laissez passer le médecin!

Je me retournai pour faire signe à John Bancroft, mais celui-ci avait disparu. Il nous fallut plusieurs minutes pour atteindre l'entrée de la loge et Sherlock Holmès dut encore parlementer avec un énergumène qui s'acharnait à lui barrer la route. Finalement, il lui fit un croc-en-jambe et nous nous précipitâmes dans la pièce. Elle était vide. A terre gisait une défroque rouge et un poignard de théâtre à lame rentrante.

— Il nous échappe, gronda Sherlock Holmès.

Il tourna autour de la loge comme un fauve, puis aperçut une porte dont les rainures se confondaient avec les dessins de la tapisserie. Il l'ouvrit toute grande; elle communiquait avec une autre loge qui donnait sur un petit escalier de fer. Nous le descendîmes à toute allure. Un corridor étroit s'ouvrait devant nous. Sherlock Holmès m'arrêta. Nous entendîmes le bruit d'une fuite rapide. Holmès reprit son élan. Nous gagnions sur Diabolo, mais nous ne pouvions le voir encore, car le corridor faisait des coudes. Brusquement, nous débouchâmes dans une sorte de salle basse, encombrée de portants, de cordages, d'objets hétéroclites. Mais ce qui me cloua sur place, ce fut d'entrevoir deux silhouettes, celles de John Bancroft et de Miss Harlowe. Je demeurai stupide.

— Baissez-vous, cria Sherlock Holmès.

Un coup de feu claqua et une balle me frôla l'épaule. Je m'abritai derrière un pilier de maçonnerie et cherchai des yeux mon ami. Il n'était plus à mes côtés. Je me hasardai à jeter un coup d'œil vers le fond de la salle, mais une nouvelle balle me salua et je me rencognai. Que faire ? Comment venir en aide à Sherlock Holmès ? Je n'eus pas le loisir de m'interroger bien longuement, car le bruit d'une lutte me parvint. Je me baissai et fonçai, revolver au poing, vers l'endroit où Sherlock Holmès semblait soutenir un combat terrible. Des formes confuses se roulaient à mes pieds et je n'arrivais plus à distinguer le visage des combattants. Je vis un bras se lever, armé d'une sorte de gourdin, et au jugé, je frappai de la crosse de mon revolver. Le bras retomba; je le saisis et le tirai en arrière. Il appartenait à John Bancroft qui s'assit en gémissant. Son front saignait et il respirait difficilement. Sherlock Holmès se releva à son tour. A terre, Miss Harlowe demeurait immobile, les poignets enfermés dans des menottes. Holmès s'essuya le visage, puis il remit sur ses pieds Miss Harlowe. John Bancroft le regardait avec une expression mauvaise.

— Vous m'en voulez ? demanda Holmès. Dans une minute, vous me remercierez !

D'un geste prompt, il saisit les cheveux de Miss Harlowe et les arracha. Nous reconnûmes ensemble Diabolo.

— Voilà votre fiancée, Sir John! Miss Harlowe et David Diamond ne font qu'un. L'assassin et la victime sont la même personne.

Des policemen alertés par le bruit accouraient et, en un clin d'œil, la cave fut envahie par une trentaine de personnes gesticulant et criant.

Holmès remit son prisonnier à l'autorité et nous remontâmes au jour. Profitant de la bousculade, Sherlock Holmès nous dirigea discrètement vers la sortie et un hansom nous ramena chez lui. Nous étions fourbus et nous fîmes largement honneur à la collation qui nous attendait. Puis, Sherlock Holmès alluma sa petite pipe en terre et aborda de lui-même le sujet auquel ni Bancroft ni moi n'avions cessé de songer.

— Curieuse affaire, n'est-ce pas ? Dramatique et bouffonne à la fois! La photographie de Miss Harlowe éveilla en moi des souvenirs confus. Je l'examinai à la loupe et ne tardai pas à me convaincre que la chevelure était postiche. Je me grime moi-même passablement et je sais à quel point il est difficile de donner aux cheveux un air naturel dans la région voisine des oreilles. Or j'observais un très léger bourrelet au-dessus de l'oreille droite et ce signe était particulièrement révélateur. En outre, le visage avait quelque chose d'imperceptiblement masculin et son expression railleuse me rappelait une autre physionomie. Avec des caches dissimulant la chevelure, je fis surgir la figure de Diamond. Je le reconnus instantanément. Je vérifiai, car vous n'ignorez pas que je possède dans mon laboratoire le fichier tenu à jour de tous les criminels d'Europe et d'Amérique. C'était indiscutablement Diamond. Il y a cinq ans, j'avais failli l'arrêter, à propos d'une affaire assez compliquée de trafic de drogue. Je ne pouvais donc me tromper. Dès lors, je comprenais dans son détail toute son infernale manœuvre. Diamond, travaillant sans doute pour le compte de quelque richissime amateur peu scrupuleux, cherchait à s'emparer de votre collection. Le cambrioleur mis en fuite par Tom, il y a six mois, c'était certainement lui. Il avait pu constater que Nightingale Mansion était un endroit particulièrement bien défendu. En conséquence, il ourdit un plan extrêmement astucieux. Se déguiser en femme était pour lui jeu d'enfant puisque, jongleur de son métier, il avait l'habitude de se présenter sur la scène déguisé en Espagnole. Vous avez certainement entendu parler de Conchita Torrès! Conchita Torrès, c'était Diamond. Il surveille donc Sir Bancroft, étudie ses habitudes et s'arrange pour occuper au concert une place voisine. La conversation s'engage. Vous connaissez la suite. Sir Bancroft n'a jamais approché une femme — en quoi il mérite toute ma sympathie — il se laisse séduire. Mais il ne suffit pas à Diamond de se savoir aimé. Il veut avant tout pénétrer à Nightingale Mansion. Il invente alors les lettres de menaces. Naturellement, Sir Bancroft, chevaleresque, prend Diamond sous sa protection. La première partie du plan a pleinement réussi. Diamond arrive donc avec une simple valise. Si vous aviez ouvert cette valise, Sir John, vous auriez mis la main sur un déguisement complet de policeman! Diamond ne perd pas une minute. Il enroule autour de son cou une écharpe et écrase entre les plis de l'étoffe une petite vessie remplie de sang — autre procédé de théâtre! Il tombe devant la porte du bureau, car il a tout prévu. Sir John veut, en effet, porter sa fiancée sur un lit pour lui donner les premiers soins. Il y a un divan dans le bureau; il n'hésite pas une seconde et porte lui-même Diamond dans le sanctuaire! Voici Diamond à pied d'œuvre. Sir John sort son fameux trousseau de clefs et abandonne quelques instants Diamond. A peine est-il sorti que Diamond se précipite dans la galerie, sans s'occuper des traces de sang qu'il laisse derrière lui. Et pourtant ces taches l'accusent. Réfléchissez : leur forme prouve que la « personne qui saignait », donc la victime, avait couru vers la porte de la galerie. Cette personne avait donc « simulé l'attentat ». Et si elle l'avait simulé, il n'y avait donc plus d'assassin mais simplement un voleur habile cherchant à donner le change. La suite, dès lors, se déroule selon un rythme rapide et logique. Diamond rafle les médailles, s'empare de sa valise et se dissimule dans le débarras. Il échappe à Sir John de la manière que vous savez. Sir John descend au rez-de-chaussée. Diamond se déshabille tranquillement, se démaquille — d'où les cheveux blonds — et revêt sa nouvelle tenue. Un instant plus tard, il s'éloigne avec son butin. Je n'ai pas découvert du premier coup le truc du policeman. Je voyais bien comment Diamond était entré. Je ne comprenais pas comment il était sorti, la porte ayant été successivement gardée par Sir John et par Tom. C'est dans le débarras que, subitement, la lumière se fit en mon esprit. Diamond était un homme de théâtre. Rien de plus facile pour lui que de dérober au magasin des accessoires une tenue de policeman. Or Diabolo, jongleur réputé, allait faire sa rentrée à Lexington Palace. Conchita Torrès, Miss Harlowe, Diamond, Diabolo : ces quatre noms s'appelèrent et se réunirent instantanément dans ma pensée. Cependant, il n'y avait là qu'une hypothèse qu'il fallait vérifier. Je m'habillai donc en mendiant et m'en allai rôder du côté de Lexington Palace. Il me fut facile de pénétrer dans l'établissement et d'établir que je ne m'étais pas trompé. Je découvris l'uniforme de policeman encore taché de sang. Il n'y avait plus qu'à arrêter Diamond. J'étais si sûr de moi que je commis une faute très grave. J'oubliai que si d'une loge d'avant-scène on peut voir de très près les artistes, inversement ceux-ci peuvent facilement reconnaître les spectateurs. Diamond nous vit et se troubla, manquant une torche. Mais c'est un homme de ressource. Il imagina instantanément le coup du poignard et, profitant de la confusion générale, reprit son déguisement de femme. Un complice devait interdire l'accès de la loge, et lui permettre de gagner le large. Diamond s'enfuit donc. Or, Sir John, séparé de nous par un remous de la foule, s'était égaré. Il errait dans un couloir, à la recherche d'une issue, lorsque Maisy Harlowe, la morte, se dresse devant lui. Fou de bonheur, il se sauve avec elle et nous tire dessus, croyant que sa fiancée était poursuivie par des assassins acharnés à sa perte. Fort heureusement, j'ai encore quelques tours dans mon sac!

Sherlock Holmès se versa un doigt de gin et ajouta :

— Voyez-vous, Watson, il n'y a qu'un moyen de pénétrer dans une propriété étroitement surveillée et sérieusement défendue, c'est de se faire épouser! L'intelligence n'a pas de pire ennemi que l'amour.

L'AFFAIRE OLIVEIRA

A la manière de Maurice Leblanc

Les Parisiens n'ont pas oublié cette affaire qui eut, à l'époque, un retentissement énorme et passionna l'opinion. Pourtant, le mystère qui l'entoura ne fut jamais complètement dissipé et c'est aujourd'hui seulement qu'on peut en raconter par le menu les surprenants épisodes.

Ramon Oliveira était un petit homme noiraud, pétulant et bavard. Il venait régulièrement au « Léthé » où il fut tout de suite courtisé et choyé. On le disait très riche. Il dépensait, en effet, avec magnificence. Il dansait peu mais il buvait beaucoup et les entraîneuses étaient toujours bien reçues à sa table.

Il arrivait vers onze heures, s'installait auprès du jazz, soupait légèrement, puis commandait du champagne. Il ne partait qu'au petit matin, très gris, le verbe sonore, la démarche un peu vague. Une somptueuse Daimler l'attendait et il disparaissait jusqu'à la nuit suivante. D'où venait-il ? De l'Amérique du Sud, disaient les uns ; des Antilles, prétendaient les autres. Lili et Kate avaient bien essayé de le faire parler mais il évitait de raconter ses affaires. Au bout d'un mois, elles savaient seulement qu'il avait une pupille, Incarnacion et qu'il voyageait en Europe pour fuir un obscur danger. Il ne précisait pas lequel et Kate se moquait de lui. Elle avait tort, car il fut attaqué un soir, avec une audace inouïe, à la porte même du « Léthé », par un inconnu, qui lui porta un coup de couteau et se perdit aussitôt dans le dédale des rues voisines. Sans l'intervention du beau Maurice de Castel-Bernac, il était mort. Heureusement, celui-ci avait le coup d'œil prompt. Il vit le geste de l'agresseur, et d'un bond, fut sur lui, juste à temps pour faire dévier le couteau, qui fendit seulement le pardessus d'Oliveira et déchira l'étoffe de son habit.

Oliveira, très ému, remercia chaleureusement Castel-Bernac qui se dérobait avec modestie et le retint à sa table. Tout de suite, ils furent amis. Castel-Bernac avait tant de bonne grâce, tant de courtoisie, tant d'allure ! Il ne fréquentait pas régulièrement le « Léthé ». On le voyait pendant cinq ou six jours, parfois davantage, le plus souvent seul, quelquefois en compagnie d'un jeune fêtard. Et puis, il s'absentait soudain et l'on apprenait par le « Figaro » qu'il avait assisté à la fête de la Duchesse de X... ou de la Baronne de Z..., tantôt à Londres, ou à Nice, tantôt à Naples ou à Vienne. Il voyageait beaucoup, avait eu des aventures, des duels. On chuchotait derrière lui bien des choses mais les indiscrets s'arrêtaient net quand leurs regards rencontraient ses yeux bruns auxquels le monocle prêtait une expression dure et froide.

Castel-Bernac et Oliveira se rencontrèrent souvent au « Léthé ». Ils échangeaient des souvenirs. Castel-Bernac se livrait peu, mais Oliveira devenait loquace, parlait volontiers de ses plantations, de ses nègres. Le nom d'Incarnacion revenait souvent dans ses propos. Castel-Bernac, peu à peu, apprit qu'elle était blonde, qu'elle approchait de ses vingt et un ans, qu'elle avait reçu une éducation soignée et parlait couramment le français. Elle n'était que la pupille d'Oliveira, mais il parlait d'elle avec une sorte de passion farouche qui donnait à penser à Castel-Bernac. Oliveira finit par lui montrer la photographie d'Incarnacion. Castel-Bernac fut ébloui. C'était vraiment une créature de charme et de séduction. Castel-Bernac fit allusion au danger que semblait craindre Oliveira; mais tous ses efforts furent inutiles. Le Sud-Américain se taisait, soudain méfiant et apeuré. Il gardait secret le motif de sa présence à Paris. Pourtant, quand il eut essuyé un coup de feu aux abords du « Léthé », alors qu'il faisait quelques pas avec son compagnon avant de remonter en automobile, son sang-froid l'abandonna. Il considéra la rue déserte, son haut de forme troué et devint livide. Castel-

Bernac n'eut que le temps de le soutenir et de l'emmener jusqu'à la Daimler.

Oliveira défaillait.

— 8, avenue de l'Observatoire. Vite.

Et Castel-Bernac conduisit Oliveira dans sa garçonnière.

— Où habite Monsieur ? demanda-t-il au chauffeur.

— Au Claridge.

— C'est bien. Vous pouvez rentrer! Je le déposerai au Claridge dans la matinée!

Oliveira, réconforté par un whisky très sec, se remit peu à peu. Il avait eu très peur et son visage basané demeurait gris. Castel-Bernac l'entourait de soins attentifs et délicats.

— Personne ne vous attend. Vous pouvez donc vous reposer ici autant qu'il vous plaira. Mon domestique va vous préparer un lit.

Mais Oliveira déclina l'invitation. Il ne voulait pas inquiéter Rudolph, son secrétaire, qu'il aimait beaucoup. Il insista tellement que Castel-Bernac pria Antoine de sortir la Delahaye. Il tint à accompagner Oliveira qui ne savait comment remercier. Celui-ci, ému, reconnaissant, raconta à son hôte — tandis que la puissante voiture roulait à toute allure dans les avenues vides et silencieuses — qu'il était poursuivi par la bande du Coyotte, un dangereux bandit qui avait cherché à le rançonner et l'avait obligé à quitter Rio de Janeiro. Il avait alors voyagé en Europe, puis s'était arrêté à Paris où il attendait Incarnacion. Celle-ci aurait vingt et un ans dans un mois et Oliveira, pour fêter cet anniversaire, l'avait priée de venir le rejoindre. Il voulait lui offrir un collier de perles. Et bien que Castel-Bernac fût difficile à émouvoir, il ne put cacher un sursaut quand Oliveira lui avoua le prix du collier. Oliveira retrouvait sa faconde et il était très gai quand il descendit devant le Claridge.

Rudolph l'attendait, inquiet et nerveux. Il tint à exprimer sa gratitude à Castel-Bernac qui le jugea sympathique. Il paraissait nettement plus vieux qu'Oliveira. Maigre, l'œil gris et vif, il s'empressait, courait à l'ascenseur, installait Oliveira.

— Fichtre, pensait Castel-Bernac, en regagnant sa voiture, il vaut Antoine.

Ce fut Rudolph qui, le lendemain, se présenta au « Léthé ». Castel-Bernac achevait de souper. Rudolph se pencha vers lui :

— M. Oliveira voudrait vous voir tout de suite, Monsieur. Il est un peu souffrant et paraît inquiet.

— C'est bien. Je vous suis.

Les garçons, le maître-d'hôtel, Kate déclarèrent plus tard aux journalistes que Castel-Bernac avait un visage soucieux en quittant le « Léthé ».

Ils montèrent tous deux dans la Daimler.

Quelques heures plus tard le scandale éclatait.

On se rappelle les premiers titres des éditions spéciales : « Le mystère du Claridge »; « Assassinat du richissime Oliveira »; « Un meurtre inexplicable », etc.

Le public se rua sur les kiosques, sur les vendeurs; « Paris-Informations » racontait à la une les événements de la nuit :

« ... Un double crime vient de mettre en émoi le Claridge. A huit heures, ce matin, un inconnu téléphonait à l'hôtel et demandait à parler à M. Oliveira. De l'appartement du riche Brésilien, personne ne répondit. Un domestique chargé de prévenir le secrétaire particulier de M. Oliveira trouva porte close. Il appela à plusieurs reprises et crut entendre des gémissements étouffés. Aussitôt, la direction du Claridge prévint la police qui, à son arrivée, découvrit un affreux spectacle : M. Oliveira râlait dans une mare de sang, poignardé. Auprès de lui, un jeune clubman bien connu, M. le Vicomte de Castel-Bernac, était étendu, sans connaissance. Il portait à la tête une large blessure. Quant au secrétaire de M. Oliveira, on le trouva sur le plancher de sa chambre, étroitement garrotté et bâillonné. Ses premières déclarations ne jettent aucune lumière sur ce drame mystérieux. Rudolph Binger — tel est le nom du secrétaire — était allé, sur l'ordre de M. Oliveira qui se sentait un peu souffrant, chercher M. de Castel-Bernac au « Léthé », établissement qu'il fréquentait d'habitude. M. Oliveira et le Vicomte de Castel-Bernac s'y rencontraient souvent et semblaient très liés. Rudolph Binger ramena le Vicomte. Il était alors minuit et demie environ. Il conduisit le visiteur auprès de M. Oliveira et laissa les deux hommes s'entretenant très cordialement. Lui-même s'installa dans un petit salon retiré où il travailla assez longtemps. Il n'entendit aucun bruit suspect. Un peu après une heure et demie, il fut appelé par un coup de sonnette, dans le studio où causaient les deux hommes. Et c'est au moment où il allait franchir le seuil du studio, qu'il fut assailli par un inconnu, jeté à terre, ficelé et déposé dans sa chambre. Il se débattit et réussit même à relâcher l'étreinte des cordes. Mais il s'évanouit. Il ne sait rien de plus. Son agresseur serait, croit-il, un homme grand et vigoureux. M. Oliveira est mort un peu après l'arrivée de la police. Quant au Vicomte de Castel-Bernac, il n'a pas repris connaissance. Ses jours, cependant, ne semblent pas en danger. C'est le célèbre et populaire commissaire Ganimard qui conduit l'enquête. Interrogé, il s'est borné à déclarer que le vol était sans doute le mobile du crime... »

A midi, l'édition spéciale de « Paris-Informations » s'arrachait et la fièvre monta quand on apprit que l'affaire Oliveira prenait une tournure inattendue et qu'un coup de théâtre était imminent. Mais l'émotion fut à son comble, lorsque la presse publia en lettres énormes l'extraordinaire nouvelle : « Arsène Lupin est arrêté. Il se cachait sous le nom de Castel-Bernac. A-t-il tué Oliveira ? »

— A-t-il tué Oliveira ? C'était bien la question que Ganimard se posait avec angoisse.

— Voyons, mon cher Ganimard, dit M. Formerie, le juge d'instruction, vous êtes sûr de ce que vous avancez ? Oliveira a bien murmuré, avant de mourir, à trois reprises : « Maurice... outremer... » ?

— J'en suis absolument certain ! Le docteur a, lui aussi, entendu. Or, Maurice, c'est forcément Maurice de Castel-Bernac. Et notez que la scène est assez facile à reconstituer. Les deux hommes ont dû se quereller et Oliveira s'est défendu en frappant Lupin avec le flambeau de bronze que nous avons trouvé sur le tapis. Mais il faut bien supposer l'intervention d'un complice. Qui a donné le coup de sonnette ? Qui a ficelé Rudolph Binger ? Enfin qui a fouillé le studio ?

— On n'a pas trouvé l'argent ?

— De ce côté encore, le mystère est complet. Oliveira a

réalisé une grande partie de sa fortune. Il a tiré sur la Banque des Pays-Bas des chèques représentant plus de dix millions de francs, et cela, en moins d'un mois. Or il est impossible de mettre la main sur cet argent. J'ai exploré méticuleusement les plus petits recoins du studio. Rien. L'argent a disparu !

— Avez-vous visité la garçonnière de Lupin, avenue de l'Observatoire ?

— Naturellement. Mais là-bas, je n'ai rien trouvé de suspect. Le domestique a disparu avec la voiture. Nous ne tarderons pas à les retrouver. Une Delahaye, cela ne passe pas inaperçu !

— Ne peut-on pas supposer que Lupin et Oliveira ont été attaqués par les mystérieux ennemis qui poursuivaient celui-ci ?

— Évidemment, c'est une hypothèse. Mais plus je la creuse, et plus je retrouve Lupin au fond de toutes ces manigances. Ce mot « outremer » prononcé par le mourant, n'est-ce pas la preuve que Lupin est à la tête d'une bande internationale qui opère « outre-mer » précisément ? Et d'ailleurs, les deux tentatives d'assassinat commises sur la personne d'Oliveira aux abords immédiats du « Léthé » ne vous semblent-elles pas louches ? Oliveira redoute quelque chose et il reçoit successivement un coup de couteau dans son pardessus et une balle dans son chapeau sous les yeux de qui ? De Lupin en personne ! N'est-ce pas une curieuse coïncidence ?

— D'accord ! Mais une coïncidence est toujours possible !

— Pas avec Arsène Lupin, Monsieur le juge. Rapprochez les faits. Quand la Duchesse Astor a perdu sa parure, Lupin, ou, si vous préférez, Castel-Bernac, était parmi les invités. Quand le Prince Caraccioli a été cambriolé à Nice, quel était son compagnon de plaisir ? Castel-Bernac, encore lui. Non, croyez-moi, c'est lui le coupable.

— Comment va-t-il ?

— Lupin ? A la vérité, ce n'est pas brillant. Il divague, prononce des mots incohérents. Le coup sur la tête lui a un peu dérangé les idées.

— Diable ! Cela ne va pas faciliter notre tâche. Que dit-il ?

— Il tient des propos décousus. Il parle sans cesse d'un tiroir, d'une clef et puis il répète le nom d'Incarnacion.

— Allons le voir.

Castel-Bernac était étendu sur une étroite couchette; il sommeillait. A l'approche de Ganimard et du juge, il sursauta et gémit en portant sa main à l'épais bandeau qui lui entourait la tête. Ses yeux vagues se posèrent sur Ganimard. Alors il sourit et soupira : « Incarnacion, tu seras riche. » Et soudain, il se leva fébrile, et hurla en regardant un point dans l'espace, quelque part, au-delà de sa cellule, au-delà de la prison : « Voleur, escroc. Tu l'as cachée, hein! la clef du tiroir, mais je l'ai, je l'ai! Elle est à moi! » Et il rit d'un rire de dément, tandis que l'écume lui montait aux lèvres.

Le gardien le recoucha et Castel-Bernac, la tête vers le mur, se mit à pleurer doucement. On voyait sauter ses épaules.

— C'est affreux, dit M. Formerie.

Les deux hommes sortirent dans le couloir.

— Et si ce n'était pas Lupin ? ajouta le juge.

Ganimard pâlit.

— Crebleu, pas Lupin! Mais je suis sûr que c'est lui. Ah! Monsieur le juge! Non, n'insinuez pas cela! Je le connais, Lupin! Nous n'avons ni ses empreintes ni ses mesures exactes, c'est vrai! Mais je vous jure qu'il ne peut me tromper, le gaillard. J'ai sa physionomie dans l'œil.

La garde fut doublée. La prison ressemblait à une place assiégée. Les journalistes étaient sévèrement écartés et le ton de la presse s'enflait de jour en jour. L'enquête piétinait. « Paris-Informations », dans un article violent, acide, tourna en dérision Ganimard. Celui-ci ne voulait pas révéler qu'Arsène Lupin était devenu fou. Il niait l'évidence, méfiant, tenace. Il craignait aussi les réactions d'un public qui, malgré tout, conservait à l'escroc toute sa sympathie. On accuserait la police. On parlerait de troisième degré. Et Ganimard, perplexe, revenait sans cesse dans cette cellule où Castel-Bernac riait, pleurait, ressassait les mêmes mots sans suite.

— Voyons, Lupin, tu m'entends ? hein ? Écoute! Oliveira

t'a attaqué ?... Oui... Il t'a attaqué... Mais réponds donc, sacrebleu ! Tu le fais exprès ! Mais tu ne me rouleras pas, mon petit ! Ce n'est pas au vieux singe...

Et Castel-Bernac, à voix basse, reprenait son refrain monotone : « La clef, le tiroir. Je l'ai, maintenant, je l'ai ! »

Ganimard sortait fourbu, épuisé et ravagé de doutes. C'était pourtant bien Lupin. Mais il finissait, à son tour, par hésiter. Le prisonnier avait maigri ; les joues étaient creuses. Le nez saillait. A de fugitives expressions, Ganimard reconnaissait Lupin, et puis les traits se modifiaient, les yeux s'égaraient, et devant cette pauvre tête roulant sur l'oreiller, Ganimard s'interrogeait avec angoisse, et sentait son cerveau chavirer. Pourtant Castel-Bernac était guéri. Sa plaie était refermée. Alors ?...

Ganimard recommençait patiemment ses recherches au Claridge.

Une clef, un tiroir, parbleu, ce n'est pas bien difficile à trouver. Mais les clefs étaient d'honnêtes clefs sans mystère ; les tiroirs ne comportaient aucun double fond et Ganimard enrageait. Il avait fait venir Rudolph Binger qui, d'ailleurs, ne demandait pas mieux que d'aider la police. Le pauvre homme, qui se sentait surveillé, n'osait plus sortir. Il demeurait enfermé dans sa chambre, lisait ou bien peignait des aquarelles. Il s'ennuyait. Il craignait surtout l'arrivée d'Incarnacion. Celle-ci avait été prévenue de la mort de son tuteur. Elle avait pris passage sur le « Rio de la Plata » qui toucherait Bordeaux dans deux jours. Et le mystère demeurait aussi épais. La Delahaye était introuvable et Antoine courait toujours. M. Formerie commençait à s'affoler. « Paris-Informations » trouva bon, alors, de publier une caricature représentant un lièvre dont le profil ressemblait étonnamment à l'infortuné Ganimard et une tortue dont le sourire était celui de Lupin. Ce fut le coup de grâce. Le soir même, M. Formerie convoquait Ganimard dans son cabinet. L'entretien fut orageux.

— Il faut le relâcher, disait le juge. Nous n'avons pas contre lui de preuves suffisantes !

— Vous n'y pensez pas, répliquait Ganimard.

Ce fut Ganimard qui eut enfin l'idée, la seule idée capable

de les tirer d'embarras. Il l'exposa non sans une certaine appréhension.

— Monsieur le juge, nous allons procéder à une reconstitution du crime ! Rudolph fera Oliveira et Lupin, placé exactement dans la même ambiance que celle de la nuit tragique, retrouvera peut-être sa raison.

La suggestion était séduisante, mais l'épreuve était difficile à tenter. On ne pouvait plus attendre, pourtant !

— Soit ! dit le juge.

Tout fut préparé dans un secret absolu. Pour ne pas éveiller l'attention des passants, on renonça à utiliser le panier à salade. Quand Castel-Bernac, un peu pâle, arriva sur le trottoir, une Daimler, l'attendait. Il y prit place sans mot dire et Ganimard s'installa à côté de lui. A quelques mètres de la Daimler, venait une longue Renault montée par six policiers armés jusqu'aux dents. Les deux voitures atteignirent sans incident le Claridge. La nuit tombait. Dans une heure on serait fixé. Castel-Bernac fut introduit dans le studio où Rudolph reposait, allongé sur le divan. Ganimard rejoignit M. Formerie qui l'avait précédé, et ils se retirèrent tous les deux dans un coin, à l'écart. Des policiers gardaient toutes les issues. Castel-Bernac, surpris, s'assit. Ses yeux erraient sur les meubles, mais sans se fixer. Il avait vieilli et semblait très las. Rudolph lui adressa la parole mais sans succès. Castel-Bernac ne l'écoutait pas. Il croisait et décroisait machinalement ses mains, placide, inoffensif. Pourtant Ganimard eut un peu d'espoir quand Castel-Bernac tendit la main vers le bureau d'acajou. Mais son geste ne s'acheva pas et il reprit tout de suite la même pose, abattu et résigné.

— Crebleu de crebleu ! jura Ganimard entre ses dents et il fit un signe à Rudolph.

Rudolph se dressa, empoigna un lourd flambeau de bronze, et marcha menaçant sur Castel-Bernac. Alors le choc escompté eut lieu. Le vicomte sauta sur ses pieds et se rua sur son adversaire. Rudolph se laissa tomber comme il en avait reçu l'ordre mais sa chute, loin de calmer Castel-Bernac, l'excitait au contraire. Il tendait le poing, les yeux exorbités et les mots tant de fois entendus se pressaient sur ses lèvres, prononcés d'une voix furieuse : « Voleur ! Escroc ! Je l'ai, la clef du tiroir, je l'ai ! » Ce disant, Castel-Bernac se jeta sur le bureau, et se mit à fouiller les tiroirs, avec des gestes fébriles. Ganimard et le juge se rapprochèrent sur la pointe des pieds. Castel-Bernac s'activait, ouvrant des boîtes, furetant, éparpillant des papiers, et il répétait de temps en temps d'une voix sourde : « Je l'ai, je l'ai. » Enfin il s'arrêta et poussa un soupir douloureux. Encore une fois ses regards se promenèrent sur les lettres, les factures, les cartons qui maintenant s'amoncelaient devant lui. Il prit une feuille blanche, la plia en quatre, saisit une vieille enveloppe dans un classeur, glissa la feuille dans l'enveloppe, et la tendit à Ganimard :

— Faites porter tout de suite.

Puis, se ravisant :

— Non, rendez-la moi !

Et Ganimard la lui rendit en haussant les épaules.

Un grognement s'éleva du plancher. C'était Rudolph qui s'agitait. Il était fatigué de faire le mort. Mais Ganimard, de la main, lui commanda le silence. Castel-Bernac, en effet, se dirigeait vers le téléphone.

— Donnez-moi Invalides 00.44.

Ganimard et le juge, vivement intéressés, écoutaient de toutes leurs oreilles.

— Allo ? Allo ?... Les carottes sont cuites...

Il raccrocha, bâilla et appela : « Antoine. » Un policier se montra à la porte :

— Le petit déjeuner à 9 heures.

Puis, il s'allongea sur le divan et ferma les yeux. Ganimard et M. Formerie se regardèrent consternés :

— Il est bien fou ! soupira Ganimard. Et, la voix rude, il pria Rudolph de se lever et de partir. Il était furieux et décontenancé.

— Alors, qu'est-ce qu'on en fait ? demanda le juge.

— Que voulez-vous qu'on en fasse ? Je le remmène !

Il secoua Castel-Bernac qui le suivit docilement jusqu'à la Daimler.

L'expérience avait échoué. Les deux autos repartirent vers la Santé.

Ganimard, dégoûté, regardait vaguement les jeux du trafic, les feux intermittents des enseignes, la coulée sombre de la foule. L'auto avançait lentement, berçant le prisonnier qui semblait dormir. Ganimard réfléchissait... Et soudain, auprès de lui, éclata un rire jeune, frais, gamin, qui fit passer dans le dos du commissaire un frisson d'épouvante. Mon Dieu, ce rire! Et la voix s'éleva, une voix railleuse que Ganimard connaissait bien. Castel-Bernac venait de faire sauter le léger pansement qui lui cachait encore le front. Plus de doute possible. Ces yeux ardents, ce menton et surtout cette expression gouailleuse, enjouée.

— Crebleu! jura Ganimard. Arsène Lupin!

— Oui, mon bon Ganimard. C'est moi! Que penses-tu de ce petit accès de folie? Bien joué, hein? On coffre ce pauvre Lupin. On le surveille jour et nuit et puis un beau soir on l'emmène, on lui rend la liberté simplement parce que Ganimard n'y comprend rien! Ganimard donnant à Lupin la clef des champs, beau sujet de prix de Rome, hein?

— Canaille, dit Ganimard.

— Allons, te fâche pas! Il fallait bien que je me fasse prendre pour pouvoir fouiller tranquillement le studio d'Oliveira.

Ganimard eut un haut-le-corps.

— De quoi?...

— Bon. Ne remue donc pas tout le temps, tu me donnes la migraine.

Et Lupin, contrefaisant sa voix de dément, se mit à réciter : « Voleur, escroc... Tu l'as cachée, hein? la clef du tiroir, mais je l'ai, je l'ai... » Il riait aux larmes.

— Crois-tu que je vous ai fait marcher tous les deux? Vous me palpiez! Est-ce vraiment lui? Peut-être bien que oui, peut-être bien que non! J'avais envie de pouffer, tu sais...

— Canaille!

— Encore! Sois poli au moins!

Il regarda Ganimard et ses yeux pétillaient de malice.

— Écoute bien, Ganimard! « Les carottes sont cuites. »

— Eh bien? Qu'est-ce que ça veut dire, les carottes sont cuites?

— Ça veut dire que dans cinq minutes, ce bon Lupin sera libre et riche.

Une vague de colère souleva Ganimard. Il se jeta sur Arsène Lupin. En vérité, il n'y eut pas de lutte. Ganimard retomba sur le côté, le souffle coupé, tandis qu'Arsène Lupin faisait passer dans sa poche le pistolet du commissaire.

— On fait le méchant ? On veut faire du mal au pauvre Lupin ? Mais Lupin connaît des coups qu'on ne vous enseigne pas à la police. Qu'en dis-tu, de ce petit direct au plexus solaire ?

Ganimard, la bouche béante, cherchait sa respiration. L'auto roulait toujours sans bruit. Le chauffeur ne s'était même pas retourné. Arsène Lupin changea soudain de ton :

— Écoute, Ganimard. Tu vas comprendre. Tu penses bien que ce n'est pas moi qui ai tué ce pauvre idiot d'Oliveira. J'ai été matraqué à l'improviste par un bonhomme que je connais et qui, bientôt, me rendra des comptes. Il a tué Oliveira et a truqué un peu la mise en scène. Pas mal, le coup du flambeau. Et un peu plus, il me démolissait. Saperlotte! Quel coup! Je commençais juste à reprendre mes esprits quand tu es arrivé... Alors, j'ai fait le mort en attendant de faire le fou. Tu comprends, j'avais l'air évanoui. C'était commode pour réfléchir. « Maurice », qu'est-ce que ça voulait dire « Maurice » ? Oliveira avait réalisé sa fortune, je le savais aussi. J'ai ma petite police, tu sais. Je vous entendais fouiller et ça m'évitait bien du temps et des recherches. Si l'argent n'était pas là, où pouvait-il être... hein ? Ganimard ?

Et Ganimard, subjugué par l'ascendant d'Arsène Lupin entrait dans le jeu, oublieux des circonstances, anxieux de connaître le mot de l'énigme.

— La solution saute aux yeux. Oliveira avait dû acheter un objet de très petite dimension et d'une grande valeur, bijou, diamant ou même peut-être... Le rapprochement se fit instantanément. Dès lors, mon plan était simple. La police allait mettre les scellés, surveiller le Claridge. Donc rien à faire pour entrer dans le studio d'Oliveira. Comment t'y serais-tu pris à ma place ?

Ganimard grogna et le rire de Lupin s'éleva de nouveau.

— T'es gourde, Ganimard! Il suffisait de se faire arrêter, de simuler la folie et de provoquer la reconstitution. La police avait besoin de Lupin. Lupin était le seul témoin du crime, dame! Alors, Ganimard ramène Lupin avec des attentions maternelles et le lâche en liberté dans le studio...

Ganimard serra les poings.

— ...Lupin se met à fouiller bien tranquillement à la barbe de ses anges gardiens. Et il met du premier coup la main sur la chose en question. L'histoire de la clef du tiroir, tu penses, c'était de la frime, pour vous amuser, pour vous appâter. Mais ça c'est plus sérieux...

Ce disant, il tira de sa poche l'enveloppe qu'il avait donnée puis reprise au commissaire.

— Tu as eu six millions entre les mains, Ganimard.

Ganimard poussa un rugissement de rage.

— T'excite pas, Ganimard. Ce n'est pas de ta faute, tu n'es pas observateur! Regarde, oui; là, le timbre. Eh bien, tu ne le reconnais pas, non? Ces palmiers, ces pirogues? Ile Maurice, émission de 1901, dite émission de la Reine Victoria. Un exemplaire unique, légendaire. Où Oliveira l'a-t-il déniché? Je l'ignore. Il avait eu la précaution de le coller — oh! à peine — sur une vieille enveloppe qui traînait dans un classeur. Tout le monde pouvait le voir, tout le monde l'a vu. Pas mal, hein?

— Donne ça, bandit!

— Des insultes, Ganimard? C'est comme ça que tu remercies ce brave Lupin qui prend la peine de t'expliquer toute l'affaire?...

— Et, outremer! qu'est-ce que ça signifie?

— Ah ça, c'est autre chose que je t'expliquerai un peu plus tard. Tiens, demain soir, veux-tu? En gare de Poitiers.

Ganimard, comprenant que Lupin se moquait de lui, s'enferma dans un silence hargneux. Lupin se pencha vers la portière et regarda autour de lui.

— Allons, Ganimard, je vais te dire adieu.

— Jamais. Si tu fais un geste, je crie, j'appelle. Il y a derrière nous six hommes armés. Tu seras descendu comme un chien.

— Imbécile. Et le coup de téléphone, alors?

— Quel coup de téléphone?

— Eh bien: « les carottes sont cuites »... Un signal convenu, Ganimard. Ah! vous en faisiez une trompette. Vous étiez là, suspendus, et moi j'alerte pendant ce temps quelques amis qui ne doivent plus être très loin...

Il y eut à ce moment précis un brusque coup de frein. Deux autos, à droite de la Daimler, venaient de s'accrocher. On entendit des cris, des coups de sifflet. Pendant une seconde l'attention de Ganimard se porta vers l'avenue. Déjà Arsène Lupin était sur la chaussée, le canon du revolver pointé sur le commissaire. Ganimard se rua en avant. Trop tard. Une longue Delahaye happa au vol Arsène Lupin et disparut.

Toutes les recherches pour la retrouver furent vaines.

La Delahaye dévorait l'espace. Ses phares semblaient aspirer le paysage nocturne qui accourait en grondant et s'évanouissait derrière les deux hommes contractés.

— Plus vite, dit Lupin.

Antoine accéléra. L'aiguille du compteur marquait 130.

— On va se tuer, patron, fit remarquer Antoine.

— Toi, peut-être, mais moi j'arriverai.

Un silence.

— Tu as été idiot de téléphoner au Claridge.

— J'étais inquiet, patron.

Aux grandes lignes droites de la Beauce succédait une route plus sinueuse. Les pneus hurlaient dans les virages et le gravier du bas-côté mitraillait les garde-boue.

— Ne ralentis pas, sacrebleu!

— Voici Bonneval, patron. On devrait bientôt le dépasser.

Bonneval fut traversé à une allure de compétition.

Châteaudun... Cloyes... Fontaine... Le moteur lancé à plein régime filait une note aiguë, musicale. L'aiguille oscilla lentement vers le chiffre 150.

« Si on rencontre un cycliste, pensa Antoine, c'est la culbute. »

Mais la route s'allongeait, déserte, dans le poudroiement argenté des phares. A droite, un feu rouge brilla, grossit.

— C'est lui, dit Lupin.

C'était, en effet, le rapide de Bordeaux, celui qui part à 23 heures 15.

La Delahaye bondit. Le compteur marqua 170. Et peu à peu, elle remonta le train qui défilait à contre-bord. Arsène Lupin regarda la locomotive qui glissait lentement vers la vitre arrière, malgré le tournoiement furieux de ses bielles.

— A Tours, on aura vingt minutes d'avance, patron, dit Antoine.

Le Paris-Bordeaux était presque vide. Le petit vieillard à lunettes qui parcourait le couloir des premières n'avait que l'embarras du choix. Il s'arrêta devant un compartiment éclairé où somnolait un voyageur et entra. Le train roulait vers Poitiers. Les feux de Saint-Pierre-des-Corps clignotaient au loin; le martèlement des roues s'accélérait. Le petit vieillard s'assit et regarda son compagnon de route, une sorte d'artiste si l'on en jugeait par la barbe en pointe et la cravate. D'ailleurs, on pouvait voir, lui servant d'accoudoir, une mallette plate, comme celles où les peintres rangent leurs couleurs.

— Savez-vous, monsieur, à quelle heure on arrive à Bordeaux ?

Le peintre, interrogé, grommela quelque chose et ferma les yeux. Le petit vieillard n'insista pas. Il tira un journal de sa poche et le déploya largement. Un titre énorme barrait la page : « L'évasion d'Arsène Lupin ». Le petit vieillard lisait à mi-voix :

« ...Arsène Lupin, avant de s'enfuir, a fait des révélations très importantes au commissaire Ganimard. Il n'a pas tué Oliveira et a donné le signalement de son agresseur... »

Le voyageur se pencha en avant, subitement intéressé.

— On connaît l'assassin ?

— Pas encore, répondit le petit vieillard, mais entre nous, il n'est pas difficile de l'identifier.

— Je n'ai pas suivi l'affaire attentivement, reprit l'homme. Mais il me semble que si Arsène Lupin est innocent, c'est forcément son domestique le coupable, cet Antoine qui a pris la fuite...

— Eh bien, moi, dit le petit vieillard, je ne partage pas votre opinion. Si Antoine avait assommé son maître, il ne l'aurait pas fait évader ensuite. Car c'était certainement Antoine qui pilotait la voiture dans laquelle Arsène Lupin a pris le large.

— Vous croyez ?

— C'est indiscutable.

Le petit vieillard affirmait avec tant de conviction que le peintre n'essaya même pas de protester.

— Alors, comment expliquez-vous le crime ?

— C'est une théorie un peu... personnelle, que je vais vous exposer, mais vous allez voir qu'elle tient. Oliveira, vous le savez, a réalisé une grosse partie de sa fortune. Pourquoi ? Il a une pupille, la belle Incarnacion qui est sur le point d'atteindre ses vingt et un ans. Ne peut-on, dès lors, rapprocher ces deux faits ? Vous commencez à comprendre... La majorité, c'est l'âge où l'on dispose de ses biens ; c'est l'âge où les tuteurs sont obligés de rendre des comptes à leurs pupilles...

Le peintre, vivement intéressé, suivait avec passion la démonstration du vieux petit monsieur.

— Supposez qu'Oliveira ne tienne pas à rendre des comptes. Il fait croire à son entourage qu'il est menacé et gagne l'Europe. Il vend ses biens et s'apprête à disparaître.

— Mais comment expliquez-vous les deux agressions dont il a été victime près du « Léthé » ?

Le petit vieillard se mit à rire.

— Voilà justement l'objection que j'attendais. Et comment, je vous prie, savez-vous qu'Oliveira a été attaqué, puisque les journaux n'ont jamais parlé de ces deux tentatives d'assassinat ? Seul un homme est au courant, Rudolph Binger... Allons, enlevez donc votre barbe, mon cher ami.

Rudolph Binger, effondré, obéit machinalement.

— Et vous, bégaya-t-il, comment connaissez-vous ces détails ?

— C'est que ces deux tentatives d'assassinat, c'est moi qui les ai organisées...

— Vous êtes donc... vous êtes... Arsène ?...

— Allons, dis-le. T'as mis le temps, Rudolph !

Et le petit vieillard, se redressant, dominait maintenant de toute sa taille son adversaire.

— Alors, t'as pas encore compris que je voulais capter la confiance de ton patron ? Savoir ce qu'il manigançait. Il fallait bien lui inspirer confiance par un moyen ou par l'autre... J'ai choisi l'autre. Et toi, tu ne pourrais pas me dire qui m'a si proprement assommé ? Ce ne serait pas, par hasard, un certain Rudolph Binger ?

L'homme était devenu livide. Il protesta cependant :

— ...Mais j'étais ligoté dans ma chambre. Comment aurais-je pu ?...

— Ligoté ?... Pas trop serré, hein ? Oui, je sais ! Tu as déclaré que tu t'étais débattu et le bon Ganimard a coupé dans le pont. J'étais là, sur le plancher. J'ai tout entendu... C'est facile de s'entortiller dans un rouleau de ficelle ! Mais ça ne prend pas avec moi, ces trucs-là. On apprend beaucoup de choses décidément sur un plancher. Car toi aussi tu faisais le zouave sur le parquet, quand j'ai escamoté sous ton nez la merveille de l'île Maurice, hein ? Et tu ne rigolais pas !

Rudolph Binger, le front en sueur, les dents serrées, ne disait plus rien.

— Tu voulais le barboter toi aussi ? Monsieur est philatéliste, peut-être ?... Ce qui ne l'empêche pas d'apprécier également les perles. Qu'as-tu fait des perles ?...

Binger sursauta.

— Mais je ne sais pas... J'ignore... Je n'ai jamais vu de perles !

— Et le collier que ton patron voulait offrir à sa pupille pour ses vingt et un ans ? Ose donc dire que tu ne sais pas où il est ?

— Je vous assure !

— Menteur. Il est ici, dans tes bagages. Voyons, pour qui me prends-tu ?

— Vous ne l'aurez pas ! Là où il est caché, personne ne peut le découvrir !

— Bébé ! Je sais bien que tu ne le portes pas sous ta chemise avec une médaille de piété au bout. Mais un collier, ça se coupe. Et des perles, ce n'est pas bien difficile à dissimuler. Pourquoi M. Rudolph Binger s'est-il camouflé en peintre ? Évidemment pour transporter partout avec lui de l'air le plus naturel une boîte de peinture.

Rudolph fit un mouvement vers sa boîte.

— Oh ! inutile ! Je ne te la prendrai pas ! Je sais tout ! Maurice... Outremer... Eh bien, nous savons ce que signifie Maurice. Outremer désigne, j'imagine, un tube de couleur.

Oliveira, malin, avait truqué ses tubes et y avait caché ses perles. La plus grosse, la plus précieuse, se trouve, sans doute, dans le tube d'outremer. N'est-ce pas ?...

L'attitude de Binger était assez éloquente.

— Qu'allez-vous faire ? murmura-t-il. Je n'ai pas tué Oliveira, je le jure.

— Fripouille, dit Lupin. Je sais bien que tu ne l'as pas tué, puisque c'est toi, Oliveira.

Il eut à peine le temps d'éviter le coup. L'homme avait lancé son poignard dont la lame vibrait encore dans la boiserie. Ils s'empoignèrent sauvagement et roulèrent entre les deux banquettes. Ils n'entendirent même pas Châtellerault, le fracas des roues sur les aiguilles, le grondement du convoi traversant la gare à toute vitesse. Des lumières rapides passèrent, disparurent. Les deux hommes luttaient toujours. Arsène Lupin avait affaire à un adversaire d'une souplesse déconcertante. Soudain, un râle s'éleva. Lupin, un genou à terre, s'essuyait le front.

— Eh bien, mon gaillard, tu ignorais donc le coup de pouce à la carotide ? C'est enfantin, pourtant...

Mais Lupin s'aperçut que l'autre ne l'entendait pas. Il gisait, évanoui. Alors, Lupin s'activa...

Ganimard arpentait nerveusement le quai de la gare de Poitiers. Il avait posté des policiers un peu partout, mais avec ce diable de Lupin, on ne prenait jamais assez de précautions. Un télégramme reçu quelques heures auparavant le convoquait à Poitiers. Il le relut encore, furieux et inquiet à la fois.

« *Prière Ganimard prendre livraison coupable Poitiers gare cinq heures vingt-cinq. Castel-Bernac.* »

A tout hasard, Ganimard était venu, décidé à réparer son échec de la veille. Lupin, cette fois, ne pouvait lui échapper. Il verrait qu'on ne se moque pas impunément du vieux Ganimard. Ah! le filou avait gagné la première manche! Mais Ganimard lui réservait un accueil dont il se souviendrait! Mais il interrompit son monologue, car le train arrivait. Ganimard épiait les portières, les compartiments éclairés. Déjà quelques voyageurs descendaient. Pas de Lupin! Il adressa un clin d'œil à l'un de ses hommes qui s'éloigna en hâte vers le bureau du chef de gare. Il s'apprêtait à monter dans la première voiture pour explorer tout le convoi, lorsqu'il aperçut le contrôleur qui courait vers lui.

— Vite, monsieur, vite! Il y a un voyageur évanoui, en premières. Il est bâillonné. C'est un attentat.

— Crebleu! dit Ganimard.

Et il s'élança sur les traces du contrôleur. En effet, il y avait un voyageur évanoui, en premières, Rudolph Binger. Au revers de son veston, une lettre était épinglée. L'enveloppe portait ces simples mots : « Livré en gare; exempté... du timbre. »

Ganimard grinça des dents et tout à coup une idée lui traversa l'esprit. Pourquoi le contrôleur était-il venu à lui? Personne ne savait que Ganimard était à Poitiers. Il bondit sur la portière.

— Merlin. Prends deux hommes, arrête le contrôleur.

Et comme les yeux du policier s'arrondissaient, Ganimard, étranglant de fureur, ajouta :

— C'est lui, c'est Arsène Lupin!

Une heure après, on cherchait encore le contrôleur-fantôme. Un employé déclara qu'il avait vu un homme sortir par la lampisterie. Son signalement correspondait à celui que fournit Ganimard, mais il fallut très vite abandonner la poursuite.

— Heureusement, pensa Ganimard, je tiens Rudolph Binger.

Et il ouvrit la lettre de Lupin.

« Mon cher Ganimard,

« Je m'excuse de ne pouvoir vous expliquer de vive voix l'affaire Oliveira. Mais le service est le service et je devais prendre mon poste dans le 147 qui remonte vers Paris. Le métier de contrôleur n'est pas toujours drôle. A propos de drôle, je vous en confie un de la pire espèce! Car Rudolph Binger n'est pas Rudolph Binger, mais bien Oliveira en personne. Ce triste sire, qui avait l'intention de dépouiller sa pupille, et probablement de la faire disparaître, se fit passer pour son secrétaire. C'est l'infortuné Binger qui faisait la noce au « Léthé ». Oliveira se proposait d'attirer l'attention sur Binger, puis de disparaître en assassinant son secrétaire. Comme tout le monde croyait que Binger était Oliveira, Oliveira n'avait plus qu'à refaire sa vie sous un nom d'emprunt et à jouir en paix de la fortune volée à sa pupille. Vous savez comment Oliveira m'attira dans son appartement et comment il fit tomber les soupçons sur un pauvre jeune homme qui est incapable de faire du mal à une mouche. Mais Oliveira commit une faute. Il ne se doutait pas que Binger aimait Incarnacion, que Binger le surveillait et connaissait l'existence du timbre et des perles. Les dernières paroles de Binger étaient une accusation. Je me considère un peu comme l'exécuteur testamentaire de Binger. Je l'ai vengé, il ne me reste plus qu'à épouser Incarnacion. Ainsi ta conscience et la mienne, cher Ganimard, seront en paix.

« A la vie, à la mort.

« Arsène LUPIN. »

Un mois plus tard, le « Figaro » insérait à la rubrique mondaine ce court entrefilet :

« Nous apprenons le mariage de Mlle Incarnacion de Capedé avec M. le Vicomte Maurice de Castel-Bernac. On n'a pas oublié la méprise dont le Vicomte fut victime il y a quelques semaines. Pris pour Arsène Lupin, il fut arrêté et s'évada dans des conditions romanesques. Il n'eut pas de peine, par la suite, à établir son innocence et sa parfaite honorabilité.

« Nos meilleurs vœux de bonheur aux jeunes époux. »

LE CRIME DU FANTÔME

A la manière de G. K. Chesterton

Sir Oliver Deirdre était devenu célèbre en Angleterre par sa proposition de remplacer dans les livres et les dictionnaires le mot « Dieu » par celui d' « énergie ». Ce n'était pas qu'il fût athée mais, à la vérité, il se méfiait beaucoup des croyants et travaillait de toutes ses forces à développer la science positive des phénomènes psychiques. Il estimait que les morts sont des vivants dont l'indice de réfraction a changé et qu'ils adoptent une forme vibratoire décelable au moyen de certains instruments de son invention.

Sir Oliver Deirdre avait d'ailleurs la physionomie la plus opposée qui soit à celle d'un savant. Grand, lourdement bâti, il tenait de son origine écossaise des yeux bleus très pâles qui ressemblaient aux deux trous d'un masque, ce qui lui donnait une expression un peu distraite et, par moment, un air incroyable de duplicité. Mais un extraordinaire petit bouc blanc se dressait sur son menton et traduisait, par des soubresauts et des contorsions imprévues, toutes les passions qui agitaient son cœur. Il était généralement coiffé d'un gibus, même dans sa bibliothèque, ce qui ne laissait pas de conférer la plus grande autorité à ses jugements. Beaucoup de psychiatres et de docteurs ès sciences occultes faisaient de longs voyages pour jouir, à Beveridge-Hill, de sa conversation et visiter son laboratoire. Il leur arrivait même souvent de revenir quand ils avaient goûté le pudding de Mrs. Fletcher, vieille amie de Sir Oliver. Mrs. Fletcher était une mince petite vieille, toute grise, de cheveux, de peau, et de vêtements et si légère qu'on l'eût prise facilement pour une vibration fantômale. Mais, de ses doigts, naissaient miraculeusement les pâtisseries, les chatteries[1] les plus aptes à flatter les goûts d'un amateur épris des réalités terrestres, ce qui était précisément le cas de Flambeau. Comment le détective avait-il été amené à Beveridge-Hill et comment son ami, le petit prêtre à la tête ronde, l'y avait-il suivi ? C'est ce que l'attrait du pudding ne saurait entièrement justifier, surtout quand on connaît la simplicité des goûts du Père Brown. Seule, Maggie, fille de Mrs. Fletcher, aurait pu le dire. Maggie est un prénom plein de fraîcheur et de blonde poésie virginale qui désignait à Beveridge-Hill, une forte personne au visage duveteux et sanguin, ressemblant assez, grâce au col blanc qui revêtait toujours le cou et les épaules de Miss Maggie, à une fraise mûre. Qu'un être si volumineux fût la fille d'un être si minuscule, certes, la biologie ne pouvait suffire à l'expliquer et il faut bien admettre que de telles anomalies prêtent une certaine vraisemblance aux théories de la réincarnation, surtout lorsqu'elles sont professées avec la véhémence et l'enthousiasme d'un Deirdre. Maggie était, comme il arrive souvent aux personnes corpulentes, d'une timidité poussée jusqu'au scrupule et les professions de foi de Sir Oliver n'allaient pas sans effaroucher son âme tendre, éprise de discipline et de soumission. C'est pourquoi elle avait demandé au Père Brown, par le truchement d'une ancienne amie de pension, de venir passer quelques jours à Beveridge-Hill, sous le prétexte assez plausible de soutenir avec le fameux Deirdre une controverse d'ordre métaphysique. Le Père Brown n'aimait guère ces discussions où les interlocuteurs se scandalisent tour à tour sans profit pour la vérité, mais toujours au détriment de la correction du langage. Et d'ailleurs, le petit prêtre était si distrait qu'il oubliait vite le sujet de la dispute pour s'absorber dans la contemplation du visage de son adversaire, et il aimait tellement déchiffrer les traits d'une figure colérique, que ses propos devenaient franchement stupides et ses réponses idiotes ou déplacées. Sir Oliver Deirdre en fit tout de suite la remarque et pensa que les

1. En français dans le texte. (Note du traducteur.)

catholiques ont tort de se confesser à d'insignifiants petits prêtres comme le Père Brown. Quel profit spirituel, au demeurant, pouvait-on attendre des conseils d'un homme qui, quelles que soient l'heure et la saison, s'embarrassait d'un ridicule parapluie qu'il laissait échapper à chaque instant de ses mains et rattrapait dans vos jambes en s'excusant avec une exaspérante maladresse ? Sir Deirdre préférait Flambeau, à cause de sa haute taille et de sa politesse. Quand Flambeau écoutait les dissertations de son hôte, il eût répondu affirmativement aux propositions les plus saugrenues, pourvu que Mrs. Fletcher n'oubliât pas de maintenir constant le niveau du thé dans sa tasse et de disposer, à portée convenable, un nombre suffisant de tranches de cake. Moyennant quoi, il savait éviter, avec la plus étonnante présence d'esprit, les réprimandes muettes du Père Brown qui suait à grosses gouttes quand il entendait son ami reconnaître qu'après tout, le nirvânâ est une hypothèse plausible, beaucoup moins choquante que l'enfantine croyance à la résurrection de la chair. Évidemment, on respirait à Beveridge-Hill un air souillé de miasmes et l'orthodoxie de Miss Maggie était plus méritoire que le courage de saint Laurent devant son gril. Le Père Brown n'aimait pas beaucoup Beveridge Hill et, d'une manière générale, les demeures trop médiévales qui ressemblent à des châteaux de Walter Scott. Quand la vie ressemble à la littérature et les maisons à des gravures, le diable, pensait Père Brown, a la partie belle. Ce qui n'était pas si mal raisonné.

Qu'on imagine une colline pelée, raturée de sentiers ne menant nulle part et coiffée d'un manoir hérissé de clochetons, de tourelles, de flèches, de mâchicoulis, s'enlevant en silhouette sur un ciel toujours tourmenté, on aura une image exacte et, à la vérité, assez risible de cette étrange habitation, dont le caractère un peu trop appuyé semblait imputable à un laborieux parti-pris de romanesque. Et l'intérieur du manoir était digne de l'extérieur. Des salles immenses et pauvrement éclairées, des corridors où chaque pas se doublait d'un écho irrévérencieux quand il n'était pas inquiétant, des cheminées telles qu'un inquisiteur eût pu les souhaiter (du moins dans l'imagination d'un anglican), et, glissant en silence, de pièce en pièce, l'ombre cocasse et terrible de John Flinn, majordome. De face, il était court, trapu et simiesque. De profil, il était maigre, bossu et pitoyable, de sorte qu'il pouvait toujours présenter à ses maîtres un côté approprié à leur humeur du moment. Il semblait se méfier du Père Brown, ce qui contristait fort le petit prêtre. John Flinn pouvait-il supposer que le Père Brown n'ignorait point les sentiments qu'il nourrissait à l'égard de Miss Harrikan ? Pouvait-il penser que, pour ce petit homme au nez camus et épaté, l'amour n'était point, en soi, chose coupable, même si le soupirant est tordu et noir comme un diable et si la belle a passé la cinquantaine et porte des fausses dents ? Quoi de plus normal, après tout, qu'un majordome veuille épouser une dame de compagnie ? C'est que, justement, rien n'était tout à fait normal à Beveridge Hill, où, cependant, le Père Brown n'avait encore découvert ni souterrain, ni oubliette, ni ossements tombant en poudre. Mais il ne pouvait empêcher la barbiche de Sir Oliver de danser au bout de son menton comme un lutin fantasque, les gestes de Mrs. Fletcher d'être aussi irréels qu'une brise voyageuse, les peurs de Maggie de tourner à l'angoisse et l'ombre de John Flinn de ressembler au monstrueux champignon rêvé par Lewis Caroll. Il arrivait même que Flambeau devînt taciturne et mélancolique, malgré les prodiges gastronomiques de Mrs Fletcher. Pour dissiper l'humeur rêveuse de ses commensaux, Sir Oliver Deirdre les pria d'assister à une séance de spiritisme, durant laquelle il se proposait de susciter les confidences d'un Athénien du IVe siècle, nommé Prodikos.

Le Père Brown s'excusa et Sir Oliver ne chercha point à le retenir, mais Flambeau qui ne détestait pas les émotions fortes — encore qu'il n'en eût point été privé durant sa vie aventureuse — consentit à assister à l'expérience.

Mrs Fletcher adorait les tables tournantes et quand le bois du guéridon commençait à craquer et à se dérober sous ses doigts, elle fermait les yeux voluptueusement. Maggie, par amour filial, se faisait un devoir d'assister aux séances, mais elle pensait tout au fond d'elle-même que le spiritisme est une science de charlatans pour la bonne raison que les tables tournantes ne tournent jamais et qu'elles traduisent souvent de vilaines pensées en paroles encore moins convenables. En outre, elle avait tendance à s'endormir dès que les lampes étaient mises en veilleuse, et le poids de ses vastes mains engourdies gênait les trémoussements du guéridon, ce qui provoquait chez Sir Oliver Deirdre une véritable rébellion de barbiche et des réflexions qu'il eût mieux valu, peut-être, ne pas entendre. Miss Harrikan estimait que son fluide appartenait à sa maîtresse aussi bien que son travail, et elle le donnait à la communauté d'un air, toutefois, assez distant.

John Flinn ne participait jamais aux expériences. Il était chargé de veiller à ce que les portes fussent hermétiquement closes et les lumières exactement tamisées. Sir Oliver se piquait de mettre ses démonstrations au point avec plus de perfection encore que Sir Harry Castairs, président de la Metapsychical Society. Il prétendait, non sans raison, que le plus petit courant d'air suffit à étirer les ectoplasmes comme de vulgaires fumées de cigare, ce qui rend leur production plus laborieuse, et que la lumière, quand elle est trop vive, atténue leur phosphorescence au point d'en faire des vapeurs grises sans contour appréciable. Les observations, dans ce cas, sont toujours imprécises et il ne manque point d'ignorants prêts à crier à la supercherie. Mrs Fletcher était, à l'occasion, un excellent médium, mais Miss Harrikan semblait un sujet vraiment exceptionnel. Elle avait refusé longtemps de se laisser endormir, trouvant indécent de posséder une personnalité seconde et ne se souciant pas, au demeurant, de lier connaissance avec une deuxième Miss Harrikan. Par obéissance, elle avait fini, pourtant, par céder et Sir Oliver avait eu, alors, la plus remarquable séance de sa carrière. Les esprits s'étaient manifestés avec une abondance insolite et s'étaient comportés, d'ailleurs, de la manière la plus classique, tirant les cheveux des assistants, leur pinçant les joues, leur soufflant un vent froid autour des oreilles et même leur administrant des taloches si vigoureuses que l'infortunée Maggie ne pût fermer l'œil de la soirée. Sir Oliver obtint, sans difficulté, des phénomènes de lévitation impressionnants. Des assiettes, arrachées de la crédence, tournèrent autour du lustre comme des lunes agiles; le soufflet voltigea et projeta sur Mrs Fletcher un jet de cendre et de suie; et l'on crut entendre aboyer les chiens peints sur la frise qui courait autour de la salle à manger. Enfin, malgré la saison, un bouquet de violettes tomba sur les genoux de Miss Harrikan. Celle-ci, à son réveil, parut choquée d'avoir été la cause involontaire de tout ce tumulte et refusa de conserver le bouquet qui revint, après discussion, à Maggie. Depuis cette soirée mémorable, qui avait augmenté encore la notoriété de Sir Oliver Deirdre et lui avait permis de comparer la condensation des esprits à celle des cirrus, des cumulus, des stratus et des nimbus — d'où sa fameuse hypothèse de l'origine psycho-électrique de l'énergie astrale — il n'y avait eu à Beveridge Hill aucune réunion digne d'intérêt et Sir Oliver brûlait du désir de convertir Flambeau.

La salle à manger fut encore une fois choisie comme terrain d'expérience. Sir Oliver avait découvert que ses dimensions correspondaient au nombre d'or et le guéridon, quand on le plaçait à l'intersection des diagonales, sous le lustre, exactement, sechargeait de toutes les forces psychiques éparses à Beveridge Hill, à l'exception peut-être de celles du Père Brown, ce qui était négligeable. Flambeau accepta d'entrer dans le cercle et de mettre ses doigts en contact avec ceux des voisins ou, plus exactement, de ses voisines, car il était placé entre Miss Maggie et sa mère. Il nota un détail particulièrement burlesque : il pleuvait en rafales et le vent grondait et sifflait dans la vaste demeure comme s'il se fût agi d'une nuit de sabbat.

« Brown a raison, songea Flambeau, de se méfier de la littérature. Ne dirait-on pas que ces créatures étranges complotent quelque machination diabolique ? »

Sir Oliver Deirdre plongea Miss Harrikan dans un profond sommeil hypnotique, sans écouter ses protestations qui furent plutôt timides à cause de la présence de Flambeau. La vieille demoiselle poussa un profond soupir et sa tête roula sur son épaule. Sir Oliver souleva ses paupières, tâta son pouls et se rassit, barbiche haute, avec un air d'intense jubilation.

— Par quoi voulez-vous que nous commencions ? chuchota-t-il et il dirigeait vers Flambeau des regards de braise. Déplacements d'objets ? Lévitation du médium ? Matérialisation ?

Mais il fut brusquement interrompu par Miss Harrikan qui se mit à parler d'une voix aiguë, entrecoupée et grinçante. On entendait mal ce qu'elle disait. Ce fut Oliver, plus habitué que ses compagnons à interpréter les messages de l'autre monde, qui traduisit :

— Il s'agit, dit-il, de Lord Caldswell, mort en 1552, et propriétaire de ce château. Il semble irrité de la présence, dans son manoir — il s'interrompit et son visage se contracta affreusement, puis il haussa les épaules — d'un Français et d'un prêtre catholique...

Flambeau, instinctivement, tendit toute son attention, surveillant à la fois Miss Harrikan et Sir Oliver qui expliquait les paroles confuses de la voyante.

— ...Lord Caldswell tient Mrs Fletcher pour responsable de ce qu'il appelle une... — nouvelle grimace — intrusion insupportable. Il va manifester sa présence.

Sir Oliver était devenu très pâle et ses yeux flamboyaient. Il ouvrit la bouche mais n'eut pas le temps d'ajouter un mot, car quelque chose de rugueux courut sur les pieds et sur les jambes des assistants. Maggie poussa un cri et Flambeau se baissa, bousculant le guéridon. Au même moment, la porte de la salle à manger s'ouvrit toute grande, malgré les efforts de John Flinn et la lumière inonda la pièce. Le Père Brown s'avança en hésitant vers le groupe réuni autour du guéridon.

— Mon Dieu, s'écria-t-il, il est trop tard.

Et il montrait Mrs Fletcher qui avait posé sa tête sur ses mains et semblait prier. Le manche d'un couteau brillait entre ses épaules. À peine Sir Oliver eut-il vu ce que le Père Brown désignait du doigt qu'il sauta en l'air comme s'il eût été mordu par une vipère et qu'il sortit en courant.

— Elle est morte, dit tristement le Père Brown, et il tourmenta son nez conique tout en attachant ses yeux au tapis.

Flambeau consola de son mieux l'infortunée Maggie, qui ressemblait, en ce moment à un vieux grenadier blessé. Et, tandis que l'un poussant l'autre, ils sortaient de la salle à manger, le petit prêtre s'occupait de Miss Harrikan. Elle semblait plus morte encore que sa maîtresse, tant son visage était livide; mais sa respiration oppressée montrait que son sommeil artificiel touchait à sa fin. Et, en effet, elle ne tarda pas à s'éveiller, les yeux encore égarés et laiteux. Elle regarda lentement autour d'elle et ne parut pas autrement surprise de reconnaître tout près de la sienne la ronde et sérieuse figure du petit prêtre. Elle chercha à se lever, mais trébucha et dut se rasseoir. Quand Flambeau revint, il lui fallut annoncer à Miss Harrikan la mort de Mrs Fletcher, poignardée par Lord Caldswell, ou plutôt par son fantôme. Et certes la nouvelle affecta visiblement Miss Harrikan ; mais ce qui ajoutait à sa douleur, c'était la pensée qu'elle avait été, pour ainsi dire, l'auxiliaire inconsciente du funèbre revenant. Elle accabla Flambeau de questions et chaque réponse augmentait sa terreur, si bien qu'à la fin, elle poussa un cri de désespoir et s'enfuit, sans que le Père Brown eût fait le moindre geste pour la retenir.

Flambeau ordonna à John Flinn de seller un cheval et d'aller chercher du secours.

— Je ne crois pas à toute cette fantasmagorie, dit-il au Père Brown, qui regardait attentivement le manche du couteau. Et pourtant, j'étais à côté de Mrs Fletcher. Personne n'a pu la frapper.

— C'est que le diable est malin, répondit Brown. Je crois même que dans votre pays, on l'appelle ainsi.

— Vous croyez donc au diable ? s'écria Flambeau.

— Ne lisez-vous donc jamais l'Évangile ? reprit doucement le prêtre.

— La vérité, dit Flambeau irrité, je la connais sans aucun doute possible. C'est Sir Oliver qui a fait le coup, ou bien c'est son majordome qui a lancé ce couteau dans le dos de Mrs Fletcher. Car, enfin, il n'est pas tombé du ciel...

— Qui sait ? dit le Père Brown.

Il soupira et s'assit sur la chaise qu'avait occupée Flambeau. Enfin, il regarda Flambeau et ajouta d'un air craintif :

— C'est parce que je crois au diable que je ne vois rien ici de fantasmagorique.

Flambeau faillit s'emporter, mais le Père Brown lui posa deux questions qui transformèrent en stupeur son irritation.

— Que pensez-vous du soufflet ?

— Le soufflet ? C'est une invention ridicule...

— Et que pensez-vous des violettes ?

— D'abord on ne les a jamais vues, ces violettes...

Le Père Brown plongea sa main dans sa poche et posa deux violettes sur le guéridon.

Flambeau ouvrit la bouche puis la referma sans qu'aucun son sortît de ses lèvres.

Le Père Brown alla prendre sous le manteau de la cheminée le soufflet et le tendit à Flambeau.

— Faites-le fonctionner, dit-il.

Flambeau projeta une vigoureuse colonne d'air.

— Que voyez-vous ?

— Rien, répondit Flambeau.

— C'est bien ce que je voulais dire, murmura le Père Brown, et, à pas menus, la tête penchée sur sa poitrine, il quitta la salle à manger...

Flambeau retrouva Sir Oliver Deirdre dans sa bibliothèque. Il consultait un énorme dictionnaire de sciences occultes et paraissait complètement remis de son émotion. La mort de son excellente amie, Mrs Fletcher, l'avait très certainement contrarié, mais la mort est, en somme, un accident vulgaire que le sage doit considérer d'un œil sec et plus encore le savant. Sir Oliver avait été surtout frappé par l'absurdité dramatique de ce crime et n'avait songé tout d'abord qu'à se munir du pentacle de Salomon, sorte de symbole magique qui arrête — il est à peine besoin de le rappeler — les influences maléfiques et les entreprises démoniaques. Il avait ensuite consulté le fameux dictionnaire de Thomson et Davy et n'avait pas eu de peine à découvrir plusieurs précédents qui jetaient toute la lumière désirable sur les événements de la soirée. Flambeau apprit, non sans surprise, que les agressions des Invisibles sont assez fréquentes et presque toujours mortelles. Et comme Sir Oliver Deirdre avait le teint enflammé et les yeux injectés de sang, Flambeau se demanda si le distingué métapsychiste n'était pas souffrant, hypothèse d'autant plus plausible que Sir Oliver, tout en parlant, agitait fréquemment sa main droite, dont il tenait, raidis et pointés en avant l'index et l'auriculaire comme une paire de cornes menaçantes. Mais le Père Brown, qui entrait dans la bibliothèque à ce moment, ne parut pas partager son inquiétude. Il sourit même, d'un sourire à la vérité mélancolique et voilé, en apercevant le geste de Sir Oliver qui, perdant toute retenue, frappa du pied et demanda au petit prêtre s'il savait seulement ce que c'est qu'un sortilège.

— Un sortilège, dit doucement Brown, c'est une faiblesse d'imagination exploitée par un coquin. Et une faiblesse d'imagination — il se tourna vers Flambeau pour ne pas irriter le savant — c'est toujours un manque de foi.

Flambeau voulut éviter une discussion engagée dans des conditions aussi dépourvues de sérénité et posa quelques questions à Sir Oliver Deirdre.

— D'où vient le couteau ?

— Je l'ignore. Je n'en ai jamais vu de semblable au château et sa forme bizarre me ferait croire qu'il a une origine surnaturelle.

— Je croirais plutôt, murmura le prêtre, que le manche du poignard a été brûlé de telle sorte que ses dimensions ont été réduites à celles d'une tige très mince.

Les joues de Sir Deirdre tremblèrent de colère. Il atteignit un livre dont la couverture de cuir rouge était ornée d'une chauve-souris et il l'agita sous le nez du Père Brown.

— Van Elmont, cria-t-il, a vu le même phénomène. Et non seulement le manche du couteau était calciné mais encore il répandait une forte odeur de soufre !

Flambeau s'empressa d'aborder un autre point.

— John Flinn, dit-il, ne peut être soupçonné car il était en face de vous et je n'ai pas cessé de l'apercevoir. Il n'a donc pu jeter le couteau. Quant à Sir Oliver, il était penché vers Miss Harrikan et ses deux mains reposaient à plat sur la table.

— C'est évident, trancha le savant. Aucun être humain n'a pu commettre ce crime...

— Je me demande, dit alors le prêtre de sa voix ingénue, pourquoi on a essayé de nous écarter de Beveridge Hill. Car le motif invoqué par l'ombre de Lord Caldswell avait peut-être quelque valeur en 1552 mais maintenant...

Sir Oliver éclata d'un rire bref.

— On voit, bien dit-il, que vous autres, catholiques,

connaissez bien mal les secrets de l'autre monde. Les passions ne meurent pas mais, bien au contraire, règlent l'évolution de l'esprit à travers ses incarnations successives. C'est cette loi qui explique les mutations brusques...

Il ajouta quelques mots entre ses dents et Flambeau rougit, mais le Père Brown était si absorbé qu'il n'entendit rien. Il parut enfin sortir de son engourdissement et, s'adressant à Flambeau :

— Était-ce vraiment quelque chose de rugueux ? demanda-t-il.

— Pourquoi parle-t-il de rugueux ? dit Sir Deirdre, et sa barbiche se cintra comme une virgule.

Mais Flambeau comprit la pensée de son compagnon.

— C'était certainement quelque chose de rugueux qui faisait sur le pied du guéridon une sorte de frottement. L'étoffe de mon pantalon fut tirée ou plus exactement accrochée. L'impression était nettement désagréable.

— Quel a été votre premier mouvement ?

— Je me suis baissé pour tâter avec la main cette chose mystérieuse et vous êtes arrivé juste alors.

Le Père Brown parut soudain tout guilleret et quand il demanda à Sir Oliver s'il ne serait pas possible d'organiser une nouvelle séance, sa voix était presque enjouée. La proposition fit plaisir au savant, et il convint en lui-même que les catholiques romains, malgré leur détestable sentimentalité, ont parfois des lueurs de bon sens. Flambeau fit remarquer que toute la journée du lendemain serait occupée par une foule de démarches et de formalités, et qu'il serait nécessaire d'attendre la soirée. Son avis fut accepté...

Flambeau retourna sans arrêt le problème dans sa tête, et ne fut pas fâché, après le déjeuner, de trouver Brown qui, tout seul, lisait dans le parc un petit livre noir.

— Ce crime est absurde, dit-il en l'abordant.

Le regard pensif du Père Brown se posa sur l'allée, où le dégel traçait des rigoles. Il semblait trouver là ample matière à réflexion et sa réponse fut lente et hésitante.

— D'autant plus... absurde que le résultat... n'est pas certain d'avance.

— Quel résultat ?

— Vous n'avez donc pas encore compris ? demanda Brown gentiment.

Ils firent quelques pas ensemble, sous les arbres dépouillés.

— ...Vous n'avez pas compris qu'il fallait deux victimes ?

Flambeau sursauta.

— Et la deuxième, qui est-ce ?

— C'est moi, dit Brown avec indifférence.

Derrière eux, le château dressait son architecture capricieuse, et le Père Brown, pensif, le regarda un moment.

— C'est cela, ajouta-t-il, le diable ! Quelque chose de tortueux et de compliqué qui dissimule un projet trop simple.

Et comme le vent soufflait encore avec violence, ils rentrèrent et demeurèrent enfermés jusqu'au soir.

Pendant le repas, Flambeau posa de nouvelles questions à Sir Oliver Deirdre.

— Pourquoi la salle à manger fut-elle choisie pour ces expériences de spiritisme ?

Sir Oliver haussa ses sourcils broussailleux.

— Je crois vous avoir déjà renseigné. Les dimensions de cette salle sont exceptionnellement propices aux recherches de ce genre.

— Ne pourrait-on se réunir ailleurs ?

— Si, évidemment. Mais les conditions seraient moins favorables. L'éclairage, notamment, serait insuffisant et quand on travaille avec un médium, il est nécessaire de ne pas le perdre de vue une seconde, d'abord pour éviter la fraude, ensuite pour surveiller l'évolution de son état cataleptique et ne pas risquer d'accident.

— Le médium a-t-il les mains libres ?

— Oui, mais ses mains sont posées sur la table et il est facile de les surveiller.

— Pourtant, hier soir, quand vous vous êtes baissé pour regarder la chose qui passait entre vos jambes, le médium n'a-t-il pu frapper Mrs Fletcher à l'insu de tous ?

Le regard de Sir Oliver Deirdre se posa sévèrement sur Flambeau.

— Je n'ai pas perdu de vue une seconde Miss Harrikan. Elle était penchée en arrière, les yeux clos. Il aurait fallu qu'elle lançât le couteau au hasard et, de toute façon, elle n'aurait pu atteindre « dans le dos » les personnes qui lui faisaient face.

Le Père Brown ne disait rien. Il roulait sous son doigt une boulette de mie de pain et semblait à mille lieues de Beveridge Hill. Il se leva le dernier, machinalement. En passant à côté de Flambeau, il lui murmura à l'oreille :

— Je voudrais un coussin.

Et peu après la séance commença. Il y eut, au début, une petite discussion pour savoir de quelle façon il convenait de grouper les cinq personnes. Flambeau qui cherchait, sans le dire, à reconstituer exactement le drame, fit asseoir Maggie — non sans peine, mais il savait parler aux jeunes filles — sur la chaise que Mrs Fletcher avait occupée et le père Brown fut placé à côté d'elle. Sir Oliver Deirdre, malgré sa nervosité, endormit du premier coup Miss Harrikan. Le Père Brown souriait vaguement. Il était ridiculement tassé sur son siège et sa soutane l'engonçait. La barbiche du savant, le nez drôlement camus du prêtre et la moustache discrète de l'héritière auraient prêté à rire en d'autres circonstances, mais nul ne songeait à se divertir. L'impression d'angoisse devint même si oppressante que le Père Brown se leva brusquement et, comme des automates, tous l'imitèrent à l'exception de Miss Harrikan dont le visage crayeux était parfaitement immobile. Il y eut comme une courte panique, puis chacun se rassit et la voix du médium, tout aussitôt, s'éleva, étrangement grinçante dans le silence. Et, de nouveau, Sir Oliver traduisit le message.

— C'est lui, dit-il en roulant des yeux féroces, c'est Lord Caldswell. Il prétend que sa vengeance n'est pas complète. Miss Maggie... aurait dû... chasser les hôtes... indésirables...

Quelqu'un poussa un cri et, sous la table, la chose sans nom se mit à bouger, frôlant les jambes et se démenant d'une manière terrifiante.

— Allumez, cria Flambeau.

Tous s'étaient dressés, sauf Miss Harrikan, et une forme noire qui restait penchée en avant, un bras sur la table.

— Père Brown, chuchota Sir Oliver, il est poignardé!

Et chacun vit le manche d'un poignard qui était planté entre ses épaules. Flambeau se précipita, mais s'arrêta net, car le visage rond et placide du prêtre n'était pas du tout celui d'un moribond. Bien au contraire, le Père Brown souriait innocemment et il dit de la voix la plus naturelle du monde :

— Soulevez la table, je lui tiens le pied.

Flambeau obéit. Le Père Brown tenait solidement la cheville de Miss Harrikan.

— Ce sont des semelles crêpe, fit-il encore remarquer.

Et il posa délicatement à terre le pied de la demoiselle endormie. Car ce qui était le plus fantastique dans cette scène, c'est que Miss Harrikan dormait profondément, insensible à tous les événements qui se déroulaient autour d'elle. Alors, le petit prêtre s'approcha doucement d'elle et murmura :

— John Flinn a tout avoué.

Et il riait, l'insensé, il riait ; le manche du couteau sautait affreusement et la sueur perlait au front de Sir Oliver Deirdre. Alors le calme visage de Miss Harrikan se crispa soudain en une grimace infernale. Ses yeux jaillirent des orbites et elle tomba à terre, en proie à une horrible crise de nerfs. On appela vainement John Flinn. Il avait disparu et personne ne le revit jamais.

— Expliquez-nous, dit Flambeau.

Le Père Brown arracha le poignard de son dos sans la moindre souffrance apparente et retira le coussin qu'il avait arrangé sous son habit.

— Miss Harrikan, dit-il, avait l'intention d'épouser John Flinn. Mais, comme, j'imagine, leurs vieux jours n'étaient pas suffisamment assurés, ils complotèrent ensemble la mort de leur maîtresse et de sa fille afin de capter l'héritage. Ils conçurent alors un plan vraiment intelligent. Miss Harrikan fit croire à Sir Oliver qu'elle était un médium remarquable. John Flinn, à peu près invisible hors de la zone centrale éclairée, se livra aux petites fantaisies que vous savez. Pour étudier son rôle, il n'avait eu qu'à lire les savants ouvrages de Sir Deirdre. Vindicatif, il souffla au visage de l'infortunée Mrs Fletcher un jet de suie et de cendre et lança à destination de sa belle un bouquet de violettes, de ces mêmes violettes que je n'ai pas eu de peine à découvrir dans un petit parterre au sud du manoir. Notre arrivée dérangea un peu les plans des deux criminels; mais, à la réflexion, ils trouvèrent le motif qu'ils cherchaient, la haine du vieux Lord. Si ce motif ne suffisait pas, il y avait d'ailleurs assez de soupçons contre Sir Oliver. Ils assassinèrent donc Mrs Fletcher.

— Mais comment ?

— N'avez-vous pas été frappé par la forme du couteau ? Regardez.

Le Père Brown lança le couteau très haut. On le vit tournoyer et il retomba en sifflant. Sa lame se ficha profondément dans le parquet.

— Essayez vous-même, dit le Père Brown.

Flambeau lança le couteau à son tour. Il retomba pointe en avant et s'enfonça si profondément qu'il fallut l'arracher à deux mains.

— Lancez-le aussi haut que vous voudrez, continua le Père Brown, il retombera toujours sur sa pointe parce que sa lame est beaucoup plus lourde que le manche. Le manche a été calciné jusqu'au moment où il a cessé d'équilibrer le fer du couteau.

— Mais qui l'a lancé ?

— Personne. Vous savez pourquoi.

— Alors ?

— Alors, il est tombé du ciel, Flambeau, comme vous l'avez dit dès le début de vos recherches.

Le Père Brown monta sur une chaise puis sur le guéridon et il montra l'énorme lustre qui était formé d'un tronc métallique d'où partait des branches multiples chargées de lampes.

— Le tube central est fermé par une sorte de clapet mobile autour d'une minuscule charnière. C'est un véritable travail d'art dû à l'ingéniosité de John Flinn. Le clapet peut être déclenché par un fil qui suit le fil électrique et court dans le même tube que lui. Il aboutit à l'interrupteur. Il suffit de le tirer légèrement pour que s'ouvre le tube et le poignard tombe. Il est assez lourd pour pénétrer profondément dans le dos et accomplir son œuvre.

— Encore faut-il que la victime se présente favorablement, fit remarquer Flambeau.

— Justement, dit le Père Brown. Miss Harrikan, au moment où la nervosité des assistants était à son comble, passait le long de leurs jambes son soulier; et ce contact était si inattendu qu'ils se baissaient malgré eux pour écarter cette chose horrible. John Flinn attendait le moment propice et libérait alors son projectile.

— Et si la séance n'avait pas eu lieu ici ? objecta Flambeau.

— Vous oubliez le nombre d'or ! C'est parce que le guéridon était habituellement dressé sous le lustre que Miss Harrikan imagina ce stratagème. Et si je n'avais pas pris la précaution d'occuper rapidement la place de Miss Maggie, Miss Maggie, ce soir, aurait partagé le sort de sa mère. Mais je comptais sur l'excitation des criminels qui ne firent pas, en effet, attention à la substitution.

— Et comment avez-vous été amené à soupçonner Miss Harrikan ?

Le prêtre poussa un soupir et répondit gravement :

— Il faut se méfier de l'eau qui dort.

Sir Oliver, furieux, tourna les talons et, sans un mot, alla s'enfermer dans sa bibliothèque.

Deux mois plus tard, Flambeau montra au Père Brown un article qu'il avait découpé dans le « Daily Reformer ». Le prêtre le lut poliment.

« ... On apprend que le savant bien connu, Sir Oliver Deirdre vient d'être élu président de la Metapsychical Society. L'autorité qui s'attache à ses travaux faisait de lui le successeur désigné de Sir Harry Castairs. »

— Eh bien ? demanda Flambeau.

— Amen, dit le Père Brown.

Et il reprit son bréviaire.

LORD PETER ET LE MONSTRE

A la manière de Dorothy Sayers

Lord Peter Wimsey fit courir négligemment son index sur les touches de piano, bâilla, choisit un Villary-Villar dans un coffret armorié, sonna Bunter.

— Bunter, quelles sont nos occupations, aujourd'hui ?

Bunter posa sur un guéridon le plateau chargé de toasts et écarta les tentures qui masquaient les fenêtres. La lumière jeune, éclatante, d'une matinée de printemps, envahit la bibliothèque, allumant les riches reliures des livres qui tapissaient les murs et dessinant légèrement sur le tapis sévère les ombres délicates des feuillages de Green Park.

— Il y a tout d'abord, dit Bunter, cette exposition canine à Chatterley Mansion.

— Les chiens m'ennuient, Bunter. Ils sont fidèles et larmoyants comme une vieille maîtresse. Non! Pas d'exposition!

— Il y a ensuite l'enterrement de Lady Worthington...

— Votre café est prodigieux, Bunter! Si Lady Worthington vous avait eu à son service, je doute qu'elle se fût résignée à mourir d'une congestion. La gourmandise l'eût prolongée, Bunter!

— Merci, Milord. Dois-je préparer l'habit de Votre Seigneurie ?

— Non, Bunter. Je n'irai pas à cet enterrement. La vieille pimbêche ne pouvait pas me souffrir et vous devriez savoir que le noir me fait ressembler à un croque-mort.

— Bien, Milord. A onze heures, au Club, il y a la réception du Major Carson...

— J'enverrai mon frère, le duc de Denver. Il adore les récits de chasse au tigre depuis qu'il a acheté cette descente de lit ridicule, mais vous connaissez l'histoire, Bunter.

— Oui, Milord.

— La vie est bien monotone, Bunter! Rien dans les journaux, naturellement ?

— Rien, Milord. Un petit crime à Whitechapel, un naufrage dans le Pacifique, une émeute à Calcutta, et l'annonce de la vente de la collection Beverley.

— Quoi ?

Lord Peter se leva brusquement.

« Je guigne cette vente depuis un mois et vous venez me parler de naufrage et d'émeute! Savez-vous que l'édition des Quatre Fils Aymon est une pièce de musée ? Il nous faut cette édition, Bunter... Je vous promets...

Le téléphone l'interrompit net et Bunter ne devait jamais apprendre ce que lui promettait Lord Peter Wimsey. Bunter disparut dans la chambre, tandis que Lord Peter étalait paisiblement une épaisse couche de confiture sur une tartine. Quand Bunter revint, il était si grave que Lord Peter éclata de rire.

— Allons, Bunter! Ne faites pas cette figure! On ne vous a pas appris que je me mariais ? Ou bien mon frère Gerald a-t-il été arrêté pour ivresse et outrages à la force publique ?

— Que Votre Seigneurie veuille bien m'excuser. Sa Grâce me prie de vous apprendre que Lady Ballister a été trouvée morte, ce matin, dans sa chambre.

— C'est une conspiration, Bunter! On veut que je porte cette affreuse cravate que vous vous obstinez à me conseiller pour le deuil!

— Lady Ballister a probablement été empoisonnée, Milord.

— Entre nous, Bunter, c'est bien un peu son tour. Ses deux premiers maris furent obligés de divorcer, tant elle avait mauvais caractère, et le troisième est mort d'un coup de sang.

— Miss Mary serait soupçonnée.

— Miss Mary ?

Lord Peter jeta son cigare dans la cheminée et fit quelques

pas en silence. Puis il parut s'absorber dans la contemplation de ses reliures du XVIe siècle et Bunter s'apprêtait à quitter la pièce sur la pointe des pieds, quand Lord Peter l'arrêta d'un geste.

— Bunter, mon beau-frère, l'inspecteur Parker, est en train de commettre la plus belle gaffe de sa carrière. Miss Mary est incapable de... enfin vous saisissez! Je pense que nous devrions nous occuper nous-mêmes de cette affaire.

— Certainement, Milord!

— Bunter, vous allez vous rendre au domicile de Lady Ballister. Vous prendrez l'air solonnel que vous avez quand vous annoncez le dîner; vous direz par exemple que vous êtes envoyé par Bramson and Bramson pour organiser les funérailles et vous tâcherez de faire parler les femmes de chambre, de préférence. Ne jouez cependant pas trop de vos charmes, Bunter.

— Je ferai pour le mieux, Milord.

— J'en suis persuadé, Bunter. N'oubliez pas d'emporter votre matériel. Rappelez-vous à quel point les empreintes que vous aviez relevées chez Thipps [1] nous ont été utiles.

Après le départ de Bunter, Lord Peter flâna un instant, regarda pensivement, dans une glace de Venise, sa figure maigre, au front fuyant, aux yeux gris, une figure, pensait-il quelquefois, si aristocratiquement nulle. Au fond du miroir, il apercevait aussi le visage de Mary, ses charmants cheveux bouclés, ses yeux d'un bleu, d'un bleu... bref, une empoisonneuse n'a pas des yeux aussi bleus! Il fallait être Parker...

On frappa et Lord Peter, dans la glace, vit la silhouette de l'inspecteur Parker.

— Charmé de votre visite, Charles. Ainsi la police, maintenant, laisse empoisonner la veuve et coffre l'orpheline? Vous êtes un curieux paladin, mon ami. Voilà donc l'homme qui a épousé ma sœur! N'essayez pas de vous justifier. Prenez plutôt une tasse de café et goûtez ces toasts... Taisez-vous! Le duc de Denver vous dirait qu'un gentleman ne parle pas la bouche pleine... Mary est innocente, comprenez-vous, et je le prouverai!

1. Voir « Lord Peter et l'Inconnu » (N. d. T.).

L'inspecteur Parker posa sa tasse sur le plateau et sourit.

— Vous aurez du mal, mon cher Peter! Toutes les apparences sont contre elles.

— Comme si, au Yard, vous saviez interpréter les apparences!

— Vous semblez, Peter, vous intéresser excessivement à cette personne.

— Moi ? Pas du tout! Je l'ai rencontrée à un thé, chez Lady Melville. Miss Mary me surprit au moment où j'allais vider ma tasse au pied d'un palmier et elle me gronda si gentiment que j'acceptai de boire une gorgée de cet exécrable breuvage. J'en ai encore la nausée. Donnez-moi un toast, Charles. Ma parole, le Yard vous laisse donc périr d'inanition ? Ou bien est-ce le spectacle de l'innocence opprimée qui vous ouvre à ce point l'appétit ?

— Laissez-moi donc placer un mot, damné bavard! Lady Ballister a été empoisonnée. Une piqûre d'atropine, certainement. Le docteur Clay réserve encore son diagnostic, mais il n'y a aucun doute : les pupilles de la morte sont dilatées et les bras et les jambes présentent des plaques rouges ressemblant tout à fait à une éruption érythémateuse. Lady Ballister souffrait, depuis quelques jours, d'une crise d'asthme. Chester, son médecin, prétend que la crise était bénigne. Il avait passé quelques instants, hier soir, auprès de la malade, et l'avait trouvée plutôt mieux. Or Miss Mary déclare que Lady Ballister, vers 9 heures, était agitée et fébrile. La jeune fille voulut — c'est elle qui le dit — téléphoner au docteur Chester, mais la malade s'y opposa et insista pour que Miss Mary montât se coucher. Tels sont les faits. Il appartient à Clay de retrouver la trace de la piqûre, car quelqu'un a forcément fait une injection à Lady Ballister. Et seule Mary a pu approcher la victime...

— Tout cela me paraît assez fragile! murmura Lord Peter. La vieille folle a pu avaler une drogue.

— Non. Administré par voie buccale, le poison n'agit pas si rapidement. Or Clay affirme que le décès a dû survenir vers 11 heures.

— Elle a pu se piquer elle-même ? Qu'est-ce qui vous permet de croire qu'elle ne s'est pas suicidée ?

— Si elle s'était supprimée, on aurait mis la main sur la seringue et sur l'ampoule de poison. On n'a rien trouvé dans sa chambre.

— Elle n'a pas été foudroyée, n'est-ce pas ? Elle a donc eu le temps de sortir pour cacher l'une et l'autre.

— Non. La chambre était fermée à clef. Nous le savons par Gladys, qui donna l'alarme.

— Qui est cette Gladys ?

— La femme de chambre. Elle jouait un peu le rôle de garde-malade, depuis le début de la crise. Elle couchait au bout du couloir, donc à quelques pieds de Lady Ballister.

— Pourquoi ne la soupçonnez-vous pas ?

— Parce qu'elle n'avait aucun intérêt à tuer sa maîtresse. Elle et Tom, son mari (il était chauffeur et jardinier) doivent maintenant chercher une autre place.

— Et quel intérêt Mary avait-elle ?...

— Elle hérite.

— Franchement, Charles, vous aurez de la peine à convaincre un jury. Vous êtes plus circonspect, d'habitude.

— Il y a d'autres indices. Par exemple, nul n'ignore que Lady Ballister et Miss Mary ne s'entendaient pas du tout.

— Oui. J'ai entendu parler le clan des douairières. L'éternelle rengaine : la fille qui est jalouse de la nouvelle femme de son père; Mary considérait Lady Ballister comme une intruse. Et après ?

— Après, il y a ceci !

Parker tira de sa poche une mince boîte de carton qu'il ouvrit. Il la tendit à Lord Peter. Celui-ci devint rouge.

— Une seringue ! Vous auriez pu le dire plus tôt, Charles. Si c'est une mystification, je vous assure...

— Non. J'ai seulement voulu vous montrer que mes preuves, présentées dans un certain ordre, ne manqueront pas d'ébranler le jury. Cette seringue avait été jetée à la poubelle. Les experts nous diront si elle a contenu de l'atropine. Quoi qu'il en soit, elle est identique à deux autres seringues que Miss Mary emploie quotidiennement. Elle m'a expliqué qu'elle était déprimée depuis quelque temps et se faisait des piqûres de cacodylate.

— L'inculpation est inévitable ?

— Je le pense.

— Mais, dites-moi, Charles, pourquoi êtes-vous venu me raconter tout cela ?

— Parce que Miss Mary m'a prié de vous prévenir. Elle espère que vous pourrez peut-être la sauver. Je dois avouer, Peter, qu'elle est bien jolie pour une empoisonneuse.

— Charles, si vous n'étiez pas un Wimsey par alliance, je crois bien que je vous empoisonnerais, moi aussi, et de grand cœur.

— Avec de l'atropine ?

— Non. En vous faisant inviter chez Lady Melville. Allons ! Finissez votre café ; il n'est pas toxique, lui, du moins ! Et filons là-bas.

Le monocle de Lord Peter était, en réalité, une loupe, qu'il promena attentivement au-dessus de tous les bibelots qui ornaient la chambre de feu Lady Ballister. Il ne découvrit rien d'intéressant. La fenêtre de la chambre était close. L'inspecteur Parker apprit à son beau-frère que les empreintes relevées sur l'espagnolette étaient celles de Gladys. La fenêtre n'avait donc pas été ouverte par Lady Ballister. Personne, visiblement, ne s'était introduit dans la maison par cette voie. Quant à la porte, Lady Ballister l'avait certainement fermée vers 9 heures, aussitôt après le départ de Miss Mary. Il y avait là un détail irritant : d'habitude, Lady Ballister laissait sa porte entrebâillée et Gladys, avant de se coucher, venait toujours voir si sa maîtresse n'avait besoin de rien. Souvent, elle la coiffait pour la nuit. Quelle était donc la raison qui avait poussé Lady Ballister à s'enfermer ? Gladys, interrogée à ce sujet, n'apporta aucun éclaircissement.

— Qui est entré le premier dans la pièce ? lui demanda Lord Peter.

— Mon mari. Quand je compris qu'il était arrivé quelque chose à Madame, affolée, j'appelai Tom. Il fit sauter la serrure et il me dit : « La pauvre dame est morte. » Alors, je fis quelques pas et je la vis...

— Comment était-elle ?

— Elle était par terre, sur la descente de lit, pliée en deux.

— Vous n'avez rien trouvé près d'elle, aucune aiguille, aucune seringue ?

— Non. Tout était en ordre.

— On n'a rien volé ?

— Oh ! non, monsieur.

— Pourquoi a-t-on enlevé les draps ? Qui a eu cette idée ?

— C'est moi, monsieur. Je voulais mettre sur le lit les draps brodés. J'ai aussi préparé la toilette de Madame... pour la veillée.

Gladys se mit à pleurer et Parker la renvoya.

— Vous conviendrez, dit Parker, qu'il n'y a pas le moindre indice. La vérité, c'est que Miss Mary a fait la piqûre mortelle et ensuite...

— Expliquez-moi donc, Charles, pourquoi la porte était fermée à clef.

— Je l'ignore.

— Posons la question à Mary.

Miss Mary, tout habillée de noir — déjà ! pensa Parker — était la vivante statue de l'affliction et Lord Peter faillit lui prendre les mains et lui affirmer que l'inspecteur Parker était un âne. Il se contenta de prononcer quelques paroles de banale courtoisie qui, pourtant, rendirent à la jeune fille un peu d'assurance.

— Racontez-nous, mademoiselle, la dernière journée de votre... de Lady Ballister, à partir de son réveil.

— Ma belle-mère, qui dormait peu, sommeillait une partie de la matinée. Elle m'appela hier matin, vers 11 h. 1/2, pour me demander le menu du déjeuner. Elle attachait beaucoup d'importance à ce genre de détails et, naturellement, critiquait toutes mes initiatives. Elle mangea de bon appétit, se reposa jusqu'à trois heures. A trois heures et quart, elle eut la visite du Révérend Bartholdy. Ils bavardèrent jusqu'à quatre heures. A cinq heures, Mrs. Chester vint prendre le thé.

— Qui est Mrs. Chester ?

— La femme du médecin, répondit Parker. Une vieille amie de Lady Ballister. Elles se voyaient souvent, je crois, mademoiselle ?

— Presque tous les jours. Mrs. Chester resta une heure

environ. A six heures et demie, le docteur Chester se fit annoncer. Il resta une vingtaine de minutes. En sortant, il me dit que ma belle-mère allait beaucoup mieux, qu'elle semblait beaucoup moins abattue et qu'elle avait même refusé d'être auscultée, sentant sa poitrine dégagée. Cependant, ma belle-mère ne prit, au souper, qu'un peu de potage. Quelques minutes avant neuf heures, j'entrai chez elle pour lui souhaiter une bonne nuit. Elle me parut bizarre, agitée. Elle était décoiffée. Ses yeux brillaient comme ceux d'une personne qui a bu. Elle se fâcha quand je lui parlai d'appeler le docteur. Sa voix était rauque. Je n'osai insister, ne voulant pas qu'elle se mît en colère, et je me retirai. Elle me pria de dire à Gladys qu'elle n'avait pas besoin de ses services.

— Avez-vous entendu Lady Ballister fermer sa porte ?

— Non.

— Que savez-vous de la seringue découverte par la police ?

Les yeux bleus de Miss Mary se voilèrent. Sa voix trembla.

— Je ne sais rien. Je ne possède que les deux seringues trouvées chez moi.

— Réfléchissez ! Lady Ballister aurait-elle eu la force de descendre au rez-de-chaussée pour déposer cette seringue dans la poubelle ?

— Je ne le crois pas.

— Les trois visiteurs ont-ils eu l'occasion d'entrer dans la cuisine ?

L'inspecteur intervint.

— Je suppose, mon cher Peter, que vous avez conscience de l'énormité d'une telle hypothèse ? Pour quel motif le Révérend Bartholdy ou bien Mrs. Chester auraient-ils tué Lady Ballister ?

— Laissez-moi faire, voulez-vous ? murmura Lord Peter avec suavité. Répondez, Mary !

— Il me semble. Il faudrait demander cela à Gladys.

— Allez donc voir, Charles.

Parker quitta la pièce et Lord Peter contenta son désir. Il saisit les mains de la jeune fille.

— Mary ! Confidence pour confidence ! Je vous ai avoué que j'exécrais le thé. Vous pouvez bien me dire si vous avez tué la vieille folle.

Mary secoua la tête.

— Je suis innocente.

— Très bien. Personne ne vous en voulait ?

— Si! Ma belle-mère. Elle me détestait. Elle me reprochait d'être coquette et de vouloir tourner la tête au Révérend Bartholdy et au docteur Chester.

Ils rirent, mais, entendant les pas de l'inspecteur, ils reprirent une mine sérieuse. Parker semblait un peu embarrassé.

— Les trois visiteurs sont allés dans la cuisine, dit-il. Mais, évidemment, cela ne signifie pas grand-chose. Le Révérend Bartholdy voulait donner à Gladys le texte de l'hymne que la chorale chantera dimanche prochain. Mrs. Chester aida comme d'habitude Gladys à confectionner les toasts, car elle connaissait bien les goûts et les manies de la défunte. Enfin, le docteur, qui avait changé la roue de sa voiture peu de temps avant d'arriver, demanda la permission de se laver les mains. Rien de suspect en tout cela.

— Peut-être, mais un avocat habile n'aura pas de peine à montrer que ces trois personnes ont eu l'occasion de cacher la seringue dans la poubelle. Tout le monde savait, mademoiselle, que vous suiviez un traitement ?

— Oui. C'est le docteur Chester qui me soigne et j'ai eu l'occasion de le remercier, en présence du Révérend Bartholdy. Ne parlons pas de Mrs. Chester. Ma belle-mère lui racontait les plus petits potins de la maison.

Parker se pinçait machinalement le nez et les joues.

— C'est bon, dit-il enfin. Le rapport du docteur Clay nous aidera à y voir un peu plus clair. Ne vous éloignez pas, mademoiselle!

— Eh bien ? interrogea Lord Peter, quand ils furent seuls. Où sont vos preuves ?

— Allez au diable avec vos preuves! grogna Parker.

— Et notez bien que si Mary a dit la vérité, à neuf heures Lady Ballister était déjà empoisonnée. Or, comme à six heures et demie elle ne présentait aucun symptôme d'empoisonnement, il faut conclure qu'elle s'est piquée elle-même, peu après le départ du docteur, ou que le docteur lui a fait l'injection.

— Mais il affirme qu'il ne l'a pas même auscultée.

— Et s'il ment ? Vous avez parlé d'atropine. Ce n'est pas un poison courant. Comment Mary aurait-elle pu se le procurer ? Tandis qu'un médecin...

— J'admire votre imagination, Peter! Mais je ne suis nullement convaincu. Pourquoi n'accuserait-on pas aussi bien Mrs. Chester ou le Révérend ?

— Parce que si le Révérend était coupable, le docteur aurait sûrement remarqué les premiers signes de l'empoisonnement; et si Mrs. Chester avait voulu piquer son amie, celle-ci aurait sûrement refusé, sachant que le docteur allait venir et qu'il s'acquitterait beaucoup mieux de cette besogne.

— Pour moi, dit Parker, je n'aime pas à me nourrir de « si » et de « supposez que ». Allons surprendre Clay. Il nous renseignera.

Le laboratoire était à deux pas. Ils trouvèrent le docteur en train de rédiger son rapport.

— Eh bien ? s'écria Parker, à bout de patience.

— Le cas est classique, inspecteur. Empoisonnement par l'atropine. Notre chimiste, grâce à la méthode de Stas, a obtenu un résidu qu'il a traité par le chlorure d'or. Le précipité dépose, en ce moment. On observe déjà les petits cristaux réunis en mamelons qui caractérisent le chlorure double d'or et d'atropine. Aucun doute n'est permis.

— Lady Ballister a donc été empoisonnée par une piqûre, murmura Parker.

— Incontestablement! D'ailleurs, la seringue trouvée aux ordures contient encore un peu d'atropine et d'eau, ce qui prouve qu'elle a été lavée après usage. Elle a également été essuyée avec soin, car elle ne porte pas l'ombre d'une empreinte.

— Où la victime a-t-elle été piquée ?

— C'est bien là que le mystère commence! avoua le docteur Clay. Le cadavre ne porte pas la moindre trace d'injection. J'ai étudié le corps pouce par pouce. Rien!

Parker s'assit auprès du bureau.

— Voyons, docteur. Lady Ballister n'a pas avalé le poison, n'est-ce pas ?

— Non. La mort ne serait pas survenue si rapidement.

— Alors ?

— Alors, je n'y comprends rien.

— Avez-vous regardé partout ? Sous les ongles ? Derrière les oreilles ?

Lord Peter rit discrètement derrière son gant.

— Soyez sérieux, Charles ! La victime n'était pas d'humeur à se laisser torturer.

— La mort a peut-être détendu les tissus ? reprit Parker.

— Non ! répondit Clay. Une piqûre reste longtemps visible. Il subsiste une légère induration très apparente, même sur un cadavre.

— Quelle est la dose mortelle de poison ? demanda Lord Peter.

— Cela dépend des sujets. En injection sous-cutanée, 5 à 10 milligrammes suffisent largement. Mais dans le cas de Lady Ballister, je crois que cette quantité a été dépassée, sans rien pouvoir affirmer encore de précis.

— Est-ce le poison qui a déterminé la mort ? insista Parker. Lady Ballister était atteinte d'asthme. Elle a peut-être succombé à une crise d'étouffement ?

Le docteur Clay s'agita sur sa chaise.

— Impossible, inspecteur ! Lady Ballister a été empoisonnée. Sa maladie a probablement facilité l'action du poison, mais n'a nullement provoqué le décès. D'ailleurs, si vous désirez voir vous-mêmes le corps ?

Lord Peter acquiesça et les trois hommes se rendirent auprès de la dépouille de Lady Ballister. Ils se livrèrent à un examen minutieux qui fut entièrement négatif. Il y avait bien des traînées blêmes, entre les omoplates et à la base du cou, mais le docteur Clay expliqua à Parker, le plus difficile à convaincre, qu'il s'agissait là d'une irritation de l'épiderme, imputable à l'atropine. La victime s'était probablement grattée, ce qui avait amené le sang à fleur de peau.

— Cette histoire devient fantastique ! avoua Parker, un instant plus tard, tandis que Lord Peter l'emmenait déjeuner au « Lion Couronné ». Nous sommes réduits à l'impuissance. Impossible d'arrêter le coupable, quel qu'il soit, tant que nous ne pourrons pas établir comment il a tué. Réjouissez-vous, Peter. Votre protégée ne court plus aucun risque.

Le canard à l'orange ne parvint point à dissiper la mélancolie de l'inspecteur Parker. Le Chablis fut sans effet. Les deux fines qui accompagnèrent le café firent sombrer l'inspecteur dans le pessimisme le plus noir. Lord Peter, rebuté par tant d'ingratitude, regagna son hôtel, où l'attendait Bunter. Bunter semblait aussi déprimé que Parker.

— La situation n'est pas brillante, Bunter! murmura Lord Peter en choisissant un cigare. L'assassin est extraordinairement habile. Avez-vous eu plus de chance que moi ?

— Je ne sais, Milord. J'ai d'abord rencontré là-bas un homme que j'ai pris pour le maître d'hôtel. Il m'a demandé qui j'étais.

— Et vous avez répondu, Bunter, que vous veniez de la part de Bramson and Bramson ?

— En effet, Milord.

— Et que vous a-t-il dit, Bunter ?

— Il m'a dit, Milord, qu'il devait y avoir une erreur, car il était lui-même le représentant de Bramson and Bramson.

— Tout à fait fâcheux, Bunter! Mais vous êtes un homme d'infinie ressource et sagacité. Vous avez donc toisé l'insolent et vous êtes descendu à la cuisine ?

— Exactement, Milord. J'ai bavardé avec le chauffeur. Le porto de la maison est détestable et la conversation de Tom manque d'agrément. En outre, Tom semble être un fieffé menteur. Il m'a raconté des choses à peine croyables. Je ne sais si je dois les rapporter à Votre Seigneurie.

— Rapportez, Bunter!

— Il m'a dit que sa patronne — c'est le mot qu'il a employé — faisait les yeux doux au docteur Chester.

— Cela paraît un peu extravagant, Bunter! Et ensuite ?

— Il m'a confié que sa femme avait trouvé dans le lit de Lady Ballister... je me demande si je puis relater un détail aussi... trivial.

— Faites un effort, Bunter. A-t-elle découvert un horse-guard ?

— Ce ne serait rien, Milord! Il s'agit plutôt de ces bestioles... Votre Seigneurie se rappelle sans doute... dans les Flandres ?

— Quoi ? Des poux ?

— C'est le mot, Milord! Il y avait des poux dans le lit de Lady Ballister. Je dois avouer que je ne les ai pas vus. Mais j'ai vu les draps qui séchaient. Je pense que Tom a voulu se moquer de moi.

— Ce n'est pas certain, Bunter. Je vais réfléchir à vos poux et, demain, j'interrogerai Gladys. Vraiment! Des poux! C'est d'une charmante originalité!

Lord Peter fut réveillé à 7 heures, le lendemain matin, par le fidèle Bunter.

— L'inspecteur Parker voudrait parler à Votre Seigneurie. Il s'agit de quelque chose d'urgent.

— Vous savez bien, Bunter, que je me suis couché tard. Qu'y a-t-il donc? Le fantôme de Lady Ballister s'est-il montré cette nuit? Mon beau-frère a-t-il été nommé inspecteur-chef?

Mais Parker, écartant le valet de chambre, se chargea de renseigner lui-même Lord Peter.

— Vite, Peter! Mary s'est enfuie!

— Qu'est-ce que vous...?

— ... après avoir assassiné Gladys! J'ai une auto en bas. Je vous expliquerai en route.

Il décrocha le téléphone et, pendant que Lord Peter s'habillait, il appela son collègue Sugg, pour lui demander d'alerter les gares.

— Allo... oui... une blonde! Oui, avec les yeux bleus, naturellement. Non... pas de signes distinctifs. Dépêchez-vous!

Lord Peter, qui achevait de boutonner son gilet, lui enleva des mains l'appareil.

— Allo? Sugg?... Lord Peter. Dites, je vous prie, à vos hommes que cette personne a de longs cils recourbés, que ses yeux sont d'un bleu très clair, très pur, ne craignez pas d'être poétique! Elle a aussi des fossettes aux joues et des dents adorables. J'oubliais les cheveux : de l'or, de la soie, des fils de la Vierge... Vous ne comprenez pas? Croyez bien que Parker ne comprend pas davantage.

Il raccrocha, enfila son veston, ouvrit la porte.

— Pas de signes distinctifs! Vous me faites rire, Charles!

Voudriez-vous que Mary eût un bandeau sur l'œil, une verrue sur le front, le nez de travers et le menton en galoche ? Sachez qu'elle n'a pas tué et qu'elle est belle. Maintenant, je vous écoute.

C'était, en vérité, très simple. Tom avait téléphoné au Yard : il venait de trouver sa femme morte, empoisonnée. Il avait cherché Miss Mary partout; elle était partie, laissant en évidence une lettre sur la cheminée de sa chambre. Elle était laconique :

« *J'ai tué ma belle-mère. J'ai tué aussi Gladys, parce qu'elle connaissait mon secret. Maintenant, je vais mourir. Je désire que ma fortune soit partagée entre ceux qui me témoignèrent un peu d'amitié, le Révérend et le Docteur Chester. Mary.* »

— Qu'en pensez-vous, Peter ?

Lord Peter haussa les épaules.

— Mary aurait bien dû nous expliquer, avant de disparaître, pourquoi Lady Ballister avait des poux.

— Je ne vous comprends pas, Peter. Ou bien le chagrin vous égare ou bien vous vous moquez de moi.

— Ni l'un ni l'autre, croyez-le bien! Allons questionner le malheureux Tom, pendant que l'on photographie le cadavre de Gladys.

Bunter n'avait pas menti en déclarant que la conversation de Tom manquait d'agrément. Pourtant, les deux hommes parvinrent à reconstituer la suite des événements. Le corps de Lady Ballister avait été ramené la veille à son domicile et le Révérend Bartholdy, chargé des démarches officielles, avait envoyé Tom à Kingston, avec mission de ramener Sir John Trickenhart, un vieil ami de la défunte, qui avait perdu la jambe droite dans un accident de chemin de fer. Tom était revenu à six heures du matin, seul, John Trickenhart ayant jugé le voyage trop pénible. Il était monté dans sa chambre et avait découvert Gladys inanimée. Il avait couru, alors, jusqu'à la chambre de Miss Mary. La jeune fille avait disparu. Persuadé que sa femme avait été assassinée par la fugitive, il avait prévenu la police.

— J'ai eu grand tort, murmura Parker, de ne pas arrêter cette jeune fille sur-le-champ.

— Oui! répondit Lord Peter. Si elle avait été en prison, on n'aurait pas pu l'accuser de ce nouveau meurtre.

— Jamais, Peter, je ne vous ai vu si partial!

— Et moi, Charles, je ne vous ai jamais vu si dérouté par de faux indices. Venez! Nous ferons le point plus tard.

Le docteur Clay était auprès du cadavre. Il semblait très excité.

— Cette fois, messieurs, dit-il, la piqûre est visible. Regardez, à l'avant-bras gauche. Je vais faire analyser les tissus de la région lésée. Je suis certain qu'on trouvera de l'atropine.

Parker appela le détective chargé des premières constatations.

— Vous avez tout fouillé, Bill?

— Tout. Je n'ai rien découvert.

— Et dans la chambre de Miss Mary?

— Rien non plus. Il n'y a plus qu'une seringue dans l'étui. Elle n'a pas servi depuis longtemps.

— J'ai une idée, déclara Parker.

— Hélas! murmura son beau-frère, mais Parker, le front plissé, ne l'entendit pas.

— A votre avis, docteur Clay, quelle est l'heure du décès?

— Deux heures du matin, environ.

— La mort a-t-elle été foudroyante?

— Je ne le crois pas. Mais elle a pu survenir assez rapidement. Je serai en mesure de vous renseigner dans le courant de la matinée.

— Quelles sont les personnes, Bill, qui ont passé la nuit auprès du corps de Lady Ballister?

— Mrs. Guebrian, Mrs. Chester, Miss Dewey, le Révérend Bartholdy.

— Parfait. Elles sont encore là, n'est-ce pas? Voulez-vous les réunir dans le salon?

— Pas mal! dit Lord Peter. Vous voulez savoir si elles ont surpris quelque chose, un bruit, une voix?

— N'est-ce pas notre seule chance?

Malheureusement, cette chance s'évanouit bientôt. Personne n'avait entendu le moindre bruit.

— Essayez de vous rappeler, mon Révérend! insista

Parker. Vous n'allez pas me dire que vous n'avez rien entendu. Avez-vous veillé tous les quatre ensemble ?

— Non! répondit le pasteur. J'ai veillé avec Mrs. Guebrian jusqu'à minuit et demie. Mrs. Chester et Miss Dewey nous ont remplacés. Nous nous sommes alors retirés dans le boudoir de la défunte pour prendre un peu de repos. Nous avons bu une tasse de café et nous avons dormi.

— Qui s'est occupé de la préparation du café ?

— Moi, naturellement, dit Mrs. Chester. Mrs. Guebrian m'a aidée...

— Vous êtes allée dans la cuisine ?

— Oui.

— Pourquoi n'avez-vous pas eu l'idée de sonner Gladys ?

Mrs. Chester regarda le policier d'un air sévère.

— La pauvre Gladys était épuisée après les fatigues de la journée précédente. Nous avons voulu respecter son sommeil.

— Êtes-vous sûre, madame, de n'avoir pas dormi un peu, de minuit à six heures ?

— Oh, monsieur!

Mrs. Chester semblait indignée, mais Lord Peter crut discerner dans l'attitude de Miss Dewey un peu plus que de la réticence. Il murmura quelques mots à l'oreille de Parker. Celui-ci sursauta.

— Vous croyez vraiment, Peter ?

— Essayez toujours.

Parker quitta précipitamment le salon et Lord Peter s'entretint quelques minutes avec le Révérend Bartholdy. Mais il songeait, tout en causant, à la lettre laissée par Mary, à cette fuite mystérieuse... Il commençait à entrevoir des bribes d'explication. Pourtant, que de points obscurs!

Parker donna congé aux quatre témoins, après une courte absence. Lord Peter passa son bras sous celui de son beau-frère.

— Charles, vous semblez abattu. Vous avez besoin de prendre un peu l'air. Votre second, Billy, est certainement un garçon très remarquable. Vous pouvez donc quitter la maison sans remords. Il n'y a, d'ailleurs, plus personne à tuer. Je vais vous faire connaître quelqu'un qui vous intéressera. Je vous demande seulement de ne pas prononcer un mot qui puisse révéler que vous appartenez à la police. Nous allons prendre un taxi.

« A Whitechapel, cria Lord Peter au chauffeur. Près de Lambeth Road. Je vous arrêterai. »

Lord Peter était d'humeur enjouée et, pendant le trajet, ne cessa de parler musique. Parker, très intrigué, le fut bien davantage quand Lord Peter, après avoir renvoyé le taxi, appela un gamin déguenillé pour lui demander si Bishop Loose était chez lui. Le gamin semblait connaître le noble Lord de longue date et lui serra la main. Parker se sentit vaguement offusqué.

— Vous avez donc des amis par ici ? demanda-t-il.

— Sans doute! Qui m'aurait enseigné à forcer une serrure, à ouvrir un coffre-fort, à contrefaire une écriture ? Ce n'est pas le Yard et encore moins mon estimable beau-frère. Il y a, par ici, de très grands artistes que la grâce a touchés et qui tâchent de vivre honnêtement. Il leur arrive bien, parfois, de crocheter par mégarde une vitrine, ou d'imiter une signature. Je les aide à se repentir et ils ne refusent pas, à l'occasion, de me donner un coup de main.

— C'est émouvant, Peter! Vous devriez aussi leur faire chanter des cantiques.

— Je craindrais que leur voix n'offensât le Seigneur! Mais nous voici arrivés.

Ils pénétrèrent dans un corridor étroit et sombre où Lord Peter s'orienta sans hésiter. Il ouvrit une porte.

— Hello, Bishop! Je vous amène un ami. Un malheureux jeune homme dont la fiancée s'accuse d'avoir mis à mort deux personnes. Il est désespéré et, naturellement, ne veut pas se confier à la police.

Bishop Loose regarda Parker avec sympathie.

— Vous n'avez pas tort, monsieur! Je n'ai connu dans ma vie qu'un policier intelligent. Il était mon voisin de cellule à la prison de Dartmoore. Si je puis vous être utile...

— Vous le pouvez! reprit Lord Peter. Voici la lettre de la jeune fille et voici un autre spécimen de son écriture. Cette page, mon cher Charles, provient du cahier de dépenses de Lady Ballister. Vous vous rappelez que Mary remplaçait sa belle-mère et tenait le livre de comptes. Comparez les deux feuilles, Bishop, et faites-nous part de vos observations.

Bishop repoussa l'attirail de graveur qui encombrait sa table, alluma une lampe dont il braqua la lumière sur la lettre, examina celle-ci par transparence, puis l'étudia à la loupe.

— C'est un décalque! dit-il enfin. Chaque lettre a été copiée et reproduite avec beaucoup d'adresse. Mais on distingue un léger tremblé du trait qui ne laisse aucun doute. Les lettres sont mal unies entre elles. La signature manque de fermeté.

— Merci, Bishop! A-t-il fallu beaucoup de temps pour composer cette lettre?

— Au moins quarante à quarante-cinq minutes.

— Voilà donc pourquoi elle est si courte! chuchota Lord Peter à l'oreille de Parker.

— Vous êtes sûr de ce que vous avancez? demanda Parker.

Bishop sourit.

— J'ai utilisé souvent ce procédé, autrefois. Quand on a un peu de goût et d'entraînement, on obtient des imitations merveilleuses. Tenez, dans l'affaire Shepperd — forcément ce nom ne vous dit rien parce que vous n'êtes pas de la partie — les chèques sortaient d'ici et la police n'a jamais rien soupçonné!

— Les affaires criminelles n'intéressent pas mon ami! coupa Lord Peter. Pour le moment, il désire seulement retrouver sa fiancée.

— Si le Yard ne s'en mêle pas, ce sera facile! dit aimablement Bishop.

Parker sortit en claquant la porte.

— Ce n'est rien! dit Lord Peter. Merci, Bishop! J'aurai quelque chose pour vous la semaine prochaine.

Il rejoignit Parker qui avait peine à contenir sa colère.

— Charmant garçon, ce Bishop! Je crains, Charles, que vous ne lui rendiez pas justice. Mais vous semblez nerveux. Voulez-vous que nous passions au laboratoire?

Ils trouvèrent au laboratoire le docteur Clay consterné.

— Je n'y comprends plus rien! grogna-t-il. La victime a

été empoisonnée avec de l'atropine, il nous a été facile de l'établir. Et pourtant la seringue ne contenait qu'un peu d'eau. Les tissus, autour de la piqûre, ne révèlent pas la moindre trace de poison. Le produit injecté, messieurs, est de l'*eau pure*.

— Et les tasses ? questionna Lord Peter.

— Là, nous marquons un point. Nous avons découvert, dans le mélange de sucre et de café qui restait au fond de chaque tasse, des résidus de véronal.

— Vous avez bien dit « de chaque tasse » ?

— Oui.

— Et dans la cafetière ?

— Rien de suspect.

— Quelqu'un a donc drogué le café quand il fut versé dans les tasses.

— Mary! murmura Parker. A quelle heure Gladys a-t-elle été empoisonnée, docteur ?

— Je ne puis être très précis. La digestion était certainement terminée; donc, vers dix heures et demie.

— C'est bien cela, s'écria Parker. Elle a voulu préparer tranquillement sa petite mise en scène et a neutralisé les gêneurs grâce à un narcotique.

— Que faites-vous alors du témoignage de Mrs. Chester ? demanda Lord Peter.

— Mrs. Chester, ignorant que son café avait été drogué, n'a pas osé avouer qu'elle avait dormi. C'eût été un scandale, réfléchissez! La défunte était sa meilleure amie. On ne doit pas dormir quand on veille près de la dépouille d'un être cher. D'ailleurs, nous allons en avoir le cœur net.

Mrs. Chester était chez elle. Elle ne se défendit pas longtemps et reconnut qu'en effet elle avait dormi profondément. Non, elle n'avait pas pensé que le café pût contenir un somnifère. Miss Dewey avait certainement dormi, elle aussi, mais avait caché sa mésaventure pour des raisons de convenance. Oui, quelqu'un avait pu s'introduire dans la cuisine, car Mrs. Guebrian s'était absentée un instant pour aller chercher du sucre et elle-même avait quitté la pièce pour demander au Révérend Bartholdy s'il désirait un peu d'alcool avec son café.

— Vous êtes très liée avec le pasteur ? demanda doucement Lord Peter.

Le face à main de son interlocutrice le foudroya.

— Je m'occupe des œuvres. Je dirige l'école des petits et subventionne la Soupe des Indigents. Puisque vous désirez tout savoir, je visite aussi les pauvres de Saint-Jacques.

— Je vous félicite, madame! dit Lord Peter d'un ton cérémonieux. Pourrions-nous dire un mot au docteur Chester ?

Celui-ci ne fut pas d'un grand secours. Il confirma cependant sur un point les indiscrétions de Tom. Lady Ballister était légèrement détraquée, ce dont Lord Peter n'avait jamais douté, et faisait un doigt de cour à son médecin. Elle lui avait même envoyé deux ou trois lettres un peu gênantes et le docteur Chester avait dû la menacer de cesser toute visite.

— En somme, conclut Parker, sur le trottoir, Lady Ballister a été empoisonnée sans être piquée. Gladys a été piquée, mais avec une seringue remplie d'eau. Mary s'est dénoncée, mais sa lettre est un faux...

— Et vous oubliez d'ajouter, Charles, que Lady Ballister avait des poux.

Parker s'essuya le front et saisit le bras de son beau-frère.

— Peter, murmura-t-il, est-ce moi qui suis un crétin ou est-ce cette affaire qui est folle ?

— Les deux, naturellement! répondit Lord Peter. Je crois qu'un bon déjeuner nous ouvrirait l'intellect. Que diriez-vous d'un haricot de mouton à l'écossaise avec une bouteille de Bourgogne ?

Parker se laissa entraîner au Malborough Club. Son compagnon était très gai.

— Voyez-vous, Charles, quand nous saurons pourquoi Lady Ballister s'est enfermée le soir de sa mort, pourquoi Gladys n'a pas appelé à l'aide lorsqu'elle a ressenti les premières douleurs, pourquoi enfin Mary s'est enfuie, malgré...

— Malgré quoi ?

— Ces huîtres ne sont pas très fraîches, il me semble. Je vous approuve presque de n'en pas manger. Oui, je disais : quand nous saurons tout cela, nous pourrons former une hypothèse. Pour le moment, nous sommes en pleine obscurité. Dès cet après-midi, je me mettrai au travail.

— Par où allez-vous commencer ?

— Je n'en ai pas la moindre idée ! dit Lord Peter.

En réalité, Lord Peter se mit au lit et, à cinq heures, une fièvre violente le faisait grelotter. Le docteur diagnostiqua une légère intoxication alimentaire, imputable aux huîtres, selon toute apparence. La nuit fut agitée et, le lendemain matin, Lord Peter, en consultant le miroir que lui tendait Bunter, constata que sa Seigneurie, dix-septième du nom, avait la tête rouge comme une tomate et parsemée de boutons à l'aspect déplaisant.

« J'en ai pour huit jours, songea-t-il. Et pendant ce temps, Mary... »

Il s'enfonça dans ses oreillers et concentra sa pensée. L'explication devait être simple. Malheureusement, les faits étaient si enchevêtrés qu'il était impossible d'isoler l'indice important, celui qui donnerait la clef de l'énigme. On avait voulu compromettre Mary, cela semblait évident. Mais pourquoi ? Vengeance ? Feinte ? Lord Peter travailla tellement qu'il s'endormit. Il s'éveilla tard dans l'après-midi, et se sentit beaucoup mieux. Il sonna Bunter et lui demanda une légère collation. Puis il se leva et passa dans son cabinet de toilette. Le téléphone sonna et Bunter prit la communication tandis que Lord Peter se plongeait avec délices la tête dans l'eau chaude.

— Milord, M. Parker.

— Eh bien, Bunter, dites-lui que j'ai les oreillons ou le croup et que c'est contagieux. Je ne veux voir personne.

— Milord, M. Parker vient d'arrêter Miss Mary. Elle était cachée à la campagne, chez une amie. Il passera ce soir, vers sept heures.

Tous les jurons que Lord Peter avait appris autrefois, sur le front des Flandres, lui remontèrent aux lèvres et il faillit donner à l'ex-sergent Bunter une idée très précise de son répertoire. Il préféra se rincer la bouche avec énergie. Pour la première fois de sa vie, il avait l'impression d'être réduit à l'impuissance. « Si je ne la sauve pas tout de suite, songea-t-il, elle est perdue. » Il empoigna son peigne et entreprit de mettre à la raison ses cheveux hérissés.

« Si je ne la sauve pas tout de suite... »

Il fit une grimace de douleur, car le peigne labourait les boutons qui ornaient encore son cuir chevelu.

« Si je ne la sauve pas tout... »

Il s'arrêta net, le bras en l'air. A toute allure, sa pensée dévalait une sorte de pente : la porte fermée à clef, la mort de Gladys, la soupe des indigents... Il y avait en face de lui une espèce de pantin cramoisi, à l'œil rouge, à la bouche affaissée, qui dressait un bras comme un sémaphore. Il se reconnut soudain et éclata de rire.

— Ce que je peux avoir l'air idiot quand le génie me visite! murmura-t-il.

Il appela Bunter.

— Dites-moi, Bunter. Connaissez-vous une maison vendant spécialement des articles pour chiens, vous savez, os en caoutchouc, poudre parfumée contre les parasites, etc.

— Certainement, Milord. Drake and Jackson, dans Victoria Street.

— Bon. Vous allez m'acheter un collier.

— Dois-je comprendre, Milord, que Votre Seigneurie a l'intention d'introduire un chien ici ?

— Non, Bunter. Je suffis amplement à mettre le désordre!

— Un collier de quelle taille, Milord ?

— Cela m'est égal. Un beau collier. Avec des pointes, c'est plus chic. Vous m'apporterez aussi le catalogue de la maison.

— Bien, Milord.

Le collier arriva une heure après et Lord Peter le trouva ravissant. Il feuilleta le catalogue et quand son doigt se posa sur l'objet qu'il cherchait, il ferma les yeux. Il n'y avait plus de mystère.

— Bunter, je vais encore vous demander de porter ce paquet à destination.

— Que Votre Seigneurie me pardonne, mais cette feuille de catalogue n'est peut-être pas très indiquée pour servir d'enveloppe à un collier.

— Au contraire, Bunter! Et remettez la chose en mains propres!

Lord Peter se drapa dans une robe de chambre d'un vert précieux et se blottit dans un fauteuil. Il n'avait aucune envie de lire, ni de fumer ni de boire ni de réfléchir. Il attendait. Bunter revint, aussitôt sa commission faite. Il était cinq heures. La journée s'écoulait lentement. Lord Peter imaginait la suite des événements qu'il venait de déclencher, la dure méditation de l'assassin devant le prospectus, la main qui se tend vers la fiole de poison ou le revolver... le revolver plutôt, pour ne pas souffrir, et puis les domestiques attirés par la détonation... le coup de fil à la police... la découverte, probablement, d'une confession écrite au dernier moment et adressée à Lord Peter... oui, c'était certainement...

Le trille du téléphone résonna dans la chambre. Bunter, déjà, se précipitait.

— Laissez, Bunter! C'est seulement l'assassin de Lady Ballister qui vient de se tuer.

Nonchalant, Lord Peter décrocha.

— Allo ? Lord Wimsey ? Pouvez-vous passer d'urgence au domicile du docteur Chester ? C'est extrêmement important. Il vient de se produire un accident... Non. Il est impossible de préciser au téléphone.

— C'est bon, coupa Lord Peter. J'enverrai quelqu'un dans un moment.

Il reposa l'appareil et se tourna vers Bunter.

— C'est exactement ce que je pensais. Miss Mary est innocente.

— Comment Votre Seigneurie a-t-elle deviné que l'assassin s'était suicidé ?

— Très simple, Bunter! J'ai tout compris en me peignant, il y a quelques instants. Si vous aviez des poux, qu'est-ce que vous feriez ?

— Je me gratterais, Milord.

— Je vous approuve, Bunter! Vous vous gratteriez même jusqu'au sang. Et puis ?

— Je me passerais au peigne fin.

— Bravo, Bunter. Lady Ballister s'est passée au peigne fin et elle en est morte.

— Votre Seigneurie croit donc que le peigne ?...

— Parfaitement. Le peigne était un de ces instruments

métalliques, à manche creux et à dents cannelées, qui servent pour les caniches. On introduit dans le manche formant réservoir un liquide antiparasite qui s'écoule le long des dents. Supposez que ce liquide soit une solution concentrée d'atropine : les dents du peigne sont aiguës, elles entament la peau... Vous devinez le reste ? Lady Ballister, honteuse d'avoir des poux, s'enferme à clef pour pouvoir se peigner à son aise. Elle a dû commencer à se servir du peigne aussitôt après le passage du médecin puisque Miss Mary, à neuf heures, a trouvé sa belle-mère agitée et inquiète. Déjà le poison manifestait ses premiers effets. Une fois seule, Lady Ballister a dû se gratter la tête avec acharnement pour en finir avec cette vermine. Elle meurt. Entre Gladys. Gladys aperçoit le peigne et le ramasse. Puis, en changeant les draps du lit, elle découvre, à son tour, j'imagine, quelques poux. Elle nous cache, naturellement, sa découverte, met les draps à la lessive et, craignant d'avoir attrapé des parasites, elle utilise le peigne dès qu'elle peut le faire sans risque d'être dérangée, c'est-à-dire la nuit où Tom est absent. Elle succombe. Mary, la même nuit, a besoin, pour une raison que j'ignore, de Gladys. Elle découvre le corps inanimé et, perdant son sang-froid, s'enfuit. Pendant ce temps, que fait l'assassin ?

— Il cherche à reprendre son peigne ?

— Précisément. Il espérait le récupérer au moment où fut découvert le cadavre de Lady Ballister. Qui donc aurait remarqué un objet de cette sorte ? Mais Gladys s'est emparée du peigne. Il s'arrange donc pour revenir le plus tôt possible, c'est-à-dire la nuit suivante. Vous savez comment il a mis hors de combat les personnes réunies dans la chambre mortuaire. Il se rend chez Gladys. Elle agonise. Il va écouter à la porte de la chambre de Mary; aucun bruit. Elle a pris la fuite. C'est alors qu'il imagine un plan machiavélique. Mary est déjà suspecte à cause de la seringue cachée la veille dans la cuisine. Sa fuite l'accuse définitivement. Donc, il suffira de décalquer lettre par lettre — en utilisant le livre de comptes — un aveu qui aura toutes les apparences de l'authenticité, puis de faire à la mourante une injection d'eau pure qui obligera les enquêteurs à croire que les deux femmes sont mortes d'une piqûre d'atropine. Cette seconde piqûre prouvera, en quelque sorte, qu'il en existe une première peu visible, sur le corps de Lady Ballister. Enfin, l'assassin, qui se promettait certainement de rejoindre Mary et de la supprimer, n'oublie pas de donner à l'aveu de la jeune fille l'allure d'un testament. Manœuvre habile qui se traduira, du moins il l'espère, par un énorme profit.

— Mais alors l'assassin ? C'est le pasteur ? ou bien le médecin ?

— Ni l'un ni l'autre, Bunter. Où auraient-ils pu se procurer des poux ? Il nous faut une personne approchant chaque jour de pauvres hères; une personne visitant des indigents, par exemple.

— Oh! Milord... Ce serait donc ?...

— Oui. C'est elle, Bunter... N'oublions pas que Lady Ballister s'était éprise de son mari, qu'elle lui avait même écrit des lettres compromettantes. La jalousie, Bunter! Cette femme était terriblement astucieuse. La voyez-vous fouillant dans le bureau de son mari, trouvant le poison, recueillant ensuite des lainages misérables et infestés de vermine qu'elle apporte à son amie pour qu'elle les raccommode. La charité couvre admirablement ses intentions. Une fois Lady Ballister contaminée, elle lui apporte en grand secret le fameux peigne. Un service d'amie! Elle sait bien que les ecchymoses du crâne resteront invisibles sous les cheveux et que les poux *abandonneront le cadavre*. Son crime ne laissera aucune trace visible. Et au moment où elle triomphe, vous, Bunter, vous lui offrez un collier acheté dans le magasin où elle a probablement acheté son peigne; le papier qui enveloppe le collier représente l'image de ce peigne, indique son mode d'emploi, son prix. Elle se sent devinée; elle se voit pendue; et comme elle préfère le revolver au collier de chanvre, elle se tue.

— C'est terrible, Milord.

— Non, Bunter! C'est curieux. Et même...

L'entrée de Parker interrompit Lord Peter. Parker était essoufflé.

— Vous connaissez la nouvelle ? s'écria-t-il.

— Vous voulez sans doute parler de la mort de Mrs. Chester ? Vieille histoire, mon cher Charles. J'en ai une à vous apprendre beaucoup plus intéressante encore.

Parker s'assit, résigné.

— J'épouse Mary ! dit Lord Peter. Lady Ballister m'a fait assez travailler. Il est normal que j'hérite.

LE MONSTRE DU LOCH BLISS

A la manière d'Agatha Christie

— Encore une truite ? Laissez-vous tenter, Peter !

— Volontiers ! Elles sont délicieuses. Mais personne n'osera plus en pêcher, si le monstre se réveille ! Deux victimes en quinze jours ! Comparé au monstre du Loch Bliss, le Minotaure n'est qu'un fauve de poche !

— Et encore, ajouta Lewis, le Minotaure dévorait ses victimes. C'est une excuse ! Le monstre du Loch Bliss les tue pour le plaisir, semble-t-il.

— Personne n'a vu ce monstre ? demanda Mary peureusement.

— Rassurez-vous ! répondit Mac Kairn. Il n'existe que dans l'imagination des paysans de Cronoch. Lewis vous taquine !

— Pourtant, dit celui-ci, le monstre du Loch Ness a été vu. Vous ne le nierez pas ! Du Loch Ness au Loch Bliss, la distance n'est pas si grande ! Pourquoi n'aurions-nous pas notre monstre, nous aussi ?

Virginia frissonna et se pencha vers son mari :

— Pourquoi aimez-vous tellement cette vallée sauvage et solitaire, Peter ? Je ne suis pas tranquille quand vous allez à la pêche de ce côté-là ! Jamais deux sans trois, vous le savez bien ! Les truites ne sont-elles pas aussi belles en aval du Loch ?

Lewis éclata de rire.

— On voit bien, Virginia, que vous n'avez jamais tenu une canne à mouche ! Il y a des pools, le long des éboulis du Loch, qui sont uniques au monde ! Et j'ai tenu, par là, des bêtes de plus de cinq livres !

— Voilà pourquoi le monstre est irrité, dit Mary, en riant à son tour. Vous lui volez sa nourriture et un beau jour vous l'accrocherez par le museau, vous verrez! Ce jour-là, mon pauvre Lewis, on vous retrouvera au fond du Loch, comme le petit Tom, comme Richmond, le braconnier!

— Allons! reprit Mac Kairn. Ne parlez plus de ce monstre mystérieux. Voici Antony qui nous apporte un magnifique coq de bruyère. C'est un présent du vieux Kickert. Malgré ses soixante-cinq ans, il a le coup d'œil juste et le geste prompt, mon brave Kickert. Et je ne voudrais pas être au bout de son fusil!

— Il n'a pas l'air bien féroce, dit Peter.

— Détrompez-vous! Dans ses fonctions de garde-chasse, il est impitoyable!

La conversation s'arrêta un instant, car les convives s'absorbaient dans la dégustation du rôti. Par une baie entrouverte, le soleil couchant entrait largement dans l'immense salle à manger du château de Kinross, et les sévères boiseries de chêne, les buffets, le lustre, les cristaux de la table brillaient d'un feu somptueux et mélancolique. Par-dessus les frondaisons du parc, on apercevait les sommets empourprés des Grampians.

— La matinée ne sera pas fameuse, fit remarquer Lewis. Ce vent du nord-ouest ne vaut rien. Tenterez-vous la chance, Peter ?

— Certainement! Je veux essayer mon nouveau moulinet Hardy. J'irai à la presqu'île.

La presqu'île était une longue bande de sable en forme de croissant, qui s'avançait dans les eaux du Loch à la manière d'une jetée, à partir d'un éperon rocheux nommé la Dent du Dragon. La presqu'île constituait, au dire de Mac Kairn, une curiosité géologique et il lui avait déjà consacré plusieurs études dans des revues savantes. Il s'apprêtait à les réunir en un gros volume qui, accompagné de croquis et de planches, achèverait d'asseoir sa célébrité.

Les pêcheurs fréquentaient aussi la presqu'île, mais pour d'autres raisons. Elle se terminait, en effet, par une dépression qui atteignait, non loin du bord,u ne grande profondeur. Ce trou jouissait d'une réputation sinistre dans tout le pays.

Les courants y poussaient toutes les épaves et parfois des cadavres d'animaux. Ces débris, après avoir tournoyé au fond des eaux, finissaient par échouer à l'extrémité de la presqu'île. Mais les grosses truites aimaient ce remous et un lanceur exercé était sûr de voir monter sur sa mouche une ombre véloce et vorace.

— Alors, j'irai avec vous, Peter, déclara résolument Virginia.

— Vous n'y pensez pas, chérie!

— Je ne veux pas que vous alliez seul dans un endroit où deux hommes se sont noyés à quelques jours d'intervalle. Si le monstre nous attaque, eh bien! il nous dévorera tous les deux. Et si vous tombez à l'eau, je pourrai du moins vous sauver!

— Bravo, Virginia! Voilà qui est parlé! s'écria Lewis. Mais vous vous exagérez les dangers que nous courons. Tom a cherché, sans doute, à repêcher quelque objet flottant près du bord. Quant au vieux Richmond, il devait être ivre. Ce sont deux accidents pénibles, d'accord, mais deux accidents de l'espèce la plus banale.

Mac Kairn crut bon d'intervenir :

— Je vous en prie, laissons de côté cette question du monstre. Je vous trouve tous bien superstitieux! Je me promène autour de la presqu'île depuis des années et jamais, vous entendez, jamais je n'ai rien observé de suspect. Si le monstre était ce que vous dites, il y a beau temps qu'il m'aurait massacré! Vous ne croyez pas, Lewis ?

— Oh, moi, tous ces contes de nourrice me font sourire! Mais vous auriez plus de peine à convaincre un vieux paysan de la région. Tenez, sans aller plus loin, prenez Kickert! Kickert me disait, hier encore, qu'il n'aimait pas beaucoup ces noyades mystérieuses. Il croit au monstre, lui!

— Kickert ? Vous voulez rire ?

— Pas du tout! Il prétend que le monstre se réveille tous les treize ans pour faire une hécatombe. Il y a treize ans, cinq personnes de Cronoch et des environs se noyèrent en moins d'un mois. On retrouva leurs corps à la presqu'île. Puis, tout rentra dans l'ordre. Et, peu à peu, on oublia le monstre. Mais les anciens se souviennent!

— Je n'habitais pas encore Kinross à l'époque. Je ne puis donc pas contredire Kickert! Mais vous m'étonnez!

— Interrogez-le! Il est tellement sûr de lui que, ma foi, cela impressionne. Il prétend qu'une autre série de noyades fut constatée en 1904, c'est-à-dire il y a vingt-six ans. Je demeure sceptique, pour ma part, surtout en ce moment! Mais Kickert me racontait ses souvenirs au Pas de la Chèvre et, dans cet endroit désert et sauvage, les imaginations du garde-chasse prenaient corps, je vous assure! Il y a, en chacun de nous, un enfant qui sommeille, ou plutôt un primitif, et nous sommes affamés de merveilleux, c'est incontestable.

— Et puis, dit Mary, tant de choses inconnues nous entourent! D'où vient, par exemple, l'attirance magique de l'eau? Quand je traverse un pont, j'évite de me pencher au-desssus du garde-fou. Je serais capable de l'enjamber et de m'abandonner au vide! Lorsque j'étais petite, j'étais en proie à la tentation du vertige et je suis certaine que les histoires de feux follets et de korrigans qui mènent leurs rondes autour du voyageur égaré ont un fondement.

— Mary a raison, murmura Virginia. Je ne crois pas au monstre, mais je crois au mystère. Il y a des choses inexplicables, que l'on sent confusément et qui échappent à la logique, à la raison. Votre presqu'île m'a toujours paru sinistre, même en plein soleil, et je suis inquiète quand vous vous promenez de ce côté-là. C'est plus fort que moi. J'ai peur!

— Ma chérie, dit Peter, vous êtes une enfant impressionnable et ces légendes vous troublent la cervelle. Je connais un homme qui refuse le mystère, qui le nie absolument et, s'il était là, il vous ferait honte! Il n'aurait pas tort!

— Qui est-ce? interrogea Mac Kairn.

— Hercule Poirot.

— N'est-ce pas, dit Lewis, ce petit policier belge dont les journaux ont parlé à propos de la disparition de lady Gladys?

— C'est lui, en effet!

— Je ne le vois pas très bien en train d'arrêter le monstre du Loch Bliss!

On rit et Mac Kairn se leva pour passer au salon, où des

infusions étaient servies. La nuit tombait et le chant des grillons montait de la terre obscure. Les eaux reflétaient les premières étoiles.

Peter et Virginia s'apprêtaient à partir. Lewis ne les avait pas attendus. Depuis longtemps déjà, il pêchait sur les rives du Loch. Kickert, son fusil à la bretelle, demanda à voir Mac Kairn. Il avait l'air soucieux. Peter voulut le taquiner.

— Eh bien, Kickert, avez-vous vu le monstre ce matin ?

Kickert releva le front.

— Non, dit-il, mais je viens de découvrir sa dernière victime !

Virginia poussa un cri et saisit le bras de son mari. Peter se rapprocha du garde.

— Prétendez-vous que quelqu'un s'est noyé ?

— Je ne prétends rien. Mais Harold Clarendon est là-bas, le nez dans les cailloux.

Son doigt montrait un point en contre-bas, dans la direction de la presqu'île.

— Que lui est-il arrivé ?

— Je n'en sais rien. Mais il est mort.

Mac Kairn, qui arrivait, apprit la nouvelle avec émotion. Il connaissait bien Harold Clarendon, qui possédait, près de Kinross, un petit castel où il venait passer l'été. Virginia, très pâle, dut s'asseoir. Les trois hommes descendirent, à travers bois, jusqu'au Loch. Kickert n'avait point menti. L'infortuné Clarendon gisait sans vie au bord de l'eau. Son corps était recroquevillé et son visage bizarrement convulsé, comme s'il s'était figé dans une expression d'épouvante. Le pied droit du cadavre était coincé entre deux grosses pierres.

— Il a bien failli tomber dans le lac, fit remarquer le garde.

— Oui, répondit Mac Kairn. Et nous l'aurions retrouvé à la presqu'île, comme les deux autres.

Le corps de Clarendon ne portait pas la moindre blessure. Le nez avait un peu saigné, mais c'était un effet de la chute sur les cailloux. La mort paraissait inexplicable. Peter ramassa la canne et la musette de Clarendon. Dans celle-ci, une truite remuait encore.

— C'est le monstre, chuchota Kickert.

Mac Kairn s'emporta :

— Taisez-vous donc, avec votre monstre! Cet homme a été assassiné, voilà la vérité!

— Assassiné! s'exclama Peter.

— C'est la seule explication possible. Clarendon jouissait d'une santé magnifique. On ne peut donc admettre l'hypothèse d'une embolie, ou d'un accident analogue...

Les trois hommes regardèrent pensivement le cadavre étendu à leurs pieds.

— Il faut l'emporter, dit enfin Mac Kairn.

Ce ne fut pas chose facile, mais, au prix de rudes efforts, la dépouille de Clarendon fut amenée à Kinross. Lewis, à son retour, fut atterré. Lui aussi connaissait bien le défunt. Clarendon lui avait enseigné le « lancé roulé », qui permet de jeter une mouche ou un devon sous des branches basses. Ils pêchaient souvent ensemble. Mac Kairn, Peter et Lewis tinrent conseil de guerre au fumoir. Fallait-il avertir la police ? S'agissait-il vraiment d'un crime ? Le docteur, un vieux médecin de campagne habitué aux bronchites et aux entorses, penchait pour la crise cardiaque. Demander l'autopsie ? C'était le parti le plus sage, mais il faudrait patienter plusieurs jours avant d'en connaître le résultat! La police, d'ailleurs, avait seule qualité pour la réclamer. Lewis se rangeait à l'avis du médecin. Il faisait remarquer que si Clarendon avait été assassiné, le berger et le braconnier avaient dû l'être également, ce qui était peu probable. Quel lien, en effet, pouvait-on imaginer entre ces trois crimes ? Il était donc plus sage de croire à trois accidents.

Peter trouvait étrange une telle série d'accidents, mais partageait finalement la manière de voir de Lewis. Seul, Mac Kairn tenait pour l'attentat. Mary et Virginia, affolées, voulaient s'éloigner de Kinross. Comme Kickert, elles étaient persuadées que Clarendon avait été victime du monstre.

Mac Kairn décida de faire ouvrir une enquête. De son côté, Peter se rendit à Cronoch et réussit à faire transmettre un long télégramme à destination de l'étranger.

La vie reprit son cours à Kinross, mais toute joie s'en était allée. On évitait, à table, de faire allusion au monstre, et pourtant le monstre occupait toutes les pensées. Mac Kairn poursuivait ses recherches géologiques; Peter et Lewis continuaient à pêcher la truite. Chacun affectait un calme souriant. Les deux jeunes femmes ne se quittaient plus. Les événements des jours précédents les avaient rapprochées. Quand elles s'étaient rencontrées à Kinross, trois semaines plus tôt, elles avaient senti entre elles une certaine gêne et un peu de méfiance. Virginia se disait que Lewis s'était marié bien vite et Mary craignait que Lewis ne se laissât reprendre par son ancienne passion, car elle n'ignorait point que son mari avait aimé Virginia avant son mariage; peut-être l'eût-il épousée, s'il avait été plus riche, s'il avait mené une vie plus régulière. Mais le vieux Mac Kairn, tout en estimant Lewis, qu'il avait connu petit, avait préféré donner sa fille à Peter, industriel de grand avenir. Lewis était retourné à ses pinceaux, il avait voyagé, il avait oublié Virginia. Et quand Mac Kairn l'avait revu, il l'avait invité à venir au château avec Mary. Peter et Lewis s'entendaient très bien. Ils étaient du même âge et aimaient également la pêche. Mary, toute simple, admirait beaucoup Virginia. Tout aurait été pour le mieux sans ces trois morts...

Le temps se gâta et pendant deux jours il fut impossible de sortir. La tempête faisait rage. Mac Kairn travaillait dans sa bibliothèque. Peter jouait au billard. Lewis montait des lignes, fabriquait des mouches, graissait ses moulinets.

On apprit qu'un inspecteur de police était descendu à l'auberge de Cronoch, mais les peurs de Virginia n'en furent point apaisées. Le ciel était si gris, le vent soufflait si furieusement que Virginia, malgré elle, frissonnait d'angoisse. Les repas étaient moroses. Mac Kairn, pour les animer, s'efforçait d'intéresser ses invités à la géologie. Il les tenait au courant de ses travaux. Son livre était presque achevé. Il ne restait plus qu'à dessiner les plans du Loch et à photographier la presqu'île.

— Je crois que vous pourrez opérer bientôt, annonça Lewis. Le baromètre remonte. Demain, il fera beau. Et, comme il y aura certainement des éclosions, je descendrai vers la plaine, vers les terres chaudes. Viendrez-vous, Peter ?

— Je ne crois pas! Virginia s'ennuie un peu. Je l'emmènerai dans les Grampians; une excursion ne nous fera pas de mal!

— Tant pis! Vous manquerez une matinée formidable!

Lewis rentra le premier, vers onze heures. Il avait pris dix-sept truites, dont une de trois livres. Il ne quitta plus la cuisine, où Antony s'affairait.

A onze heures et quart, Mary descendit au salon; elle avait les yeux rouges. A onze heures et demie, Virginia apparut, seule.

— Peter n'est pas revenu ? demanda-t-elle.

Personne ne l'avait vu. A midi, Peter, enfin, ouvrit la porte du salon. Il semblait fatigué et soucieux. On attendit Mac Kairn. Celui-ci n'en finissait plus.

— Voulez-vous que j'aille au-devant de lui ? proposa Mary.

Mais personne ne lui répondit. Lewis songeait que ses truites allaient être brûlées. A une heure, l'attente fit place à l'inquiétude et Peter sortit avec Lewis. Mac Kairn était parti à neuf heures, avec son grand appareil photographique à pied. En quatre heures, il avait eu le temps de photographier la presqu'île en long et en large! Les deux jeunes gens prirent un raccourci qui dévalait vers la Dent du Dragon. Ils furent tout de suite fixés. La presqu'île s'étendait sous leurs yeux, blonde et plate. Elle était vide.

A l'extrémité de la pointe, se dressait sur ses trois pieds l'appareil dont le voile noir flottait au vent. Un corps était étendu sur le sable, bien reconnaissable malgré la distance.

— C'est lui! cria Lewis. Il est mort!

Déjà, il s'élançait. Peter le retint.

— Attendez! Je remarque une chose extraordinaire! Regardez bien. On ne voit que la trace de ses pas...

Le vent de la veille avait nivelé la surface de la plage, qui était lisse et vierge comme une feuille de papier. Les empreintes de Mac Kairn s'éloignaient deux par deux, vers le bout de la presqu'île, dessinées avec une précision hallucinante. Et, au bout de cette piste solitaire, Mac Kairn gisait inanimé.

— Passons au bord de l'eau, proposa Lewis.

Ils longèrent le rivage et arrivèrent auprès du cadavre. Celui-ci était recroquevillé comme celui de Clarendon et grimaçait de la même manière. Lewis et Peter eurent beau l'examiner, ils ne découvrirent pas la moindre trace de blessure. Peter sentit sa raison chanceler! Lewis était livide. Fallait-il donc admettre l'existence du monstre? Comment expliquer cet effrayant mystère? Le corps de Mac Kairn reposait à plus de cent mètres du premier taillis. Personne n'avait pu approcher. D'un côté, c'était la plage, avec la ligne menue et sinueuse des pas du mort. De l'autre, c'était le Loch qui s'étranglait d'une manière curieuse à cet endroit, mais dont la rive se dressait à plus de trente mètres. Le cadavre était entouré d'eau et de sable. Un être humain n'aurait pas pu ne pas laisser de traces. Seul, quelque animal fantastique...

Lewis et Peter, tant bien que mal, ramenèrent le vieux Mac Kairn et Kinross s'abîma dans le deuil et le chagrin. La terreur gagna le pays environnant. Le garde-chasse lui-même évitait le lac. Virginia aurait voulu partir, mais la décence lui faisait un devoir de demeurer au château. Mary et Lewis restaient aussi pour ne pas avoir l'air de fuir. D'ailleurs, la police arriva bientôt et tous les habitants de Kinross furent priés de ne pas s'éloigner. Mary ne quittait plus sa chambre. Lewis, machinalement, exécutait des carambolages ou bien montait des hameçons. Peter, plongé dans le grand fauteuil de cuir du salon, se plongeait dans des méditations douloureuses. La plage, la nappe d'eau paisible et, à la limite des deux éléments, la tache noire du mort! Mac Kairn était d'une robustesse à toute épreuve. Il n'avait sûrement pas succombé à la frayeur. Alors? Avait-il été assassiné? Mais comment? Par qui? Il était seul au milieu de l'espace! Nul projectile ne l'avait frappé. Évidemment, on avait pu venir en bateau. Pourtant Peter connaissait les moindres recoins du Loch. Il n'avait jamais vu d'embarcation dans ces parages. Il y aurait lieu, toutefois, d'orienter les recherches de ce côté. L'hypothèse d'un bateau ne menait pas loin, d'ailleurs! Car Mac Kairn était tombé en avant, la tête en direction de la Dent du Dragon. Quand il était debout, il tournait, par conséquent, le dos au Loch. C'était normal, puisqu'il se préparait à photographier l'ensemble de la presqu'île et en particulier son point d'insertion au rivage. Mais si un bateau avait navigué près de Mac Kairn, celui-ci ne lui aurait-il pas fait face ? N'aurait-il pas causé avec son mystérieux passager ? Il pouvait s'agir d'un nageur qui, avant de s'enfuir, aurait soigneusement effacé tout vestige de son passage. A la réflexion, Peter écartait cette idée. Les eaux du Loch étaient si froides, même en été, qu'un excellent nageur était incapable d'y séjourner bien longtemps. En outre, il y avait, tout près de l'extrémité de la presqu'île, le fameux gouffre où le courant tourbillonnait d'une manière si dangereuse. Certes, un individu solide et décidé, avec de la chance, peut-être... Mais comment peut-on tuer un homme vigoureux quand on n'a que ses poings ? Or le cadavre de Mac Kairn ne montrait pas la moindre ecchymose !

Peter se sentait enfermé dans un cercle. Le crime était impossible. Le monstre ? Il n'y croyait guère ! Tout cela était absurde. Et quel rapport imaginer entre le berger, le braconnier, le pêcheur et le géologue ? Peut-être le petit policier belge y verrait-il plus clair ? Car Peter avait sollicité son concours. Il tenait absolument à résoudre le mystère du monstre du Loch. Si le monstre existait vraiment, eh bien ! on vendrait Kinross et on chercherait à oublier ailleurs ces heures tragiques. Mais si un misérable, profitant de la légende, ourdissait dans l'ombre ses intrigues meurtrières, il fallait à tout prix le mettre hors d'état de nuire. Peter avait confiance en Poirot et l'attendait avec impatience.

Et pendant ce temps la police enquêtait. Un inspecteur de Scotland Yard avait même été envoyé, un nommé Craddock, qui flânait dans tout le château et multipliait les interrogatoires, sans conviction, semblait-il. Les journées s'écoulaient, interminables, réunissant matin et soir, autour de la table de la salle à manger, quatre personnes au visage fermé. Les convives ne parlaient guère et s'observaient à la dérobée. Quelque chose comme un imperceptible sentiment de méfiance s'était glissé en eux. Mary avait de plus en plus souvent les yeux rouges et Virginia devenait de plus en plus pâle. Le monstre du Loch empoisonnait lentement l'atmosphère autour de son repaire sous-marin. Quand Hercule Poirot arriva à Kinross, il crut se trouver en présence de quatre assiégés.

Poirot fit piètre impression. Les deux femmes s'attendaient à rencontrer un homme séduisant, énergique, impérieux. Elles virent un petit monsieur à l'élégance désuète, aux manières cérémonieuses et presque timides. Elles s'imaginaient qu'il allait, du premier coup, découvrir plusieurs pistes et battre les buissons du Loch. Il s'installa dans le salon et ne parut même pas s'intéresser à la presqu'île. Et comme Lewis lui faisait remarquer que l'affaire était compliquée à plaisir et qu'il devrait parcourir beaucoup de chemin s'il voulait réunir des indices, Poirot se frappa le front et déclara froidement que tous les éléments de l'enquête étaient logés là, dans sa tête, que ses petites cellules grises les assembleraient sans tarder et que la solution était une question de logique et non de muscle. Cette affirmation jeta un froid.

— Il est vaniteux, chuchota Virginia à l'oreille de Mary.

— Et un peu fou! murmura Mary à l'oreille de Virginia.

Lewis sortit en claquant la porte et Peter entraîna Poirot du côté de la salle à manger, car Poirot n'avait rien mangé depuis le matin et semblait décidé à ne pas prolonger son séjour en Écosse.

— Vous parliez des éléments de l'enquête, demanda Peter. Mais où les avez-vous puisés ?

— J'ai bavardé un peu avec Craddock et le médecin légiste. Ils m'ont appris une foule de choses intéressantes.

— Que vous ont-ils dit ?

— Eh bien! ils m'ont dit, par exemple, que votre braconnier a été assommé avant d'être précipité dans le lac et que Clarendon a été empoisonné avec du curare.

Peter bondit.

— Mais alors... mon beau-père ?

— Très certainement empoisonné aussi avec du curare!

Cette fois, Peter renonçait à comprendre. Poirot alluma, avec des soins méticuleux, une minuscule cigarette, souffla une bouffée de fumée au plafond et ajouta, l'air satisfait :

— Heureusement, monsieur Grant, que vous m'avez appelé. Je suis le seul homme capable d'arrêter l'assassin. Dans quarante-huit heures, tout sera terminé.

Peter n'en croyait pas ses oreilles.

— Je voudrais interroger le garde-chasse, continua Poirot. Il est un peu tard, mais je suis pressé.

Peter sortit. Sa femme l'attendait.

— Alors, c'est ce petit homme ridicule, dit-elle, qui ne croit pas au mystère ? Vous pensez qu'il va nous expliquer comment mon pauvre père est mort ?

— Il le prétend, du moins !

— Eh bien ! mon ami, vous avez eu tort de l'arracher à sa Belgique natale. Nous avions un monstre, il était inutile de s'encombrer d'un pitre !

Et la porte claqua pour la seconde fois. Résigné, Peter alla chercher Kickert.

— Croyez-vous au monstre ?

— Bien sûr que j'y crois ! Il y a treize ans...

— Inutile de mentir ! Il y a treize ans, une seule personne s'est noyée, une pauvre fille de Cronoch qui avait été séduite.

— Mais tout le monde vous dira que la presqu'île...

— Oui, oui ! Une légende ! Je sais. Expliquez-moi donc comment il se fait que Richmond porte une fracture du crâne ?...

Kickert n'insista pas. Il regarda autour de lui d'un air craintif.

— J'aime mieux tout vous dire, Monsieur. J'ai eu une discussion avec Richmond. C'était un violent. Il m'a menacé. J'ai été obligé de me défendre et alors...

— Pourquoi l'avez-vous jeté à l'eau ?

— Je me disais que le courant l'entraînerait au trou, comme le berger, et qu'on croirait à la fatalité ou au monstre. Sûrement qu'on n'aurait pas fait attention s'il n'y avait pas eu les deux autres morts !

— Que savez-vous sur ces deux morts ?

— Rien du tout ! Mais je peux bien vous jurer que je suis innocent !

— Où étiez-vous quand votre maître fut tué ?

— Je faisais ma tournée dans le bois du Grand-Chêne.

— De sorte que personne ne vous a vu ? En somme, vous n'avez pas d'alibi ?

— Je ne sais pas si je n'ai pas ce que vous dites, mais je suis innocent, ça, c'est la vérité.

— En réalité, Kickert, vous êtes tout à fait suspect. En effet, pourquoi vous êtes-vous battu avec Richmond ? Un garde qui discute avec un braconnier, c'est bizarre, ne trouvez-vous pas ? Un garde qui est en état de légitime défense et qui veut pourtant cacher un acte que la loi et son métier autorisent, c'est encore plus bizarre. Supposez, au contraire, un garde qui se soit associé avec un braconnier et qui prélève un pourcentage honnête sur les bénéfices de ce dernier. Évidemment, on n'aime pas beaucoup que ces petites combinaisons deviennent publiques, et le jour où l'associé se montre par trop indocile... Mais, dans ces conditions, Kickert, je suis en droit de supposer que votre maître avait appris vos manigances et que vous l'avez supprimé pour conserver votre place !

— Je vous jure, Monsieur, que je suis innocent ! Pour Richmond, d'accord ! Mais je maintiens que je me suis défendu. Je n'en sais pas plus long.

— C'est bon. N'avez-vous rien observé, du moins, qui puisse m'être utile ?

— Eh bien, si, j'ai vu quelque chose que je ne trouve pas très clair. Comme je montais vers le Grand-Chêne, il était près de dix heures, j'ai aperçu quelqu'un sur le sentier de la Dent du Dragon et ce particulier-là cherchait à se dissimuler tant qu'il pouvait.

— L'avez-vous reconnu ?

— Facilement ! C'était Peter Grant, le gendre de sir Mac Kairn.

— Ça va. Je vous remercie. Si j'ai besoin de vous, je vous ferai appeler.

Hercule Poirot convoqua Virginia, qui était toujours de fort méchante humeur.

— Madame, je n'abuserai pas de votre patience. Sachez seulement que j'admirais beaucoup l'érudition immense de sir Mac Kairn. J'ai lu notamment l'admirable étude parue l'année dernière dans la *Geological Scottish Review.* Votre regretté père n'était pas seulement un savant, mais un poète.

Des larmes perlèrent aux cils de Virginia. Sa tête ovale légèrement penchée de côté, les sourcils relevés, les mains jointes, Poirot observait la jeune femme et se félicitait d'avoir si facilement gagné la partie. Il continua :

— Où étiez-vous donc le matin de... l'accident ?

— Sur la lande. Mon mari m'avait offert, la veille, une longue promenade, mais à peine étions-nous partis qu'il me quitta brusquement sous je ne sais plus quel prétexte. Un peu vexée, je décidai de continuer seule.

— En somme, vous n'avez pas d'alibi ?

— Que voulez-vous insinuer ?

— Je veux seulement vous mettre en garde. Craddock est rusé. Il sait que votre mari traverse une période difficile. Les échéances en ce moment sont redoutables. Quand la crise des affaires sera terminée, M. Grant n'aura aucune peine à se remettre à flot, mais un peu d'argent liquide serait en ce moment le bienvenu. Or, êtes-vous certaine de n'avoir pas eu à ce sujet, avec sir Mac Kairn, quelques discussions ?

Les larmes coulèrent sur les joues de Virginia. Elle remua la tête affirmativement.

— Ah! vous voyez! Vous devez donc être d'une franchise absolue. Confiez-moi tout ce qui peut, de près ou de loin, concerner le drame.

Virginia raconta son enfance, ses jeux avec le jeune Lewis, son mariage. Elle montra toute sa vie, ne sachant ce qui était accessoire et ce qui était essentiel. Poirot l'écoutait avec une attention soutenue. Ils se quittèrent très bons amis. Mary Gibbon, plus naïve, moins fine aussi, se confessa sans réticence.

— Avez-vous un alibi ?

— Non, je suis demeurée dans ma chambre jusqu'à l'heure du déjeuner, j'en fais le serment! J'étais trop malheureuse pour songer à sortir. Mon mari me trompe, monsieur Poirot!

Mary éclata en sanglots et le détective dut attendre la

fin de la crise qui fut longue. Mais dans les circonstances difficiles Poirot était d'une patience féline.

— En rangeant les vêtements de Lewis, j'ai trouvé, dans ses poches, une lettre d'amour. Elle était déchirée et je ne pus savoir à qui elle était destinée. Je crus sur le moment qu'elle était pour Virginia. Lewis a aimé Virginia autrefois. Alors, vous comprenez, monsieur Poirot, j'ai pleuré toute la matinée sur mon lit. Plus tard, après le drame, Lewis m'a expliqué que cette lettre était un brouillon, qu'il avait eu l'intention de l'adresser à une femme qui lui avait servi de modèle avant notre mariage et avec laquelle il désirait rompre définitivement. Il m'a juré qu'il n'aimait plus Virginia, qu'il la trouvait enlaidie et détestait sa morgue. Il paraissait sincère, monsieur Poirot, je lui ai pardonné.

— Je vous en félicite, chère Madame. Je pense que vous m'avez dit toute la vérité. Mais faites bien attention aux manœuvres de Craddock. Car, vous aussi, vous pouviez vous trouver aux environs de la presqu'île vers dix heures.

Mary quitta la pièce, mortellement inquiète, et Lewis entra à son tour.

— Monsieur Gibbon, vous n'avez sans doute pas d'alibi ?

— En effet, j'ai pêché toute la matinée dans des coins qui sont presque toujours déserts. Je n'ai rien vu, je ne sais rien.

— Parfait ! Vous n'aviez aucune raison d'en vouloir au défunt ?

— Aucune !

— Mon collègue, l'inspecteur Craddock, me disait tout à l'heure que Mac Kairn vous avait surpris un jour avec Virginia...

— Il en a menti ! cria Lewis.

Il suffoquait de colère et le détective eut toutes les peines du monde à le calmer.

— Ce n'est qu'une hypothèse, cher monsieur. Je me suis mal expliqué. N'en parlons plus. Vous m'affirmez que Virginia vous est devenue indifférente. Je n'ai aucune raison de mettre votre parole en doute. A propos, vous avez une réputation de pêcheur plus que flatteuse. Quelqu'un a prétendu, à Cronoch, que vous êtes le plus fin lanceur de la région !

Contrairement à l'attente du détective, Lewis ne se dérida point. Il grogna quelque chose et sortit sans saluer Poirot. Celui-ci se frotta les mains et se leva pour accueillir Peter.

— Eh bien, mon cher ami, cette enquête avance favorablement! Tous les occupants du château pouvaient souhaiter, plus ou moins, la mort de Mac Kairn, même vous, monsieur Grant. Votre femme est seule héritière et la disparition de votre beau-père va vous procurer des capitaux considérables. Ne protestez pas! Je sais à quoi m'en tenir. Je veux seulement dresser le tableau de toutes les hypothèses possibles. D'ailleurs, monsieur Grant, vous avez accumulé les maladresses. Si mon collègue Craddock vous demandait pourquoi vous avez subitement quitté votre femme sur la lande, que répondriez-vous ?

— J'avais aperçu Kickert, qui semblait se cacher et, comme je me méfie du bonhomme, je le suivis de loin. Je suis à peu près sûr qu'il joue double jeu.

— Vous ne vous trompez point. Kickert est une vieille fripouille dans son genre. Mais vous voyez comme votre initiative a été malheureuse. Vous avez inquiété inutilement votre femme et vous avez donné l'éveil au garde. Leurs dépositions vous rendent suspect à votre tour.

— Je vous assure pourtant...

— Calmez-vous, mon cher ami. Je ne vous soupçonne pas, encore une fois! Le problème est simple. Cinq personnes avaient un motif pour supprimer Mac Kairn : Kickert voulait conserver son poste, Mme Grant et vous-même pouviez céder à l'intérêt, Mme Gibbon qui, maintenant, déteste votre femme, aurait très adroitement calculé en tuant Mac Kairn. C'était le plus sûr moyen de faire retomber les soupçons sur Mme Grant. Enfin, Lewis, pour éviter un scandale, n'avait d'autre ressource que de fermer la bouche à Mac Kairn. Mais ces cinq personnes, si elles ont eu le motif, n'ont pas eu également « le moyen ». J'ignore comment Mac Kairn a été tué. Quand je le saurai, du même coup j'apercevrai le coupable.

— Et Clarendon, qu'est-ce qu'il devient dans cette affaire ?

— Il est bien gênant, le pauvre homme! Mais sa mort est

tellement inexplicable, qu'elle en devient presque un principe d'explication!

— J'avoue que je ne comprends pas!

— Vous ne tarderez pas à comprendre!

Poirot travaillait sur une carte à grande échelle. Craddock lui avait vanté, sans résultat, les beautés du Loch. Le petit Belge ne tenait pas à exposer son complet bleu tout neuf aux morsures des ronces des sous-bois voisins. Il fallait écarter l'hypothèse du bateau. Les fouilles effectuées par la police n'avaient donné aucun résultat. Craddock croyait cependant qu'on avait pu se servir d'un canot en caoutchouc. Poirot restait sceptique. Il fixait plutôt son attention sur le curare. Pourquoi l'assassin avait-il eu recours au curare? Le curare est un poison foudroyant, mais encore faut-il l'introduire, au préalable, dans le sang de la victime! L'assassin se promenait donc avec une seringue dans sa poche. Poirot, alors, se souvint que les indigènes de la Polynésie utilisaient jadis des flèches empoisonnées lancées à l'aide de sarbacanes.

Mais on n'avait pas trouvé de flèches auprès de Clarendon et Mac Kairn était hors de portée d'une sarbacane. Poirot soupira. Lui faudrait-il visiter la presqu'île? Il s'y résigna et, sous la conduite de Peter, entreprit l'expédition. Il s'assit à l'extrémité de la Dent du Dragon et laissa errer ses regards sur le Loch. Un pêcheur des environs, malgré le monstre, explorait les abords du trou. Poirot le considérait avec ironie.

— C'est un maladroit, dit-il enfin.

— Oui, répondit Peter, il ne sait pas que les truites se tiennent plus au large, en queue de courant. Et puis, je crois qu'il a un mauvais matériel. Son bas de ligne fouette et il n'y a rien qui effraye autant la truite. Si la mouche ne tombe pas avec légèreté, comme un duvet, la truite s'enfuit aussitôt. C'est tout un art, monsieur Poirot.

— Je le crois! Mais ne cherchez pas à me convertir! Je n'aimerai jamais la pêche!

Le pêcheur, après quelques tentatives infructueuses, s'éloigna et la presqu'île demeura vide. Jamais mort n'avait été plus absurbe que celle de Mac Kairn. Poirot se leva, incommodé par les moustiques qui pullulaient dans ce coin. Il jeta un dernier coup d'œil au Loch et rentra à pas lents. Le souper fut plus gai que de coutume. Poirot racontait ses souvenirs et les jeunes gens oubliaient peu à peu leurs soucis. On parla sport. C'était la détente. Peter fit apporter les liqueurs sur la terrasse. Les deux femmes se retirèrent et, bientôt, Lewis, voyant que Poirot s'adressait plus volontiers à Peter, prit congé.

— Où en êtes-vous ? demanda Peter.

— J'arrive au but, répondit Poirot. Et je puis vous affirmer que le monstre existe !

Peter sursauta.

— Voulez-vous dire que...

— Parfaitement ! Le monstre existe ! Il a deux bras et deux jambes comme un homme, mais il a le cerveau d'un démon !

De la main, Poirot écarta un moustique qui bourdonnait autour de ses oreilles et il alluma l'une de ses minuscules cigarettes.

— Qui est-ce ? murmura Peter.

— Attendez un peu, dit Poirot doucement.

La nuit était venue. Peter apporta une lampe autour de laquelle se noua et se dénoua la ronde musicale des insectes nocturnes.

— Vous allez l'arrêter ? dit encore Peter.

Poirot resta silencieux. Le vent se levait, agitant des branches autour d'eux. Un énorme moustique se posa sur la main de Peter. Peter, d'un geste prompt, allait l'écraser.

— Arrêtez ! s'écria Poirot et il happa quelque chose d'invisible dans l'espace.

Puis, tirant un pistolet de sa poche, il fit feu à deux reprises vers l'extrémité de la terrasse. Peter, tremblant d'émotion, n'osait plus bouger. Les deux hommes entendirent décroître dans l'ombre un bruit léger de pas.

— Nous le tenons ! cria Poirot.

Ils s'élancèrent. L'homme ne devait pas être très loin, mais il connaissait admirablement tous les détours des sentiers. Il se dirigeait vers la Dent du Dragon. Quand Peter et Poirot atteignirent le rocher, ils aperçurent, en contre-bas, une silhouette qui fuyait sur le sable. Sans hésiter, Poirot dévala la pente raide, Peter derrière lui. L'homme était acculé au Loch. Il tourna sur lui-même puis, bravement, prit son parti et sauta dans le lac. Un instant il nagea vigoureusement au milieu d'un éclaboussement d'écume. Et, tout à coup, il coula à pic. Ce fut si soudain que Peter crut à une feinte.

— Il a plongé ? demanda-t-il.

— Non! répondit Poirot. Il a été frappé de congestion. On le retrouvera dans quelques jours, sur la grève, là où viennent s'échouer les victimes du monstre!

Les habitants du château, effrayés par les coups de feu, étaient rassemblés dans le salon. Virginia, en voyant son mari, poussa un cri de joie.

— Où est Lewis ? murmura Mary, toute blanche, et elle s'évanouit.

Poirot et Peter attendaient la voiture qui allait conduire à Edimburg le policier belge. Poirot expliquait à Peter le mystère du Loch.

— Je compris tout, en regardant le pêcheur maladroit d'hier. C'était enfantin! Comment une pointe acérée, enduite de curare, avait-elle pu toucher l'épiderme de Mac Kairn sans éveiller l'attention de ce dernier ? Réponse : au moyen d'une mouche artificielle. Un bon lanceur placé sur l'autre rive du Loch, derrière Mac Kairn, par conséquent, pouvait lancer sa mouche jusqu'au vieux savant. J'ai mesuré la distance. Un jet de quarante mètres avec vent arrière est chose difficile, mais un pêcheur comme Lewis réussissait couramment cet exploit. Ainsi, la mouche vient se poser sur la main, sur le cou — peu importe — de Mac Kairn et celui-ci, machinalement, l'écrase d'une gifle bien appliquée et enfonce lui-même la pointe de l'hameçon dans sa peau. Lewis ferre, arrache l'hameçon de la plaie minuscule et s'éloigne tandis que Mac Kairn achève de mourir sur la plage solitaire.

— Mais un hameçon ne s'arrache pas si facilement, monsieur Poirot!

— Lewis possédait des hameçons sans ardillon, analogues à ceux qu'utilisent les pêcheurs dans les concours de pêche. J'ai trouvé chez lui d'autres mouches empoisonnées. Et, hier soir, le moustique que vous avez failli tuer était un moustique artificiel. Lewis, du bout de la terrasse, à moins de vingt mètres, l'avait envoyé très doucement vers nous. Sa canne avait à peine sifflé. C'était un artiste.

— Mais comment avez-vous soupçonné Lewis ?

— Bien facile ! Vous aviez tous un motif, n'est-ce pas ? Mais qui donc avait le moyen de lancer une mouche à quarante mètres ? Lewis et Lewis seul ! Son plan péchait par là. Tant qu'on ignorait comment le crime avait été commis, les soupçons s'égaraient sur tous les habitants de Kinross. Mais une fois le procédé connu, il n'y avait plus qu'un meurtrier possible...

— Et Clarendon ?

— Clarendon a été tué pour rien et c'est ce qui est épouvantable ! Lewis a voulu faire une répétition générale, si j'ose dire ! Il savait qu'il était capable de placer une mouche au but avec une précision extraordinaire. Mais il ignorait de quelle manière réagiraient ses victimes. Chasseraient-elles négligemment l'insecte importun ? L'écraseraient-elles ? Il fallait essayer. Clarendon lui a servi de cobaye. Lewis avait calculé, je suppose, que le cadavre basculerait dans le lac et qu'on le retrouverait beaucoup plus tard et déjà décomposé. La légende du monstre couvrait ses manœuvres, il ne risquait rien.

— Mais pourquoi a-t-il tué Mac Kairn ?

— Parce que Mac Kairn s'était opposé à son bonheur. Lewis aimait encore Mme Grant, n'en doutez pas ! Le spectacle de votre union a dû éveiller dans son cœur toute la rancune qui s'y était amassée depuis des années. Il a préparé patiemment son forfait, a choisi son moment. Sans moi, vous périssiez à votre tour. Car la haine de Lewis s'étendait à votre femme, mais surtout à vous. Il était temps !

— Vous êtes admirable, monsieur Poirot ! Vous avez débrouillé cette énigme avec une aisance !

La voiture arrivait. Poirot s'installa. Les deux hommes se serrèrent la main.

Au moment où l'auto démarrait, Poirot se pencha à la portière et cria à Peter, resté en arrière :

— Les petites cellules grises, cher Monsieur ! Il faut apprendre à s'en servir !

LE MYSTÈRE DES BALLONS ROUGES

À la manière d'Ellery Queen

La sonnerie du téléphone arracha Ellery Queen à sa lecture.

— Allô ?... Oui, Père... Très bien. Dans une demi-heure j'y serai.

Il essuya machinalement son pince-nez, replaça son livre sur un rayon de l'immense bibliothèque qui couvrait jusqu'au plafond les murs du living-room et défit la ceinture de sa robe de chambre.

— Djuna ! Mon costume de tweed gris. Si Carpenter m'appelle, dis-lui qu'il passe dans la soirée. Mon père a besoin de moi pour une affaire qui semble assez embrouillée. Non ! Nous ne déjeunerons sans doute pas ici, Djuna !

Ellery Queen déplia sur le tapis une carte de New York et, à genoux, la consulta longuement, puis il se leva, regarda le ciel nuageux qui s'assombrissait du côté des docks. Il s'habilla en chantonnant, sans cesser de songer aux paroles de son père. Un ballon rouge ! Curieuse coïncidence ! Il descendit, arrêta un taxi et donna une adresse.

Le sergent Velie, cramoisi, enroué, luttait, dans le hall, contre un groupe de journalistes. Ellery lui adressa un salut ironique et déclencha l'ascenseur. Un policeman ouvrait la porte grillagée, au cinquième.

— A gauche, au fond du couloir, monsieur Queen.

Dans la chambre du crime, il n'y avait que l'inspecteur Queen, debout près d'un corps recouvert d'un tapis. Il semblait plongé dans une méditation morose.

— Eh bien, Père, demanda Ellery, qu'est-ce que signifie cette histoire de ballon rouge ?

— Ma foi, dit l'inspecteur, je n'en sais absolument rien. Tu vois à tes pieds l'honorable Douglas Percy, 42 ans, courtier, tué d'un coup de couteau en plein cœur. Pas le moindre indice. La mort remonte à 4 heures du matin. Percy avait dû surprendre quelque bruit, puisqu'il s'était levé, mais il n'a opposé aucune résistance au meurtrier. Tu peux constater que la pièce est en ordre. Pas d'empreintes; l'arme du crime a disparu. Pas de motifs apparents; le défunt menait une vie régulière, ne jouait pas, n'avait pas de maîtresse. Aucune indication concernant l'assassin. Personne n'a remarqué dans la maison une présence suspecte, n'a entendu un bruit insolite. Mais nous avons découvert un ballon rouge, un de ces ballonnets-réclame qu'on offre aux enfants, accroché par sa ficelle au balcon de l'appartement.

— Qu'en avez-vous fait ?

— Je n'y ai pas touché, El. J'ai pensé que ce ballon t'intéresserait.

L'inspecteur Queen ouvrit la fenêtre et Ellery vit le ballon. Il se balançait au bout d'un long fil terminé par une boucle. La boucle s'était prise dans le taquet qui servait à fixer le cordon manœuvrant la jalousie. Ellery dégagea la boucle et s'empara du ballon. L'inspecteur souriait.

— Curieux, n'est-ce pas ? Le ballon a peut-être parcouru plusieurs miles et il vient échouer justement à la fenêtre d'une chambre où un crime a été commis.

— Mais, dit Ellery, pourquoi aurait-il parcouru plusieurs miles ?

— Parce qu'il est en partie dégonflé. Je n'ai pas l'habitude, El, de me promener avec des ballons rouges à la main, mais il est facile de remarquer que celui-ci est beaucoup plus petit qu'un ballon normal. Je pense qu'il s'est envolé quelque part dans l'ouest, puis, perdant de la hauteur et plaqué par le vent le long de la façade de cet immeuble, il s'est accroché à cette fenêtre. Quelle autre hypothèse pourrait-on envisager ?

Ellery rajusta son pince-nez et secoua la tête.

— Ce ballon, bien qu'un peu dégonflé, mesure encore

approximativement 10 pouces de diamètre. Supposons que, plaqué par le vent, il ait glissé tout le long du mur; le fil n'en serait pas moins demeuré à cinq pouces de la paroi. Or le taquet est fixé sur le mur même...

L'inspecteur fixa Ellery avec inquiétude.

— Alors, tu crois...

— Oui, dit Ellery. Il s'agit d'un signal. La boucle du ballon n'a pas pu s'engager par hasard dans le taquet. Elle y a été passée volontairement.

— Un signal ? répéta l'inspecteur. Pourquoi ?

— Non, père! rectifia doucement Ellery. Disons plutôt « à qui ? »

Mais ils eurent beau chercher toute la journée, leurs efforts furent infructueux.

Ellery Queen fut éveillé par son père à cinq heures du matin.

— Dépêche-toi, El; on vient de m'annoncer un second crime dans la 92e Rue. Velie est sur les lieux.

— A-t-il trouvé un ballon rouge ?

— Évidemment!

Les deux hommes avalèrent une tasse de café brûlant en maudissant Djuna et dégringolèrent les cinq étages.

— Je prévois, murmura Queen, que cette affaire des ballons rouges va nous causer des ennuis!

C'était bien l'opinion d'Ellery, mais il préféra la taire.

La maison du crime était, cette fois, un hôtel de dernier ordre, à côté d'un garage. On apercevait, à une lucarne sous le toit, un ballon rouge qui tirait sur sa ficelle en bonds furieux quand passait une rafale.

— C'est là-haut ? demanda Queen à un policeman qui gardait l'entrée de l'hôtel.

L'homme salua.

— Oui, chef. Dans le grenier!

Ils montèrent par un escalier étroit qui sentait la friture. Le sergent Velie les attendait au dernier étage. Il les conduisit dans une soupente où se balançait un pendu.

— Qui est-ce ? dit l'inspecteur.

— Un Italien, répondit le sergent. Un certain Giuseppe

Beppini. Il a été découvert par une petite bonne qui venait étendre du linge. La mort est récente; le cadavre est encore souple.

Ellery Queen se pencha à la fenêtre. Le ballon était identique à celui de la veille. Il était muni d'un long fil dont l'extrémité s'enroulait autour d'une tige de fer qui, jadis, avait dû servir de support à une échelle d'incendie.

— Il n'y a plus de doute! murmura Ellery. Ce ballon a été attaché. Ce n'est pas le caprice du vent qui l'a amené là!

— Mais alors, l'assassin se promenait donc avec le ballon en laisse ? s'écria Queen. C'est insensé! Car on est bien obligé de supposer, n'est-ce pas, que le ballon a été fixé à son support par l'assassin, une fois le crime accompli ? Et comme le ballon est plein de gaz, il faut bien admettre que l'assassin n'a pu le gonfler sur place. Mais alors comment a-t-il pu entrer dans l'hôtel sans être remarqué ?

— Doucement, père! fit Ellery. Savons-nous seulement si ce Beppini ne s'est pas suicidé ?

Ils revinrent auprès du cadavre. L'inspecteur Queen eut un sourire.

— S'il s'était suicidé, El, nous trouverions auprès de lui un tabouret, une caisse. Or la pièce est vide. C'est donc que l'homme a été pendu. D'ailleurs il me semble bien que le pauvre type a reçu un fameux coup de poing au menton...

Queen désignait du doigt une ecchymose verdâtre qui meurtrissait le côté gauche du menton de Beppini.

— Cela explique bien des choses!

— Peut-être! reprit Ellery. Mais cela ne nous apprend rien au sujet du ballon. De toute évidence, ce ballon sert de signal. L'assassin veut sans doute faire savoir à quelqu'un qui passe dans la rue que le crime a été commis. Il est donc probable qu'il gonfle son ballon une fois son coup fait. Et comme le crime a eu lieu à la fin de la nuit, il vous sera facile, sergent, de recueillir des indications utiles. L'assassin a dû s'introduire dans la cuisine ou dans la salle de bains, si toutefois la maison en possède une.

— Tâchez donc de tirer cela au clair, Velie, dit l'inspecteur, et envoyez-nous le patron.

Celui-ci, effondré, s'empressa de vider son sac. Beppini

était violoniste dans un dancing. Il connaissait toutes sortes de gens et l'hypothèse d'un règlement de comptes n'était pas à écarter. Quant à dire si l'assassin était quelqu'un de la maison, non, cela était impossible! Les pensionnaires étaient nombreux; ils entraient, sortaient d'une manière presque ininterrompue, même la nuit. Ils amenaient souvent de la compagnie. En somme n'importe qui pouvait s'introduire dans l'hôtel sans être remarqué. Beppini habitait une petite chambre au sixième. Elle n'était pas dérangée. L'assassin avait probablement assommé Beppini, soit dans sa chambre, soit dans le corridor, l'avait hissé à l'étage des mansardes et pendu. Pourquoi ? Mystère! Velie rapporta, cependant, un renseignement intéressant. Le veilleur de nuit couchait dans la cuisine. Il s'était reposé à plusieurs reprises, notamment de 3 à 6 heures, et n'avait vu personne dans la cuisine. Le ballon n'avait donc pas été gonflé à l'hôtel. Restait à interroger un par un les pensionnaires. Ellery n'eut pas le courage d'assister à cette fastidieuse besogne. Il quitta l'hôtel, secrètement irrité contre lui-même. Pourquoi le meurtrier avait-il besoin de faire des signaux, puisqu'il pouvait sortir de l'hôtel librement ? D'autre part, quel lien y avait-il entre Douglas Percy et Giuseppe Beppini ? Enfin, pourquoi le criminel n'avait-il pas essayé de camoufler ses assassinats en suicides, ce qui n'aurait présenté aucune difficulté ? Il aurait voulu attirer l'attention sur lui qu'il ne s'y serait pas pris autrement! Ellery Queen essuya les verres de son pince-nez. Une idée venait de germer dans son esprit. Il s'approcha du garage et appela un jeune garçon maculé d'huile.

— Avez-vous vu stationner une voiture devant l'hôtel, hier soir ?

— Ça dépend, m'sieur.

— Je veux dire une voiture que vous n'avez pas l'habitude de voir dans ce quartier ?

— J'ai vu une Lincoln, mais elle a stoppé assez loin d'ici. Le type était mal habillé. Il est descendu et je l'ai vu qui entrait à l'hôtel.

— Portait-il une valise ?

— Non. Un carton à chapeaux.

— Quelle heure était-il ?

— Six heures, je crois. J'allais partir.

— Quelle allure avait-il ?

— Ce n'est pas facile à expliquer. Il avait l'air fatigué. Il marchait lentement. Je n'ai pas fait attention, vous comprenez.

— Vous n'avez pas remarqué d'autres voitures ?

— Si! J'ai encore vu, au moment où je m'en allais, une Dodge qui s'est arrêtée presque devant moi. J'ai même demandé au type s'il voulait de l'essence, mais il n'en voulait pas. Il a regardé l'hôtel comme s'il attendait quelqu'un, et puis il est reparti. C'était un bonhomme d'une trentaine d'années, tête nue. Il me semble que ses cheveux étaient noirs et frisés. J'ai remarqué qu'il avait, au coin du nez, une petite cicatrice blanche.

— Vous n'avez pas retenu son numéro ?

— Oh non! S'il fallait retenir les numéros de toutes les voitures qui passent dans cette rue...

— Est-ce que la Lincoln était partie quand la Dodge est arrivée ?

— Non! Je ne crois pas.

Ellery Queen mit dans la main du garçon quelque chose qui fit rire celui-ci et s'éloigna lentement. Il commençait à comprendre pourquoi l'assassin semait, derrière lui, des ballons rouges.

Deux jours plus tard, c'était au tour de Grace Mitchell de succomber. Ellery connaissait bien Grace Mitchell. Elle possédait une voix charmante et dansait merveilleusement. L'inspecteur Queen ne releva aucun indice. La victime avait été assommée à l'aide d'un chandelier de bronze qui ne portait aucune empreinte. Elle n'avait pas été volée. Sa femme de chambre, qui dormait dans une pièce voisine, n'avait rien entendu. Un ballon rouge se dandinait à la fenêtre. Queen se sentit pâlir de rage. Ellery, plus taciturne que jamais, furetait partout sans grand espoir. Il fit pourtant une petite découverte : il repéra autour de la serrure d'imperceptibles traces de mastic. Quelqu'un avait donc pris l'empreinte de la serrure. Il ne fallait pas songer à retrouver le fabricant de la fausse clef, mais la préméditation était désormais établie. L'assassin ne frappait pas au hasard; il suivait un plan bien déterminé. Il savait, avant même d'exécuter Douglas Percy, qu'il tuerait Grace Mitchell, car il avait eu certainement besoin de cinq ou six jours pour préparer son coup. Queen approuva les déductions de son fils et entreprit de fouiller le passé de la danseuse. Ellery s'efforça de retrouver la Lincoln et la Dodge, mais personne n'avait remarqué l'homme à l'air fatigué; personne n'avait vu l'homme à la cicatrice. L'inspecteur ne fut pas beaucoup plus heureux. Grace Mitchell était orpheline. Elle avait vécu dans la misère, avait été figurante, puis avait connu une période assez brève de prospérité, était retombée, et enfin avait été lancée, un an plus tôt, par un entrepreneur de spectacles.

— Et Beppini ? demanda Ellery.

— Lui aussi a eu des hauts et des bas! répondit Queen. Il n'a pas toujours été violoniste et il ne s'est pas toujours appelé Beppini.

L'inspecteur ouvrit un carnet et lut :

« Teddy Carson, né à Des Moines en 1903. Condamné à six mois de prison avec sursis, pour vol, en 1920. Condamné à un an de prison pour vol, en 1925. S'établit à New York en 1931. Pendant deux ans, vit largement. Est soupçonné de participer à la contrebande de l'alcool. Disparaît en 1936. Adopte ensuite le nom de Beppini. Depuis, n'a fait l'objet d'aucune plainte. »

Queen referma son carnet et reprit :

— Velie n'a pas eu beaucoup de temps! Peut-être pourrait-on reconstituer d'une manière plus complète la vie de ce gaillard, mais je ne vois pas bien l'intérêt d'une pareille recherche.

— Avez-vous eu des renseignements sur Douglas Percy ?

— Sans difficulté. Percy était courtier depuis 1933. Auparavant, il dirigeait un cabinet d'affaires qui était très prospère, mais il dut le vendre à la suite de spéculations malheureuses.

— Vous disiez tout à l'heure, père, que Grace Mitchell avait connu une courte période de prospérité. Vers quelle époque ?

— En 1932.

— C'est vraiment curieux.

— Qu'est-ce qui est curieux, El ?

— Eh bien, en 1932, Grace Mitchell, Beppini et Percy ont de l'argent, et en 1933, Grace Mitchell est de nouveau réduite à la misère, Beppini est obligé de quitter New York et Percy fait la culbute.

— Qu'en déduis-tu ?

— Rien pour le moment ! Il y a cependant là un trait commun, un détail qui les rapproche. Peut-être se connaissaient-ils ? Peut-être partageaient-ils un secret ?

— Toujours ton imagination, El ! Moi, j'ai une autre théorie. Suppose qu'un fou ait tué Percy et Beppini. Suppose maintenant qu'un amant jaloux, par exemple, ait voulu se venger de Grace Mitchell. Il lui était facile de se procurer un ballon rouge et de l'attacher à la fenêtre. Tu comprends ?

— Vous voulez dire, père, que n'importe quel criminel nous induira désormais en erreur en utilisant un ballon rouge ?

— Oui ! Le ballon nous oblige à croire à une chaîne de crimes et, par conséquent, à un criminel unique. C'est bien commode pour les autres.

Ellery rêva un moment. La théorie de son père était séduisante et, d'ailleurs, difficile à réfuter. Peut-être même avait-on affaire à trois assassins distincts. Le couteau, la corde, la massue... Trois conceptions différentes. Et pourtant...

Le surlendemain, à 7 heures du soir, un coup de téléphone alerta l'inspecteur. Le sergent Velie venait d'apprendre qu'un ballon rouge avait été aperçu par un policeman, un quart d'heure plus tôt, dans le parc de Sir Jonathan Mallory. Il envoyait une voiture de la police au domicile de Queen et filait lui-même chez Mallory avec quatre hommes.

Queen raccrocha, tout pâle. Sir Jonathan Mallory. Cette fois, l'opinion publique allait prendre feu !

Ellery semblait vivement intéressé.

— Notez l'heure, père ! dit-il, tandis que l'auto les emmenait à toute allure. L'assassin n'a pris aucune précaution. Il devait bien penser, pourtant, que ce ballon serait tout de suite repéré. Pourquoi n'a-t-il pas attendu la tombée de la nuit ?

— Justement ! grogna l'inspecteur. Le ballon n'est qu'un trompe-l'œil. Mallory doit être guetté par un certain nombre d'adversaires, s'il est aussi riche qu'on le dit. On cherche à supprimer un concurrent, voilà la vérité.

— C'est bien lui qui a provoqué le krach de la « Panamerica » ?

— C'est son groupe. Tu ne vas pas me dire qu'il y a quelque chose de commun entre Mallory et Beppini ?

L'auto stoppa devant un hôtel d'un luxe un peu tapageur. Queen traversa le jardin et le hall au galop. Ce qu'il vit l'arrêta net. Un homme d'une cinquantaine d'années, appuyé sur des béquilles, et congestionné de fureur, se tenait sur la dernière marche de l'escalier conduisant au premier étage, et le sergent Velie, consterné, lamentable, cherchait en vain à l'apaiser.

— Je vous assure... bégayait-il, dans votre intérêt... il est nécessaire...

— Inutile ! coupa l'autre. Ce n'est pas parce qu'un mauvais plaisant a eu l'idée de suspendre un ballon aux arbres de mon parc que je vais tolérer chez moi la présence d'une brigade de policiers ! Je sais me défendre, Monsieur ! S'il me plaît de recourir à vos services, mon secrétaire vous en avisera ! Pour le moment, je vous prie de vous retirer !

— C'est Mallory ! chuchota Queen à l'oreille de son fils. Et l'inspecteur fit quelques pas.

— Allez-vous-en ! hurla Mallory.

L'inspecteur n'était pas patient.

— Un crime vient sans doute d'être commis dans cette maison, dit-il d'un ton froid. Il ne vous appartient pas d'entraver l'action de la justice.

— Un crime ? fit Mallory, radouci. Qu'est-ce que cela signifie ?

Déjà Queen escaladait les marches.

— Vous avez entendu parler de Grace Mitchell, n'est-ce pas ? Nous devons visiter votre domicile dans votre propre intérêt, monsieur Mallory.

L'infirme ricana :

— C'est bien, Messieurs, visitez! Mais vous me rendrez compte de cette intrusion.

Il se recula jusqu'au mur et tira un cordon de sonnette. Un domestique solennel apparut.

— John, accompagnez-les.

Il s'éloigna sur ses béquilles. La jambe droite de son pantalon, tendue par une armature métallique, se balançait mollement. L'inspecteur et son fils parcoururent l'immense demeure et durent se rendre à l'évidence. Personne n'avait été tué. Queen, pour la première fois de sa vie, parut embarrassé.

— On se moque de nous! murmura-t-il.

— Non, père! dit Ellery. Je pense que nous sommes arrivés trop tôt. L'assassin n'a pas encore eu le temps d'attaquer Mallory.

— Mais alors ? Le ballon rouge ?

— Eh bien, nous nous sommes trompés. Le ballon rouge est mis en place AVANT le crime et non après. J'avoue que je préfère cela.

— Tu préfères ?

— Oui. Je vous expliquerai bientôt. Pour le moment, il importe de défendre Mallory.

Malheureusement, Mallory ne l'entendait pas de cette oreille. Quand il apprit que les policiers se proposaient de monter la garde auprès de lui, il faillit faire un éclat. Queen discuta. Mallory ne voulait rien savoir. Ellery intervint.

— Vous faites le jeu de l'assassin, monsieur Mallory. Il a prévu votre résistance, n'en doutez pas! Libre à vous de lui faciliter la besogne. Mais s'il vous arrive quelque chose, vous n'empêcherez pas vos concurrents de bavarder... On prétendra peut-être que vous vous êtes suicidé, que vos affaires allaient mal... On jouera à la baisse!

Les poings de Mallory se crispèrent sur ses béquilles.

— Ce garçon n'est pas bête! gronda-t-il. Oui, ils diraient cela! Oui, vous avez raison.

— Alors, continua Ellery, l'un de nous va passer la nuit ici.

— Non! grogna Mallory. Pas vous! Laissez-moi un simple

policier. S'il m'embête, je n'aurai du moins aucun scrupule à le flanquer dehors.

Il rit. L'atmosphère se détendait. Queen en profita pour donner ses instructions au sergent Velie. Celui-ci s'installerait dans le hall d'où il lui serait facile de surveiller le rez-de-chaussée et le grand escalier. Toutes les heures, il effectuerait une ronde. Le personnel, c'est-à-dire John, la cuisinière et le chauffeur, serait mis sous clef. En cas de besoin, le sergent n'aurait qu'à tirer un coup de revolver. Les policiers postés à l'extérieur interviendraient aussitôt. L'inspecteur et son fils se retirèrent sans que Mallory daignât les accompagner.

L'hôtel était situé au fond d'un petit parc et adossé à d'autres constructions, de telle sorte qu'il était aisé d'en garder les abords. Cependant Queen, inquiet, ne pouvait se résoudre à partir. En dépit des quatre solides gaillards qu'il venait de disposer en sentinelles, il continuait d'arpenter le trottoir avec Ellery.

— Qu'est-ce qui vous tracasse, père ? demanda Ellery.

— Il y a, en tout cela, une diablerie que je n'arrive pas à comprendre. Pourquoi le ballon rouge apparaît-il avant le crime ? Si l'assassin ne tue pas aussitôt après avoir accroché son ballon — et il semble bien que ce soit le cas — il lui faut donc revenir ? C'est absurde!

— Mais, dit Ellery, le ballon rouge est peut-être destiné à désigner la maison où l'assassin doit tuer!

— Allons donc! Alors l'assassin emploierait un éclaireur ? Il aurait besoin qu'on lui désigne sa victime ? L'hypothèse est brillante, El, mais risquée. D'ailleurs, à ce compte, un ballon ne suffirait pas. Un second ballon devrait signaler la rue et un troisième le quartier. Non! ce n'est pas cela! Nous y verrions plus clair si nous étions renseignés sur ce Mallory. Rentrons. Je vais téléphoner à la...

Trois coups de feu claquèrent, sourds mais nettement perceptibles. Queen jura. Déjà les policiers s'élançaient sur la grille. Ils se ruèrent tous ensemble vers la maison. La porte était fermée.

— Velie! Ouvrez-nous! Velie! hurla Queen.

Velie ne donnait pas signe de vie. Alors l'inspecteur tira

quatre balles dans la serrure et ses hommes, d'une pesée, enfoncèrent la porte. Ellery, le premier, atteignit un commutateur et donna la lumière. Ils regardèrent, atterrés. Le sergent, couché sur le ventre, semblait mort. A deux pas de lui gisait un nègre dont le visage était couvert de sang. Un bruit sourd et rapide venant du palier supérieur leur fit lever la tête. Ils reconnurent Mallory qui arrivait sur ses béquilles. Celui-ci se pencha sur la rampe et ses épaules tremblèrent. Queen désigna le nègre.

— Voilà votre assassin, monsieur Mallory! Vous avez eu de la chance.

Puis, sans plus se soucier du banquier, il se mit à l'œuvre. Velie respirait encore. Il avait reçu une balle dans le cou et une autre dans le bras. Les policiers lui donnèrent les premiers soins en attendant l'ambulance. Quant au nègre, il était mort d'une balle au cœur.

— La scène est facile à reconstituer! dit l'inspecteur. Les deux adversaires se sont fusillés à bout portant.

Il vérifia le pistolet de Velie, puis chercha des yeux celui du nègre. Il découvrit l'arme sur le carrelage, à quelque distance. Il manquait deux cartouches au chargeur. Restait à déterminer la route qu'avait suivie le nègre. Queen visita le rez-de-chaussée. La fenêtre de l'office, ouvrant sur le jardin, était ouverte. Mais l'inspecteur eut beau s'acharner, il ne distingua aucune empreinte de pas sous la fenêtre. Les pelouses voisines n'avaient pas été foulées. Queen se promit d'examiner le terrain à fond, le jour venu. Le nègre s'était probablement caché dans un arbre, après avoir accroché son ballon bien en vue. Puis il s'était introduit dans l'office et avait surpris le sergent. Il n'y avait pas d'autre explication. Ellery se tenait toujours dans le hall. Son père le mit au courant.

— Vous avez sans doute raison, père, dit Ellery, mais expliquez-moi donc pourquoi le revolver de ce nègre a sauté si loin du cadavre ? Et pourquoi Velie a été blessé au bras droit et sous l'oreille droite ?

Queen fronça les sourcils.

— A ton avis, si Velie avait tiré le premier, l'autre n'aurait pas eu le temps de riposter et si, au contraire, le Noir avait tiré le premier, Velie aurait été mis hors de combat sur-le-champ ?

— Exactement ! Et ce qui me porte à croire que Velie a été surpris, c'est qu'il a été blessé de profil. Or si son agresseur bénéficiait de l'avantage de la surprise, pourquoi a-t-il tiré ? Il ne devait pourtant pas tenir à éveiller tout le monde ? Il devait bien penser que nous allions accourir et qu'il n'aurait pas le temps de tuer Mallory ?

— Nous interrogerons Velie et nous saurons, alors, comment les choses se sont passées. Pour le moment, il importe d'identifier ce nègre. Peut-être Mallory le connaît-il ?

Mais Mallory ne l'avait jamais vu. Les domestiques non plus. Quant au secrétaire, Bob Seldon, il était sorti la veille, à quatre heures, avec la permission de Mallory, et n'était pas rentré. On l'interrogerait dans la matinée. Mallory était très abattu. Sa morgue avait disparu et il semblait avoir peur. Queen lui promit la discrétion de la police. Quand le jour fut venu, force fut bien de constater que personne n'avait traversé les pelouses. La terre, au pied de chaque arbre, fut examinée avec une minutie extrême. De toute évidence, le nègre ne s'était pas caché dans le jardin.

— Tu as l'air satisfait, El, bougonna l'inspecteur.

— Oui, dit Ellery. Car j'ai toujours pensé que ce nègre était caché dans l'hôtel.

— Ça ne tient pas debout. D'abord, nous l'avons visité dès notre arrivée, cet hôtel.

— Oui, mais rapidement. Nous cherchions un cadavre et non pas l'assassin.

Queen secoua la tête.

— J'ai l'habitude de regarder partout, dit-il. Je suis certain qu'il n'y avait pas de nègre dans cette maison.

— Il y était pourtant, puisqu'il n'a pas pu venir de l'extérieur !

— Mais la fenêtre ouverte ?

— Elle a pu être ouverte après la bataille.

— Par qui ?

Ellery rajusta son pince-nez et conduisit l'inspecteur dans le hall.

— Baissez-vous, père ! Au bout de mon doigt, voyez-vous ce carreau ?

— Eh bien, il est cassé.

— Oui, il est cassé, comme si un objet lourd était tombé là.

— Du diable si je comprends où tu veux en venir.

— A ceci : je monterai la garde, ce soir même, dans ce hall.

Queen se releva vivement.

— Je crois, continua Ellery, que la partie n'est pas terminée.

Le nègre fut identifié dans la journée, car la police possédait sa fiche anthropométrique. Queen ne put réprimer un mouvement de surprise en lisant la note que venait de lui remettre un planton. Il sauta sur le téléphone.

— Allo ? Ellery ? Sais-tu comment s'appelle le nègre ? Benjamin Benko... Parfaitement, c'est l'ancien lieutenant de Slim Vibur... Velie sera heureux d'apprendre cela, lui qui a descendu Slim... Comment ?... En 1933... J'en suis sûr, puisque Velie fut nommé sergent un mois après la mort de Slim.

Queen exultait. Sa théorie s'avérait bonne. Slim et Benko avaient été, quelques années auparavant, des spécialistes du kidnapping. Slim avait amassé en peu de mois une énorme fortune. Le seul enlèvement de Jessie Corton lui avait rapporté deux cent mille dollars. Benko s'était attaqué à Mallory pour le kidnapper et le faire chanter, sans aucun doute. Il avait cru que la police mettrait l'affaire sur le compte du criminel aux ballons rouges et que personne ne songerait à lui. L'inspecteur sourit. Il comprenait pourquoi El avait dit que la partie n'était pas terminée. Ellery craignait un retour offensif des hommes de Benko désireux de venger leur chef. On les prendrait donc au piège et ce succès atténuerait dans une large mesure l'échec que le mystérieux assassin aux ballons avait infligé à la police. Queen, satisfait de la tournure prise par les événements, alla voir le sergent Velie. L'état de celui-ci restait grave. Le blessé venait de subir une transfusion du sang. Il était extrêmement faible et hors d'état de parler. Le chirurgien, cependant, affirmait que la vie du sergent n'était pas en danger. Rassuré, Queen passa chez Mallory. Il trouva le banquier au milieu de ses valises.

— Je pars! cria Mallory. Puisque vous ne pouvez pas empêcher le premier voyou venu d'entrer chez moi, j'aime mieux abandonner la place. J'en ai assez!

— C'est votre droit! dit froidement l'inspecteur. Seulement vous n'irez pas loin. Vous serez probablement abattu avant la fin de la nuit.

Le banquier s'agita sur ses béquilles.

— Il y a des détectives privés! gronda-t-il.

— Soit! Je n'ai plus qu'à me retirer.

— Un instant! Vous venez de prétendre que ma vie était en danger. En êtes-vous sûr ?

— Écoutez, monsieur Mallory! Quand un gangster comme Benko se fait démolir, ses hommes n'ont pas l'habitude d'encaisser le coup sans réagir. Ils auront le dernier mot si nous n'intervenons pas. Voici ce que je vous propose. Je passerai la nuit dans votre chambre. Ellery se cachera en bas. Quand ils seront hors d'état de nuire, alors vous ferez ce que vous voudrez.

Mallory pesa le pour et le contre.

— Je vous donne quarante-huit heures, dit-il enfin, pour me débarrasser de cette vermine. Passé ce délai, ma maison vous sera interdite!

Il vira sur ses béquilles et s'éloigna lentement. Queen fit un effort pour se maîtriser. Mallory lui payerait ses insolences et bientôt.

Fort heureusement, Djuna avait préparé un excellent déjeuner, ce qui calma l'humeur de Queen. Tout en savourant le poulet au riz, il raconta à son fils les incidents de la matinée.

— Ce Mallory est un détestable bonhomme! dit-il en terminant. Je regrette que Velie se soit fait abîmer pour lui conserver ses millions.

— Il est extrêmement riche ? questionna Ellery.

— On le prétend! Il y a quinze ans, c'était encore un petit employé! Et puis, grâce à des spéculations adroites, il a su s'imposer. En 1932, il a réussi le coup des pétroles américains. En 1933, il a fondé le consortium de la laine. Il est devenu, en quelques semaines, tout-puissant. Si Benko avait réussi, il aurait pu soutirer à Mallory une fortune.

— Avoue qu'il a échoué par sa faute, à supposer qu'il ait voulu enlever Mallory.

— Benko n'a jamais été qu'un homme de main, un tueur. Slim Vibur ne l'employait que dans les coups durs. C'est Benko qui a démoli Al Renny, en 1933. Tu étais en Californie à ce moment-là. Une brute, ce Benko! Le type qui fonce, sans réfléchir.

— Ce qui m'étonne, murmura Ellery, c'est l'importance de cette année 1933. Elle marque la décadence de Percy, de Beppini, de Grace Mitchell, je vous l'ai déjà fait remarquer. Slim Vibur meurt en 1933, quelque temps après avoir occis Al Renny. Mallory devient alors un des financiers les plus redoutés des États-Unis en 1933. C'est pour le moins surprenant.

— Simple coïncidence! Quel rapport veux-tu établir entre des gens aussi étrangers les uns des autres?

— Je n'en vois pas encore, mais les ballons rouges en constituent peut-être un. Pourrais-tu me dire pourquoi Velie et le lieutenant d'Al Renny ont été mis face à face la nuit dernière?

— Là encore, coïncidence! Si je n'avais pas désigné Velie, cette rencontre n'aurait pas eu lieu.

— Exact! Pourtant, ces petits détails et d'autres, tout aussi bizarres, me semblent suggestifs.

Ellery sourit et demanda le café à Djuna.

— J'attends ce soir avec impatience! reprit-il. Je ne serais pas surpris s'il arrivait quelque chose d'assez sensationnel.

L'inspecteur Queen posta deux hommes dans le salon, deux hommes au premier et s'installa devant la porte de Mallory. Ellery plaça un policier à une extrémité du hall et se cacha lui-même au pied du grand escalier. Le jardin et la rue furent laissés à dessein sans surveillance. Et la veillée commença. Ellery, pour tuer le temps, passa en revue tous les événements qui s'étaient succédé depuis la découverte du premier ballon rouge. Il entrevoyait une théorie hardie mais plausible. Elle expliquait tout sauf deux points importants. L'horloge du vestibule sonna minuit. Il y avait un lien entre les trois premiers crimes, mais ce lien n'apparaîtrait que si Mallory était enlevé. Il fallait, en outre, retrouver l'homme à la cicatrice. Quant aux ballons rouges, c'était enfantin! Un ronflement de moteur grandit, s'arrêta. Surpris, Ellery fit un pas en avant. Il n'avait pas prévu cela. Les graviers de l'allée crièrent, puis un léger courant d'air souffla de l'office. La porte ouvrant sur le hall grinça. Ellery devina qu'on marchait non loin de lui, puis qu'on restait immobile. Ellery tira lentement son automatique et tendit le bras pour donner la lumière. Mais une détonation l'arrêta, puis un véritable feu de salve crépita. Une potiche éclata non loin d'Ellery, l'éclaboussant d'éclats. Il se jeta sur le commutateur. La lumière inonda le hall, éclairant un corps. Ellery le fit basculer sur le dos. L'homme avait une trentaine d'années. Ses cheveux étaient noirs et frisés. Une petite cicatrice blanche marquait le coin de son nez. Déjà les policiers accouraient, revolver au poing.

— Il est mort! dit Ellery et, tendant le doigt vers le policier qui avait monté la garde avec lui, il ajouta :

— Il a tiré sur Fred et Fred l'a tué.

Queen se montra au premier, soutenant Mallory. Celui-ci se pencha sur la rampe.

— C'est Bob Seldon! dit-il d'un ton sec. Vous vous permettez maintenant de massacrer mon secrétaire?

— Bob Seldon connaissait le secret des ballons rouges! répliqua Ellery.

— Tu en es sûr? s'écria Queen.

— Mais alors, dit Mallory, il faisait partie de la bande?

— Évidemment! répondit l'inspecteur. Recouchez-vous, monsieur Mallory, et ne craignez rien. Nous resterons ici jusqu'à demain.

Ellery fouilla le veston de Seldon. Son père le rejoignit.

— Comment as-tu appris, El, que ce Bob Seldon était mêlé à l'affaire?

— Un coup de chance, père! Et je regrette beaucoup qu'il soit mort. Fred a été trop prompt; il a un peu perdu la tête. S'il n'avait pas riposté, le mystère serait maintenant éclairci. Mais voilà peut-être qui va nous aider.

Il ouvrit le portefeuille de Seldon, examina rapidement

les papiers qu'il contenait. Une enveloppe attira son attention. Des mots avaient été griffonnés au crayon :

« 121e *Rue Est numéro* 93. *Atlantic Garage, Michigan.* »

— Je vois! murmura Ellery pensivement. Seldon ignorait que nous étions ici puisqu'il s'est absenté avant-hier. Tout s'explique.

— Tout s'explique ? Qu'est-ce que signifie alors ce garage et ce mot Michigan ?

— Patience, père! donnez-moi le temps de vérifier certaines choses. Demain, à midi, je pense que nous serons fixés. Si les journalistes vous interrogent, racontez tout ce que vous savez. La publicité nous sera utile.

Ellery commença ses investigations de bonne heure. Au 93 de la 121e Rue Est, il fut tout de suite renseigné. L'adresse était celle d'un hôtel misérable situé en bordure de Harlem. Ellery montra la photographie de Benko. On reconnut le nègre immédiatement. Benko se faisait passer pour liftier dans un magasin de Broadway. Il recevait de fréquents coups de téléphone et semblait traiter des affaires assez variées. On l'avait même vu, une fois, dans une auto de luxe.

— Une Lincoln ?

— C'était peut-être une Lincoln, en effet.

Ellery fouilla la chambre du nègre sans résultat. Ensuite, il chercha l'adresse de l'Atlantic Garage et la nota. Il jugea inutile de visiter le garage. Celui-ci abritait sans doute une dizaine de Lincoln et il importait peu à Ellery de savoir quelle était la bonne! Restait à utiliser le mot Michigan. Si Ellery ne s'était pas trompé, il n'y avait qu'une interprétation possible. Ellery entra dans une pharmacie et téléphona à Bill Marsham, un vieil ami.

— Allô, Bill ? Je voudrais acheter un paquet de Michigan... oui, c'est un tuyau... On m'a dit que ça pouvait rapporter des mille et des cents... Quoi ? Elles sont en pleine baisse ? Alors, excusez-moi! On a voulu me jouer un tour. Si je dois perdre mon argent, j'aime mieux le jouer aux courses. Merci!

Ainsi, il avait vu juste. Le mystère était presque résolu. Dans quelques heures, Ellery saurait si son hypothèse valait quelque chose. Il essuya son pince-nez, sifflota une chanson de Grace Mitchell et, avisant un Woolworth [1], acheta un carton à chapeaux...

Quand l'inspecteur rentra chez lui, il n'était pas d'humeur folâtre. Les journalistes lui avaient donné du fil à retordre et il redoutait quelque éclat de Mallory. Celui-ci était lié avec une douzaine de sénateurs, sans parler des gouverneurs d'États. Queen n'était pas ambitieux, mais il avait son amour-propre.

— J'ai laissé deux hommes là-bas! dit-il à son fils. Maintenant que Seldon est hors de combat, je pense pouvoir souffler.

— C'est peu probable! murmura Ellery.

Le téléphone sonna juste à ce moment. Queen prit l'appareil et une expression d'intense stupéfaction apparut sur ses traits. Ellery entendait un nasillement précipité, coupé d'exclamations.

— J'y vais, dit l'inspecteur.

— Du nouveau? demanda Ellery.

— On vient de trouver un second ballon rouge dans le jardin de Mallory. Quant à Mallory, il a été enlevé et très probablement assassiné.

Mes lecteurs m'écrivent souvent pour me dire : « Offrez-nous de véritables énigmes. On devine trop tôt. » Mais il ne s'agit point de deviner, de tomber juste par un coup de hasard. Il convient au contraire de désigner l'assassin en toute certitude, après avoir raisonné correctement sur des données multiples et quelquefois peu apparentes. Vous êtes, sévère lecteur, en possession de tous les éléments qui vous permettront de résoudre le problème. Je vous ai fait, pour une fois, la partie belle. Qui a tué le courtier, le violoniste et la danseuse? Qui a supprimé le banquier? Qui a semé tous ces ballons rouges? Prenez votre stylo et bonne chance. Surtout, ne devinez pas. — E. Q.

Ellery et son père ne restèrent pas plus de cinq minutes à l'hôtel de Mallory. La chambre du banquier était en désordre. Les draps arrachés traînaient sur le parquet. Une béquille,

1. Magasin à prix uniques (N. d. T.).

cassée, gisait sous l'armoire; l'autre avait glissé derrière le lit. Des taches de sang maculaient le plancher. Un poignard était posé sur la table de nuit. Le policier chargé de surveiller l'étage était désespéré.

— Pourquoi avez-vous abandonné votre poste ? demanda Queen.

— Parce que j'ai été appelé en bas! Le valet de chambre venait de découvrir le ballon rouge et, pendant un instant, tout le monde fut occupé.

— Il est certain, grogna l'inspecteur, que l'assassin a profité de ce moment d'inattention. Il a assommé Mallory, l'a pris sur son dos et s'est caché au rez-de-chaussée, dans les lavabos, sans doute. Quand vous êtes revenu et que vous avez constaté la disparition du banquier, vous avez appelé, n'est-ce pas, et tout le monde s'est précipité en haut ? Évidemment! Alors l'assassin s'est glissé dans le garage et a filé par la rue voisine.

On vérifia. Il y avait des taches de sang dans les lavabos et la petite Ford de Mallory n'était plus dans le garage.

— Ne perdons plus de temps, père, dit Ellery. Je sais où se cache l'assassin. Venez!

Il poussa l'inspecteur dans la voiture de la police qui les avait amenés. Il conduisait lui-même, actionnant la sirène aux carrefours. Ce fut, à travers New York, une randonnée étourdissante. L'auto stoppa enfin devant l'Atlantic Garage. Ellery entraîna son père du côté de la station-service. Un taxi déposa à l'entrée du garage un vieil homme qu'ils voyaient mal à travers les glaces ternies de l'énorme véhicule. L'homme était coiffé d'un feutre et vêtu d'un raglan sombre. Il se dirigea lentement vers le fond du garage. Ellery et l'inspecteur se faufilèrent entre les voitures, faisant mine de chercher quelque chose. Ils ne perdaient pas de vue la silhouette qui, là-bas, s'immobilisait devant un coupé. L'homme se mit au volant et la Lincoln s'ébranla.

— Attention, père! Quand il passera, nous monterons sur chaque marchepied. Il est à nous!

Ils se séparèrent. La Lincoln vira, pointa son avant vers la sortie, avança à petite allure. Ellery saisit la poignée, braqua son pistolet.

— Eh bien, monsieur Mallory! dit-il. On veut donc nous quitter?

— Djuna, encore un peu de Bourbon.

Le café fumait dans les tasses. Queen souriait.

— Je commence à saisir! murmura-t-il. Ces ballons rouges, jusqu'à la fin, m'ont égaré.

— Et puis j'avais sur vous un immense avantage, père! Je savais qu'un homme à la démarche lourde était entré avec un carton à chapeaux dans l'hôtel où logeait Beppini. Je savais aussi qu'un homme jeune, portant une cicatrice au coin du nez, l'avait suivi. Il me fut donc assez facile de comprendre la vérité. Dès le début de l'affaire, je fus intrigué par ces ballons rouges. Chaque ballon était un signal. Mais un signal à qui? Quelqu'un apportait le ballon et quelqu'un venait tuer. Pourquoi?

— La réponse était simple! dit l'inspecteur, et je m'en veux de ne pas l'avoir vue du premier coup. L'assassin tuait des gens qu'il *ne connaissait pas*. Le ballon indiquait la pièce où se trouvait la personne à abattre.

— C'est à peu près cela, en effet.

— Et si l'homme qui organisait tous ces crimes ne les commettait pas lui-même, c'est qu'il ne voulait pas se compromettre.

— Oui! Pour plusieurs raisons: d'abord, physiquement, il était incapable de soutenir une lutte; ensuite, il devait être habitué à se faire servir; enfin, il songeait peut-être à se débarrasser du tueur qu'il employait. Mais ces raisonnements ne me conduisaient pas bien loin. J'observai alors que, chez Mallory, le ballon avait été accroché dans le parc. Comment l'assassin reconnaîtrait-il, dans ces conditions, sa victime?

— Il n'aurait pas à la reconnaître, puisqu'il se heurterait, dans le hall, au sergent Velie et que, de toute façon, l'alarme serait donnée.

— Mais alors l'assassin était sacrifié? Or, par qui pouvait-il l'être sinon par son complice?

— Ah! très bien! C'est ainsi que tu as songé à Mallory?

— Non! Pas exactement! Mallory avait une jambe de moins. Je me disais qu'il n'avait pu se rendre chez Percy, chez Beppini. Mais il y avait un autre détail qui m'intriguait : l'année 1933. Comment expliquer l'importance de cette année dans la vie de tous les personnages mêlés au drame ? Les uns s'appauvrissaient; les autres s'enrichissaient. Il suffisait de rapprocher ces deux idées. Qui était perdant ? Percy, Beppini, Grace Mitchell. Qui était gagnant ? Mallory et Velie.

— Velie ? Comment cela ?

— Il a été nommé sergent en 1933. J'entrevis aussitôt la solution : Deux gangsters disparaissent en 1933 : Al Renny et Slim Vibur. Or quelles sont les personnes tuées par notre mystérieux assassin ? Je les nomme dans l'ordre : Percy, Beppini, Grace Mitchell, Velie et Benko, lieutenant de Slim Vibur. Supposons que les trois premières aient été ruinées par la mort d'Al Renny, cela revient à admettre qu'elles ont fait partie de sa bande. Mais nous avons déjà compris que Benko a été envoyé à la mort par son complice. Tout se passe donc comme si un héritier de Slim Vibur s'était servi de Benko pour anéantir les survivants d'une bande rivale et avait ensuite sacrifié Benko. Cela tenait assez bien. Je restais pourtant arrêté par une difficulté très grave. L'instigateur de toutes ces exécutions ne pouvait pas savoir que Benko se heurterait à Velie ? Fort heureusement, je me souvins d'une phrase de Mallory. Comme tu proposais de rester auprès de lui, il répondit : « Non. Laissez-moi un simple policier. » Il savait bien que ton homme de confiance était Velie. Il voulait donc atteindre Velie, le policier qui tua Vibur. A partir de ce moment-là, tout devenait clair. Le criminel était Mallory. Et Mallory avait lui-même accroché dans son parc un ballon rouge pour amener la police chez lui. Ne pouvant aller jusqu'à Velie, il forçait en quelque sorte Velie à venir à lui.

— Pourtant, il ne voulait pas se placer sous notre protection !

— Comédie ! Pour nous obliger à accepter ses conditions, à laisser Velie dans le hall. Mais comédie trop habile ! Car Mallory fit une faute. Il tira sur Velie.

— Tu crois ?

— J'en suis certain. Velie a été attaqué par le nègre qui était armé du poignard que nous avons trouvé dans la chambre de Mallory. Tu penses bien que Benko n'allait pas se promener dans l'hôtel avec un revolver. Il n'était pas si imprudent. Donc Velie tire et tue Benko. Mais Mallory survient et blesse grièvement Velie, ce qui explique la curieuse disposition de ses blessures. Puis il jette dans le hall le revolver, écornant un des carreaux. Ensuite, il se rend dans l'office, ouvre la fenêtre pour nous faire croire que Benko est venu par le jardin et, au passage, ramasse le poignard du nègre. Une conclusion s'imposait : Mallory possédait une jambe articulée. Ainsi était identifié l'homme à la démarche pesante remarqué par l'employé du garage. Mallory avait une double personnalité. Tantôt il jouait son rôle de banquier infirme et tantôt il circulait sous un déguisement, dans la fameuse Lincoln, ce qui lui permettait de promener ses ballons rouges sans danger. Quand il redoutait d'être surpris, il les cachait dans un carton à chapeaux. Il se rendait chez ses victimes aux heures où il les savait absentes et le nègre passait ensuite.

— Mais le dernier ballon rouge ?

— J'y arrive. Ayant démasqué Mallory, je devinai qu'il essayerait de disparaître le plus tôt possible et d'une manière spectaculaire. Ne l'avions-nous pas mis en garde contre un prochain enlèvement ?

— C'est vrai. Je lui ai suggéré moi-même le moyen de s'enfuir. Je vieillis, El!

— Mais non, père! Seulement le gangster était rusé. Je m'attendais donc à un tour de sa façon quand Seldon entra en scène sans crier gare. Je n'eus pas le temps d'intervenir. Seldon, qui avait surpris la double identité de Mallory et qui avait suivi la Lincoln, Seldon qui s'était absenté pour vérifier, j'imagine, certaines hypothèses et pousser son enquête, entend un léger bruit. Il croit qu'il est tombé dans un piège tendu par Mallory. Il tire le premier et se fait descendre bêtement. J'en aurai du remords toute ma vie. C'est grâce à lui que j'ai percé à jour la manœuvre diabolique de Mallory. Les indications de son carnet étaient claires à l'exception du mot Michigan. Mais, là encore, je fus servi par une remarque de Mallory. Pour le décider à accepter notre protection, vous vous en souvenez, je lui montrai que sa disparition entraînerait fatalement des désordres financiers.

Il accepta mon point de vue avec une violence qui me revint subitement en mémoire. Avais-je donc, à mon insu, frappé juste ? Mallory avait-il tout préparé pour que le bruit de son enlèvement provoquât, sur certaines valeurs, une baisse qui, en fin de compte, lui serait profitable ? Or les Michigan étaient des actions fermement cotées...

— Bien raisonné, El! Si leur cours faiblissait, cela prouvait que Mallory préparait le terrain et se réservait de tout racheter à bas prix.

— Justement! Un coup de téléphone me renseigna. Dès lors, l'affaire des ballons rouges n'avait plus de secrets. Mallory, proche parent de Slim Vibur...

— Son frère! Il l'a avoué aussitôt après ton départ, tout à l'heure.

— Très bien. Donc Mallory, prodigieusement enrichi par son frère, songe à le venger. Il en veut surtout à Velie. Il organise par conséquent ses crimes de telle sorte que Velie puisse être abattu à domicile et que lui-même, protégé par la police, apparaisse complètement innocent. Et par un raffinement inattendu, il s'arrange pour que sa vengeance paye, car il ne déteste pas la publicité et sait bien que sa brutale disparition suivie d'un retour triomphal accroîtra considérablement son prestige. Comprenant ses secrètes intentions, j'achetai un ballon rouge que j'introduisis chez Mallory dans le classique carton à chapeaux et je suspendis moi-même ce ballon dans son parc. Mallory, effrayé par ce ballon qu'un ennemi inconnu venait accrocher comme un défi, devait se hâter de filer. Où irait-il ? Dans un hôtel pour se transformer et ensuite à l'Atlantic Garage pour prendre sa Lincoln. Il suffisait donc de l'attendre au garage et de l'arrêter au moment où il s'apprêterait à disparaître.

— Vraiment, El, je suis mûr pour la retraite, et tu...

Plusieurs détonations retentirent dans le fumoir et l'inspecteur posa si brusquement sa tasse que le café déborda. Ellery éclata de rire.

— C'est Djuna, père! Il s'amuse à crever les ballons que j'ai achetés ce matin. Comme je ne savais pas, malgré tout, si Mallory prendrait peur au premier, j'en avais acheté une douzaine.

LE SAINT EN FRANCE

A la manière de Leslie Charteris

OU SIMON TEMPLAR REÇOIT UN COUP DE MATRAQUE ET DES COMPLIMENTS

Comment Simon Templar aurait-il fait attention à ce jeune homme brun, élégant, mais semblable à tant d'autres qui fréquentent les bars de la Butte ? Le Saint téléphonait à Hoppy Uniatz qu'il avait laissé le matin même au « Faisan » devant une bouteille de whisky. Il le priait de venir lorsqu'il reçut sur la tête un de ces coups de matraque qui font époque, même dans une vie aussi mouvementée que celle du Saint. Le coup, violent mais mal ajusté, fit perdre l'équilibre à Simon Templar qui tomba sur un genou, tandis qu'un joyeux carillon retentissait sous son crâne. Il ne perdit point, cependant, sa présence d'esprit et, son nez se trouvant à hauteur d'une paire de jambes qui s'animaient soudain d'un prompt mouvement de retraite, il plongea en avant, tendit le bras et referma ses doigts sur une cheville. L'homme s'allongea de tout son long et l'instant d'après encaissait une paire de gifles qui lui coupait la respiration et le laissait flottant au milieu du sous-sol. Et comme chacun des adversaires se passait machinalement la main sur le visage, d'un air égaré, on eût pu croire à un télescopage de pochards, si la matraque abandonnée à terre n'avait donné à la scène une tournure plus sérieuse. Simon Templar retrouva le premier son assiette. Il saisit l'homme par un bras et l'entraîna vers l'escalier. Ils revinrent dans le café de l'air le plus naturel; Templar commanda deux fines.

— Et maintenant, explique-toi.

L'homme lui jeta un regard mauvais.

— Vous savez bien qui je suis, dit-il.

Il refusa la cigarette que Templar lui offrait.

— Qu'avez-vous fait de ma sœur ?

Le Saint sourit, tâta ses poches...

— Je ne l'ai pas sur moi; mais soyez sûr que je vous la rendrai.

— Ce mariage n'aura pas lieu, gronda l'homme qui semblait hors de lui.

— Pourquoi pas ?

— Parce que ma sœur ne peut pas être une Lauriston.

Le Saint haussa les sourcils.

— Me prendriez-vous pour ce... Lauriston ?

— Ne jouez pas au plus fin, dit l'homme d'une voix haineuse. Je suis renseigné sur votre compte. Vous pensiez peut-être nous faire croire que vous êtes vraiment ce Templar, le Saint, comme disent les journaux. Un démon, voilà ce que vous êtes, un suborneur et un bandit.

Il gesticulait, frappant la table de son poing fermé. Le garçon s'approcha.

— Monsieur veut une autre fine, dit Templar en souriant.

Interloqué, l'homme resta muet une seconde.

— Comment vous appelez-vous ? demanda Simon.

De nouveau l'homme fut secoué d'un accès de fureur.

— Vous le saviez bien qui j'étais, quand vous m'avez envoyé cet avertissement, et il poussa sous les yeux du Saint un carton portant ces mots :

« *Inutile de chercher Laure. Elle est partie en voyage de noces.* »

Il y avait, en guise de signature, un petit bonhomme surmonté d'une auréole.

L'homme se pencha vers le Saint et murmura :

— Si ma sœur n'est pas rentrée ce soir avant minuit, Simon Templar, demain, aura cessé de vivre.

— Et où dois-je conduire Laure ?

— Oh! pas chez moi, bien sûr! Je ne suis pas si bête! Je

vous attendrai villa Bazeilles, rue des Peupliers. Vous connaissez l'endroit ?

— J'y serai!

L'homme partit et Simon Templar alluma une cigarette. Il savait que Paris est une ville où l'on s'amuse mais il n'aurait pas cru qu'on y poussât la fantaisie jusqu'à assommer les passants pour leur poser ensuite des devinettes. Il fut tiré de sa méditation par un vacarme qui s'élevait du côté de la porte. C'était Hoppy! Il s'était engagé imprudemment dans le tambour et tournait en vain, les yeux exorbités, à la recherche d'une issue. Mais, apercevant le Saint, il retrouva simultanément son sang-froid et la sortie et, malgré une petite embardée qui faillit le jeter contre le plateau du garçon, il arriva jusqu'à Simon.

— Pas de ma faute, patron! J'ai voulu goûter de leur cognac. C'est fade comme de l'eau et ça barbouille l'estomac.

Et comme le garçon repassait derrière lui : « Un whisky », cria-t-il.

— Depuis ce matin, Hoppy, dit le Saint d'un air grave, j'ai enlevé une jeune fille que je vais épouser et je me suis battu avec son frère qui veut me tuer. Mais comme j'ai bon cœur, je vais la reconduire ce soir chez ses parents.

Hoppy devint écarlate.

— Faites pas ça, patron! Que dira Miss Pat?

— Idiot, dit Templar. Il y a, à Paris, un individu qui se fait passer pour moi, voilà tout, et je voudrais bien le rencontrer, car j'ai un coup de matraque à lui rendre.

Et, comme le garçon arrivait avec le whisky demandé, Templar lui fit doucement remarquer que, pour Mr. Hoppy, un whisky signifiait une bouteille.

Hoppy lui adressa un regard plein de gratitude et pour montrer qu'il suivait parfaitement les explications du Saint, il enchaîna :

— Alors, patron, vous allez lui casser la...

— Non, Hoppy! Ici, nous sommes à Paris, tâche de ne pas l'oublier. A Paris, on ne boit pas au goulot, et on ne se casse pas la figure entre gentlemen!

Hoppy était comme frappé de stupeur.

— Alors et ça ? dit-il en entrouvrant son veston et en montrant son énorme automatique.

— Bon pour Chicago, murmura le Saint. Nous ne sommes pas des sauvages. Tu m'accompagneras mais tu m'attendras dans la rue. Si tu entends du bruit, si je siffle, alors, je te permets d'employer les grands moyens.

Le Saint, en marche arrière, engagea l'Hirondelle dans une petite rue, tout près de la villa. Il fit le tour de la maison. Aucune lumière ne filtrait à travers les persiennes closes. Un mur bas bordait le jardin qui s'étendait derrière la villa. Il revint près de la voiture où Hoppy somnolait, la main sur un flacon plat.

— C'est compris ? un coup de sifflet, tu interviens, et tu fais une petite démonstration de rugby ?

L'Américain grogna.

Rassuré, le Saint, après un coup d'œil à droite et à gauche, fit un rétablissement, enjamba le mur et sauta dans le jardin. Il écouta. Aucun bruit suspect ne venait de la maison qui semblait abandonnée. Le Saint tâta à travers la manche de son veston, la lame du poignard qu'il portait lacé à son avant-bras gauche. L'arme glissait dans sa gaîne. Alors une joie intense envahit le cœur de Simon Templar. Il oublia Patricia qui l'attendait à Londres, il oublia les périls qui l'environnaient, pour savourer le goût de l'aventure où, grâce à une distraction de son ange gardien, il se trouvait engagé à l'improviste.

— La vie est belle, Hoppy, murmura-t-il, et, sans hésiter, il tourna la poignée d'une porte qui devait être celle d'une cuisine. La porte s'ouvrit. Le Saint fit jouer la minuscule lampe électrique qu'il portait à la poche comme un stylo. Un mince fil de lumière courut sur un buffet, une pendule, découvrit une nouvelle porte. Avec précaution, le Saint manœuvra le loquet, s'engagea dans un couloir. Il marchait à tâtons, la main au mur. Et soudain, une vive lumière jaillit d'un plafonnier. Un valet, en livrée, impeccable, se tenait debout devant Simon Templar.

— Que Monsieur veuille bien me suivre.

Majestueux, il gravit un large escalier. Le Saint, curieux et méfiant, monta derrière lui. Le valet ouvrait des portes, s'effaçait. Il s'arrêta enfin devant une sorte de baie dont il écarta les battants.

— Monsieur Simon Templar, annonça-t-il d'une voix forte.

Le Saint se trouvait à l'entrée d'un studio ultra-moderne. Sur un divan bas, éclairé latéralement, une jeune femme était étendue. Elle tendit la main.

— Asseyez-vous, cher! Je vous attendais. Vous seul pouvez me sauver!

OU SIMON TEMPLAR, COMME TOUJOURS,
SE FAIT PROTECTEUR DE LA VEUVE ET DE L'ORPHELIN

Le Saint s'était souvent trouvé dans des situations étranges, mais rarement dans des situations absurdes. Cependant, il s'assit, souriant, et seul, peut-être, son vieil ami, Claude Eustache Teal eût pu deviner sa mauvaise humeur. La femme était blonde et jolie.

— Veuillez excuser mon frère, dit-elle d'une voix lasse. C'est lui qui a eu cette idée saugrenue. Je voulais absolument vous voir. Je savais que vous étiez à Paris, car je vous avais aperçu, il y a deux jours, au « Paramount ». Vous ne sauriez passer inaperçu, Monsieur Templar. (Simon Templar s'inclina.) Si je vous avais écrit, seriez-vous venu ? Non, sans doute! Alors, Valentin a imaginé la petite scène que vous savez. Il vous a laissé croire qu'un imposteur, sous le nom du Saint, avait enlevé sa sœur. Vous n'avez pu supporter d'être bafoué par un rival et vous êtes accouru...

— Il frappe fort... pour un frère!

— Que voulez-vous dire ?

— Qu'il pousse un peu loin le souci de la vraisemblance! J'aurais juré qu'il me haïssait!

La jeune femme sourit, amusée, et le Saint ajouta négligemment :

— Je suis même certain qu'il me déteste! Je comprends maintenant pourquoi!

— Seriez-vous jaloux ? chuchota la jeune femme, en se renversant sur les coussins.

— Serait-il jaloux ? chuchota Templar et ils s'observèrent un moment en silence.

Simon Templar comprit que la situation venait de se retourner en sa faveur.

— Je m'appelle Carlotta, dit enfin la jeune femme. Voulez-vous m'aider ?

Elle tendit au Saint un étui d'or et un briquet.

— La dernière fois que j'ai consulté une voyante, j'ai appris que je devais me méfier d'une personne blonde et d'un monsieur brun. J'ai déjà rencontré le monsieur! Êtes-vous la personne en question ?

— Certainement! Mais vous ne devez pas vous méfier! Je suis si malheureuse.

Ses yeux se mouillèrent; Templar envia Hoppy et son indifférence à l'égard du beau sexe. Carlotta le regardait. Lui-même ne la perdait pas de vue.

— Il ne vous aime pas ? demanda-t-il.

Carlotta tressaillit.

— Vous avez deviné! Mais il faut que je vous raconte tout. Vous voulez bien, n'est-ce pas ? Je suis fiancée à un homme qui a trompé ma confiance, le vicomte de Villeroy. Tenez, voici sa photographie.

Elle désigna, du bout de sa cigarette, un petit portrait près du Saint.

— Je vois, dit Templar. Le roi de trèfle!

— Pardon ?

— Oui, la femme blonde était entourée d'un valet de pique et d'un roi de trèfle. Votre frère et votre fiancé, c'est clair!

— Ne vous moquez pas! Si vous saviez comme tout cela est pénible! Le vicomte veut s'emparer de ma fortune. C'est un escroc et un malfaiteur. Il est à la tête d'une bande. Le pillage de la bijouterie Oldersohn, c'est lui qui l'a organisé. Il m'a menacée, si je lui résistais, de me tuer. Je suis seule. Mon frère redoute Villeroy. Que faire ? Mon Dieu, que faire ?

De nouveau, des larmes brillèrent dans ses yeux.

— Eh bien, c'est très simple, il faut donner à ce vicomte la correction qu'il mérite!

— Mais il est très méchant. Il vous tuerait!

— Vous savez bien que non, puisque vous m'avez fait venir !

Carlotta, gênée, essaya de plaisanter :

— Pour un Américain, mon cher, vous êtes très parisien!

— Pour une Parisienne, Carlotta, vous êtes très américaine!

— Monsieur Templar, vous vous moquez de moi. Vous ne me croyez pas!

— Je ne me moque pas, chère amie, et je ne vous crois pas non plus. Mais je vous trouve charmante! Où habite-t-il, votre vicomte ?

— A Sceaux.

— Je vais lui dire deux mots.

— N'y allez pas! Il a des chiens!

— Je cours vite!

— Il a de nombreux domestiques.

— Je prendrai une badine.

— Il est entouré d'une bande de gangsters...

— J'emmène Hoppy!

— Simon, s'il vous arrive quelque chose, je ne me le pardonnerai jamais...

— Carlotta, me prenez-vous pour un imbécile ?

Elle ne soutint pas le regard bleu du Saint et Simon Templar comprit qu'il avait gagné. Il se leva, d'un geste lui interdit de bouger et se dirigea vers la porte. Alors il se retourna :

— Il y avait aussi un dix de carreau!

— Et qu'est-ce que cela signifie, un dix de carreau ?

— La fortune! lança-t-il en éclatant de rire.

Il descendit en chantonnant, puis sur la pointe des pieds, revint écouter à la porte du studio. Il entendit la voix de Carlotta :

— Allô! Allô... Allô ? C'est toi Raymond ?... Oui, je l'ai vu... Tu as tort mon chéri... C'est un redoutable adversaire. Abandonne cette idée... Tu es bête, Raymond! Tu sais bien que c'est toi que j'aime...

Elle raccrocha. Le Saint sourit et s'éloigna en silence. Il gagna la rue sans la moindre difficulté. L'Hirondelle était là. Hoppy aussi.

— Qu'est-ce que tu penses de Paris, Hoppy ?

— C'est un patelin où l'on a soif, patron.

— N'as-tu pas envie de te dégourdir un peu les bras et les jambes et de boire un verre de whisky ?

— Pour sûr, patron!

— Eh bien! en route pour Sceaux!

OU, APRÈS UNE CONVERSATION MOUVEMENTÉE, UN VICOMTE RENCONTRE UN AUTRE VICOMTE

Le Saint n'hésita pas. Puisque, de toute façon, il était attendu, mieux valait encore entrer par la porte. Il sonna et des aboiements furieux lui répondirent.

« Carlotta ne bluffait pas, pensa le Saint, il y a des chiens. »

Un guichet s'entrouvrit. Simon Templar ne daigna même pas se nommer.

L'instant d'après, il marchait sur les traces d'une espèce de gorille au crâne chauve qui le fit entrer dans un petit salon où il le pria d'attendre. Le Saint ne savait pas encore s'il tirerait les oreilles de Villeroy, ou s'il lui cabosserait le bas du dos, mais il se sentait dans une forme exceptionnelle. Le domestique gorille revint et lui fit un signe. Ce Villeroy était bien mystérieux! En quoi se trompait Templar! Villeroy terminait simplement une série difficile comme Le Saint put s'en convaincre en pénétrant dans une vaste salle de billard. Penché sur le tapis vert, il préparait un coulé à la bande qu'il manqua de peu.

— Pas fort, fit remarquer Templar.

Il choisit une queue au ratelier, remit les boules en place et presque sans viser, il réussit un coulé fantastique qui groupa les trois boules dans un coin du billard. Alors, très posément, il annonça :

— Maintenant, la série américaine. Je vous rends trois cents points!

Raymond de Villeroy semblait furieux...

— Mon cher Templar, commença-t-il...

Le Saint, cérémonieux, l'interrompit :

— Pardon, Monsieur, ai-je l'honneur de parler à Ali-Baba ou à l'un des quarante voleurs ?

Villeroy devint livide mais s'efforça de sourire.

— Charmant, cet humour, charmant ! Cependant, vous ne semblez pas vous douter de la gravité de la situation.

Il consulta son bracelet-montre :

— Dans un peu moins d'une heure vous serez entre les mains de la police française.

Le Saint alluma une cigarette, s'assit sur le coin du billard et sourit :

— C'est plus de temps qu'il n'en faut, dit-il, pour vous battre au billard et vous donner une leçon de boxe. Par quoi voulez-vous que nous commencions ?

Villeroy serra les poings, mais, toujours très maître de lui, il avança une chaise et murmura :

— Par causer.

Le Saint l'interrompit :

— A quoi bon ? Vous allez me dire que votre délicieuse amie Carlotta m'a joué comme un enfant, d'abord en m'attirant chez elle, ensuite en me faisant croire que vous la persécutiez ? Tout cela, je le sais déjà. Je sais aussi que vous êtes un peu embarrassé par les bijoux Oldersohn ! Je connais depuis longtemps cette vieille fripouille d'Oldersohn et je vous approuve presque d'avoir confisqué tant de millions odieusement volés ! Mais vous sentez la police à vos basques, n'est-ce pas ? En lui jetant le Saint dans les jambes vous comptez sur sa surprise pour disparaître. C'est enfantin !...

— Enfantin ! gronda Villeroy, enfantin, vous allez bien voir...

— Et moi, dit le Saint, est-ce que je n'ai pas mon mot à placer au bon moment ? Votre plan est excellent. On gagne la confiance du Saint, on le persuade que Villeroy est une fripouille — et sur ce point, notez-le bien, j'ai cru Carlotta sur parole — on jette le Saint dans la gueule du loup, on le réduit à l'impuissance, on téléphone à la police et l'on file avec les bijoux. Mais à quoi servirait d'être le Saint, je vous le demande, si l'on n'avait quelques petits pressentiments ? Il m'arrive souvent de lire dans la pensée des autres. En ce moment, tenez, vous êtes tenté d'appeler vos hommes pour l'assaut final. Avec ce browning que vous tenez dans votre poche, vous donnez le signal et... adieu le Saint!...

Villeroy grinçait des dents.

— Vous avez commis deux fautes qui vous coûteront cher, poursuivit Templar. Vous avez fait confiance à Carlotta et à Valentin. Vous êtes peut-être un bon petit gangster — et encore, je voudrais l'opinion de Hoppy — mais vous n'avez rien là-dedans.

Du doigt, il se frappa le front.

Villeroy n'hésita plus. Il braqua sur Templar son automatique.

— Fini de rire, dit-il d'une voix rauque. Haut les mains!

Le Saint s'exécuta de bonne grâce et Villeroy le fouilla avec dextérité. Il parut surpris de ne trouver aucune arme.

— Je ne porte jamais d'automatique, expliqua Templar. J'utilise exclusivement ceux des autres!...

— Ça va. La partie est perdue pour vous! Je vous croyais plus fort, Simon Templar.

Villeroy ouvrit un petit buffet, sans cesser de menacer le Saint de son revolver. Il en tira un rouleau de corde et, avec une adresse surprenante, immobilisa les bras de Simon Templar. Alors, il remit son arme dans sa poche et se prépara à lier les jambes de son adversaire.

— Vous me permettrez bien de fumer une dernière cigarette ? demanda le Saint avec le même enjouement.

Villeroy voulut être beau joueur. Il tira une cigarette de son étui, mais le Saint réclama son fume-cigarette. Villeroy le lui glissa entre les lèvres. Un sifflement strident emplit la pièce, tandis que Templar se laissant tomber sur le flanc portait un ciseau à Villeroy qui s'effondra avec un cri de douleur.

— Si tu fais un geste, je te casse la jambe, dit le Saint d'un ton sans réplique. Et maintenant, écoute!

Ce ne fut pas long. Une rafale de mitraillette claqua quelque part près de la maison, suivie de hurlements plaintifs.

— Voilà pour les chiens, chuchota le Saint.

Une détonation sourde fit trembler les murs. Le plafonnier oscilla et l'on entendit une bille heurter mollement une autre bille sur le billard.

— Voilà pour la porte d'entrée, continua le Saint.

Des piétinements, des chocs, des cris s'entendaient maintenant tout près. Puis une galopade retentit dans le couloir et un objet lourd se démantibula contre une cloison, une chaise probablement, car on perçut nettement le bruit des morceaux retombant en pluie. Un coup de feu éclata presque aussitôt, accompagné d'un râle et d'une chute. Un vacarme de pas précipités ébranla le plafond et soudain des carreaux cassés cascadèrent longuement.

— Ton armée est en déroute, dit le Saint.

Villeroy, immobile, se taisait, la sueur au front. Alors la porte s'ouvrit à toute volée et Hoppy entra. Il sentait la poudre et le gin. Sa cravate pendait, arrachée, et une estafilade lui barrait la figure, de l'oreille au menton.

— Prends-lui son automatique, ordonna le Saint.

Villeroy et Templar se retrouvèrent debout, ensemble et face à face. Templar se tourna vers Hoppy.

— Je te présente le Vicomte de Villeroy, Hoppy! Le Vicomte Uniatz!

— Faut lui casser la... ? demanda Hoppy.

— Non, je ferai cela moi-même, dit le Saint gentiment. Cher Monsieur, si vous voulez bien nous faire visiter votre appartement...

Ils sortirent. Devant la porte, il fallut enjamber un corps. Hoppy s'excusa :

— J'ai dû lui donner un coup de tête dans l'estomac, patron.

Un autre corps gisait au pied de l'escalier.

— Celui-là n'a rien, expliqua Hoppy. Je lui ai cassé une chaise sur la tête mais elle n'était pas très lourde.

Au premier étage, il n'y avait que deux victimes; la première avait reçu un coup de pied, la seconde, un coup de poing. On redescendit. Hoppy devenait écarlate.

— ... Patron, j'aime autant vous le dire tout de suite! Quand j'ai fait sauter la porte d'entrée, il y avait trois types derrière...

Ils y étaient toujours, d'ailleurs, et leur immobilité semblait définitive.

— Vous m'avez dit, patron, que je pouvais employer les grands moyens!...

Le Saint eut tort, à ce moment-là de perdre de vue son prisonnier. Il fut poussé sur Hoppy, en même temps qu'un croc en jambe le faisait trébucher. L'électricité s'éteignit. Quand Templar put rendre la lumière, Villeroy avait disparu. Le Saint eut beau fouiller, il demeura introuvable.

— Filons, dit Templar, la police va bientôt arriver. Villeroy l'avait alertée, comptant me faire cueillir.

Ils furent soulagés de se retrouver sur le trottoir.

— Attendez, patron, dit soudain Hoppy.

Il retourna sur ses pas. Le Saint fit ronfler le moteur de l'Hirondelle, amena doucement la voiture devant la maison. Hoppy revenait en courant. Il était temps : trois automobiles débouchaient à l'extrémité de l'avenue. Le Saint démarra en trombe.

— Je croyais l'avoir cassée sur la mâchoire d'un type, dit Hoppy rayonnant. Mais elle est intacte.

Et, embouchant le goulot de la bouteille, il l'acheva d'un trait.

OU SIMON TEMPLAR JOUE LE VALET ET FAIT TOMBER LE ROI

Simon Templar ne perdit pas une minute. Il fonça, à travers les rues désertes, vers la villa Bazeilles, mais à peine franchi le seuil de la porte, il comprit qu'il arrivait trop tard. Les lampes brûlaient encore et, dans le studio, une cigarette achevait de se consumer. Carlotta était en fuite. Templar, pourtant, s'entêta et explora méthodiquement la maison, mais en vain. Ce fut Hoppy qui, le premier, découvrit quelque chose. Comme il rôdait dans la cuisine, en quête de nourriture et de boisson, il trouva sur la table un papier plié en quatre qu'il apporta au Saint. Il contenait ces simples mots tracés au crayon :

« Si vous voulez délivrer Carlotta, rejoignez-moi à Beaugency, au café de la promenade. Je vous y attendrai demain toute la journée. — Valentin. »

Templar s'amusait franchement.

— Vois-tu, Hoppy, Villeroy est un gaillard dangereux, mais il n'a pas de ça.

Et de son index replié, il frappa à plusieurs reprises sur le crâne de l'Américain.

— Oui, patron.

Le lendemain, l'Hirondelle roulait à petite allure vers Orléans. Rien ne pressait. Le Saint chantonnait et Hoppy ronflait. Templar songeait à Carlotta. Étrange créature, si différente de celles qu'il avait connues, si naïve et si rusée. D'elle seule dépendait l'issue de la partie, c'est pourquoi Templar était sûr de vaincre. Étrange partie, cependant, où la finesse et la brutalité se mêlaient d'une manière inattendue, où la moindre faute de tact pouvait être fatale.

Valentin occupait une petite table au bord de la route. Quand l'Hirondelle stoppa près de lui, il agita la main en signe de bienvenue. Le Saint le rejoignit, laissant Hoppy endormi dans la voiture.

— Sans rancune, dit Valentin. Carlotta vous a tout expliqué...

Templar sourit.

— Villeroy l'a enlevée cette nuit, continua Valentin. J'ai tout vu. Villeroy possède un château à trois kilomètres d'ici et il est venu se cacher dans son repaire. Rien à faire pour forcer l'entrée. Il a disposé des pièges et des signaux un peu partout. En outre, c'est un vieux château fortifié, plein de recoins et de passages. Il faudrait un régiment pour l'assiéger.

— Alors ? dit le Saint.

— Alors, nous y pénétrerons par un souterrain que j'ai découvert un jour au temps où Villeroy avait encore confiance en moi et me laissait la libre jouissance de son domaine. Le souterrain débouche dans la salle des gardes...

— Je vois, murmura le Saint. La plaque de la cheminée pivote sur elle-même et l'on apparaît entre deux armures d'époque. Dois-je prendre mon haubert et ma masse d'arme ?

— Ne plaisantez pas, dit Valentin. Villeroy est un homme terrible et il défendra Carlotta.

— A quelle heure irons-nous là-bas ?

— A la nuit tombante. Je vous conseille de prendre un automatique.

Les deux hommes se serrèrent la main et Le Saint conduisit l'Hirondelle dans un petit garage près de la Loire. Hoppy était de mauvaise humeur. Il avait essayé d'avaler du Vouvray, mais cela le faisait tousser et lui irritait la gorge. Et l'on ne vendait pas de whisky à Beaugency. Hoppy n'avait que dédain pour les Français! Il dîna sans entrain, vida quatre bouteilles de Bordeaux parce qu'il fallait bien se décider à boire quelque chose, mais le cœur n'y était pas. Il aurait voulu accompagner Templar dans son expédition nocturne mais le Saint fut inflexible.

— Tu m'attendras à l'entrée du souterrain et tu écarteras les curieux.

La nuit tombait. Templar rejoignit Valentin. Ils se mirent en route par des sentiers sinueux. Hoppy les suivait de loin. Il y avait, en bordure d'un champ de vigne, un vieux puits qui paraissait à demi comblé.

— C'est là, dit Valentin.

Il enjamba la margelle, alluma sa lampe électrique. Le Saint aperçut, dans la paroi, à deux mètres plus bas, l'entrée d'un boyau. Il était facile de descendre en s'accrochant aux pierres. Valentin passa le premier.

— Nous avons près de quatre cents mètres à parcourir, chuchota-t-il. Faites attention à votre tête.

Le sol du passage était sec et la marche n'était pas trop pénible. De temps en temps, le boyau obliquait et le sol descendait en pente douce.

— Nous sommes sous les douves, dit encore Valentin, et il arrêta la lumière de sa lampe sur la voûte du souterrain où brillaient des traînées d'humidité.

Peu à peu, le sol se releva en même temps que s'amplifiait l'écho de leurs pas. Ils avancèrent avec précaution.

— Attention aux marches! souffla Valentin.

Templar compta quarante-six marches de pierre. Ils s'arrêtèrent devant une lourde porte plaquée de fer. Valentin pesa sur elle de l'épaule; elle céda sans bruit. Les deux hommes étaient debout dans une sorte de petit caveau semi-circulaire.

Valentin passa la main sur la paroi devant eux. Il indiqua au Saint une pierre en saillie.

— Appuyez à gauche, dit-il.

Templar perçut un déclic étouffé et un pan de mur tourna comme le battant d'un coffre-fort. Templar avança la tête. Il comprit que le souterrain s'ouvrait sous un vaste escalier. La salle des gardes, profonde et silencieuse, s'étendait devant lui. Des armures, campées sur des socles, se dressaient entre les fenêtres. Les dalles luisaient faiblement.

— Attendez-moi ici, chuchota Valentin et, souple comme un chat, il gravit l'escalier. Templar fit quelque pas, s'approcha d'une fenêtre. Il aperçut des créneaux, des toits pointus, et très loin, par-dessus un rideau d'arbres, le faible scintillement de la Loire. L'ombre s'accumulait de plus en plus. Templar décida de pousser une reconnaissance vers le premier étage. Mais à l'instant où il posait le pied sur l'escalier, une détonation retentit au-dessus de sa tête et gronda longuement sous les plafonds invisibles. Presque aussitôt des torchères s'allumèrent simultanément et la salle des gardes fut baignée de lumière. Le Saint était exposé aux coups de toute part. Il était inutile de chercher un abri. Simon Templar croisa les bras et attendit. La tête de Villeroy se pencha au-dessus de la rampe de pierre :

— Eh bien, Templar, vous êtes pris, cette fois ?

Villeroy semblait tout joyeux. Il descendit lentement, mince dans son habit de cavalier et s'arrêta devant le Saint.

— Monsieur, soyez le bienvenu chez moi...

Les rôles étaient renversés. Villeroy, parfumé, insolent, narguait Simon Templar. Celui-ci n'eut pas une minute d'hésitation. Il retira son veston, l'accrocha au poing de fer d'un chevalier, consulta sa montre :

— Monsieur, dit-il, je n'ai que trente minutes à vous accorder car on m'attend à Paris. Je vous laisse le choix des armes.

Cette brusque offensive surprit le vicomte.

— Je suis seul, ajouta le Saint. Vous pouvez donc vous faire aider de quatre domestiques.

Le visage de Villeroy se crispa.

— Eh bien, soit! gronda-t-il. Un Villeroy n'a pas l'habitude de croiser l'épée avec un vulgaire gangster mais je suis pressé moi aussi!

Le Saint s'empara d'une épée à deux mains; le Vicomte

saisit une longue rapière; et un tournoi fantastique s'engagea au pied des armures qui, casque baissé, regardaient les combattants. Le vicomte était vigoureux et la haine décuplait ses forces. Le Saint, habitué à pratiquer tous les sports, lui tenait tête sans difficultés. Les épées sonnaient clair et parfois de brèves étincelles jaillissaient au choc. Villeroy tournait autour de Templar et sa respiration sifflait entre ses dents. Il cherchait le défaut de cette garde impénétrable, partait en éclair, se heurtait à un moulinet vertigineux qui relevait sa lame et lui brisait le poignet. Templar, presque immobile, impassible, pivotait lentement les yeux dans les yeux de son adversaire. Il y eut soudain une fulguration et la chemise de Templar se teinta de rouge à l'épaule. Villeroy poussa un cri de triomphe et éclata en sarcasmes.

— Je te tiens, buveur de whisky! Tu comptais sur l'aide de ce petit traître de Valentin ? Tu voulais kidnapper la demoiselle, hein ? Comme à Chicago ? Mais Valentin est à l'abri...

Les deux coquilles se heurtèrent, les pointes se relevèrent et, visage contre visage, poitrine contre poitrine, Villeroy et Templar cherchèrent à s'ébranler mutuellement. Le cou de Villeroy se gonflait et une légère sueur mouillait le front du Saint. Il rompit le premier et faucha un coup bas qui lui arrivait au ventre. Villeroy prit du champ; ils soufflèrent.

— Valentin est à l'abri, continua Villeroy. Tu croyais que c'était le frère de Carlotta ? Imbécile! Son amoureux, oui, son amoureux transi!

Il ricana et chargea brutalement le Saint qui l'évita.

— Mais bats-toi donc! hurla-t-il. Attaque, si tu l'oses!

Templar semblait aussi inhumain, aussi monstrueusement mécanique que les armures immobiles. De nouveau Villeroy chargea; de nouveau le cliquetis serré des armes résonna. Quelque chose s'envola dans la lumière, retomba, rebondit en vibrant. Villeroy abaissa les yeux sur le tronçon d'épée qu'il tenait à la main. Sa rapière venait d'être brisée par un revers de Templar. Il devint livide. Templar marcha pas à pas vers lui et, pas à pas, Villeroy recula. Le silence était absolu. Templar se mit à rire doucement :

— Je suis un vulgaire gangster, soit! dit-il. Mais je ne tiens pas à vous assassiner. Choisissez mieux vos armes!

Il jeta l'épée derrière lui et s'approchant d'une panoplie :

— Voici des pistolets! ajouta-t-il. Ils sont chargés. Les Villeroy sont peut-être plus habiles au tir qu'à l'escrime!

Il lança un pistolet que Villeroy saisit au vol. Mais avant que le Saint ne se fût mis en position, Villeroy avait tiré. La détonation roula dans la salle comme un coup de tonnerre. Pourtant, Templar entendit le miaulement aigu de la balle près de sa tête. Il haussa les épaules.

— Je vais donc vous tuer, dit-il, et il ajusta Villeroy.

— Attendez, dit Villeroy. J'ai quelque chose à vous dire!

Templar abaissa son arme; Villeroy approcha.

— Voulez-vous me proposer une troisième sorte de duel?

Un étrange rictus crispait la bouche du vicomte. Il fit une dernière enjambée et, sans un mot, plongea dans les jambes de Templar qui fut culbuté. Mais en tombant, il eut la présence d'esprit de jeter loin derrière lui le pistolet. Villeroy était souple. Il tordit le pied gauche de Templar, qui d'un tour de rein, le repoussa. Une mêlée confuse s'engagea sur les dalles où les deux corps roulaient et basculaient avec de sauvages sursauts. Templar cherchait à placer une prise qui immobiliserait Villeroy, mais Villeroy, à l'improviste, donna un coup de tête dans le menton de Templar qui sentit un voile tomber devant ses yeux. Ses mains se détendirent; il voulut se relever sur un genou. Villeroy, à toute volée, lui décocha un crochet sous l'oreille. Sonné, Templar se renversa sur le dos et une étrange langueur l'envahit. Il entendit les pas de Villeroy qui s'éloignaient et soudain une pensée le traversa : l'épée! Il ramasse l'épée! Le Saint s'ébroua, s'assit et n'eut que le temps de tirer son poignard de la gaine qui l'immobilisait à son avant-bras. D'un coup de poignet, il fit obliquer le premier coup; il releva presque aussitôt la pointe qui revenait sur lui en fouettant l'air. A son tour, il esquissa une feinte basse et obligea Villeroy à rompre. L'instant d'après, il était debout, un peu chancelant. Le combat était inégal mais la fatigue alourdissait le bras du vicomte. Templar conçut alors un projet hardi. Il fit passer le poignard de son poing droit dans son poing gauche. Villeroy vit le geste, voulut prendre son adversaire à contre-pied, se fendit un dixième de seconde trop tard. Le Saint esquiva l'attaque, vit passer sous son bras gauche l'épée et le bras de Villeroy et lui cueillit la mâchoire d'un uppercut qui fit craquer ses dents et lui souleva la tête et les épaules.

Assommé, Villeroy s'effondra. Templar ne perdit pas une minute. On pouvait venir. En quelques bonds, il se cacha sous l'escalier et reprit sa respiration. Il eut alors un bien curieux spectacle. Les marches, au-dessus de sa tête, grincèrent et une ombre s'avança vers le corps du vicomte. L'homme était vêtu d'un ample manteau mais quand il se pencha sur Villeroy, Templar reconnut Valentin.

— Dépêche-toi, dit une voix féminine à l'étage supérieur.

« Carlotta! » pensa Templar.

Valentin jeta les yeux autour de lui, vit l'épée abandonnée. Alors, calmement, avec un sang-froid effrayant, il l'ajusta dans sa main, retourna Villeroy, et, d'un coup, la lui plongea dans la gorge.

— Viens vite, dit encore la femme, laisse l'autre!

Simon Templar ricana et songea que Valentin était encore plus bête que Villeroy. Il ferma la porte du souterrain derrière lui et rapidement regagna le puits abandonné où Hoppy, assis sur la margelle, l'attendait en rêvant aux étoiles.

OU LE TRAITRE TIRE SA RÉVÉRENCE

— Rien de neuf, Hoppy?

— Non! J'ai fait une ronde. Tout va bien. A l'entrée du château, il y avait une voiture en stationnement. J'ai crevé les quatre pneus, par précaution, et j'ai endormi le chauffeur.

— Tu ne l'as pas...

— Oh! non! patron! Juste un petit coup de crosse à la casquette! Ça n'a jamais abîmé personne!

— Alors, nous les tenons!

Le Saint pansa sommairement l'égratignure de son épaule. Elle n'était pas douloureuse, mais alourdissait son bras droit. Puis, les deux hommes, à travers les vignes, descendirent jusqu'à la Loire. Ils se cachèrent derrière une haie.

— Nous sommes les premiers, dit Templar. Ils voyaient

le chemin du château, la frêle estacade et, au pied de celle-ci, le grand canot automobile sur la coque duquel le courant se brisait à petit bruit. Templar n'hésita pas.

— Tu vas te dissimuler sous la bâche qui traîne à l'avant et moi je me cacherai au fond du rouf. Quand je t'appellerai, tu viendras à la rescousse.

Moins de trois minutes après, Templar et Hoppy avaient disparu et les rides, autour de l'embarcation, s'étaient effacées. Quand Valentin et Carlotta s'engagèrent sur l'estacade, ils ne virent rien de suspect. Le vent s'était levé et le canot tirait sur sa chaîne.

— Nous serons à Nantes dans la matinée, dit Valentin. Je connais le capitaine de « l'Esmeralda ». Il nous prendra sans difficulté et pendant que cet imbécile de Templar mettra Paris sens dessus dessous, nous naviguerons bien tranquillement vers l'Amérique du Sud. Il croyait m'avoir, en immobilisant l'auto! Il n'a pas compris que je lui tendais un piège!

Il sauta dans la barque et attrapa Carlotta qu'il déposa près de lui à l'arrière. Puis il détacha la chaîne et le bateau dériva dans le courant. Templar n'apercevait qu'une étroite bande de ciel. Il était accroupi dans des chiffons gras et à chaque oscillation de l'embarcation, une petite vague d'eau sale roulant d'un bord à l'autre de la cale lui couvrait les mains et les pieds.

Après quelques ratés, le moteur démarra et l'avant se souleva. Templar put s'asseoir et réfléchir. Aller jusqu'à Nantes était une folie. Il valait mieux profiter de l'obscurité pour s'emparer de Valentin. Mais la position de Templar était délicate. Il ne pouvait sortir du rouf qu'à quatre pattes et le bâti du moteur, s'il le dissimulait à la vue de son ennemi, l'obligeait, en revanche, à une manœuvre lente sous les yeux mêmes de Valentin. Tirer sur Valentin ? Templar répugnait à ce procédé! La seule solution était encore d'arrêter le moteur. La détonation du revolver serait couverte par le grondement du moteur : Valentin s'approcherait et Templar le renverserait avant d'avoir été vu.

Le Saint saisit son automatique et, du pouce, rabattit le cran de sûreté. Il ne distinguait que confusément les organes du moteur et la trépidation faisait trembler sa main.

Il tira au jugé dans les bougies. Les bielles tournèrent encore un peu, puis s'arrêtèrent. Le bateau s'enfonça de l'avant et l'on n'entendit plus que le froissement de l'eau sur l'étrave.

— Une panne! grogna Valentin.

Il se leva et, sans méfiance, vint se pencher sur le moteur stoppé.

Alors Templar bondit hors de son trou. Mais la chute de Valentin déséquilibra le bateau qui roula sur tribord et le Saint, jeté sur le côté, tomba à son tour sur son adversaire. Il ouvrit les mains pour se retenir. Son automatique heurta le plat-bord et s'engloutit dans le fleuve.

Valentin comprit instantanément son avantage. Il glissa sous le flanc du Saint, se redressa, une lourde clef anglaise au poing. Templar n'eut que le temps d'élever son bras devant son visage. Le coup, assené avec rage, atteignit Templar un peu au-dessus du coude; le bras du Saint retomba, inerte, paralysé. D'une détente des pieds, Templar riposta et culbuta Valentin. La position des deux hommes était maintenant renversée. Templar, debout à l'arrière, faisait face à Valentin, dos au moteur. Mais Templar était désarmé. En outre, sa haute taille était une gêne sérieuse, car Valentin, sur ce plancher mouvant, se déplaçait avec rapidité. Templar eut le pressentiment du danger : il s'accroupit brusquement au moment où un éclair trouait la nuit. Valentin, abrité derrière le moteur, canardait Templar. La partie était perdue. Avant que Hoppy, empêtré dans ses toiles, pût intervenir, Templar serait touché. Le Saint tenta une suprême manœuvre; il s'arcbouta sur un genou, puis sur l'autre, imprimant au bateau un balancement qui s'accentua rapidement. Un nouveau coup de feu le rata en même temps qu'un plongeon éclaboussait de gouttes l'embarcation. Hoppy, surpris, venait d'être vidé dans la Loire. C'est alors que se produisit l'événement décisif. Un objet lourd et froid frôla la main de Templar. Il se retourna : Carlotta lui tendait un automatique. Templar se jeta à plat ventre et tira au jugé. Sa balle croisa celle de Valentin. Elles firent mouche simultanément. Un râle s'éleva, venant du rouf; un corps s'abattit sur les jambes de Templar. Templar se releva : Carlotta, la poitrine traversée, était mourante; Valentin avait été tué sur le coup. Templar empoigna la barre et jeta le bateau sur un banc de sable où il s'enfonça en grinçant. Dans le courant, quelque chose qui soufflait, crachait et jurait bruyamment, s'approchait. C'était Hoppy! Le Saint et Hoppy débarquèrent Carlotta. Elle reprit connaissance. Voyant ses lèvres remuer, Templar approcha son oreille de sa bouche.

— C'est toi que j'aimais, dit Carlotta. Adieu... Simon!

Templar lui ferma les yeux.

Les bijoux d'Oldersohn étaient intacts. Dans une mallette, sous la barre, le Saint découvrit les joyaux. Ils brillèrent dans la nuit comme un trésor englouti sous les eaux. Il y avait des perles et des diamants, des broches, des colliers, des camées. Le Saint prit une bague ornée d'un rubis et, avant de s'éloigner, la passa au doigt de la morte...

— Tu comprends, Hoppy, ils étaient tous vaniteux. C'est ce qui les a perdus.

« L'Hirondelle » volait vers Paris. Templar était joyeux et Hoppy avait fait, à Orléans, son plein de whisky.

— ...Villeroy croyait que Carlotta l'aimait et Valentin croyait qu'il était le préféré. Valentin comprit, en me voyant, qu'il valait peut-être mieux m'assommer pour de bon. Il me rata; il en est mort, le pauvre garçon! Villeroy fut trahi par Valentin. Valentin fut trahi par Carlotta! J'étais le plus jeune, tu comprends, Hoppy, et le plus grand!

Le Saint regarda Hoppy, mais Hoppy s'était endormi.

L'AVANT-DERNIÈRE ENQUÊTE DE MAIGRET

A la manière de Simenon

Maigret dormait pesamment, le souffle court.

— Maigret, le téléphone!

Car Mme Maigret appelait toujours son mari par son nom de famille. Il poussa un soupir; sa main tâtonna dans le vide et ramena l'écouteur. Mme Maigret entendait un murmure nasillard, impatient et distinguait parfois quelques mots : « Crime... en fuite... sérieux... la faire rechercher... »

Le commissaire raccrocha.

— Tu ne vas pas y aller, n'est-ce pas ? Tu as encore de la fièvre. Il est à peine 6 heures, d'ailleurs.

Maigret, déjà, s'habillait en silence. De temps en temps, il toussait, et Mme Maigret, résignée, faisait chauffer du café, ouvrait les volets sur un ciel bas de mars, d'où tombait une pluie fine.

— Reviens vite, au moins. Si tu voyais la tête que tu as!

Maigret haussa les épaules, fit un geste vague et referma la porte.

Au premier étage, il s'arrêta pour allumer sa pipe. Et, tout en descendant, il relevait le col de son pardessus, bougonnait, moite d'une mauvaise sueur.

La place des Vosges était balayée par un vent aigre qui sentait la suie et Maigret eut envie de remonter chez lui. Pourtant il gagna la station voisine et monta dans la première voiture.

— A la P.J., patron ? demanda le chauffeur qui connaissait le commissaire.

Maigret grommela, se cala dans le coin du taxi et ferma les yeux.

Lucas l'attendait, auprès d'un poêle déjà rouge.

— Alors ? jeta Maigret.

Il s'assit avec un bref gémissement et tendit ses mains vers la chaleur.

Lucas poussa un soupir.

— Sale affaire. Marcenac, le gendre des Dufaure-Verneuil, a été tué cette nuit. Un coup de revolver, paraît-il. Vous connaissez les Dufaure-Verneuil ?

Un engourdissement gagnait Maigret. Il avait envie de dormir.

Les Dufaure-Verneuil... Il revoyait le baron, son monocle, sa badine. Le baron avait eu la première écurie de course de Paris. Il était mort d'un accident de chasse; une affaire assez embrouillée qu'on n'avait pas osé approfondir. La baronne était une Valmont d'Aigreuse. Elle avait été célèbre pour sa beauté.

— Il va falloir éviter le scandale, reprit Lucas.

Le dos de Maigret ne bougeait pas et Lucas se demandait si le commissaire l'avait entendu. Il éteignit la lampe. Le jour blafard et mouillé entra dans la pièce, avec les premiers bruits de la rue.

Une quinte secoua Maigret. Décidément cela n'allait pas fort ! Lucas hésitait. Enfin il ajouta :

— Nous avons prévenu le Parquet et l'identité judiciaire. L'inspecteur Janvier est parti là-bas... Mais si vous êtes souffrant...

Il n'acheva pas. Maigret se leva lourdement, ouvrit la porte, fit un geste de la tête pour appeler Lucas. Ils sortirent ensemble.

L'inspecteur Janvier les avait rejoints au « Cassoulet », un petit bar d'où l'on voyait l'hôtel des Dufaure-Verneuil. Maigret, affaissé sur la banquette, le melon sur la nuque, sirotait un grog en regardant la rue sombre où les autos laissaient des traces rectilignes et nettes comme des rails. Un agent faisait les cent pas devant la grille de l'hôtel. L'inspecteur parlait. De temps en temps, il trempait un croissant dans son verre et se hâtait d'avaler une bouchée pour reprendre son récit.

— Rien n'a été volé. En somme, c'est un simple drame passionnel. Elle a filé par la porte de service qui donne sur la rue de l'Yvette. Son amant devait l'attendre et maintenant, ils sont loin!

— Les domestiques n'ont rien entendu ? dit Lucas.

— Non. Il faudra les interroger plus longuement, comme de bien entendu! Mais ils couchent au troisième et un coup de revolver, ça ne fait pas beaucoup de bruit.

— Et il n'a pas pu appeler, sonner, faire du bruit, que sais-je ?

— Impossible. Il a été tué sur le coup, à ce qu'il me semble. Il n'y a aucune trace de sang sur le tapis, sauf à l'endroit où il est tombé.

— On a retrouvé l'arme ?

— Pas encore. Sa femme a dû l'emporter. Enfin, on verra.

Maigret ne disait rien. Il ne pensait pas. Il avait mal à la tête et se sentait las. Les paroles de l'inspecteur Janvier lui parvenaient confusément et il s'abandonnait à une somnolence invincible, comme il arrive parfois, l'été, chez le coiffeur. La pluie dessinait maintenant d'étranges figures sur les vitres; l'agent s'était réfugié sous une porte. Maigret songeait que dans un mois, il n'appartiendrait plus à la P.J. Il voyait une petite maison au bord de la Loire. Il y avait des melons dans le jardin, des tomates, des rectangles de laitues pâles, et un sentier, à travers les vignes, descendait vers les oseraies. Alors, les Dufaure-Verneuil!... Maigret éternua, et il revit soudain le bar, la pluie, Janvier et Lucas comme s'il sortait d'un rêve. Il fit un signe; les deux inspecteurs se levaient, endossaient leur ciré. Le commissaire n'avait pas encore desserré les dents. Ils traversèrent la rue tous les trois, Maigret en arrière. Ses jambes tremblaient de fatigue. Et il devait encore gravir un perron, attendre qu'on vînt ouvrir tandis que la bise lui jetait des gouttes glacées sur la nuque et sur les oreilles. Il était furieux contre lui-même, contre ce Marcenac qui...

Le vaste hall était silencieux. Derrière une femme de chambre, on monta un escalier monumental. Les pieds enfonçaient dans un tapis cossu aux sombres géométries.

— C'est rupin, fit observer Lucas à voix basse.

Ils pénétrèrent dans un petit salon moderne. Meubles bas, fleurs, tableaux, fauteuils énormes. Et toujours le silence, un silence morne, étouffé, qui augmentait le malaise du commissaire et lui rendait perceptible le battement accéléré de ses artères. On n'entendit même pas entrer le juge dont la voix le fit sursauter.

— Affaire réglée, annonça-t-il à Maigret l'air joyeux. Il ne vous reste qu'à rattraper Madame Marcenac.

Maigret grogna quelque chose et vit dans une glace Lucas qui, par gestes, faisait comprendre au juge qu'il valait mieux ne pas poursuivre la conversation. Il vit aussi sa figure crayeuse, décomposée, ses yeux pochés et ses pommettes enflammées. Il eut un faible sourire et fit un effort pour dire : « Conduisez-moi... »

La procession reprit, à travers des pièces immenses, somptueuses, où flottait une odeur de vernis et de renfermé. Maigret, dont la fièvre aiguisait l'odorat, décelait en outre, d'une manière intermittente, un parfum de cigarette anglaise.

Marcenac avait été tué dans son bureau. Il était tombé en avant et gisait, drôlement recroquevillé. Le photographe de l'identité judiciaire achevait son travail et rangeait ses appareils. Aucun désordre apparent. Maigret laissait errer ses yeux sur la bibliothèque, la table de travail où traînaient quelques papiers, les murs sobrement ornés. Le drame n'arrivait pas, dans une telle demeure, à prendre corps. Le cadavre lui-même était correct : vêtements élégants, souliers immaculés. Maigret hocha la tête sans trop savoir pourquoi et se tourna vers le juge. Il aperçut alors Mme Dufaure-Verneuil qui le dévisageait d'un air froid. Elle était assise sur un divan bas; elle avait dû être très belle. Malgré l'heure matinale, elle était habillée avec recherche et, quand elle bougeait, elle déplaçait autour d'elle un parfum léger d'héliotrope. Maigret s'aperçut qu'il avait gardé son melon; il l'enleva et personne n'eût pu dire s'il faisait un salut ou s'il réparait une négligence. Il ne s'attarda pas d'ailleurs, et, sans un regard pour le mort, s'éloigna, massif, impénétrable.

L'inspecteur Janvier courut derrière lui :

— Vous ne voulez pas voir le docteur Maugis et M. Violle ?

Maigret ne répondit pas.

— Il n'a pas l'air aimable, dit le commissaire de quartier que la réputation de Maigret impressionnait.

— Il est malade, fit observer Lucas d'un ton sans réplique.

Décidément l'enquête s'annonçait mal. Maigret aurait voulu être seul. Tous ces gens l'agaçaient, même Lucas dont il sentait le regard inquiet et réprobateur, même l'excellent Janvier que la maladie du patron emplissait visiblement d'anxiété. Et cet hôtel où l'on étouffait... Le chauffage central faisait régner partout une chaleur molle. Maigret suait et il faisait effort, cependant, pour ne pas claquer des dents.

— Pardon, Mademoiselle, où est l'office, s'il vous plaît ?

La soubrette, surprise, considérait avec méfiance ce gros homme à l'œil vague qui s'épongeait le front.

— Suivez-moi, Monsieur.

Ils descendirent un escalier étroit et arrivèrent au sous-sol dans une vaste cuisine où brillaient des cuivres. Maigret repéra, au premier coup d'œil, la cuisinière, retira son pardessus, s'assit à califourchon sur une chaise, le dos au feu. Il soupira d'aise sans prendre garde au couple qui déjeunait à une petite table. L'homme se leva.

— Monsieur désire quelque chose ?

Maigret le toisa, bourra sa pipe avec lenteur, frotta une allumette sur la tôle de la cuisinière, derrière lui.

— Monsieur a-t-il besoin de quelque chose ?

Alors, pour la première fois depuis son lever, Maigret sourit ; il tendit le doigt vers la table :

— Une tasse de café et un cachet d'aspirine.

Visiblement soulagé, l'homme s'inclina et partit.

— Chauffeur ? dit Maigret.

— Oui, Monsieur, répondit la femme, en apportant une tasse fumante. C'est mon mari. Il est chauffeur et maître-d'hôtel. Et moi, je fais la cuisine.

— Comment vous appelez-vous ?

— Renée et mon mari, Julien. Mais Madame n'aime pas mon nom. Alors elle m'appelle Marie.

Julien revint avec une boîte de cachets sur un plateau. Maigret sourit de nouveau.

— Vous êtes ici depuis longtemps ?

Ce fut Julien qui répondit, tandis qu'il observait avec méfiance les gestes du commissaire.

— Depuis la mort de monsieur le baron, il y aura dix ans dans trois semaines.

— Et la petite blonde qui m'a conduit ici ?

— C'est une nouvelle, dit rapidement Renée. Elle s'est placée depuis un mois.

Le silence se fit. Voyant que Maigret ne demandait plus rien, l'homme et la femme se remirent à manger. Maigret se détendait. Le feu lui rôtissait les reins ; sa tête se dégageait. Il poussa sa pipe chaude au fond de sa poche et, soudain, éprouva une irrésistible envie de manger, lui aussi. Il se leva.

— Vous permettez ?

Le pain était frais. Il dédaigna la confiture que Marie lui offrait, coupa une tranche de jambon qu'il cala du pouce sur son pain.

« Si Mme Maigret me voyait ! songeait-il. Je suis idiot, évidemment. Je vais me rendre complètement malade. » Mais l'appétit lui venait pour de bon. Il se versa un verre de Beaujolais, fit claquer sa langue.

— Il est bon.

Un peu interloqués tout d'abord, l'homme et la femme reprenaient confiance.

— L'avez-vous arrêtée ?

— Qui ?

— Madame.

Maigret s'épanouit. Il marchait maintenant de long en large entre la table et la cuisinière. Le cachet commençait à produire son effet.

— Racontez-moi ce que vous savez, dit-il la bouche pleine. Et comme Julien allait parler, il l'interrompit et, pointant son couteau vers Renée : « Vous ! »

— On ne sait pas grand-chose, Monsieur. On a été réveillés à 5 heures et demie. Madame nous a annoncé que son gendre avait été tué et que Madame avait disparu.

— Qui ça, Madame ?

— La fille de Madame, Mme Marcenac. Elle a dit que Mme Marcenac avait tué son mari et qu'elle s'était enfuie par la rue de l'Yvette. Et en effet la porte de la rue de l'Yvette n'était pas fermée à l'intérieur.

— Mme Marcenac avait-elle des raisons d'en vouloir à son mari ?

— Je ne crois pas, Monsieur. Elle l'avait épousé malgré la volonté de Madame. Il y avait de violentes disputes avant le mariage. Je ne sais pas exactement pourquoi, n'est-ce pas, Monsieur ! Madame ne me raconte pas ses affaires. Mais on s'aperçoit vite de ces choses !

— M. Marcenac n'était pas un beau parti ?

— Oh ! si, Monsieur ! Il était sûrement très bon...

— Ce n'est pas ce que je veux dire. Était-il riche ?

— Dame ! il n'était pas aussi riche que Madame ! Mais il avait l'air très convenable. Il n'était pas fier...

— Il ne trompait pas sa femme ?

— Sûrement pas, Monsieur ! Il était aux petits soins pour elle.

— Quelle attitude avait-il avec sa belle-mère ?

— Il était très poli. Il cherchait à lui faire plaisir. Il emmenait souvent M. Patrice en voiture et pourtant il n'a pas le caractère commode.

Maigret s'arrêta de manger. Lucas ne lui avait pas parlé de ce Patrice.

— Qui est-ce, ce Patrice ?

Renée ouvrit de grands yeux.

— Mais c'est le fils de Madame. C'est M. Dufaure-Verneuil.

— Pourquoi ne l'ai-je pas vu ?

La même expression d'étonnement se peignit sur le visage de Renée.

— Comment ? Monsieur ne sait pas ? M. Patrice est infirme. Il peut à peine marcher, à cause d'une maladie qu'il a eue dans sa jeunesse, la polo... la poli...

— La poliomyélite ?

— C'est cela. Il a des béquilles ! Il est encore au lit à cette heure.

— Quel âge a-t-il ?

— Vingt ans, je crois.

Maigret rallumait sa pipe. Son mal de tête se calmait. Il commençait à voir les personnages du drame.

— Et M. Violle, qui est-ce ?

— C'est un ami de Madame. Il vient très souvent.

— Et le docteur Maugis ?

— C'est le docteur de la famille.

Maigret fumait à petites bouffées, le melon rabattu sur les yeux. Il réfléchissait.

— Quel était le métier du défunt ?

— Il n'en avait pas, Monsieur.

— Et avant son mariage ?

— Ah ! ça, je ne sais pas.

— Aimez-vous votre patronne ?

La question fit sursauter les deux domestiques. Mais le commissaire avait une expression bonasse qui interdisait toute méfiance.

— Elle est un peu dure; mais elle n'est pas méchante.

— Elle paie bien, ajouta Julien.

— Qui faisait le ménage chez les Marcenac ?

— C'est moi, dit Renée.

— Puis-je voir la chambre de Mme Marcenac ?

— Sans doute, Monsieur.

La chambre de Mme Marcenac était très simplement meublée. Maigret regardait avec étonnement le lit, les chaises, l'armoire étroite. Tout cela était presque pauvre.

Un intense parfum de violette flottait dans l'air lourd. Les vastes dimensions de la pièce, ces lambris, ce plafond décoré, et puis... ce mobilier plus que modeste...

Le lit était défait. Maigret passa dans le cabinet de toilette, tripota des flacons, des verres. Il furetait avec lenteur, l'œil soudain vif.

— Vous saviez que Mme Marcenac avait brisé ce flacon de parfum ?

— Non, Monsieur. Elle a dû le casser cette nuit.

— Mme Marcenac portait des mules, n'est-ce pas ?

— Oui, Monsieur. Des mules roses.

Maigret revint. Il embrassa encore une fois la chambre du regard, suçant machinalement sa pipe vide. Quelque chose, près de la fenêtre, attira son attention. Il se baissa, passa son doigt sur le parquet. Renée crut l'entendre jurer entre ses dents.

— Quand la fenêtre a-t-elle été ouverte ?

— Elle n'a pas été ouverte, Monsieur. Madame est très frileuse et n'aime pas qu'on aère !

Il redescendit sans hâte. Dans la cuisine, Julien avait mis le pardessus humide du commissaire à sécher. Il cirait des chaussures.

— Monsieur veut-il encore une tasse de café ?

Maigret resta silencieux. Les mains dans les poches, il contemplait sans la voir la batterie de cuisine et la gamme montante de ses reflets. Surpris et un peu inquiets, les domestiques se turent et Julien cessa de manœuvrer sa brosse.

— Si j'en juge par le portrait que je viens de voir en haut, dit enfin Maigret, Mme Marcenac ressemble beaucoup à sa mère ?

Renée, interrogée, fit la moue.

— Les traits sont à peu près pareils mais l'expression n'est pas la même. Et puis, Mme Marcenac est plus petite, plus maigre que sa mère.

Maigret désigna du doigt une paire d'escarpins à hauts talons que Julien enduisait de crème.

— Ce sont les chaussures de Mme Dufaure-Verneuil, n'est-ce pas ?

Il approcha la main.

— Que Monsieur prenne la propre, fit observer Julien. Celle-ci est encore crottée.

Maigret retira la main et s'éloigna.

A ce moment, Lucas apparut. Il s'arrêta sur le seuil, surpris et un peu fâché. Maigret enfilait son pardessus.

— Ça va, Lucas. J'arrive. Alors qu'est-ce qu'on a fait pour Mme Marcenac ?

— Rien encore. On vous attend. Je vais faire passer la photo dans les journaux, alerter les gares...

— Si tu veux...

— Comment, si...

Lucas glissa un œil vers Maigret. « Il a le délire », pensa-t-il.

— Que dit le médecin légiste ?

— Nous aurons la réponse tout à l'heure !

— Oh ! ça ne presse pas, dit Maigret négligemment.

Et, tourné vers Julien et Renée, debout et respectueux :

— Excellent, ce Beaujolais, lança-t-il.

Avant de sortir, il s'en versa encore deux doigts, jouissant de la consternation de Lucas.

— Je me demande, murmura doucement Maigret, pourquoi vous m'avez dérangé.

— Vous vous sentez plus mal ? demanda l'inspecteur Janvier avec sollicitude.

Lucas, boudeur, chauffait dans son poing son cognac. Le ciel s'était un peu dégagé et un frileux rayon de soleil glissait obliquement sur les bouteilles d'apéritif. Le « Cassoulet », à cette heure, était vide. Lucas renonçait à comprendre les lenteurs de Maigret. Pourquoi le commissaire était-il revenu au bar ? Qu'attendait-il ? Impossible de lui arracher deux mots. Et maintenant voilà qu'il demandait pourquoi... Lucas vida son verre d'un trait et jeta une pièce de monnaie sur la table.

— Tu sors ? dit Maigret. Tu vas courir après la fugitive ?

— Mais enfin, nom d'un chien, il faut faire quelque chose! Songez qu'elle a six ou sept heures d'avance sur nous. Je vais faire les gares...

— Si tu veux...

— Encore cette phrase...

Jamais le commissaire n'avait mené une enquête d'une manière aussi décousue. Il couvait une bronchite, c'était visible. Il aurait dû abandonner la partie.

Maigret rappela Lucas.

— Visite les hôtels autour de la gare Saint-Lazare et téléphone-moi ici dès que tu auras trouvé.

Lucas observa le visage de Maigret. Le commissaire parlait-il sérieusement ? Savait-il quelque chose ? Maigret, les coudes sur la table, fumait à petits coups, impénétrable. Lucas fit claquer la porte derrière lui. Un silence tomba. On entendait, quelque part, derrière une cloison, un robinet qui coulait, et le bruit d'une brosse sur un plancher. Le garçon remuait des bouteilles et observait de temps en temps les deux hommes.

Maigret songeait aux Dufaure-Verneuil. Le gendre, insignifiant, épousé par caprice, sans doute. Le fils...

— Qu'est-ce que tu penses de Patrice ?

L'inspecteur Janvier fit une moue, exactement comme Renée, une heure auparavant.

— Un pauvre type, un peu rouquin, un infirme, quoi...

Oui, un infirme qui tyrannisait sa famille. Maigret l'imaginait sur ses béquilles, errant dans la pénombre des salons dont les glaces se renvoyaient sa silhouette oscillante. Et le gendre, falot, timide, qui courtisait Patrice, le sortait, se prêtait à toutes ses fantaisies, filant doux devant son altière belle-mère. Lucienne... Aimait-elle son mari, ou bien demeurait-elle fidèle à son rêve de jeune fille, au souvenir de celui qui devait la délivrer de la mère, du frère, de l'hôtel, de ce luxe accablant... Et puis la déception était venue. Elle avait lutté ?... Cette chambre mesquine, n'était-ce pas la preuve que Lucienne avait voulu faire oublier à son mari le rôle d'éternel obligé, d'éternel quémandeur qu'il avait fini par accepter ? Sa chambre, son chez soi, le seul endroit de la maison où vînt expirer le pouvoir des Dufaure-Verneuil. L'infirme lui-même ne devait jamais la relancer dans cette retraite, l'infirme aux cigarettes anglaises... « Ton mari », comme Mme Dufaure-Verneuil savait dire cela. Maigret l'entendait et avait honte pour Lucienne. Pour le monde, on avait défendu au couple indésirable d'abandonner l'hôtel. Pour le monde !.., et aussi pour Patrice... Il fallait bien amuser l'infirme, le conduire au cinéma. Il fallait que Patrice n'eût pas l'air d'être abandonné aux soins mercenaires d'un domestique. Il fallait bien que...

Maigret secoua sa pipe et avala d'un trait son grog presque froid.

— Janvier, au galop chez le médecin légiste. J'attends le rapport.

L'inspecteur comprit que l'affaire prenait tournure.

Il sauta sur son chapeau et disparut.

... Oui, c'était quelque chose comme de l'ennui qui avait passé dans les yeux de la baronne, quand Maigret l'avait regardée; de l'ennui, ou plutôt de la gêne. Maigret faisait effort pour retrouver son impression mais il ne pouvait pas se concentrer. Un vide douloureux se creusait aussitôt derrière ses yeux et ses tempes recommençaient à battre. Elle avait pourtant accusé sa fille, calmement, posément, du ton de quelqu'un qui témoigne. C'était Janvier qui en avait fait la remarque, en traversant la rue pour aller au « Cassoulet ». A la réflexion, c'était de la gêne. Elle devait s'attendre à des questions et le regard de Maigret l'avait prise au dépourvu. Maigret tenait tous les fils, sentait tous les personnages. Pourquoi l'avait-on dérangé ? Tout cela était si simple, si sordidement simple... Il soupira. De nouveau, sa respiration s'embarrassait et une mauvaise torpeur se glissait insensiblement dans ses membres. Le temps s'était assombri. Une lumière grise flottait dans le bar et, derrière la cloison, le robinet s'égouttait interminablement. Une nausée vague tourmentait le commissaire. Allons! il fallait en finir!

Au moment où il se levait, l'inspecteur Janvier reparut.

— Quel calibre ? demanda Maigret.

— Six trente-cinq.

— A quelle heure le type est-il mort ?

— Vers onze heures.

— Tué sur le coup ?

— Non. Il a eu une syncope qui s'est prolongée. Si on avait entendu le coup de feu, si quelqu'un était arrivé tout de suite, il pouvait être sauvé.

— Salope!

— Ah! pour ça, c'est une belle garce...

— Mais non, c'est...

Maigret s'arrêta, haussa les épaules.

— Tiens, reste ici. Quand Lucas sera de retour, tu viendras me chercher.

M. Violle avait une soixantaine d'années. Visage poupin, cheveux gris, moustaches en brosse, pantalon rayé, guêtres claires. Maigret nota tout d'un coup d'œil.

« C'est l'ami », se dit-il, et il se hérissa, se fit encore plus lourd, plus hargneux. Il était pressé d'en finir.

— Comment avez-vous été prévenu du crime ?

— Eh bien voilà, n'est-ce pas, heu, j'ai été réveillé ce matin... c'est-à-dire que l'on a sonné. Mme Dufaure Verneuil et le docteur Maugis m'ont annoncé la mort de Marcenac et alors...

— Quelle heure était-il ?

— Voyons, attendez, il était, je crois, cinq heures et demie, oui, c'est cela. Je me rappelle que...

— Pourquoi Mme Dufaure-Verneuil n'avait-elle pas téléphoné ?

— Elle venait de réveiller le docteur et comme j'habite à côté, elle voulait, n'est-ce pas, me faire part de l'affreuse nouvelle. Elle m'a expliqué, c'est un coup bien dur, pauvre petite, que...

— Pourquoi dites-vous pauvre petite ?

— Parce que Jeanne, enfin Mme Dufaure-Verneuil, si vous préférez, aimait beaucoup son gendre...

— C'est faux, murmura Maigret, impatienté. Continuez !

M. Violle, décontenancé, croisait et décroisait ses mains nerveusement. Il bredouillait, de plus en plus, mais le commissaire finit par comprendre que Mme Dufaure-Verneuil s'étant réveillée vers cinq heures, était descendue au premier pour voir si Patrice, souffrant, dormait bien. Elle avait alors aperçu de la lumière dans le bureau et avait découvert le cadavre de Marcenac. Pour ne pas déranger Patrice, elle n'avait pas voulu téléphoner, le bureau et la chambre n'étant séparés que par une cloison. Elle s'était habillée et avait couru chez le docteur Maugis. Au retour, ils avaient pris Violle.

Évidemment, l'histoire tenait. On pouvait expliquer ainsi les souliers maculés de boue de Mme Dufaure-Verneuil.

— Patrice n'a donc pas entendu le coup de feu ?

— Patrice avait pris un somnifère. Le cher enfant a une santé bien fragile. Depuis plusieurs jours il est anxieux, agité. C'est le docteur Maugis qui le soigne. Il vous dira mieux que moi...

— Et comment Mme Dufaure-Verneuil a-t-elle établi que c'était sa fille la meurtrière ?

— Madame Marcenac n'était plus dans sa chambre et la porte de la rue de l'Yvette était ouverte. Dans ces conditions...

— Ça va, ça va !

M. Violle, vexé, se tut.

« Beau crime, en un sens, pensait Maigret. Presque pas d'indices. Le bruit du coup de feu ? On pourrait toujours procéder à une reconstitution. » Mais le commissaire était sûr que cela ne donnerait rien.

Il soupira. Sa tâche serait peut-être moins facile qu'il n'avait cru. De toute façon, il n'y avait rien à tirer de ce fantoche.

— Je voudrais voir Mme Dufaure... enfin la baronne.

Et il tourna le dos à son interlocuteur, pour aller se planter devant un tableau — une Vénus sortant de l'onde — qui occupait un panneau du salon.

Il se sentait de nouveau fébrile et faillit céder à la tentation de descendre à l'office, mais il comprit, à un léger froissement d'étoffe, que la baronne venait d'entrer. Il ne se retourna pas.

De son côté, Mme Dufaure-Verneuil gardait le silence.

Eh bien, tant pis; puisqu'elle voulait la bataille...

Maigret pivota d'un bloc. Ses yeux accrochèrent tout de suite ceux de la baronne et, instantanément, il retrouva l'impression du matin. Il la dévisageait avec insolence et, elle, soutenait calmement cet assaut, avec un rien de hauteur et de dédain.

— Que s'est-il passé cette nuit ?

La brusquerie du commissaire ne parut pas la surprendre. Debout, la tête maintenant tournée vers la fenêtre où la pluie traçait ses rigoles, d'une voix monotone, elle débitait un récit qui ressemblait, mot pour mot, à celui du petit vieillard. — Au fait, comment s'appelait-il celui-là ? Violle, ou quelque chose d'approchant. — Maigret n'écoutait même pas la baronne...

Une belle femme, pour ça c'était une belle femme. Vingt ans plus tôt, elle était célèbre pour son inconduite... « Une créature », aurait dit Mme Maigret.

Soudain le commissaire l'interrompit :

— Votre gendre sortait beaucoup Patrice ?

Mme Dufaure-Verneuil ramena lentement ses yeux sur Maigret.

— Pourquoi me demandez-vous cela ?

— Où est votre fils ?

— Dans sa chambre. Il est très fatigué. Il a été réveillé, naturellement, par l'arrivée de la police et la nouvelle de la mort de son beau-frère l'affecte beaucoup.

— Votre fille avait un revolver ?

— Elle a pris celui de son mari, dans le tiroir du bureau.

— A quel motif a-t-elle pu obéir ?

— Je l'ignore. Je crois qu'elle n'aimait pas beaucoup son mari.

— Pourquoi ?

— Mon gendre n'avait pas de... chance quand il entreprenait quelque chose. Il n'avait pas achevé sa licence en droit, il avait voulu faire du commerce, et, finalement, il ne faisait plus rien.

— Votre fortune mettait le ménage à l'abri du besoin ?

— Certainement. Ma fille aurait voulu, pourtant, que son mari travaille.

Mais le commissaire savait tout cela. Il ne lui demanda même pas si Lucienne avait un amant. Il était fixé aussi sur ce point.

Ce qui ternissait imperceptiblement les yeux de la baronne, c'était de la crainte, il en était sûr maintenant. Mais la baronne restait admirablement maîtresse de sa voix, de ses gestes. Par son attitude pleine de réserve, par sa froideur, elle effaçait Maigret de son monde, ne voyant en lui qu'un argousin et un mufle.

Maigret, en d'autres temps, se fût amusé à lui faire perdre son sang-froid et sa morgue. « A quoi bon ? » Il frissonnait. Tomber malade à un mois de sa retraite. Une vraie déveine... Et la maison qui l'attendait là-bas, près de la Loire miroitante, car il faisait du soleil, là-bas, Maigret le devinait...

Le silence se prolongeait entre eux, à peine troublé par le bruit des klaxons et le grésillement des pneus sur le pavé mouillé de la rue. Maigret marchait de long en large, sans se hâter. Il regardait sa montre. « Elle me prend pour un maladroit et un butor, pensait-il. Et dans une heure tout sera fini. »

Il s'approcha de la fenêtre, souleva le rideau. Des passants, on ne voyait que les parapluies, luisants et comme cirés qui semblaient glisser sur l'asphalte.

Soudain, Lucas apparut au perron.

Maigret passa devant Mme Dufaure-Verneuil et sortit sans mot dire.

— J'ai trouvé sa valise... — Lucas était haletant, il avait dû courir — dans un hôtel près de la gare Saint-Lazare. Elle avait d'ailleurs rempli sa fiche. Elle est arrivée vers minuit un quart et a retenu une chambre. Elle est repartie presque aussitôt. Le veilleur de nuit a reconnu sa photo. Il est formel. J'ai fouillé sa valise; pas de doute possible. Nous la tenons maintenant. J'ai déjà...

Maigret, les sourcils froncés, l'arrêta. Une nouvelle certitude se faisait jour en lui. La valise, c'était prévu. Mais si par malheur... Il n'y avait plus une minute à perdre.

— Crapule.

Lucas sursauta :

— Qu'est-ce que vous dites ?

Déjà Maigret l'empoignait par le bras et le poussait vers la porte.

— Allez, file, prends un taxi. Attends, c'est le numéro...

Encore cette mémoire qui flanchait. Il s'énervait et Lucas vit la sueur qui perlait autour de ses oreilles.

— Mademoiselle ?...

Maigret courut après la soubrette qui passait au fond du corridor. Ils échangèrent à peine quelques paroles. Déjà Maigret revenait, lançait une adresse à Lucas : 2, rue Delzous.

— Fouille toute la maison. Allez, au galop.

— Mais c'est la maison du...

— Mais file donc, sapristi...

Maigret s'appuya au mur. Un grondement emplissait sa tête, il avait envie de s'asseoir. Et brusquement, il s'avisa que Lucas était probablement sans arme. Il alla lentement jusqu'à la porte du perron.

— Lucas.

L'inspecteur atteignait la grille. Il revint sur ses pas.

— Attrape.

Maigret lui jeta son pistolet, referma la porte et s'assit par terre, son melon à côté de lui. Il défit son col et respira profondément. S'il avait pu vomir seulement. Il avait eu tort de manger. Allons, encore un petit effort, le dernier.

Il repartit le long du couloir, à petits pas, s'arrêta un instant devant la chambre de Patrice. On chuchotait à l'intérieur.

Maigret, sans même frapper, tourna la poignée.

Patrice et sa mère, se retournèrent; un peu pâles. Il y avait de quoi; Maigret, énorme, livide, débraillé, les regardait d'un air égaré.

— De quel droit, Monsieur...

La baronne, hors d'elle, subitement, marchait sur le commissaire qui refermait la porte derrière lui.

Mais il ne la voyait même pas. Il considérait Patrice.

L'infirme était bien tel qu'il l'imaginait. Une pauvre figure, maigre et tavelée, ridée autour des yeux, l'expression vaguement sensuelle et sournoise. Il était assis devant un petit secrétaire dont il avait repoussé le tiroir, à l'entrée de Maigret. Il gardait encore sur la clef sa main noueuse et poilue, une de ces mains bestiales d'adolescent malade.

Maigret repoussa Mme Dufaure-Verneuil.

— Allons, donne.

Patrice restait figé, et peu à peu, ses traits se creusaient, ses yeux s'affolaient. Maigret aurait juré que ses oreilles légèrement décollées, tremblaient.

— Donne, répéta le commissaire.

Ce fut instantané. La main avait plongé dans le tiroir, le coup de feu avait claqué et Patrice, maintenant, effondré sur un coude, sanglotait.

— Imbécile, dit Maigret, en ramassant le revolver.

C'était un 6,35.

Il retira le chargeur. « Trois balles et une dans le canon : quatre. Une dans le mur, cinq, et l'autre... »

La baronne s'était assise sur le coin d'une chaise.

Personne ne bougeait plus. Les sanglots de Patrice faisaient un petit bruit mouillé, un peu comme le robinet, derrière la cloison, au « Cassoulet ».

Maigret retira son pardessus et s'assit à califourchon sur une chaise entre la mère et le fils.

— Pourquoi l'as-tu tué ?

D'autorité, il souleva le menton de Patrice, qui fit un geste d'enfant contrarié et rageur.

— Petite crapule, dit Maigret, d'un ton presque cordial. Une histoire de femme, hein ?

Il atteignit une sorte de petit album, au fond du tiroir

entrouvert, le feuilleta, hochant la tête. Photographies spéciales! Maigret connaissait cela. Ainsi, l'infirme et son pitoyable beau-frère occupaient à cela leurs loisirs. Le pauvre Marcenac résistait, sans doute. Si Lucienne venait à savoir. Elle pressentait bien des choses. Mais s'il refusait d'accompagner Patrice, celui-ci s'arrangerait pour qu'on lui coupe les vivres. Et, un soir, Marcenac, dans un sursaut de conscience, peut-être, se fâche... Il menace Patrice de tout raconter à sa mère. Alors, Patrice le tue, à bout portant...

— A qui était le revolver? Marcenac te l'avait acheté, n'est-ce pas?...

Patrice inclina la tête.

— Tu avais besoin d'émotions, hein? Tu le terrorisais?

Il jeta l'album sur les genoux de la baronne qui le fit glisser à terre.

Et soudain, Maigret comprit, qu'ELLE SAVAIT. Elle n'ignorait rien des distractions de son fils. Mais par fierté, elle lui pardonnait. C'était Marcenac qu'elle haïssait, Marcenac qui marchait sans béquilles, Marcenac que sa fille lui avait préféré, et qui, prisonnier de Lucienne, prisonnier de Patrice, prisonnier des Dufaure-Verneuil, tournait dans cet hôtel à l'air trop chaud, s'abandonnait peu à peu jusqu'au soir où l'infirme...

— Alors vous avez imaginé de sauver votre fils en accusant votre fille?

Patrice et sa mère sursautèrent.

Le commissaire, à voix basse, suivait sa pensée.

— Vous avez donné un somnifère à Patrice et caché l'arme. Il était onze heures. Vous avez alors songé au docteur Maugis. Il n'avait sans doute rien à vous refuser?

Pour la première fois, la baronne rougit devant son fils.

— Vous allez le prévenir de l'accident. A vous deux vous combinez un plan astucieux. Il apporte du chloroforme, et, dans sa chambre, vous droguez Lucienne endormie. Et, tandis que le docteur l'emmène dans sa voiture, et va la cacher dans son propre appartement, de votre côté, vous jetez hâtivement du linge dans une valise et vous vous rendez à la gare la plus proche. Votre fille vous ressemble. Cette ressemblance abusera facilement un veilleur de nuit somnolent. Vous louez une chambre. La police croira que Lucienne a pris le train, fera des recherches interminables, s'évertuera en efforts inutiles... Malheureusement, vous accumulez les fautes. Il n'est pas facile, voyez-vous, d'être criminel. D'abord l'enlèvement de votre fille était risqué à une heure où il y a encore des passants, même dans une rue aussi calme que la rue de l'Yvette. Et puis vous oubliez de laisser les mules dans la chambre, et de refaire le lit. Si Mme Marcenac avait voulu tuer son mari, elle ne se serait pas couchée, j'imagine. Bref, cette négligence aurait suffi à vous dénoncer. Mais le docteur revenait pendant votre absence et commettait deux gaffes. Comme l'odeur du chloroforme persistait, il ouvrit la fenêtre et la pluie entra : le plancher était encore mouillé ce matin. Enfin, pour effacer toute trace d'odeur, il cassa un flacon de parfum. Il attirait ainsi l'attention sur ce qu'il voulait dissimuler.

Il suffisait de regarder la chambre pour constater, pour LIRE l'enlèvement. Or, si votre fille avait été enlevée, les soupçons ne pouvaient retomber que sur vous. Et vous aviez tant de raisons d'en vouloir à Lucienne... Patrice est votre fils n'est-ce pas ?

Les lèvres de Mme Dufaure-Verneuil se contractèrent, mais elle se maîtrisa et son visage ne tressaillit même pas quand le commissaire ajouta :

— Personne n'a eu un regard pour Marcenac pendant ces longues heures. Et pourtant, il n'était pas tout à fait mort, ON POUVAIT ENCORE LE SAUVER.

Maigret ramassa l'album, le mit dans sa poche. Patrice ne pleurait plus.

— Suivez-moi, dit Maigret.

Patrice, docilement, rassembla ses béquilles.

Alors, la baronne, sans un geste, sans un mot, s'affaissa sur le côté, évanouie.

Maigret se heurta dans le couloir à Lucas, essoufflé.

— Tu l'as ?

— Elle est en bas, dans un taxi. Le toubib est coffré.

— Il était temps, soupira Maigret. Ils avaient probablement l'intention de la tuer aussi pour s'en débarrasser plus facilement. J'avais pensé tout d'abord à une maison de santé. Maugis a forcément des relations. Il pouvait faire disparaître discrètement Mme Marcenac. Mais il pouvait aussi, dans un moment d'affolement, l'assassiner. Et sa mère n'aurait même pas protesté.

Maigret rentra, éreinté; des taches lumineuses dansaient devant ses yeux. Mme Maigret, inquiète, préparait une bouillotte, faisait la couverture, sans perdre de vue son mari.

Le commissaire claquait des dents.

Il entendit vaguement Mme Maigret soupirer : « Moi qui avais fait un fricandeau!... » Et il sombra dans le sommeil.

LA NUIT TOMBE

A la manière de Peter Cheyney

BUCHMANN

L'homme était surtout abasourdi. Il posait ses pieds sur le trottoir avec précaution, comme un marin novice à l'escale. Il respirait l'air nocturne à petits coups, comme un convalescent. Il n'osait pas encore regarder les passants. Il ne pensait plus au gardien abattu ; il essayait de s'habituer à la liberté reconquise. Machinalement, il tâta ses poches. Évidemment, il n'avait pas de tabac. Il n'avait pas d'argent non plus. Un prisonnier qui s'évade manque généralement de beaucoup de choses et justement de ces choses qui donnent du prix à la vie au moment où on la sent si menacée qu'on a presque envie de regagner sa cellule. Par chance, il y avait Troll, les cigares de Troll, le portefeuille inépuisable de Troll.

Au coin de la rue, l'homme buta dans un policeman et ce fut comme s'il avait reçu un crochet au foie ; il flottait sur ses jambes, déjà résigné, consentant.

— Buchmann ? demanda le flic.

— *Ya!* répondit l'homme, sans même s'apercevoir qu'il répondait en allemand.

— La voiture est au carrefour, au bout de la rue. *Viel Glück!*

L'homme poursuivit son chemin. De temps en temps, il s'appuyait aux maisons, reprenait haleine. Il avait vu bien des rues dans sa vie, à Alger, à Madrid, à Barcelone. Il avait entendu plus d'une fois courir derrière lui et, alors, il fallait faire vite, savoir se retourner à temps et tirer sans viser, juste en balançant le bras. Comme cette nuit, à la Nouvelle-Orléans, où ils s'étaient mis à quatre... Mais tout cela n'était rien à côté de cette sacrée rue qui n'en finissait pas. Si Troll s'imaginait qu'on leur distribuait, en taule, des bonbons vitaminés et du jus de viande...

L'auto était pourtant là. Le type déguisé en flic n'avait pas menti. Quelqu'un ouvrit la portière et Buchmann s'effondra sur les coussins.

— Ça a marché ? dit une voix.

— Oui ! Donnez-moi une cigarette.

L'auto, déjà, roulait à vive allure. Elle traversa des campagnes désertes, des bourgs endormis. Buchmann, épuisé, somnolait. Il devina qu'on approchait de Londres quand il entendit le cri des sirènes. L'auto cahota sur un chemin défoncé, s'engagea dans un lacis de ruelles.

— Eh ! Réveille-toi ! On descend !

— Quoi ! On ne va pas ?...

— Non ! On ne livre pas à domicile ! Tu voudrais peut-être aussi un tapis sur le trottoir et la marche de Mendelssohn ? Allez ! Grouille !

Le black-out était total. A peine si, parfois, l'on devinait le ciel à travers des façades béantes. La cloche d'une voiture de pompiers retentit très loin, au-delà des toits. Et Buchmann, sans savoir pourquoi, peut-être à cause de son immense fatigue, se mit à penser à Greda. Elle n'était pas de ces femmes épatantes, comme on en voit au cinéma, qui ont tant de chic pour jeter hors d'une voiture basse une longue jambe gainée de soie. Elle était même un peu moche, Greda. Mais quand elle avait bu cinq ou six alcools, elle changeait de voix et elle vous disait des choses absurdes ou grossières d'un ton si profond, si mouillé de drame, qu'on se sentait d'un coup égaré, tout seul, au cœur d'une cité ténébreuse, comme ce soir...

— C'est ici !

Ils entrèrent dans un assommoir, bas et enfumé comme un poste d'équipage. Et Buchmann reconnut Troll.

Qui n'a pas vu Troll ne peut se faire une idée de ce qu'ils appellent un tueur, dans les journaux. Il n'était pas du genre costaud, oh ! pas du tout ! A peine tatoué, et encore les rares femmes qui auraient pu dire où, avaient depuis longtemps perdu le goût du bavardage. C'était quelque chose, dans ses yeux bleus, qui devenait soudain fixe et implacable, et il faisait alors, d'une manière négligente, des choses qui auraient donné la nausée à un homme ordinaire. Mais, dans son métier, il se rencontrait peu d'hommes ordinaires.

Malgré la chaleur, le col de son imperméable était relevé et un foulard à carreaux lui cachait le menton. Il sourit en voyant Buchmann, d'un sourire des lèvres qui n'égayait pas le visage.

— Content de te revoir, Max! dit-il.

— Moi aussi, monsieur Troll! Je pensais bien que vous ne me laisseriez pas moisir là-bas.

— La lime était suffisante ?

— Sûr, monsieur Troll! C'est plutôt la matraque qui était un peu légère. J'ai dû cogner des deux mains. Je suis content, vous savez.

— Ça va!

Il fit signe à une fille, qui apporta un verre plein d'une liqueur verdâtre.

— Bois! J'ai besoin de toi, ce soir.

— Je suis bien fatigué, monsieur Troll.

— Tiens! dit l'autre sans l'entendre. (Il posa sur la table une liasse de billets et, par-dessus, un Mauser...) Tu iras te changer derrière... (Du pouce, il désigna le fond du bar.) Et puis, tu te rendras chez Parson. Tu lui diras : « Envoyez le paquet demain. » Il comprendra. C'est lui qui te cachera jusqu'au moment où tu partiras pour l'Irlande. A bientôt, Max.

Il alluma un cigare et se leva. Buchmann porta deux doigts à son front. Les buveurs se turent. Il disparut par la porte de la cuisine, gravit un escalier minable, pénétra dans une chambre dont la fenêtre donnait sur la rue. Une ombre guettait, derrière le rideau.

— Il y a quelqu'un ? questionna-t-il.

— Oui, en face, à l'entrée du corridor. Il est là depuis quelques minutes.

Troll s'approcha de la femme, passa un bras autour de sa taille, respira ses cheveux.

— Qu'est-ce que c'est que ce truc-là ? Ça sent le foin et la violette.

— « Nuit d'alerte ». La dernière création Morriss... Vous croyez qu'ils vont marcher ?

— Ils marchent, puisque leur type est dans le coup... Tu es excitante, Flora. Si j'avais le temps...

Il laissa descendre sa main le long de la hanche de la jeune femme sans quitter la rue des yeux.

— C'est Buchmann qui va servir d'appât ? dit-elle.

— Tu le plains ?

— Un peu!

— Alors, tant pis pour lui. Et puis, c'est la guerre, Flora!

— Je sais. A quoi bon le répéter tout le temps ?

La porte du bouge se referma et la silhouette de Buchmann se montra au bord du trottoir. Puis elle fondit dans l'obscurité et une autre silhouette bondit prestement sur ses pas. Troll fit claquer ses doigts.

— Je crois qu'on va les posséder en douce! murmura-t-il.

Il se pencha sur Flora et lui mordit délicatement le bout de l'oreille. Elle frissonna et pesa plus lourdement contre son épaule.

— Eh là! ricana Troll. Ne confondons pas le business avec le boulot.

POLLOCK

Le petit Pollock rêvait derrière un pan de mur. Il attendait depuis plus de deux heures. Il avait l'habitude d'attendre. Ce n'était pas toujours marrant, à cause de la pluie ou du brouillard, à cause des souvenirs, aussi. Pollock n'était pas du genre penseur, mais il y avait toujours un petit moment, sur les trois heures du matin, où il fallait choisir : ou bien roupiller, ou bien accueillir les images importunes. Et comme Pollock aimait bien M. Quayle, il préférait encore revoir, une fois de plus, sa sœur éventrée, au fond du trou, et sa mère, qu'on avait tirée du soupirail par les pieds, mais comme ses épaules ne passaient pas, elle avait lentement étouffé et ses gémissements s'étaient tus, au petit jour. Quant à Jane, on n'avait retrouvé que sa main, une main blanche et propre, souple comme une main vivante, avec la bague de fiançailles intacte à l'annulaire. La torpille avait proprement rempli sa mission de torpille... Et Pollock, depuis, essayait de remplir aussi exactement la sienne. Il n'avait plus aucune peine à vaincre le sommeil. M. Quayle ne possédait pas d'agent plus vigilant. Mais pourquoi diable M. Quayle éprouvait-il, une fois sur deux, le besoin de poster Pollock parmi des ruines ? Le reste, le silence, le crachin, ou, parfois, une bagarre tout de suite conclue, étaient supportables. Mais Pollock n'aimait pas sentir autour de lui ces pierres branlantes, ces ferrailles tordues qui chuchotaient au moindre vent. En face, la maison dormait de tous ses volets clos, une maison à peu près totalement évacuée à la suite du dernier bombardement. Le petit Pollock se demandait, tout en l'observant, si la paix aurait un sens pour lui. Rejouerait-il du saxophone ? Douteux! Pourtant, M. Quayle lui avait affirmé que tout ce gâchis se tasserait, que la vie...

Il entendit le pas de l'homme et rabattit le cran de sûreté de son Luger. Déjà l'homme frappait, en face, une série de petits coups rapides. Une ombre se glissa vers le coin de Pollock.

— Pol ? Tu es là ?

— Hello, Jack! Ça s'est bien passé ?

— Tu parles! C'est un vrai tramway, ce gars-là. Toujours au milieu de la chaussée, virages au frein. Pour un peu, il se serait collé un feu rouge au derrière et aurait fait marcher une sonnette.

— Alors, on y va ?

Lentement, ils se rapprochèrent de la maison. Une tige métallique brilla entre les doigts de Jack et la porte sembla s'entrebâiller d'elle-même. Ils entrèrent. L'escalier était étroit, humide, et puait l'urine. Le petit Pollock monta le premier. Il était merveilleusement calme, comme si, toute la vie, il eût grimpé des escaliers avec un automatique au poing. Au premier, il y avait un étroit palier et un rayon de lumière coupait l'ombre à leurs pieds. C'était là. Pollock n'avait pas coutume d'y aller par quatre chemins, ni de faire des mines féroces avant de bouziller un type. Il tourna la poignée tranquillement, l'âme en paix, comme l'eussent fait le facteur ou l'employé du gaz. Si quelqu'un avait alors prêté l'oreille, il aurait pensé qu'on célébrait dans l'appartement quelque fête de famille, tant les bouchons sautaient joyeusement. Il y eut même une bouteille qui se déboucha bruyamment et un trou apparut soudain dans la porte. Puis tout s'apaisa. Pollock regardait Buchmann, qui, assis, jambes écartées, au pied d'un buffet, semblait terrassé par l'ivresse. Quelque chose de rougeâtre dégouttait de sa bouche et faisait un bruit monotone sur le parquet. L'autre, Parson, était pelotonné, les mains au ventre, et ouvrait d'étranges yeux blancs qu'on avait envie de toucher. Pollock dévissa son silencieux en secouant un peu les doigts, car c'était diablement chaud. Puis, il promena son regard autour de la pièce.

— Occupe-toi des meubles, Jack, dit-il, pendant que je fouille ces deux-là!

Il ne fut pas nécessaire de crever les tableaux, ni de soulever les lames du plancher, ni de démolir les chaises, ni même de démonter la cuisinière. Les papiers étaient ficelés dans une pochette de cuir, cousue à l'intérieur de la doublure du veston de Parson. Ils étaient à peine tachés. Pollock les déplia : il y avait quatre feuillets couverts de dessins, avec des noms dans les marges.

— Bon! dit Jack. On les a. On se fout du reste! Je préviens le Vieux.

Le téléphone n'avait pas souffert. Jack le décrocha, composa un numéro.

— Allô... Allô... Vous êtes encore là, Myra ? Donnez-moi la ligne spéciale... Allô ?... Oui, nous avons trouvé les papiers... oui, il a fallu montrer un peu les dents... Tâchez d'arranger ça avec le Yard... Non, je vous assure, nous étions en état de légitime défense... (Il cligna de l'œil vers Pollock qui fumait, en glissant un nouveau chargeur dans son automatique.) Vous aviez raison... oui, il est venu directement ici. Il n'avait pas d'autre planque, forcément... Oh! on dirait des plans, vous savez, des tas de trucs au crayon... Bon... Dans une petite heure... Merci!

En réalité, ils furent chez le Vieux une demi-heure plus tard. Ils n'étaient pas trop tranquilles. Le Vieux n'attachait pas à la vie d'une certaine catégorie d'hommes une importance excessive. On peut même dire qu'il était en général plutôt joyeux d'apprendre leur disparition. Joyeux! Enfin, il bougonnait un peu moins et quelquefois offrait une fine quand il pensait que l'affaire avait été sérieuse. Mais Jack sentait que le Vieux aurait voulu avoir ces deux-là vivants. Facile à dire!

Le Vieux était en conférence. Ils s'assirent dans le bureau de Myra.

M. QUAYLE

Si un quelconque officier eût réuni le tiers des qualités de M. Quayle, il eût occupé probablement un poste élevé au Grand État-Major. M. Quayle n'occupait aucun poste supérieur. En revanche, on lui laissait les mains libres. M. Quayle était, selon toute apparence, l'homme le plus indépendant du Royaume-Uni. En un temps où chacun ne pouvait se déplacer, ni même subsister sans exhiber à tout propos des quantités de papiers, de cartes tamponnées, de photos et de pièces d'identité, M. Quayle circulait comme un touriste, avait accès aux endroits les plus sévèrement gardés et, si cela lui chantait, était parfaitement capable de réunir devant sa porte, à midi ou à minuit, des autos-mitrailleuses, des voitures d'ambulance ou un piquet de la home-guard, au choix. Il n'avait qu'à dire quelques mots dans un de ses cinq téléphones et personne ne discutait jamais. C'est que personne n'aurait souhaité d'être dans la peau de M. Quayle. D'abord, parce que c'était trop fatigant! Les pensées de M. Quayle étaient si enchevêtrées, si diverses, si subtiles, qu'un bon joueur d'échecs aurait sûrement fait de l'anémie cérébrale s'il avait eu à les débrouiller. Ensuite, parce que c'était périlleux. Au bout de chaque série de pensées, il y avait du sang. De préférence celui des amis de Himmler, mais pas toujours. Et il fallait un drôle de courage pour agiter tant de pensées trempées de sang. Pourtant, M. Quayle n'avait pas du tout l'air d'un héros. Il aurait plutôt ressemblé à un attorney de province, avec son crâne chauve, ses yeux paisibles et ses vêtements cossus, mais neutres. Il ne paraissait intelligent que chez lui, derrière son bureau, quand il était seul, mais alors personne ne s'en apercevait. Pour le moment, il bavardait avec un homme qui arrivait du Cap.

— Vous l'avez rejoint ? demanda Quayle.

Aloysius Shaun O'Mara prit le temps de secouer la cendre de son infect cigare brésilien.

— Oui! dit-il enfin. Ça n'a pas été trop difficile. Vous savez, quand deux types aiment le même genre de femmes, ils finissent toujours par se rencontrer. C'est une certaine Lola qui a servi, bien malgré elle, d'agent de liaison, si j'ose ainsi parler. Alors, nous avons eu l'explication qu'il fallait... Il a reconnu qu'il s'intéressait un peu trop au corps expéditionnaire. Et puis...

Il songeait aux belles routes du Cap, bordées de palmiers, aux baies si bleues, avec leurs filets protecteurs pour écarter les requins, à ce canot blanc, le *Lullaby*, ou quelque chose comme ça! Un bon canot, où deux hommes pouvaient se battre à l'aise.

— Et puis ? répéta Quayle.

— Oh! rien! Je crois qu'il est tombé à l'eau, au cours d'une promenade. C'est plutôt malsain, par là-bas.

— Vous n'avez rien fait pour cela ?

— Non, naturellement!

Quayle sonna sa secrétaire.

— Myra, voulez-vous me passer le dossier Gredt, s'il vous plaît!

Elle lui apporta une chemise épaisse, marquée d'une croix au crayon bleu. Il en tira quelques papiers, qu'il consulta. Il hocha la tête.

— C'est du bon travail, Shaun! dit-il. Tenez, Myra. Vous pouvez classer le dossier.

— Quelle mention dois-je inscrire ? demanda la blonde secrétaire.

Quayle regarda Shaun, qui semblait prendre un si grand plaisir à mâcher son cigare.

— Mettez : « En congé de longue durée », dit-il doucement.

— Vous savez toujours choisir vos secrétaires, monsieur Quayle, murmura Shaun.

— Voyez-vous, Shaun, si je n'avais pas auprès de moi une jeune femme agréable à regarder, je crois que je finirais par lâcher ce métier. Il y a des moments où ce sacré monde pue le cadavre d'une manière insoutenable.

Shaun fit quelques pas dans la pièce. Il s'arrêta derrière le Vieux.

— Des ennuis, monsieur Quayle ?

— Non! Des inquiétudes... et encore! Asseyez-vous, Shaun. Un gin ? Bon. Servez-vous! La bouteille est dans le classeur... Supposez que vous teniez à l'œil une demi-douzaine de gaillards chargés de tout le réseau allemand dans le Sud. Supposez aussi qu'un beau jour ils s'évanouissent sans laisser de traces... Vous saisissez ?

— Facilement. Ils ont reçu l'ordre de se planquer, étant brûlés, et une nouvelle équipe va les remplacer.

— Si vous voulez! Supposez maintenant qu'un espion de troisième ordre arrive à s'évader de sa prison grâce à un déploiement extraordinaire de complicités.

Shaun but une gorgée d'alcool et ferma les yeux.

— Je pense comme vous, monsieur Quayle! dit-il enfin.

— J'ai fait semblant d'entrer dans leur jeu et Pollock a rejoint le bonhomme; il me l'a malheureusement un peu abîmé.

— Il a mis la main sur des documents!

— Vous y êtes.

— Qui signifient ?

— Nous allons le savoir.

Quayle appela Myra.

— Dites, je vous prie, aux deux garçons qui attendent que je les recevrai tout à l'heure. Pour le moment, je voudrais examiner les papiers qu'ils m'apportent... J'ai bonne envie, Shaun, de vous mettre sur l'affaire... Les six types perdus ne m'inquiètent pas. Les six qui vont arriver m'ennuient davantage... Coleridge a été coincé en Hollande... oui, une étourderie de quelqu'un d'ici... Je ne suis donc plus renseigné. Et ils vont tenter quelque chose, c'est évident.

La secrétaire déposa une liasse sur la table, devant Quayle. Quayle jeta un coup d'œil distrait sur les dessins. Il les poussa vers O'Mara. Celui-ci acheva son verre, tout en considérant les figures compliquées dessinées à la hâte sur le papier. Cela ressemblait à un problème de géométrie, à cause des triangles, des pointillés et des cercles. O'Mara tira de sa poche un second cigare, aussi noir que le premier, et se laissa aller dans son fauteuil.

— Tout cela, monsieur Quayle, est un peu trop simple! Vous perdez les pistes; on vous en offre une. Elle conduit à ces feuilles qui représentent un plan de parachutage. Question : pourquoi désire-t-on vous suggérer cette idée de parachutage ? Si on s'est arrangé pour que la trace de l'espion évadé soit facilement repérée, c'est qu'on voulait vous faire comprendre que l'évasion était une feinte et vous amener à conclure que ces documents sont faux. On pense que vous allez dire : puisque les Allemands cherchent à faire croire qu'il va y avoir un parachutage, il faut admettre qu'il n'y aura pas de parachutage. Et ils parachuteront leur six agents en toute tranquillité.

— Vous oubliez, Shaun, que l'homme qui a imaginé cette petite combinaison n'est pas un novice. Il sait fort bien que je raisonnerai comme vous venez de raisonner vous-même. Et sa manœuvre se retournerait aussitôt contre lui. Non. Il y a autre chose.

Il observa en silence les droites et les courbes capricieusement enchevêtrées. Puis il continua :

— Ils ont certainement l'intention d'opérer un parachutage. Ces plans ont une valeur d'avertissement. C'est tout! On s'est gardé de rendre ces documents explicites. Les noms, en marge, ne sont qu'un trompe-l'œil. Quant au dessin lui-même, il peut s'appliquer à tous les endroits qu'on voudra.

— Si, pourtant, il y avait une signification ?

— Alors, c'est que l'évasion de l'espion n'en aurait aucune! Je crois, Shaun, que ceux d'en face essayent de nous avoir d'une manière assez subtile. Voyons! Comment dois-je normalement réagir ? Mettez-vous à leur place.

O'Mara souffla un jet de fumée par la narine droite et secoua la tête.

— Bien joué, monsieur Quayle! On ne vous conduit pas facilement en bateau. Ils vont vous obliger à reprendre contact. Et comme ils se sont dérobés, vous allez vous adresser à quelqu'un qui a des accointances avec eux. Si je comprends bien, ils supposent que vous possédez un agent capable d'entrer en rapports avec un de leurs hommes, et ils tâcheront d'acheter cet agent. Ils vous refileront alors des tuyaux garantis, et, pendant que vous courrez d'un côté, les six nazis débarqueront de l'autre.

— Vous y êtes presque, Shaun. Mais pas tout à fait! En réalité, ils me forcent à utiliser un agent double et ce n'est pas drôle du tout. J'ai, en effet, sous la main un type qui est, je crois, avec nous, mais je n'en jurerais pas, vous comprenez? Eux-mêmes ne peuvent pas, de leur côté, être absolument sûrs de lui.

Shaun se mit à rire.

— La situation est plutôt moche! Vous allez expliquer à votre homme de confiance ce que vous attendez de lui. Il ira répéter vos confidences aux copains de Himmler. Ceux-ci lui diront alors ce qu'ils comptent faire et lui indiqueront, à votre intention, une heure et un lieu de parachutage imaginaires. Si votre type joue leur jeu, vous êtes perdant; s'il joue le vôtre, vous les cueillerez tous. Mais pensez-vous qu'ils courront un tel risque?

— Oui, car le temps presse. J'ignore comment ils vont manœuvrer, mais ils s'arrangeront pour que je ne puisse pas douter de la valeur des renseignements qui me sont fournis. C'est pourquoi j'ai besoin de vous, Shaun.

— Vous voulez que je surveille votre agent?

— Exactement! Il faut que je sache lequel de ses employeurs il va trahir, avant d'utiliser ses renseignements.

— Les autres ont dû prévoir que vous auriez cette idée?

— C'est probable. Mais que puis-je faire selon eux? Charger un quelconque espion de doubler discrètement mon homme. Et ils se croient assez malins pour parer à cette menace.

Quayle sourit et ajouta :

— Ils ne vous connaissent pas, Shaun.

O'Mara fit sortir de sa narine gauche un long filet de fumée.

— C'est assez tentant! dit-il. Quel est cet agent double?

— Lindsay.

O'Mara siffla entre ses dents.

— Je pourrais bien y laisser ma peau, murmura-t-il.

— Oui, vous le pourriez bien! dit Quayle.

LINDSAY

Lindsay reposa son cocktail. Il avait la tête en feu et une soif du tonnerre. Il pouvait voir, tout près de lui, le visage de Flora. Il se dit, sans y attacher trop d'importance, qu'il avait un sérieux béguin pour Flora. Il essaya de se lever.

— Non, Jackie. Ce ne serait pas prudent.

— Je veux danser, chérie.

— Ne m'appelez pas chérie. Pas ici. Je n'ai pas envie de danser.

— Vous croyez que je suis noir, n'est-ce pas ?

— Oui. Vous êtes complètement noir, Jackie.

Lindsay savait bien qu'il était noir. Pas besoin de lui corner cela aux oreilles. Noir comme un tunnel, comme une enfilade de tunnels. Mais le black-out ne lui faisait pas peur. Il était un spécialiste du black-out, en quelque sorte. Cette idée le fit rire et il vida son cocktail.

— Écoutez, murmura-t-il. J'ai un peu bu, si c'est cela que vous voulez dire. Mais, d'abord, j'ai besoin de boire et, ensuite, quand je suis un peu saoul, je deviens capable de toutes sortes de choses étonnantes.

— Par exemple, d'oublier Coleridge ?

Lindsay ferma les yeux et ferma son poing autour du verre vide.

— Coleridge ?... Connais pas... fit-il.

Il regarda Flora qui souriait, toute proche. Il sourit à son tour.

— Bien joué, n'est-ce pas ? dit-il. On peut me parler de Coleridge. Pas le moindre trac ! Connais pas !

— Il a été torturé, fusillé. A la fin, je crois qu'il a un peu parlé. Il y a quatre ou cinq garçons qui doivent se trouver, en ce moment, dans une situation peu confortable à cause de lui.

Lindsay avait très chaud. Cela devenait un volcan dans sa gorge. Il cueillit sur sa cuiller un petit morceau de glace dans le seau et le suça machinalement.

— Eh bien, chérie, reprit-il, c'est du beau travail. Vous voyez que je suis bon à quelque chose.

— Dommage que vous buviez tant, Jackie, dit-elle.

Elle n'avait pas tout à fait tort. A partir d'un certain moment, quand il était noir, il parlait trop. Pour Coleridge, par exemple. Un type marrant, Coleridge. Mais un peu distant. Il méprisait ceux qui sont obligés de faire certains métiers pour de l'argent. Sans l'argent, pourtant, la vie n'est pas drôle. Il est vrai qu'avec de l'argent elle n'est pas drôle non plus. En un sens, cette affaire Coleridge avait été d'un bon rapport. Et elle avait sérieusement fait remonter la confiance. Mais c'était une affaire liquidée, maintenant. Alors, pourquoi ramener Coleridge sur le tapis ?

— Décidez-vous! dit-il. Si vous craignez quelque chose avec moi, trouvez-en un autre. Sinon, qu'on en finisse. Et puis, après, je vous emmène. J'ai chez moi un martini dont vous ne pouvez vous faire une idée.

— Le 17, à deux heures du matin, près de Haymarket! chuchota Flora.

— C'est du côté de Yarmouth, ce coin-là ?

— Je n'en sais pas plus long que vous.

— Bon. Après tout, ils se débrouilleront.

Lindsay se leva, attendit que le bar eût cessé de tourner dans sa tête. Quand le décor se fut stabilisé, Lindsay entreprit de se frayer un passage dans la foule. L'orchestre jouait un truc plein de syncopes et de contretemps qui rendaient la marche terriblement difficile. On ne savait plus si c'était la musique qui titubait ou si l'on avait les jambes pâteuses. Lindsay atteignit pourtant l'antichambre. Il s'accrocha à un immense domestique en livrée, raide comme une armure.

— Le téléphone ? demanda-t-il.

— Au bout du couloir, à droite.

Drôle d'idée de coller un téléphone à une telle distance du bar. Pourquoi pas à Piccadilly ? Heureusement, les murs n'étaient pas trop éloignés l'un de l'autre. On pouvait se permettre de ricocher de l'un à l'autre, comme dans un tube où il y aurait eu un peu de jeu.

— Elle ment si gentiment! songeait Lindsay. Haymarket! Ils prennent le Vieux pour un idiot. Mais j'aurai le tuyau dès ce soir, le vrai. La garce ne me roulera pas plus longtemps.

Il évita de justesse une plante verte en batterie au bout du corridor, comme une pièce anti-char. Lindsay éclata en reproches silencieux contre lady Ascott. Quand on donne une soirée comme celle-là, on prend soin de dégager les couloirs. Il eut tout de suite la communication.

— Allô, Myra ?... Donnez-moi la ligne... Allô ? Le 17, à deux heures du matin, près de Haymarket... Je rappellerai bientôt.

Il raccrocha. La partie allait commencer. Comment finirait-elle ? De toute façon, tout cela ne pouvait plus durer bien longtemps. Quand il aurait le cadavre de Flora sur les bras, en plus de celui de Coleridge, pas mal de gens, sans doute, seraient désireux d'avoir des explications. Lindsay n'aimait pas beaucoup donner des explications. Cela crée des tas de malentendus; on s'énerve et il se trouve toujours un imbécile pour appuyer sur la détente.

Au détour de la plante verte, Lindsay heurta un homme et perdit l'équilibre. L'homme le remit sur ses pieds.

— Hello! Lindsay!

— Ma parole! C'est vous, Calberston ?

— Je vous croyais mobilisé ?

— Et vous, toujours pilote ?

— Non. J'ai ramassé un éclat dans la hanche. Je suis pour le moment en congé.

— Mais l'estomac est bon ? Alors, venez.

Lindsay entraîna son compagnon jusqu'à la table où Flora l'attendait et présenta Calberston. Calberston s'y connaissait en femmes. Celle-là était splendide; aussi aguichante que Lola, à croire qu'elles étaient sœurs.

— J'ai connu au Cap, dit-il, une personne qui vous ressemblait formidablement.

— Était-elle aussi bien habillée que moi ? répondit Flora en lui soufflant au nez la fumée d'une Players.

— Elle était très peu vêtue, le soir où je l'ai rencontrée. Mais je pourrai vous dire, quand vous voudrez, si vous êtes aussi bien qu'elle en déshabillé.

— Vous l'entendez, Jackie ? dit Flora en riant. Voilà quelqu'un qui, au moins, va droit au but.

— Oh! je ne suis pas jaloux, riposta Lindsay en levant son verre.

Il salua quelqu'un dans la salle, et murmura, à l'oreille de Calberston :

— Tenez, cette brune qui vient de passer, j'aurais pu aussi bien... vous comprenez ? J'avais le choix.

— Qui est-ce ?

— Mme Gregory. Désirez-vous que je vous présente ?

— Non. Je n'aime que les blondes. Elles sont, en général, moins menteuses.

— Ne vous y fiez pas, dit Flora.

— Vous, par exemple ! reprit Calberston. Il est visible que vous regrettez de finir la soirée avec Lindsay. Je suis sûr que vous aimeriez mieux venir avec moi.

— Vous vous trompez ! répondit Flora. Je suis très heureuse d'accompagner Jackie. Et, d'ailleurs, je dois l'accompagner. Mais demain je serai aussi très heureuse de déjeuner avec vous.

— Alors, à demain, au « Canari ». Vous viendrez, naturellement, Lindsay ?

Lindsay but une dernière gorgée d'alcool et fit un geste vague de la main.

— Un de leurs sacrés V I nous aura peut-être tous écrabouillés. Ne comptez pas trop sur moi.

Calberston regarda le couple s'éloigner. Il alluma un court cigare noir et se mit à fumer, les yeux vagues.

Lindsay n'avait pas exagéré en prétendant que plus il était noir, mieux il savait conduire. Il roulait pleins gaz, coupant les carrefours ténébreux sans une hésitation. Un spécialiste du black-out, voilà ce qu'il était. Il riait parfois, tout seul, mais Flora ne l'entendait pas. Elle pensait à cet aviateur trop désinvolte. Un type à surveiller. Si par hasard il était vraiment aviateur, les prochaines semaines ne seraient pas désagréables, mais y aurait-il de prochaines semaines ? C'était infiniment peu probable. Dommage ! Il avait de si larges épaules ! Un coup de frein la jeta dans le pare-brise.

— Nous sommes chez nous, chérie ! dit Lindsay.

— Tu conduis comme une brute, mais je ne suis pas fâchée d'être arrivée... Il y a longtemps que tu le connais, ce Calberston ?

— Qui ça ? Ah ! Calberston ? Une vague relation. Nous

avons chassé ensemble avant la guerre. Il a la réputation d'être volage. Saloperie de clef!

Elle entra cependant dans la serrure et Flora tira les rideaux devant les fenêtres.

— Je boirais bien quelque chose! grognait Lindsay.

— Un peu de thé ? proposa Flora. Avec beaucoup de whisky ?

Elle disparut dans la cuisine et Lindsay tâta son automatique dans la poche de son veston. Il regarda la pendule. Quatre heures. Il aurait tellement voulu être plus vieux d'une heure! Flora disposa des tasses sur une petite table. Lindsay tourna le bouton de la radio, il accrocha quelque part un danseur de claquettes. Pourquoi pas ? Ça valait bien une marche funèbre. Maintenant, l'infusion fumait devant lui. Il se sentait sans courage.

— Et ton martini ? demanda la jeune femme.

— Là, au fond du buffet.

Elle se pencha. Sa robe la moulait, découvrait ses jambes magnifiques. Il y a, parfois, dans la vie, de sales moments, des moments absurdes. Oui. Coleridge avait dû se dire ça, lui aussi.

Flora déposa la bouteille sur le plateau, à côté des tasses. Elle mit deux sucres dans le thé de Lindsay. Deux vieux camarades, en vérité, et même mieux que cela. Deux vieux amants. Presque deux vieux époux.

— Le trouves-tu assez chaud ? dit Flora.

Il lui caressa les cheveux.

— Bien sûr!

Elle goûta, fit une grimace.

— Il n'est pas fameux! Peut-être qu'avec un peu d'alcool...

Il but le mélange de liqueur et de thé.

— C'est détestable! reconnut-il. Mais aucune importance... Tu m'as bien parlé de Haymarket ?

— Oui. Le 17.

— Quand l'affaire aura-t-elle lieu réellement ?

— Tu connais Troll. Il ne dit que ce qu'il veut bien dire.

— Il t'a certainement tout confié... Tu n'as pas l'impression qu'on étouffe, ici ?

Lindsay enleva son col. Il avait trop bu. Une nausée le travaillait sourdement. Il voulut se lever, mais un vertige le prit. Il s'accrocha au bord de la table.

— Tu vas tout avouer! bégaya-t-il.

Flora se mit à rire. Il y avait un léger brouillard entre eux et il ne voyait pas bien le visage de Flora. Cela faisait une tache floue, mais le rire, il l'entendait tout contre son oreille. Il glissa sa main dans sa poche. Il entendait aussi la voix de Flora, mais il ne comprenait pas tous les mots.

— Tu vas tout avouer! dit-il encore en faisant une grimace douloureuse pour l'apercevoir à travers la brume dorée.

— Veux-tu aussi que je téléphone à ton patron ? murmura la voix de Flora. Veux-tu que je lui raconte qu'on parachutera nos hommes le 16, à minuit, au nord de Dorchester ? Imbécile! Tu croyais m'avoir, hein ? Tu ne comprends donc pas que tu es empoisonné ? Que dans un quart d'heure tu seras raide ? Que voulais-tu que nous fassions d'un type comme toi ? Prêt à trahir...

D'un coup de reins, Lindsay plongea en avant. La table culbuta. Ses doigts agrippèrent de l'étoffe, trouvèrent à tâtons une bouche qui mordait, une oreille. Il serra tant qu'il put, malgré de furieuses secousses, mais c'était dedans qu'il avait mal, surtout. C'était une douleur énorme, une flamme qui le recroquevillait. Il vomit un peu, s'essuya d'un revers de manche. Le corps qu'il tenait sous lui était immobile. Il haleta, à bout de souffle... Le 16, à minuit. Il rampa vers le téléphone, écrasant du verre. Le 16... Son bras battit l'air, heurta le bord du bureau... Coleridge avait été torturé... Le téléphone lui tomba sur le ventre et il faillit s'évanouir. Du bout des doigts, il compta les trous du disque, composa, morceau par morceau, le numéro. L'écouteur lui martelait l'oreille et il comprit qu'il tremblait. Il cria au hasard :

— Monsieur Quayle... C'est pour... le 16... Dorchester, au nord... minuit... elle me croyait mourant... elle a... osé... me le dire... Attendez... pour Coleridge... oui... C'est moi... c'est moi...

O'MARA

Quayle reposa le combiné. O'Mara n'avait pas lâché le second écouteur. Il mordillait son cigare.

— Le 16! dit Quayle. Dans trois jours. Ils ne perdent pas de temps.

— J'y vais ? murmura Shaun en accrochant le récepteur.

— Tout à l'heure. Lindsay n'a plus besoin de votre aide. Je vous ai interrompu au moment où vous me parliez de cette fille. Je ne reconnais pas son signalement. Elle sera facile à rattraper, même si elle ne va pas à votre rendez-vous... Ira-t-elle ?

— Certainement ! Ne serait-ce que pour m'étudier.

— Bon ! Tâchez d'être plus heureux avec elle que Lindsay.

— Vous n'avez pas confiance ? Vous croyez que Lindsay a menti ?

— Non. J'ai entendu mourir beaucoup d'hommes, Shaun. Celui-ci disait la vérité. Mais j'aimerais avoir une confirmation. Il faut que, dès ce soir, nous organisions une souricière, vous comprenez ? Haymarket est tout près de la côte est. Peu probable qu'ils osent parachuter leurs hommes dans un coin aussi surveillé. Tandis que Dorchester, au sud-ouest, est idéal. Des landes, des bois... Voyez cela, Shaun. Nous ne pouvons diviser nos forces. Si nous nous trompons, il y aura un sacré grabuge. Pourrez-vous m'apporter quelque chose à la fin de la journée ?

— J'espère avant, monsieur Quayle.

Shaun O'Mara aimait mieux marcher à pied. Il sifflait un air attrapé au vol dans la rue : *Moi, j'me fâcherai si vous faites ça.* Il ne pensait plus à Lindsay. Il retournait une idée qui lui était venue dans le bureau de Quayle. O'Mara avait toujours une idée quand il le fallait. Elle était rarement bonne, mais elle en amenait infailliblement d'autres qui étaient excellentes et l'Irlandais les suivait jusqu'au bout. Plus elles étaient risquées, plus il les trouvait ingénieuses. Bien des gens avaient eu sur cette question une opinion plus nuancée, mais ils n'étaient plus là pour la soutenir. O'Mara, en arrivant chez Lindsay, commençait à croire que, cette fois, son inspiration n'était pas loin de ressembler à un coup de génie. Et la vue des deux cadavres ne fit que confirmer cette impression. Ils n'étaient pas beaux à regarder. Cependant O'Mara constata, non sans une certaine stupéfaction, que Flora avait été étranglée. Il reconstitua aisément la scène. Lindsay avait provoqué la bagarre. Son idée restait plausible. Il téléphona à Quayle sa découverte.

— Puisqu'il l'a tuée, dit Quayle, on ne peut mettre en doute son loyalisme.

Évidemment! Mais il y avait peut-être autre chose que du loyalisme là-dessous. O'Mara fouilla le sac de Flora. Rien d'intéressant, à part le tube contenant le poison. Il visita le petit appartement, l'œil aux aguets, sifflotant toujours : *Moi, j'me fâcherai si vous faites ça.* Il se demanda un instant ce que signifiait « si vous faites ça », sourit en pensant à quelque chose d'un peu déplacé dans ce décor, déboucha une bouteille de bourbon et se versa un doigt d'eau-de-vie. Ce pauvre bougre de Lindsay n'avait pas eu trop de malchance. Il était mort proprement et son tourment n'avait pas trop duré. Tant d'autres avaient crié plus longtemps. La pendule marquait cinq heures et demie. Un bain ne ferait pas de mal et quelques heures de sommeil non plus. O'Mara ferma la porte à clef et rentra chez lui.

Quand il s'éveilla, son plan était arrêté ou à peu près. Il le mit au point, le jugea légèrement aventureux, mais se consola en pensant qu'il comportait un intermède amoureux assez excitant. Il soigna sa toilette, se rasa, considéra d'un œil sévère l'image que lui présentait son miroir : les cheveux blonds étaient correctement ramenés en arrière, les moustaches à la Clark Gable étaient bien taillées, la silhouette était fine et pourtant puissante. Mme Gregory devrait être bien blasée ou anormalement fidèle pour résister à Shaun O'Mara. En quelques minutes, par le majordome de lady Ascott, il obtint l'adresse de Mme Gregory. Il eut bientôt celle-ci au bout du fil.

— Allô ? Chère madame, j'ai failli vous être présenté hier par mon amie Flora. Mais, au dernier moment, elle a craint pour votre vertu. Je voudrais absolument savoir si ses craintes étaient fondées. Allô ? Acceptez-vous de déjeuner avec moi ?... Mais tout à l'heure... au « Canari ». C'est trop naturel : Calberston. Harry Calberston!... Comment me reconnaître ? Facile! L'homme le plus fort et le plus beau... Mais non, je ne me vante pas! D'ailleurs je porterai ma tenue d'aviateur... Vous êtes charmante, merci!

Il raccrocha, rêveur. S'il commettait la moindre fausse manœuvre, il était perdu et quelques autres feraient le saut avec lui. Il choisit un Luger muni d'un silencieux et, dans une mince gaine de cuir fixée le long de sa botte, il glissa un stylet plat à manche court. Il vérifia ses papiers, ils étaient en règle. Un instant plus tard, Harry Calberston entrait au «Canari». Il aperçut tout de suite la jeune femme et comprit qu'il ne lui déplaisait pas. Elle était moulée dans un fourreau noir qui suggérait, là où il fallait, des rondeurs harmonieuses. Ses cheveux noirs et plats étaient coiffés d'une manière savante qui mettait en valeur les lignes pures du visage. Ses yeux violets battaient lentement comme si leurs cils eussent été de plume. O'Mara éprouva un petit spasme à l'estomac et songea qu'il étranglerait volontiers M. Gregory, puis il sourit en pensant que ce devait être déjà fait depuis longtemps, les soupirants n'ayant jamais manqué, sans doute, à Mme Gregory.

— C'est vrai, dit la jeune femme, avec une voix de gorge ravissante. Vous êtes le plus beau et le plus fort. Êtes-vous aussi le plus intelligent ?

— Naturellement, puisque au lieu de vous courir après, comme tous les autres, je vous ai fait venir à moi.

— Vous êtes donc aussi prétentieux ?

— Prétentieux, jaloux, cruel, mufle. Un aventurier, quoi! Mais on ne s'en aperçoit pas tout de suite. Quand les femmes découvrent cela, elles deviennent folles de moi.

— Et pour mieux les séduire, vous les laissez mourir de faim ?

— Oh, pardon! La beauté me donne toujours des distractions. Excusez-moi.

Il appela le maître d'hôtel et Mme Gregory composa le menu. Elle était experte en cela, comme en beaucoup d'autres choses, probablement. Shaun la détailla en connaisseur. Elle n'était nullement gênée et semblait s'amuser beaucoup.

— Vous êtes en permission ? demanda-t-elle.

— Non. J'ai été descendu, il y a deux mois, du côté de Haymarket. Une sale blessure. Maintenant, je dirige une école de parachutistes.

— Cela doit être passionnant.

— Détrompez-vous. La technique du parachutage est ennuyeuse à un point que vous n'imaginez pas. Lire des cartes, baliser des terrains, étudier des méthodes de regroupement, c'est un travail de bureaucrate. Je deviens neurasthénique.

— C'est pourquoi vous cherchez des consolations!

Shaun prit la main de sa compagne dans la sienne.

— Je serai libre le 16 toute la journée. Voulez-vous que nous soupions ensemble ?

— Désolée! dit Mme Gregory. Le 17 plutôt! Je suis invitée à la campagne pour le 16.

— Merci, dit Shaun. Le 17, alors! Si vous le permettez, je vais téléphoner au camp pour arranger cela.

O'Mara demeura absent quelques minutes. A son retour, il trouva Mme Gregory en tête à tête avec une petite bouquetière qui offrait des œillets.

— C'est fait, dit-il en reprenant sa place. Fêtons cette heureuse chance. J'aime aussi les œillets.

Et il acheta toute la corbeille. Mme Gregory, le vin aidant, s'animait de plus en plus. Au dessert, elle ne l'appelait plus que « mon petit Harry » et lui s'était très vite habitué à dire Anna. Anna fit la moue en goûtant son café.

— Voulez-vous boire un vrai brésil, Harry ? Alors, je vous emmène. Non! Ne prenez pas cet air conquérant. Je ne rends point les armes... aujourd'hui! Venez, j'ai ma voiture à la porte.

« Toujours la même histoire! pensa Shaun. On devrait bien en faire un disque. Ça aiderait les débutants! » Ils sortirent. Une Daimler stationnait au bord du trottoir. Mme Gregory prit le volant. O'Mara s'installa près d'elle. La voiture glissait comme dans un rêve, mais Shaun savait qu'il n'allait pas précisément s'éveiller au paradis. Il alluma un cigare et fredonna : *Moi j'me fâcherai si vous faites ça.* Ce refrain commençait à signifier quelque chose d'assez redoutable.

La Daimler stoppa devant un petit hôtel de la banlieue ouest.

— C'est gentil, ici ! dit O'Mara.

— N'est-ce pas ? Mais vous allez voir à l'intérieur.

Elle ouvrit la porte et l'invita à entrer. Ils étaient deux, un grand et un petit, armés chacun d'une mitraillette, qui le visaient à la poitrine. O'Mara leva les bras. Mme Gregory referma la porte.

— C'est votre aviateur ? demanda Troll.

— Oui ! répondit Anna. Je crois qu'il connaissait très bien Lindsay.

— Parfait ! Fouille-le, Boris... Il n'a que ce pistolet, tu es sûr ? Monsieur Calberston, vous êtes notre invité. Veuillez me suivre. Je vous promets que cette surprise-party vous fera plaisir... Jusqu'au bout !

LE VIEUX

Pollock regarda le cadran lumineux de sa montre. Onze heures et demie. Il arracha ses pieds de la glaise détrempée, choisit un autre point d'appui. L'eau ruisselait autour de lui. Parfois de grosses gouttes, tombées des feuilles, claquaient sur les bords de son feutre, lui éclaboussant l'oreille ou le nez. Pollock songea qu'il faisait noir comme dans un four et se demanda où il avait lu cette comparaison pour la première fois. Mais il pensa qu'il avait des choses plus sérieuses à faire. Au diable la nuit ! Les autres oseraient-ils sauter par un temps pareil ? Pollock se dit qu'il sauterait, lui, et qu'il oublierait peut-être d'ouvrir son parachute. Il se dit aussi qu'il fallait être drôlement gonflé pour sauter, quand on a dans son portefeuille la photo d'une femme. Ici, la méditation de Pollock reprit sa pente accoutumée et il serra les poings au fond de ses poches. Des branches craquèrent sous les arbres et l'ombre de Quayle rejoignit celle de Pollock.

— C'est bien la maison ! dit Quayle. Jack est là-bas, en observation. Il y a une auto dans une grange. Les fusées sont prêtes, sur le siège arrière.

— Ils sont nombreux ?

— Je ne crois pas. Cinq ou six, pas plus! Ils ne s'attendent pas à être attaqués. On entend leur phono.

— Vous ne trouvez pas cela bizarre, monsieur Quayle ?

— Laissez-moi faire! Je sais ce qui est bizarre et ce qui ne l'est pas. Il n'y a, ce soir, rien de bizarre. Allons-y!

Ils rejoignirent Jack et firent le tour de la maison. Quelque part au premier, un phono jouait des airs de jazz, très assourdis. Pollock avait un peu oublié le saxophone, mais il avait appris à découper un carreau avec une dextérité surprenante. La pièce dans laquelle les trois hommes prirent pied était une salle à manger. Ils la traversèrent, revolver au poing. Personne dans le couloir. Le jazz, là-haut, martelait un paso doble. Ils s'engagèrent dans l'escalier. A ce moment, ce que Pollock craignait obscurément se produisit. Le phono s'arrêta et une voix, venue du palier supérieur, les figea dans leur ascension.

— Jetez vos armes immédiatement! Ou gare aux grenades!

Dans cet espace resserré, la bataille ne pouvait aboutir qu'à un massacre. Quayle, le premier, jeta son pistolet et obligea ses compagnons à l'imiter. Bras en l'air, ils pénétrèrent, l'un derrière l'autre, dans une chambre à peu près nue. Ils virent, sur une table, parmi des bouteilles, le phono qui avait servi d'appeau et, dans un fauteuil, Troll. Celui-ci se leva cérémonieusement, fit claquer ses talons devant Quayle.

— Heureux de vous rencontrer enfin, monsieur Quayle! dit-il. Je me proposais depuis longtemps de vous rendre visite, mais vous êtes si occupé! Asseyez-vous, je vous prie.

Derrière les prisonniers, quatre Allemands, armés, s'étaient glissés et montaient la garde. Troll les désigna du menton.

— Mes collaborateurs, monsieur Quayle. Ils excellent à provoquer des aveux spontanés. Vous les apprécierez dans un moment.

Il rit, se versa du rhum dans un verre à bière et reprit :

— Cette fois, monsieur Quayle, avouez-le, vous avez perdu. Je savais que vous m'enverriez Lindsay, mais je savais aussi que vous prendriez au sérieux les renseignements de Lindsay, pourvu qu'il mourût d'une manière suffisamment dramatique... Lindsay tuant l'espionne et, dans un sursaut d'énergie, téléphonant le vrai jour, le vrai lieu du parachutage, ah! c'était une belle scène. Puisque Flora était morte, il fallait bien admettre, n'est-ce pas, qu'elle avait commis une imprudence! Comment auriez-vous pensé que Flora était capable de se laisser tuer pour mieux vous abuser? Et pourtant, monsieur Quayle, Flora est morte VOLONTAIREMENT. Elle a donné à Lindsay un faux renseignement et, en se faisant étrangler par Lindsay, elle a prêté à ce renseignement une telle allure d'authenticité, que M. Quayle, lui-même, qui se méfiait cependant, a été dupe.

— Vous en êtes donc réduit à sacrifier les plus fanatiques de vos agents pour assurer un parachutage? demanda Quayle, doucement.

— Taisez-vous! hurla Troll. Flora était une vraie Allemande.

— Heil Hitler! crièrent les quatre gardes du corps, immobiles.

Troll vida son verre et continua :

— Naturellement, l'opération aura lieu demain soir, au nord de Haymarket. Il était nécessaire que je vous donne à choisir entre les deux renseignements, le vrai et le faux. Vous avez choisi le faux. La route est libre. Et, maintenant, causons sérieusement. Si je vous demande de me parler un peu de vos affaires, vous allez, bien entendu, refuser. Mais j'ai fait préparer là-haut — son doigt désigna une trappe au plafond — tout ce qu'il faut pour calmer vos scrupules...

Il se tourna vers un de ses hommes et cligna de l'œil. L'autre saisit une échelle couchée le long du mur et la dressa. Puis, monté sur les barreaux supérieurs, il entreprit de rabattre la trappe à l'intérieur du grenier. Il s'enleva sur les mains, mit un genou au bord du plancher et disparut.

— Avez-vous bien réfléchi? demanda Troll.

— A plat ventre! cria Quayle.

Il plongea. D'instinct, Jack et Pollock l'avaient imité. Le fracas d'une fusillade éclata, couvrant le bruit du plâtre et du bois haché sautant de tous les côtés. Les corps convulsés des Allemands étaient bizarrement bousculés par les balles. Troll roula jusqu'au mur, comme poussé par une main invisible. Et, brutalement, le silence revint. Pollock risqua un œil. Un nuage de fumée rôdait bas. Des choses achevaient de se désarticuler et tombaient en menus débris. Les montants de l'échelle tremblèrent. Des bottes descendirent, des bottes d'aviateur.

— Hello! dit O'Mara, et sa voix parut emplir la maison.

Il posa sa mitraillette sur le plancher et aida Quayle à se relever. Quayle souriait.

— Sale coup pour Himmler! dit-il en s'époussetant. Mais vous êtes un peu trop bruyant, Shaun!

O'Mara se laissa tomber dans le fauteuil que lui offrait Quayle.

— J'aimais mieux le « Lullaby », dit-il en tirant un cigare.

— Racontez-moi votre aventure, demanda Quayle en préparant un martini.

— Quelle aventure ? Il n'y a pas eu d'aventure. Je me suis simplement rappelé quelques mots prononcés par Lindsay chez lady Ascott. Il me montra une brune et dit : « Cette femme, j'aurais pu coucher avec elle. J'AVAIS LE CHOIX. J'en conclus que s'il avait le choix entre Flora et elle, c'est qu'elle était au service de Troll. Troll avait tout prévu. Si Flora n'avait pas réussi avec Lindsay, Mme Gregory aurait pris sa place, tout simplement. Vous devinez la suite.

— Évidemment! Cette Mme Gregory comptait sans doute vous supprimer et m'obliger à intervenir personnellement. D'où le piège tendu, le 16, à Dorchester!

— Oui. Mais j'ai un peu bousculé leur plan. Mme Gregory avait fait prévenir ses complices par une petite marchande de fleurs. Ils m'ont désarmé, questionné à leur manière.

— Je sais...

— Troll, pressé, est parti, après avoir chargé un de ses hommes d'en finir avec moi. J'avais conservé dans ma botte un poignard... Alors...

Il tira à demi le manche de l'arme.

— Tous les deux ? demanda Quayle.

Shaun hocha la tête.

— Elle était pourtant bien belle! murmura-t-il.

Il souffla quelques bouffées de fumée et poursuivit :

— Il me fut facile, avec leur Daimler, d'atteindre la maison de Dorchester et de vous y attendre, caché dans le grenier. Je vous avais prévenu au téléphone du « Canari. » C'est agréable de travailler avec vous, monsieur Quayle... Vous comprenez tout à demi-mot.

Quayle but une gorgée d'alcool.

— Pour eux, c'est la fin, dit-il. Demain soir, on va cueillir leurs parachutistes.

— D'accord! Aussi, j'aimerais bien pouvoir retourner au Cap. Le brouillard de Londres ne me vaut rien, monsieur Quayle!

— Est-ce la vraie raison, Shaun ?

— Bien sûr que non, monsieur Quayle! Il y a aussi cette Lola. Elle joue si bien de la guitare hawaïenne!

NUIT ET BROUILLARD

A la manière de Pierre Nord

— Alors, vous m'avez compris, mon petit Beaulieu ?
— Admirablement, mon commandant.
— Je ne vous ai pas caché les risques.
— J'espère même que vous les avez exagérés... Ce n'est pas à moi que je pense.
— Je m'en doute... Attention, voici nos amis... Entrez.

Hélène pénétra la première dans le bureau et, malgré elle, son regard chercha d'abord Beaulieu. Un gai sourire éclaira son visage amaigri par les privations.

— Vous semblez gelée, ma pauvre enfant, dit Ségain. Venez près du poêle pendant qu'il chauffe encore un peu... Bonsoir, Féroux.

— Bonsoir, mon commandant.

Féroux prit la rude main tendue, se serra près de Beaulieu pour faire un peu de place aux nouveaux arrivants : Chenal, dit Ferragus, 1 m. 85, des épaules de catcheur, du poil partout et des tatouages bleus mal cachés par les manches et le col; Lebesque, étriqué, falot, un peu bègue et capable, à trente pas, de mettre une balle de pistolet à l'intérieur d'un cercle pas beaucoup plus grand.qu'une alliance; Monchanois, avec sa lippe de titi parisien et son bagout de camelot; Cresson, enfin, l'étudiant en philosophie, qui ne pouvait s'empêcher de rougir en regardant une femme et de pâlir en voyant un Boche.

Ils restèrent debout, non point par un sentiment excessif de la discipline, mais parce que, dans l'étroit bureau, il n'y avait que trois chaises, et le patron avait l'habitude d'être bref. Un type curieux, le patron. Cinquante ans, les cheveux en brosse, une mâchoire à broyer du verre et, contrastant avec ce masque de dureté, des yeux moqueurs, vifs, pétillants de malice, mais capables, parfois, d'une insoutenable douceur. Il s'assit devant sa machine à écrire et chacun eut l'impression qu'il hésitait un peu.

— Le capitaine Beaulieu nous quitte, dit-il.

Sa voix semblait imperceptiblement fatiguée. Il est vrai qu'il abattait la besogne de trois secrétaires dans ce minuscule bureau, d'où il dirigeait les innombrables activités du Secours National et, quand le personnel avait achevé sa tâche quotidienne et quittait la maison, lui, bourrant lentement sa pipe — la meilleure de la journée — entamait alors un travail qui s'achevait tard dans la nuit et n'avait qu'un lointain rapport avec les activités d'un fonctionnaire nommé par Vichy.

— Le réseau Du Guesclin achève de s'organiser, continua-t-il, de la même voix paisible avec laquelle il comptait les rations alimentaires, les colis de lainage et les bidons de lait. Ils ont besoin là-bas d'un homme rompu à nos méthodes. Le colonel Graux est un vieil ami... Bref, je lui envoie Beaulieu.

Ils étaient tous tellement silencieux, qu'ils entendaient le tic tac de la montre-poignet du commandant. Ce départ de Beaulieu, c'était si imprévu! Et juste au moment où leur propre réseau venait de recevoir les coups les plus rudes. La veille encore, le petit Daure, arrêté à la gare, avec le poste émetteur dans sa valise. Et, maintenant, Beaulieu partait. Incrédules, ils regardaient leur chef qui posait un portefeuille sur le bureau, levait la tête vers Beaulieu.

— Voici les papiers que vous remettrez au colonel Graux. On vous confectionnera sur place une nouvelle identité. Quand vous descendrez du train, à Nantes, vous vous rendrez directement au buffet de la gare où un camarade vous contactera. Comme personne ne vous connaît, là-bas, n'oubliez pas mes instructions...

— Un pansement à la main droite, dit Beaulieu.

— Oui. Le camarade viendra vous demander du feu. Vous lui tendrez votre cigarette en disant : « Je la fais durer. C'est la dernière de ma décade. » Et l'homme vous conduira chez Graux. Ces précautions sont indispensables. Vous comprenez pourquoi ?

— Parfaitement.

— Vous prendrez l'express de vingt et une heures cinquante, demain, à Montparnasse.

Le commandant Ségain se leva, ajouta d'un ton bourru :

— Bonne chance, mon petit Beaulieu.

Un court silence et presque un peu de gêne, à cause des mains qui voulaient se tendre et qu'il fallait mater, à cause des visages qui tâchaient gauchement de sourire et n'arrivaient qu'à esquisser une grimace de chagrin.

— Vous avez de la veine, grogna Chenal. Un bon climat. Un bon ravitaillement.

Ce n'était un secret pour personne que Chenal avait un appétit d'ogre. On connaissait aussi sa fidélité de dogue. Mais il jouait, avec son cran habituel, le jeu de l'indifférence vaguement cynique. Il avait seulement enfoui ses mains dans ses poches, pour qu'on ne les vît pas trembler.

— Avez-vous seulement des sèches ? demanda Monchanois. Parce qu'au dernier moment, quand le gars viendra vous contacter, faudra pas songer à piquer des clopes sur le trottoir, devant le buffet. Allez, vous faites donc pas prier, prenez ce paquet de Gauloises. La belle-mère de mon cordonnier est en cheville avec un garagiste. Pour le perlot, je crains personne.

Cresson se mordillait les joues et s'accrochait à la machine à écrire.

Féroux appuya sa main sur l'épaule de Beaulieu.

— Si vous avez besoin de quelque chose...

Lebesque se taisait, un peu pâle. Beaulieu s'ébroua.

— Que diable, murmura-t-il, nous n'allons pas nous dire adieu. J'espère bien vous revenir dans quelque temps.

Il marcha vers la porte et se trouva devant Hélène, mais personne ne surprit le regard qu'ils échangèrent. Personne ne vit Beaulieu, une fois la porte refermée, s'arrêter un instant sur le palier, comme un homme fourbu qui chancelle.

— Ne restez pas debout, ma petite Hélène, dit Ségain. Nous avons encore à travailler.

La jeune fille reprit sa place auprès du poêle, ferma les yeux.

— Il s'agit maintenant de remplacer Daure, continua le commandant. A ce propos, je crois que j'ai trouvé une combinaison...

Il développait son plan, sans se presser, sûr de lui, précis, prudent. Tous écoutaient, une ride au front ou au coin de la bouche, appliqués comme des écoliers. Seule, Hélène songeait à celui qui se glissait dans les rues noires.

— Rendez-vous ici dans quatre jours, disait Ségain. Je serai en mesure de vous expliquer...

Hélène retenait les mots, mais ils lui paraissaient vides de sens et une immense lassitude, peu à peu, la pénétrait. Elle ne pouvait, malheureusement, leur expliquer ce que son intuition féminine pressentait. Ils se seraient moqués d'elle, même Ségain, pourtant si prompt à flairer le danger vague, l'événement latent...

— Quelque chose qui ne va pas ? lui demanda soudain le commandant.

Elle se redressa, d'un élan du buste.

— Un peu de fatigue, murmura-t-elle. Excusez-moi... C'est déjà passé.

Et, brûlant ses dernières forces, elle s'obligea à sourire.

Beaulieu somnolait, écoutant le vacarme confus de l'express. Il avait froid. Il aurait voulu s'asseoir, mais le couloir était trop encombré. Les bras croisés sur la barre de cuivre, il regardait son reflet dans la vitre teintée de bleu. Tout semblait marcher à souhait, jusqu'à présent. L'arrestation du petit Daure ne signifiait peut-être rien. Le gosse s'était fait pincer bêtement dans une rafle. Il n'y avait pas à chercher plus loin. La preuve, c'est que lui, Beaulieu, avait pris son billet à Amiens et avait voyagé jusqu'à Paris sans apercevoir la moindre figure suspecte...

La gare de Versailles s'éloignait, avec le disque blanc de son horloge et l'ombre d'une sentinelle casquée, seule à l'extrémité du trottoir. Beaulieu s'adossa à la cloison, alluma une cigarette, jeta un bref regard sur ses compagnons entassés dans le couloir. Tous, des civils que la fatigue commençait à écraser sur les piles de bagages. C'était pénible et presque oppressant de se sentir coincé dans cette foule endormie, sans retraite possible. Beaulieu avait horreur des trains, des gares, de tous les endroits semblables à des nasses et où l'ennemi faisait ses pêches les plus fructueuses. Il détestait aussi ces jeux un peu puérils : la cigarette, le mot de passe, l'homme inconnu qu'il faut suivre... Son esprit méthodique de polytechnicien n'acceptait pas sans rébellion les consignes vagues, les horaires flous, les rendez-vous incertains, l'improvisation cafouilleuse. Il ne pouvait s'empêcher de se poser des questions : « Et si les Boches avaient décrété le couvre-feu, qu'est-ce qu'il faudrait imaginer à Nantes ? » « Et si le type était en retard ? » « Et si... » Bien entendu, Ségain avait pris ses précautions. On jouait toujours sur le velours, avec Ségain. Il n'y aurait pas de couvre-feu. Le type serait là. Mais Beaulieu était ainsi fait : il lui fallait des plans définitifs, des combinaisons bien au point. Autrement, il se tourmentait. Les intuitifs, comme Ségain, appartenaient à une race qu'il ne comprendrait jamais. Pourtant, Hélène ?... Il revit les yeux gris, le visage que l'anxiété torturait. Hélène, c'était spécial. Elle devinait tout. Avec elle, tout devenait simple; les paroles étaient superflues; la timidité cessait d'être un obstacle. Hélène, c'était le repos, la joie, l'espérance. C'était le talisman qui protège. Il n'arriverait rien, cette nuit. Beaulieu rencontrerait Graux et la mission serait terminée.

Le train s'arrêta à Chartres. Par la vitre entrouverte, Beaulieu surveilla les voyageurs. Seuls passèrent sur le quai quelques fantassins pliés sous leur paquetage et le fusil en travers de la nuque, comme un joug. Puis, les feux masqués de la gare s'effacèrent un à un et le convoi roula dans le plaine obscure. Beaulieu releva la vitre et chercha une nouvelle position d'équilibre. Ce pansement, à sa main droite, encore une ruse un peu ridicule et qui pouvait attirer l'attention sur lui. Il s'était bandé le pouce trop tôt. Être officier d'artillerie et se balader avec cette poupée de gaze et de coton comme un bon petit jeune homme confortable et douillet, c'était odieux, à la fin. Non, c'était drôle. Odieux ? Drôle ? Beaulieu ne savait plus. Il avait envie de dormir, de s'écrouler n'importe où, au hasard des paquets et des valises, comme ses compagnons de route, dont les corps affaissés oscillaient, bouche ouverte et mains molles, sous la lueur bleue des ampoules. Il restait debout, cependant, parce qu'il se sentait toujours en uniforme, malgré le déguisement civil. Il finit par céder à un mauvais sommeil qui changeait les pensées en images fuyantes : les camarades étaient là, autour de lui : Chenal, Lebesque, Monchanois, Cresson qui récitait du Valéry avant les coups durs, Féroux qui parlait autant de langues qu'un Polonais. Un chic type, Féroux. Un type précis, méthodique, sachant organiser. Tous, de vrais camarades. Hélène, si féminine, était aussi un camarade. Elle n'avait pas abîmé ces belles amitiés d'hommes, dures, réservées, brûlantes. La sienne était comme une petite flamme claire dans une grande flamme écarlate.

Un coup de frein secoua la masse des dormeurs et Beaulieu sortit de son engourdissement. Il jeta un coup d'œil à sa montre : minuit moins dix. Le train ralentissait. Quelques voyageurs rassemblèrent leurs bagages, relevèrent le col de leur manteau. De nouveau, Beaulieu fit glisser la vitre. Un courant d'air mouillé emplit le couloir. Beaulieu aperçut des voies enchevêtrées, des passerelles, un sémaphore portant haut dans le ciel noir des constellations bleues. Le Mans. Le train longea un convoi d'artillerie, dont on distinguait les pièces accroupies, veillées par des ombres casquées. Un haut-parleur, quelque part, se mit à tonitruer, tandis que le train glissait le long d'un quai blafard où stationnait une foule silencieuse. « Le Mans. Vingt minutes d'arrêt. Les voyageurs en direction de... » Beaulieu aidait à passer des valises, repérait une place vide dans un compartiment proche. Il s'installa avec un soupir de satisfaction; c'est alors qu'il entendit le bruit des bottes, le heurt des crosses sur le marche-pied du wagon. « Encore un pauvre bougre qui vient de se faire ramasser », pensa-t-il. Et, aussitôt, une brusque angoisse le mit debout. Il fit un pas vers le couloir, reçut en pleine figure le jet d'une lampe électrique.

— Papiers ?

Bon. Ce n'était que cela. Beaulieu sortit sa carte d'identité. L'homme avait abaissé sa lampe et Beaulieu se contraignait à respirer lentement, à fond. D'abord, être décontracté, sur le champ de bataille comme au stade. Ensuite, réfléchir vite, pour agir plus vite encore.

— Voulez-vous m'accompagner jusqu'au bureau de la gare ? dit l'homme, dont Beaulieu apercevait maintenant la figure sous le bord du feutre. Une figure qui puait la Gestapo à vingt pas.

— Vous devez faire erreur, murmura Beaulieu, calmement.

— Une simple vérification.

— Soit.

Ils n'étaient dupes ni l'un ni l'autre. Et, d'ailleurs, il y avait deux hommes armés à chaque bout du wagon. Beaulieu passa devant le policier, longea le couloir au milieu d'un silence un peu irréel. Il avait l'impression de penser à vingt choses à la fois, au petit Daure, à ses pieds qui étaient glacés, à la gueule terrifiée du voyageur qui s'aplatissait le long de la cloison pour lui faire place, à sa vie qui allait prendre fin cette nuit-là, au paquet de cigarettes qu'on ne manquerait pas de lui voler, à Hélène, et, en même temps, il trouvait le moyen de raisonner froidement : il ne lui restait qu'à fuir ou à s'empoisonner. Fuir ?... Il serait abattu sur place, d'une rafale. S'empoisonner ? Heureusement qu'il avait ce pansement. Négligemment, il glissa dans la poche de son pantalon sa main bandée. L'idée ne lui venait même pas qu'il pût s'en sortir. Il avait été dénoncé, parbleu. Comme Daure. La preuve, c'est que le gros policier n'avait pas hésité une minute. Les soldats l'encadraient et, malgré lui, il marchait au pas, les yeux fixés sur le train sombre, d'où fusait une vapeur très blanche. Il était surpris de se sentir tellement paisible. Sa main s'affairait dans sa poche. Les soldats s'arrêtèrent devant une porte, à l'extrémité de la gare.

— Entrez ! dit le policier dont la voix, soudain, était rude.

Un bureau, éclairé par une lampe à abat-jour vert. Un feu de coke. Un homme dont Beaulieu reconnaît instantanément la silhouette. C'était donc lui. Beaulieu se révolte. Il pose lentement sa mallette, le cou gonflé par la colère. Il fait un pas en avant. Le policier lui attrape l'épaule.

— Laissez, dit Féroux.

— Salaud, murmure Beaulieu.

Il toise Féroux. Ce mince garçon blond, si chic, si bien élevé, celui que les autres appelaient « M'sieur Raoul », le camarade estimé entre tous... Non. Il y a sûrement un malentendu. C'est peut-être un sosie. Féroux s'avance à son tour. La lumière éclaire obliquement son visage impassible.

— Lieutenant Franz Rausch, dit-il.

Un silence. Beaulieu récupère. Il hoche la tête.

— Je préfère cela... pour vous... pour nous aussi.

Rausch, qui a gardé sa main droite dans la poche de son veston, la retire. Elle porte un léger bandage.

— Personne ne vous connaît, là-bas, dit Rausch. Par conséquent...

Le jeu a été supérieurement mené. Après le réseau Arc-en-Ciel, le réseau Du Guesclin. Après Daure, tous les autres, un par un. Les yeux de Rausch ne s'éclairent d'aucune lueur d'ironie. Il n'éprouve ni pitié, ni regret. Il fait son métier, froidement, méthodiquement. Hier encore, il posait amicalement sa main sur l'épaule de Beaulieu : « Si vous avez besoin de quelque chose... » Maintenant, il ne reconnaît pas celui qui fut son compagnon. Ses yeux pâles cherchent le policier.

— Fouillez-le, Taunitz.

Beaulieu écarte les bras, se laisse docilement palper. Rausch surveille l'opération avec l'attention minutieuse qu'il apporte à chaque chose.

— Passez-moi le portefeuille... les cigarettes... le briquet. Non, je n'ai pas besoin du reste... Ah! n'oubliez pas le billet... C'est bien tout ?

Une rapide expression de surprise sur son visage étroit. Beaulieu sait qu'il pense au cyanure et il éprouve une courte joie à la pensée de l'avoir roulé, de gagner sur lui la dernière manche. Maintenant, Rausch observe Beaulieu pensivement, puis il regarde sa montre.

— Tâchez de le faire parler, Taunitz.

— Vous savez déjà tout, observe Beaulieu.

— Non... Ségain ne se confiait qu'à vous.

— Je ne dirai rien, vous ne l'ignorez pas, riposte Beaulieu.

— Nous ne devons rien négliger.

— Vous n'êtes pas un soldat, Rausch.

Rausch est légèrement pâle. Il se penche un peu en avant.

— Qu'est-ce que cela veut dire, un soldat ? murmure-t-il. Alors Beaulieu reprend son souffle et, d'un geste fulgurant, porte à sa bouche sa main bandée. Il mâche quelque chose qui craque, se plie en deux, s'abat sur les pieds de Taunitz. Une convulsion le tord. Il écume. Ses yeux deviennent blancs. Rausch, en deux enjambées, rejoint Taunitz. La colère l'empêche de parler. D'une main, il saisit le policier par le revers de son manteau, de l'autre, à toute volée, il le gifle deux fois. Puis, sans un regard pour le cadavre, il sort. Un employé court le long du train, balançant un fanal. Rausch, sans se presser, monte dans la dernière voiture, au moment où elle passe devant lui.

Le train roulait vers Angers. Rausch, dans le couloir, les mains accrochées à la barre de cuivre, songeait vaguement. Un idiot, ce Beaulieu, avec ses belles pensées. Tous des idiots qui ne voulaient pas comprendre. Et, d'abord, qu'est-ce que cela signifiait : être un soldat ? Que certaines choses sont permises et d'autres défendues ? Sans doute, mais le Parti était là, justement, pour permettre et pour défendre. S'il fallait choisir soi-même, on n'en finirait plus. Rausch avait passé en France plus de dix ans; il avait conquis ses grades en Sorbonne; il avait discuté avec d'innombrables Français comme Beaulieu et il n'arrivait pas à saisir la mentalité d'un Ségain, d'un Chenal, d'un Monchanois. Tous ces gens-là semblaient préférer la pagaïe à l'organisation et, par une inconséquence qui l'irritait, savaient pourtant s'imposer, avec une sorte de sombre joie, une discipline plus farouche encore que la discipline allemande. Pour eux, tout ce qui était allemand se trouvait d'emblée ridicule ou odieux. C'était un parti pris et, à cause de ce parti pris, Beaulieu était mort comme un fanatique, et tous les autres mourraient comme lui, l'insulte aux lèvres, persuadés qu'on voulait les persécuter.

Rausch contemplait son reflet dans la glace bleuâtre. Non, il n'était pas un tortionnaire. Il se battait contre des gens qui refusaient d'être raisonnables, et cela fait une nuance. Des gens qui ne sont pas raisonnables, on est bien obligé de les contraindre à se soumettre. Et quand ils refusent, il faut bien leur faire violence. La violence, qui s'en rend coupable ? Celui qui la provoque, ou celui qui, malgré lui, est amené à l'utiliser ? L'honneur n'a rien à voir là-dedans. L'honneur est une notion vague, sentimentale, le prétexte que les faibles invoquent quand ils se sentent battus et ne veulent pas avouer leur défaite. Le savant qui invente un vaccin, doit-il songer à l'honneur du microbe ? Or la guerre est une sorte de thérapeutique, du moins la vraie guerre, celle qui crée de l'ordre. Elle vise, par des moyens scientifiques, à introduire de l'harmonie là où il n'y a que révolte, anarchie et décomposition. Et une guerre scientifique est une guerre sacrée, parce que le mal, c'est la barbarie.

Rausch revoyait le geste de Beaulieu et il avait envie de hausser les épaules. Inepte. Quel gâchis ! Pourtant, Beaulieu était un homme intelligent, un homme rompu aux techniques de la science la plus moderne. Navrant de penser qu'au fond il était demeuré un barbare. Le mal était profond, décidément. Il faudrait l'extirper patiemment, comme un cancer. Rausch rêvait. Il se représentait la France comme un beau corps d'adolescent, à l'apparence saine. Mais voici que les médecins découvrent, embusqués dans les tissus, des réseaux de foyers purulents, des chaînes de ganglions infectés. Il faut endormir le patient, le garder sous le masque pendant que l'acier ouvre sa chair, coupe, retranche, incise, et tant pis pour le sang qui coule. Rausch n'avait pas de haine. Il aimait la France ; il voulait la sauver. Beaulieu l'avait regardé comme un espion. Rausch n'était pas un espion. Il n'était qu'un outil de chirurgie, une de ces sondes à miroir qu'on introduit dans un organisme malade pour localiser l'emplacement de la tumeur. Il n'avait pas à être un soldat, puisqu'il était un outil, et la raison d'être d'un outil, c'est de remplir sans défaillance une certaine tâche. L'outil fait mal, mais il guérit.

Rausch sentit qu'il avait définitivement raison contre Beaulieu et il ouvrit le paquet de cigarettes de Monchanois. Le réseau Du Guesclin mourrait à son tour. C'était juste. C'était dans l'ordre. Rausch alluma une cigarette et souffla la première bouffée avec satisfaction. Il jouait gagnant sur les deux tableaux. Beaulieu pour Du Guesclin, Féroux pour Arc-en-Ciel, il pouvait mener tranquillement sa tâche de pacificateur. Il était fier de lui.

A Angers, il descendit sur le quai pour se dégourdir un peu les jambes. Il repassa mentalement le plan de Nantes, qu'il étudiait depuis la veille, secteur par secteur, avec sa méthode coutumière. Ce n'était pas indispensable. Mais Rausch s'imposait toujours d'en faire un peu trop, pour être sûr d'en faire assez. Il se récita les noms des principales rues par ordre alphabétique, puis remonta dans son wagon et sa pensée se tourna vers Hélène. Il évalua la somme des maux dont cette fille était responsable, car, non seulement elle jouait un rôle dans l'action clandestine, mais encore elle était institutrice et elle devait inculquer à ses élèves la haine de l'envahisseur. Elle n'était pas récupérable et, d'ailleurs, n'intéressait nullement Rausch, qui méprisait les femmes, toutes les femmes. Mais il songeait avec tristesse aux enfants de l'école, qu'il faudrait interroger, arrêter sans doute et envoyer dans quelque camp de redressement. Puis, il se mit à préparer le coup de filet qui permettrait à la Gestapo de surprendre d'un seul coup tous les membres du réseau Du Guesclin; il valait mieux ne pas attendre. Une imprudence pouvait tout compromettre et Rausch se jugeait trop précieux pour courir inutilement des risques. Il représentait un capital irremplaçable et se devait de durer le plus longtemps possible.

Le wagon sauta sur des aiguilles. Les roues grincèrent dans une courbe, puis les freins commencèrent à gronder et Rausch se planta au coin des lèvres une cigarette. Il n'était nullement nerveux. De la main gauche, il vérifia son pansement, prit son billet. Les voyageurs se pressaient dans le couloir tandis que le train ralentissait, entrait lentement dans une gare qui portait les traces d'un récent bombardement. Rausch, l'esprit tranquille, sauta sur le quai, descendit l'escalier du passage souterrain. Il se rendait, en somme, à son travail. Il n'avait pas à s'agiter, à presser l'allure, à regarder soupçonneusement autour de lui. Cependant, quand il atteignit la sortie de la gare, une sorte de déclic joua en lui et il redevint Féroux, Raoul Féroux, du réseau Arc-en-Ciel. Le mimétisme était si parfait qu'il toisa les factionnaires allemands avec insolence. La nuit était encore épaisse. A peine si l'on apercevait les silhouettes des voyageurs qui disparaissaient sous les arbres d'une avenue. Le buffet se trouvait quelque part sur la gauche, au fond de la cour de départ. Rausch alluma sa cigarette, dont le point rouge allait servir d'appât. Il suivit le trottoir sans se presser, car Féroux avait intérêt à laisser le gros des voyageurs s'écouler. Il y avait, à l'intérieur du buffet, quelques lumières dont l'éclat verdâtre était facile à repérer. Rausch s'arrêta devant les caisses de fusain qui encadraient la porte d'entrée, tira trois bouffées rapides, ce qui fit briller trois fois sa cigarette. Cela ressemblait à s'y méprendre à un signal. Pourtant, Rausch faillit sursauter quand une voix chuchota près de lui :

— Du feu, s'il vous plaît ?

L'homme avait surgi de l'obscurité sans faire le moindre bruit. Il demeurait presque invisible. Seule, se déplaçait dans l'espace une tache grise, la cigarette qui s'approchait de celle de Rausch.

— Je la fais durer. C'est la dernière de ma décade, murmura Rausch.

L'homme prit le temps d'allumer sa cigarette et un bref reflet passa sur son visage. Rausch devina une figure maigre, plutôt vulgaire. Il n'y avait que des gens de peu dans ces organisations de Résistance. Comment Beaulieu avait-il pu se commettre ainsi ? L'homme ne disait rien. Il examinait sans doute le pansement de Rausch et Rausch attendait, la poitrine un peu creuse.

— Ça va, grogna l'homme. Excusez-moi, m'sieur Beaulieu. On est obligé de prendre des précautions. Je m'appelle Mathias.

Rausch lui tendit la main.

— Merci. Je ne suis pas fâché d'être arrivé.

— Par ici, chuchota Mathias.

Ils s'engagèrent tout de suite dans un lacis de ruelles obscures qu'un vent mou balayait.

— C'est à deux pas, expliquait Mathias. Il n'y a jamais de patrouilles dans ce coin. Vous avez fait bon voyage ?

L'accent de l'homme intriguait Rausch. Il avait longtemps étudié les dialectes et les patois, entre autres choses.

— Vous êtes Vendéen ? demanda-t-il.

— Oui. Vous êtes un as, vous, si vous pouvez reconnaître ça en pleine nuit. Je suis de Saint-Gilles-Croix-de-Vie.

« Je connais », faillit répondre Rausch. Il situait parfaitement le bourg sur la carte. Saint-Gilles-Croix-de-Vie : 2.000 habitants, port de pêche, station balnéaire. Il n'était jamais venu dans cet endroit-là, mais sa mémoire fonctionnait admirablement. Il aurait été capable de citer les deux hôtels, l'Hôtel des Voyageurs et l'Hôtel du Château, avec leurs spécialités : la sole à la maraîchine et le maquereau beurre blanc. Non, ces gens-là n'étaient pas de force. Ils ignoraient la puissance des fiches.

— Je suis un peu fatigué, reprit Rausch.

— Dame, vous n'aurez pas grand temps pour vous reposer, remarqua Mathias. Les Fridolins deviennent remuants.

Rausch se crispa. Ces surnoms incongrus, les Fridolins, les Frisés, les Chleuhs, le mettaient en rage. Lui, n'insultait jamais ses victimes.

— Est-ce encore loin ?

— Nous y sommes, dit Mathias.

Rausch nota le contour imprécis d'une flèche d'église. L'église Saint-Clément, à coup sûr. Mathias tira un trousseau de clefs, ouvrit une grille.

— Après vous, m'sieur Beaulieu.

Il y avait des graviers dans l'allée, puis un perron, mais la porte de la maison était entrebâillée. On attendait le voyageur.

— La pièce à droite, souffla Mathias.

Ils étaient cinq, dans une vieille petite salle à manger de province, ornée de quelques tableaux représentant des scènes de chasse. Cinq visages tournés vers Rausch. Cinq paires d'yeux le détaillant en silence. Rausch fit, d'instinct, le seul geste qu'il convenait de faire à ce moment-là. Il joignit les talons, se présenta au garde-à-vous, sans regarder personne :

— Capitaine Beaulieu.

Et, comme les cinq demeuraient immobiles, Rausch, de sa main bandée, fouilla son veston, en retira le portefeuille, qu'il déposa au centre de la table.

— De la part du commandant Ségain.

Rausch, alors, sentit que ses mains devenaient moites. Il avait oublié d'inventorier le portefeuille. Si celui-ci contenait une photo de Beaulieu, une pièce d'identité quelconque, il était flambé. C'était peu probable. Ce n'était pas impossible, car Ségain était un homme rusé.

Le plus vieux des cinq s'était emparé du portefeuille et examinait, un à un, les papiers qu'il contenait. Les autres, muets, attendaient. Leurs yeux, seuls, bougeaient et Rausch avait besoin de tout son sang-froid pour conserver une attitude détachée, un peu ironique. Il ne perdait pas de vue le portefeuille d'où pouvait surgir, brutalement, son arrêt de mort, mais il ne cessait pas de sourire à demi, comme un homme sûr de lui, qui approuve une vérification indispensable, mais commence à trouver qu'elle dure un peu trop. C'était, à coup sûr, le colonel Graux qui étudiait les papiers du portefeuille, des papiers anodins en apparence, lettres d'affaires, circulaires du Secours National. Il y avait certainement un code, communiqué antérieurement à Graux par Ségain. Rien de bien dangereux. Rausch se rassura. Le colonel fit passer de main en main les papiers, puis se tourna vers Mathias et Rausch s'aperçut alors que Mathias se tenait devant la porte, une main dans la poche de son veston. Diable, on était méfiant, au réseau Du Guesclin.

— Rien de spécial, Mathias ?

— Non, dit Mathias. Je l'ai suivi jusqu'au buffet. Il était seul et semblait un peu désorienté.

— Pourtant, remarqua le colonel, vous êtes déjà venu à Nantes autrefois, Beaulieu ?

Rausch sourit un peu plus. Il avait prévu ces questions.

— En effet, mon colonel. Je suis venu ici en 1937. J'ai été détaché pendant quatre mois à l'État-Major du général commandant la neuvième région.

— Pourquoi m'appelez-vous colonel ? dit Graux.

Rausch, surpris, haussa les sourcils.

— Dois-je comprendre que vous n'êtes pas le colonel Graux ? Pourtant, le commandant Ségain m'avait expliqué que...

— Bon. Laissons cela.

Graux avait l'air épanoui, maintenant, et ses compagnons semblaient, eux aussi, détendus.

— Vous avez été, pendant la guerre, adjoint au colonel qui commandait l'artillerie de la 21e division ? continua Graux.

— De la 35e division, rectifia doucement Rausch, à Bouxwiller.

Cet interrogatoire l'amusait, avec ses pièges un peu trop naïfs qu'il devait esquiver sans quitter son air de déférence légèrement narquoise, car la partie était serrée, en dépit des apparences. Les questions, en effet, ne comptaient guère. Ce que les autres épiaient sur son visage, depuis le début, c'était un battement de paupières, un frémissement des lèvres, le signe furtif à quoi l'on reconnaît instantanément la tension d'une volonté qui lutte. Or le capitaine Beaulieu devait se sentir en confiance. Rausch devait donc jouer « relaché », complètement décontracté. Il fallait être un virtuose pour paraître, comme Rausch en cette minute, sur le point de céder à l'envie de rire. Tout en lui disait clairement : « Vite. Finissons-en. Posez vos questions de pure forme et puis serrons-nous la main et au travail. »

— J'ai eu la jambe droite cassée, au cours de la retraite, ajouta-t-il. J'ai été évacué sur l'hôpital de Dax.

— Vous avez dû connaître, à la division, le commandant Samson ? demanda Graux dont la voix, d'instant en instant, se faisait moins bourrue.

— Je l'ai très bien connu. Il est resté avec nous jusqu'au mois de mai 40, puis, si j'ai bonne mémoire, il a été muté à la 21e. Un grand, moustachu, qui jouait admirablement au bridge.

Rausch avait étudié à la loupe la vie de Beaulieu ; il avait examiné de la même manière celle de Ségain, celle de Chenal... Il connaissait par cœur les existences de tous ses compagnons. Il était incollable. Pour fignoler, il ajouta négligemment :

— Je l'ai complètement perdu de vue...

— Vous le verrez bientôt, dit Graux. Il a été rapatrié l'année dernière et s'est fixé à Ancenis.

Rausch ne broncha pas. Si Graux s'était vraiment méfié, il n'aurait pas lâché cette confidence. Il aurait prié Samson d'assister à la réunion, tout simplement. Samson ne représentait pas un péril immédiat. Il suffirait de le faire arrêter en même temps que les autres pour supprimer du même coup le danger.

— Votre colonel était un de mes bons amis, poursuivit Graux.

— Le colonel Maréchal ? Un magnifique combattant, soupira Rausch. Il a été tué à vingt mètres de moi, par une bombe de stuka, sur la route d'Arcis-sur-Aube à Troyes.

L'interrogatoire prenait peu à peu l'allure d'une conversation. Rausch avait franchi le premier obstacle.

— Je suis content de vous rencontrer, Beaulieu, dit Graux.

Il se leva, tendit la main.

— Soyez le bienvenu, capitaine. Voici mes collaborateurs : Dupuis... Revel... Bruhat... Michelon... Vous ferez plus ample connaissance demain.

La détente venait d'un seul coup. Rausch ne voyait plus que des figures riantes, n'entendait plus qu'un brouhaha cordial.

— Vous m'excuserez, Beaulieu, disait Graux. Nous sommes obligés de prendre les plus grandes précautions. L'ennemi nous guette et il est diaboliquement adroit.

— C'est tout naturel, répondit Rausch. Je vous assure que, moi-même, je n'étais pas très à l'aise pendant mon voyage. Surtout au Mans. La Gestapo s'est emparée d'un pauvre bougre, juste dans le wagon voisin du mien. J'ai eu chaud.

— Mathias, une bouteille et des verres, lança Graux.

Et Rausch sourit sans contrainte. C'est toujours ainsi que les choses finissent en France. S'il n'y a pas une vieille bouteille, même en pleine guerre, les accords les plus sérieux ne sont pas définitifs. Il attendait cette bouteille depuis le début, comme la preuve de sa victoire. Graux déboucha lui-même le flacon, pendant que Dupuis faisait circuler un paquet de Gauloises. Rausch observait leurs physionomies. Le colonel ne paraissait pas très redoutable, malgré sa grosse moustache à la Joffre. Il avait des joues molles, de lourdes poches bistres sous les yeux. Un vieux bonhomme fatigué, qui avait mis son point d'honneur à reprendre du service, mais qui devait concevoir la guerre secrète à peu près à la façon d'un boy-scout. Les autres ? Difficile de deviner leur origine, leur profession. Des employés, des ouvriers. Au total, des amateurs. Beaulieu aurait eu du mal à les former, à les dresser. Le plus dangereux était probablement ce Mathias, aux mouvements si souples, à l'expression gouailleuse. Celui-là, Rausch le haïssait d'instinct. Il aurait plaisir à le faire interroger un peu plus longuement que les autres. Graux leva son verre.

— A la vôtre, mon cher Beaulieu.

— Au réseau Du Guesclin, mon colonel.

Pendant que Rausch buvait, Graux flairait la liqueur.

— Du Byrrh, fit-il, un peu dégoûté. Vous n'auriez pas pu trouver quelque chose de plus fort, Mathias ?

— Si vous croyez que c'est facile, grogna Mathias. Les Frisés fauchent jusqu'à l'alcool à brûler.

— Il sent le bouchon, votre Byrrh, nota Graux. Je suis désolé, capitaine, de vous recevoir aussi mal.

— Mais voyons, mon colonel. C'est inespéré. Nous serions bien contents, à Amiens, si nous pouvions, de temps en temps, recevoir nos invités aussi richement.

La glace était définitivement rompue. Assis en cercle sous la suspension, les bras croisés sur la table, les sept hommes devisaient paisiblement.

— C'est dur, dans le Nord ? questionna Revel.

— Ce n'est sûrement pas drôle tous les jours, soupira Rausch.

Mathias offrit à Rausch une assiette pleine de petits beurres, remplit son verre.

— C'est le moment de vous refaire une santé, plaisanta-t-il.

Et Rausch devait s'avouer qu'il n'était pas fâché, après les émotions du voyage, de manger et de boire.

— Toujours d'attaque, Ségain ? demanda Graux.

— Toujours, dit Rausch, la bouche pleine. Le réseau, grâce à lui, a fait des progrès énormes.

Mais ces questions de réseau avaient l'air de ne pas les intéresser outre mesure. Ils regardaient gentiment Rausch, en oubliant de boire.

— Sacré Beaulieu, dit Graux. Je vous retrouve. Évidemment, vous avez maigri depuis l'hôpital de Dax. Mais je vois que vous avez gardé le même appétit.

— Bien sûr, dit Rausch.

Et, soudain, il pâlit jusqu'aux lèvres. *Graux avait rencontré Beaulieu autrefois. A Dax.* Un hasard. Un hasard imprévisible. Presque aussitôt, une seconde idée fulgura dans son esprit : Graux, dès le début, avait dû comprendre que Beaulieu n'était pas le vrai Beaulieu.

— Vous vous rappelez, insistait Graux, nos petites parties fines, dans le jardin ?

— Je m'en souviens parfaitement, mon colonel.

Graux souriait toujours, paternellement.

— Je m'aperçois, murmura-t-il, que tout à l'heure j'ai commis une erreur en vous présentant mes collaborateurs. *Je ne suis pas le colonel Graux.* Le colonel Graux, le voici.

Du menton, il désignait Mathias, qui grignotait à petit bruit un biscuit. Rausch saisit le bord de la table. Il avait l'impression que la salle à manger tournait lentement, comme un manège. Les autres le dévisageaient placidement, sans bouger plus que des statues.

— Le plus jeune colonel de France, mon cher Beaulieu... continuait Graux.

Au fait, ce n'était pas Graux qui parlait, puisque c'était l'homme à la moustache. Il y avait du flou dans la tête de Rausch et il faisait un effort désespéré pour deviner le détail qui clochait. Il était démasqué, oui, c'était une chose acquise. Pas besoin d'y revenir. Il avait donné dans le piège, tête basse. Il n'avait pas reconnu le vrai Graux. Bon... Ce n'était pas à cause de cela que ses tempes se mouillaient de sueur. Et, brusquement, il comprit. *Personne n'avait bu.* Pesamment, il essaya de se mettre debout. Ses oreilles bourdonnaient d'une manière bizarre.

— Vous avez tué Beaulieu, dit Mathias, d'une voix basse et coupante.

— Non, je...

Rausch retomba sur sa chaise. La lumière du globe semblait de plus en plus pâle. Il y avait de la brume dans la pièce. Les six hommes, autour de la table, restaient parfaitement immobiles, comme... comme des juges.

— Vous n'avez pas le droit... commença Rausch.

L'alcool lui déchirait la poitrine. Mathias parlait, mais sa voix dominait mal le ronflement de moteur qui emplissait la tête de Rausch : « Pas de pitié... obligés d'employer les mêmes armes... condamné à mort... »

Rausch sentit que son buste s'effondrait lentement sur la table et il éprouva une impression de fraîcheur délicieuse quand son front toucha la toile cirée. Quelqu'un dit, près de lui, mais c'était peut-être un effet du délire :

— La fosse est prête.

Rausch remua la bouche, sa langue, racornie et brûlante, resta inerte. Il pensa : « Heil! » et crut voir, avant de sombrer, le visage de Beaulieu qui riait.

— Entrez! dit le commandant Ségain.

Ils se poussèrent les uns contre les autres. Ségain offrit sa chaise à Hélène.

— Nous n'attendons pas Féroux ? demanda Chenal.

— Féroux ne viendra pas, murmura Ségain.

Il fit semblant de remuer des papiers sur sa table, puis, sentant l'inquiétude de ses compagnons, il se lança :

— Les nouvelles ne sont pas bonnes, mes amis... Nous sommes brûlés... Rassurez-vous, j'ai fait le nécessaire. Vous aurez tout à l'heure de nouveaux papiers d'identité et de nouvelles instructions. Le réseau se reconstituera ailleurs... La lutte n'est pas finie. Mais elle est terminée pour deux d'entre nous...

— Beaulieu ? souffla Monchanois.

Ségain hocha la tête.

— Attendez... Ne m'interrompez pas... Restez calmes, je vous en prie... Vous vous rappelez l'arrestation du petit Daure, venant après d'autres dénonciations... Quelqu'un nous trahissait. Quelqu'un qui, fatalement, faisait partie de notre petit groupe. Il n'y avait qu'un moyen, un terrible moyen, de démasquer le traître... J'étais en rapport, depuis longtemps, avec le colonel Graux. Or Graux connaissait un peu Beaulieu. Il l'avait rencontré à l'hôpital de Dax, à la fin de la guerre. Vous saisissez ? Il me suffisait d'envoyer Beaulieu à Graux, en disant ici que Beaulieu était un inconnu pour les membres du réseau Du Guesclin... Si Beaulieu arrivait indemne à Nantes, la preuve était faite que personne ne nous avait vendus; mais si un autre que Beaulieu se présentait à Graux... Voilà pourquoi, il y a quatre jours, j'ai donné à Beaulieu, en votre présence à tous, mes dernières instructions... Le portefeuille que je lui ai remis, vous le pensez bien, ne contenait que des documents sans valeur.

Ségain s'arrêta. Il s'était tassé, en quatre jours. Il semblait vieux, épuisé. Sa main esquissa un geste vague.

— Je n'avais pas le choix. Beaulieu savait ce qui l'attendait. Il s'agissait, en somme, d'exécuter une liaison sous le feu; quatre-vingt-dix chances de rester sur le carreau. Beaulieu était officier... Il est mort. C'est Féroux qui est arrivé à Nantes... Féroux ne dénoncera plus personne. Mes amis, je vous demande d'observer une minute de silence en souvenir du capitaine Beaulieu...

Hélène voulut se lever. Ses jambes mollirent. Chenal n'eut que le temps de l'attraper, de la rasseoir, tandis que Ségain se penchait sur elle.

— Eh bien, mon petit ?

Il scrutait le visage émacié, les yeux secs pleins de désespoir. Il se pencha davantage.

— Vous l'aimiez ? chuchota-t-il.

— Nous étions fiancés.

Le commandant n'avait rien à dire. Il y avait longtemps qu'il connaissait leur secret. Il savait bien, aussi, pourquoi Hélène s'était tue. Si elle avait parlé, aurait-il pu se résoudre, lui, le vieil homme, à envoyer Beaulieu ? Il appuya sa main sur l'épaule de la jeune fille et le silence dura longtemps. Ce fut Hélène qui le rompit.

— Je crois que la minute est passée, dit-elle.

— Merci, souffla Ségain.

Il reprit sa place derrière son bureau, chercha les yeux de ses hommes et, retrouvant sa voix la plus âpre :

— Chenal, vous partirez demain pour Le Havre. Vous vous mettrez à la disposition du capitaine Jamet...

Personne ne regardait Hélène, qui pleurait sans bruit, debout, le visage pacifié...

L'ORCHIDÉE ROUGE

A la manière de Rex Stout

— C'est faux, dit Nero Wolfe, il n'y a pas d'orchidée rouge.

— Je regrette, mais je vous assure qu'elle est rouge.

— Impossible, s'entêta Wolfe.

— Il s'agit d'une *Coleogyne Pandurata.*

— Votre oncle s'est trompé.

— J'ai vu la fleur.

— Eh bien! vous mentez, cria Wolfe, à bout de patience. Aidez-moi, Archie!

Il se leva lourdement et se dirigea vers l'ascenseur. Isabella Tyndall courut après lui.

— Je vous en prie, monsieur Wolfe.

— N'insistez pas, dis-je. Cet homme est un monstre d'insensibilité et d'orgueil. Si vous lui proposiez une forte somme, peut-être...

— Deux mille dollars, offrit-elle.

Nero Wolfe atteignit la porte, menaça Isabella de son index boudiné.

— La Coléogyne est rosée, grogna-t-il. J'essaye depuis deux ans d'obtenir la variété rouge et je n'y arrive pas. Ce n'est pas votre oncle qui...

— Vous n'avez pas essayé les ultra-sons, protestai-je. Moi, je sens bien qu'Isabella dit la vérité. Et remarquez, patron, qu'elle vient de vous offrir trois mille dollars... J'ai bien entendu trois mille dollars, n'est-ce pas, miss Tyndall ?

— Oui, oui... balbutia la blonde enfant, mais Wolfe s'introduisait déjà dans l'ascenseur, qui l'emporta vers la serre.

— Eh bien! murmurai-je, je crois qu'on va avoir du mal à le décider.

Pour moi, évidemment, j'étais déjà prêt à voler au secours d'Isabella. Si jeune, si fragile, si blonde, si... Il fallait avoir un cœur de tigre dans un ventre de baleine, comme Wolfe, pour n'être pas attendri. Je pris la main d'Isabelle et l'invitai à s'asseoir.

— Il est fâché ? dit-elle.

— Lui ? Il vous a déjà oubliée! De neuf à onze, tous les matins, il se retire dans la serre aux orchidées, là-haut, et il se prend pour le Tout-Puissant. Seulement, au lieu de créer des étoiles, il invente des fleurs.

— C'est un poète ?

Délicieuse Isabella! Je m'assis sur le bras de son fauteuil et lui caressai les cheveux.

— C'est un bourreau, dis-je. Il a choisi de tourmenter les fleurs parce qu'elles ne peuvent se défendre... Les fleurs, et les jeunes filles! Mais, comme vous l'avez deviné, je suis l'ange gardien de Wolfe. Il me prend pour un détective : vingt-huit ans, cent soixante livres, beaucoup de muscle et une toute petite cervelle. Naturellement, il ne se doute pas que je suis un pur esprit, sous les dehors trompeurs d'Archie Goodwin. Ah! je souffre, allez! Mais je vais arranger votre affaire.

Je me penchai, effleurai sa nuque d'un baiser et, d'un bond, repris ma place de secrétaire derrière le bureau.

« Voyons, répétez-moi votre histoire, Isabella. J'oublie tout quand je vous regarde.

— Mais je croyais que vous étiez un pur esprit ?

— C'est bien pourquoi je suis amoureux de la beauté et de l'innocence, Isabella!

Elle eut un sourire à faire sauter les plombs.

— Je recommence depuis le début, monsieur Goodwin ?

— Appelez-moi Archie. Les anges n'ont pas de patronyme.

— Soit... Je suis la nièce de sir Lawrence Tyndall. Mon oncle est un savant qui, depuis dix ans, fait des expériences sur les ultra-sons. Il a toujours travaillé dans le secret le plus absolu. Il se moque de la gloire, des honneurs et n'a jamais rien publié. Personne ne connaît son nom. Pourtant, il a mis au point une machine très simple qui permet d'arrêter les moteurs à plusieurs miles de distance. Les expériences ont été concluantes et mon oncle se proposait de révéler son invention aux autorités quand les attentats ont commencé.

— Ne craignez rien, murmurai-je, sans cesser d'écrire. Je suis là. Combien de tentatives criminelles ?

— Deux. Il y a quinze jours, environ, un coup de fusil a été tiré sur mon oncle alors qu'il se promenait dans le parc, après le dîner. La balle lui a frôlé la tête. La semaine dernière, quelqu'un a empoisonné la tisane que mon oncle a l'habitude de boire, la nuit.

— Quel genre de poison ?

— De l'acide prussique.

— Soupçonnez-vous quelqu'un de votre entourage ?

— Personne. Nous habitons près de Lakeville, en pleine campagne. Mon oncle n'a d'autre famille que moi-même et mon cousin John. Mais il a dû louer une aile du manoir parce que ses recherches l'ont à peu près ruiné, si bien que nous avons quelques pensionnaires : le révérend Norton, les dames Saunders et leur fils.

— Des domestiques ?

— Deux. Le vieux William et sa femme. Ils sont à notre service depuis trente ans.

— Quel âge a votre cousin ?

— Vingt-huit ans. Il travaille avec mon oncle depuis qu'il est sorti de l'Université.

— Et le fils Saunders ?

— Billy ?... Vingt-trois ans. Il a fait de l'anémie cérébrale et les médecins lui ont recommandé la campagne.

— Il est amoureux de vous ?

— Un peu.

— C'est lui le coupable. Tout cela est très clair et je...

— Attendez... Archie. Ce n'est pas tout. Depuis une dizaine de jours, des objets disparaissent, dans la maison : d'abord, on a volé une bouteille de sherry, puis un jambonneau. Avant-hier, c'est un fromage de Chester qui a disparu.

— Vous pensez que quelqu'un se cache dans le manoir ?... Pas de couloirs dérobés, d'oubliettes ?

— Nous n'en savons rien. Mon oncle a acheté le manoir il y a quinze ans. C'est une construction qui a dû être édifiée vers 1850. Elle ressemble à un château anglais.

— Alors, l'architecte a forcément prévu des souterrains et un fantôme. Nous verrons cela. Est-ce que la presse est au courant ?

— Oui, justement. A cause de l'orchidée rouge. Quand mon oncle eut découvert le moyen d'agir sur le développement et le coloris des fleurs, il envoya un article au journal de Lakeville...

— Il y a longtemps ?

— Non. Cinq ou six jours. Mais les reporters se sont emparés de l'affaire, ont raconté en brodant un peu les étranges événements qui se sont déroulés au manoir et, maintenant, nous sommes assiégés par une nuée de journalistes. C'est pourquoi je suis venue demander secours à M. Wolfe. Mon oncle ne peut plus travailler...

— Qui a eu l'idée de consulter mon patron ?

— C'est John. Il prévoyait son refus, d'ailleurs. Il paraît que M. Wolfe a horreur de se déplacer.

— Lui ? Il est plus sédentaire que l'Empire State Building. Vous auriez pu prévenir la police officielle.

— Mon oncle aime mieux avoir affaire à un détective privé.

— Est-ce que le vieux William sait faire la cuisine ?

— Oui. Pourquoi ?... Il cuisine gentiment.

— Ce n'est pas suffisant. Est-ce qu'il sait préparer le châteaubriant sur la planche, ou les huîtres braisées, ou le jambon à la sauce Missouri, ou la tortue caraïbe ? Je ne parle, notez bien, ni de la sauce Zingara, ni de la sauce Minuit.

Je tendis le bras vers la bibliothèque et sortis un petit livre à la reliure fatiguée.

— Prenez ce recueil, Isabella, et méditez-le. Quand vous saurez utiliser les recettes qu'il contient, alors, oui, je crois que nous pourrons décider Wolfe.

— Pour le chèque ? murmura Isabella.

— Trois mille dollars nous suffiront... je veux dire lui suffiront, pour le moment. Procurez-vous, en outre, de la bière, qu'il faudra toujours tenir glacée, et quelques fauteuils capables de contenir la partie inférieure de sa personne.

Je pris un mètre dans le tiroir de mon bureau et mesurai le siège de Wolfe.

— Cent vingt-cinq centimètres, dis-je. Mettez cent trente. Et, surtout, pas de chambre à l'étage. Wolfe ne monte jamais un escalier.

Isabella se leva.

— Archie, vous êtes... vous êtes...

— Allez, dites-le... Un ange. On finit toujours par s'en apercevoir.

Je l'embrassai sur les lèvres avant de la reconduire.

Il me fallut discuter trois jours et presque autant de nuits pour enlever la décision. Wolfe, à cinq reprises, déclara que j'étais congédié et que j'avais une heure pour boucler mes valises. Il finit par se rendre mais je dus lui jurer, auparavant, que le cuisinier des Tyndall était une espèce de génie et la route, jusqu'à Lakeville, une sorte de patinoire, de piste spécialement aménagée pour le transport des denrées fragiles. Nero Wolfe consentit, enfin, à braver les éléments déchaînés, c'est-à-dire un clair soleil d'avril et une petite brise chargée d'odeurs sylvestres. Vêtu d'un pardessus en poil de chameau, ficelé dans un cache-nez et le chef abrité par un sombrero de taille insolite, Wolfe se traîna jusqu'à la voiture dans laquelle Fritz Brenner, les larmes aux yeux, achevait d'empiler valises et mallettes.

— J'ai mis un en-cas sur le siège avant, murmura Fritz après s'être mouché. Il y a un pâté de canard, un dindon à la gelée, des andouillettes à la napolitaine, quelques sandwiches au haddock et au caviar et des confitures. Les vins sont dans la malle.

— Merci, renifla Wolfe. Ajoutez quelques pigeonneaux et une tranche de saumon. Peut-être arriverons-nous à tenir jusqu'au bout.

Il fit remonter toutes les glaces, m'interdit de fumer et s'allongea en geignant sur la vaste banquette de sa Duesenberg spéciale.

— Adieu, soupira-t-il, tandis que j'embrayai avec toute la douceur dont j'étais capable.

— Trois mille dollars, patron! dis-je. Cela vaut bien un petit dérangement...

— Silence! ordonna Wolfe. Regardez devant vous et mettez vos deux mains sur le volant.

Puis, épuisé, il rabattit le bord de son chapeau sur ses yeux pour ne pas voir la route et je n'entendis plus que des grognements, des gémissements, des protestations et des plaintes. Ce fut en vain que je développai ma théorie et prouvai que le jeune Saunders avait dérobé le sherry et le chester pour camoufler son activité criminelle, Wolfe ne daigna pas me répondre. A midi, il se résigna à grignoter quatre sandwiches, un pigeonneau, deux andouillettes, un quartier de dinde et quelques menues tranches de pâté mais, visiblement, le cœur n'y était pas et je dus insister pour qu'après le chablis, il consentît à ingurgiter une bouteille de meursault et un flacon de tokay. Nous arrivâmes vers le soir, par une ignoble route dont chaque cahot arrachait à Wolfe des supplications et des soupirs.

— Vous ferez le plein, Archie, chuchota-t-il dès que la voiture se fut arrêtée au pied d'un perron délabré. Nous repartirons demain matin.

— Mais, patron, vous serez éreinté ?

— Tant pis. Je mourrai peut-être, mais je mourrai chez moi.

Et, sur ces paroles viriles, il se mit en devoir de s'extraire de la voiture, tandis que, entrant par l'autre portière, je le poussais vigoureusement aux reins. Sir Lawrence vint à notre rencontre. Il nous souhaita la bienvenue et nous demanda si nous avions fait un agréable voyage, au risque de se faire assassiner pour de bon. Puis il nous précéda vers la demeure.

— Archie, grogna Wolfe, vous savez que je déteste les perrons.

— Celui-là ne compte que douze marches, observai-je. Un petit effort, patron!

Wolfe me jeta un regard à faire fondre un paratonnerre et, rassemblant son énergie, suivit sir Lawrence qui nous conduisit dans un immense salon où nous attendaient les habitants du manoir. Lorsque j'ai envie de rire un peu, ce qui ne m'arrive plus souvent depuis cette époque, je n'ai qu'à me rappeler leurs figures : les dames Saunders qu'on croyait voir dans des miroirs déformants tellement elles étaient étirées, l'une en hauteur, l'autre en largeur; le révérend Norton qui ressemblait à un révérend; Billy qui avait le nez de sa tante et les joues de sa mère, un couteau dans une citrouille; et John, enfin, si pâle et l'air si absent qu'on devait le prendre, la nuit, pour le fantôme du manoir. Wolfe s'assit dans le fauteuil qu'Isabella poussait vers lui et coupa court, d'un geste, aux compliments et aux remerciements.

— La Coléogyne ? dit-il.

Il y eut un silence embarrassé et Isabella joignit les mains.

— Je vais vous expliquer, monsieur Wolfe... On nous l'a volée ce matin.

— Dans ce cas... commença Wolfe en faisant mine de se lever.

Mais Isabella, fine mouche, avait préparé de la bière et le patron se radoucit un peu.

— Oui, enchaîna sir Lawrence, je n'y comprends rien. La fleur était enfermée dans mon laboratoire et le voleur semble avoir traversé la muraille. Je vous montrerai le laboratoire quand nous aurons dîné : un vrai coffre-fort dont je suis le seul à posséder la clef. Et, cependant...

— Pas d'autre attentat ? demandai-je.

— Pas encore, dit le savant d'un ton sinistre. Messieurs, je vais vous conduire à vos chambres et dans une demi-heure nous pourrons passer à table.

Dès que nous fûmes seuls, Wolfe lança avec accablement son chapeau sur le lit.

— Archie, je vous chasse. C'est une décision mûrement arrêtée. J'en ai vraiment assez de toutes vos fantaisies.

— Très bien, dis-je. Vous chercherez un chauffeur pour vous ramener à New York. Un chauffeur qui accepte de stopper tous les miles pour aller vous chercher de la bière, qui consente à traverser les petites villes en seconde et les passages à niveau en première. Un chauffeur capable de vous faire gagner trois mille dollars en quelques minutes. Un chauffeur...

— Suffit, coupa Wolfe. C'est dans ce lit que vous comptez me faire coucher ?

— En rapprochant le canapé, à droite, et les fauteuils, à gauche, il me semble que...

— Il vous semble ? ricana Wolfe. Et la Coléogyne ?

— Nous nous en occuperons demain. Pour le moment, allons dire deux mots à la tortue caraïbe.

Hélas ! Il fut évident, dès le début du repas, que le vieux William était peut-être un jardinier émérite, mais qu'il était aussi étranger aux subtilités de la cuisine qu'un agent du F. B. I. à celles de la diplomatie. Il osa servir une espèce de cuir à goût de saumure que sir Lawrence appelait jambon, par un raffinement de politesse, et de curieux débris carbonisés qui, paraît-il, avaient été jadis des rognons. Wolfe, l'air soucieux, ressemblait à un médecin légiste essayant d'identifier des morceaux de cadavre. Quand William vint annoncer le steak, Wolfe n'y tint plus. Il bouchonna sa serviette et se retira sans saluer personne.

— Surtout, ne faites pas attention, dis-je, aussi gaiement que possible. Wolfe est toujours un peu distrait quand il aperçoit la solution d'un mystère et son attitude est plutôt encourageante en ce moment.

J'ajoutai, prévoyant le pire :

— Quand il claque les portes, c'est qu'il a découvert le mot de l'énigme.

Au même instant, la porte de la salle à manger fut fermée avec une telle violence que la pendule s'arrêta et d'autres portes, malmenées tour à tour, nous permirent de suivre la progression de Wolfe vers sa chambre.

— Hurrah ! dit sir Lawrence, lugubrement, je crois que M. Wolfe n'a vraiment plus rien à découvrir.

Le repas s'acheva dans une atmosphère un peu lourde. J'essayai, sans succès, de placer quelques histoires drôles et fus soulagé quand sir Lawrence m'invita à le suivre. Sir Lawrence appartenait à la catégorie des nobles vieillards par sa barbe et sa calvitie, mais c'était un docteur Faust qui ne craignait pas la mort. Il m'avoua qu'il redoutait beaucoup plus les journalistes et les hommes d'affaires et que, depuis quelques jours, il recevait une telle masse de lettres et de télégrammes, d'offres et de propositions, qu'il en perdait la tête.

— La fortune, dis-je.

— Qui sait ? murmura-t-il, et il me fit entrer dans son laboratoire.

Je m'attendais à voir quelque repaire encombré de cornues et d'alambics. La pièce était petite, pauvrement meublée et ne présenta, à ma curiosité, que trois ou quatre appareils que mon hôte omit de faire fonctionner.

Mais il attira mon attention sur le système de fermeture du laboratoire, un dispositif Yale absolument incrochetable. Et comme il n'y avait aucune autre issue que la porte, le vol de l'orchidée devenait un cauchemar. En outre, pourquoi avait-on pris l'orchidée et non pas l'un des appareils du savant ?

— Je voudrais examiner votre chambre, dis-je.

Il m'y conduisit et je la visitai minutieusement. Les murs rendaient partout un son plein. La fenêtre était solidement barricadée. Personne ne pouvait se glisser dans cette pièce quand sir Lawrence s'y était enfermé.

— Depuis qu'on a voulu m'empoisonner, expliqua le savant, j'ai abandonné mon ancienne chambre et je suis venu m'installer ici. Maintenant, je suis à l'abri de tout danger et, d'ailleurs, Isabella et John dorment dans les deux chambres voisines.

— Vous ne soupçonnez pas vos locataires ?

— Oh ! monsieur Goodwin. J'ai eu sur eux les meilleurs renseignements.

— Vous pensez que quelqu'un se cache dans le manoir ?

— Je ne pense rien, dit sir Lawrence un peu sèchement. C'est à vous et à M. Wolfe qu'il appartient de penser.

— Encore une question, s'il vous plaît... Vous avez été obligé de louer une partie du manoir pour des raisons que je n'ai pas à apprécier. Comment, dans ces conditions, avez-vous pu offrir à mon patron la somme de trois mille dollars ? N'est-ce pas que...

— M. Nero Wolfe sera payé, interrompit sir Lawrence. Bonsoir, monsieur Goodwin. Si vous avez besoin de quelque chose, sonnez William.

Je sortis et j'entendis sir Lawrence qui tournait la clef

dans la serrure et poussait son verrou. Je me rendis au salon où Isabella causait avec le révérend.

— Eh bien, plaisantai-je, ce n'est pas très gai, ce soir.

— Les Saunders ont eu peur de M. Wolfe, dit Isabella. Et John est fatigué.

Le révérend prononça une phrase obscure où il était question de l'Éternel et du châtiment des méchants, puis il se leva pour prendre congé. Ce fut à cet instant précis que William apparut, livide et tremblant.

— Eh bien! mon brave? dis-je.

— Que monsieur m'excuse, bredouilla William. On a volé le presse-purée.

Un peu après minuit, je me glissai silencieusement dans le couloir, bien résolu à surprendre le mystérieux cambrioleur. Il fallait en avoir le cœur net : étions-nous victimes d'une mystification ou bien un inconnu se cachait-il au manoir? Un craquement, non loin de moi, m'avertit que la seconde hypothèse était probablement la bonne. Je plongeai ma main dans ma poche et marchai sans bruit vers l'office, qu'un rayon de lune éclairait obliquement. Il était là, je ne pouvais en douter. Je l'entendais respirer, tandis qu'il cherchait quelque chose dans le placard. Soudain, il brandit un flacon qu'il emboucha avec la sobre aisance d'un trompette solo qui va improviser et, les yeux au ciel, il exécuta un morceau qui, pour silencieux qu'il fût, n'en devait pas moins être hérissé de difficultés, à en juger par les mouvements qui agitaient, comme un ludion, sa pomme d'Adam. La lumière de la lune éclaira son visage. Impossible de se tromper.

— A la vôtre, dis-je d'une voix creuse.

Le révérend s'étrangla, se plia en deux pour retrouver sa respiration et je lui ôtai des mains la bouteille de liqueur.

— Dieu soit loué! bredouilla-t-il.

— Curieuse façon de louer Dieu, observai-je. Qu'est-ce que vous faites ici?

— Heu... Une ronde... Ces objets qui disparaissent... j'ai eu envie de surveiller l'office.

— Bien sûr. Vous n'avez pas assisté à la disparition du sherry, par hasard?

Le révérend riposta par une citation de l'Ecclésiaste. J'allais répliquer par un verset des Rois quand un léger bruit, qui venait du salon, nous rappela à la prudence.

— Vite, soufflai-je, cherchant des yeux une cachette. La huche à pain était trop efflanquée et le garde-manger trop pansu. Nous n'avions pas le choix. Je poussai le révérend dans le réfrigérateur, qui était énorme et, me glissant derrière lui, je rabattis la porte sans la clore tout à fait. Ce poste d'observation était remarquablement choisi bien qu'un tantinet glacial et je commençais à rêver que je pêchais le morse à la surprise sur une banquise lorsqu'un pas imperceptible m'indiqua que le danger était proche.

— Ça mord, murmurai-je.

— Pardon ? sursauta le révérend.

— Chut!

Il y avait maintenant deux personnes à l'entrée de l'office et elles échangeaient à voix basse des propos qui me parurent fort vifs. Le pasteur s'agitait derrière moi, soupirait.

— Ça ne va pas ? chuchotai-je.

— J'ai la tête en feu, gémit-il.

— C'est toujours ça de pris. Patience!

Je collai de nouveau mon œil à la fente et ne pus retenir une exclamation étouffée.

— C'est un mâle, dis-je.

Le révérend, inquiet, me tâta le poignet, puis, voulant se renseigner de visu, il fit un mouvement maladroit et les mystérieux visiteurs s'échappèrent aussitôt, en proie à une panique qui se traduisit par un cri aigu et par un juron proféré d'une voix grave.

— Que faisaient-ils ? demanda craintivement le pasteur.

— Je crois bien qu'ils s'embrassaient, grommelai-je, furieux, tandis que le révérend se signait et risquait je ne sais plus quelle allusion à Sodome et au feu céleste, ce qui ne réchauffa nullement l'ambiance. Ainsi, le jeune Saunders donnait des rendez-vous à Isabella. Je l'avais parfaitement reconnu, si je n'avais pas eu le temps d'identifier sa partenaire. Mais ce cri aigu... la voix d'Isabella, sans aucun doute! Alors, était-ce eux, les voleurs ? Mais si le sherry est un cordial de choix, après les émotions de l'amour, un fromage semble beaucoup moins apte à servir de remontant et un presse-purée paraît nettement contre-indiqué. Perplexe, je sortis en marche arrière des profondeurs tutélaires et rafraîchissantes de notre cachette et le révérend m'imita. Il me parut qu'un entretien avec Isabella devenait indispensable.

— Attendez-moi au salon, dis-je au pasteur et, dès qu'il fut parti, je m'emparai à mon tour de la bouteille et en jouai un air. C'était du bourbon et du raide. Ragaillardi, je me préparais à passer à l'offensive. A cet instant, une sorte de râle partit du salon. En trois enjambées, je me portai au secours du révérend.

— Là... Là... bégayait-il.

Nous avions toutes les chances. Le fantôme du manoir batifolait devant nous. Ce fantôme était d'un blanc un peu sale, comme tous ses congénères. Il flottait çà et là, ou, plus exactement, il titubait, faisant preuve, à l'égard du mobilier, d'une brutalité peu compatible avec sa nature immatérielle. Une voix, plus courroucée que sépulcrale, sortait de cet ectoplasme exubérant.

— C'est un fantôme de grenier, bredouillait le pasteur. Les fantômes de couloir sont plus petits.

— Je crois plutôt qu'il s'agit d'un fantôme de souterrain, dis-je, car il est bien mal embouché.

Et, pendant que le révérend prononçait la formule qui soulage les âmes en peine, j'allumai l'électricité. Le révérend sauta en arrière. Il y avait, devant nous, un homme empêtré dans la housse du piano qu'un individu facétieux avait jugé bon de lui jeter sur les épaules et de maintenir par une embrasse de rideau. Nous aidâmes l'homme à se dégager.

— Billy, dit le révérend.

Le jeune Saunders, serrant les poings, marcha sur moi.

— C'est vous, grogna-t-il, qui avez imaginé cette petite plaisanterie ?

— Non, dis-je, c'est le révérend. Il m'a fait le même coup, tout à l'heure, histoire de rire. Mais pourriez-vous m'expliquer pourquoi vous vous promenez dans la maison à une heure du matin, en costume de ville ?

— J'avais soif, dit Billy. Alors, je suis descendu et quelqu'un, à l'entrée du salon, m'a attaqué...

— Naturellement, vous n'avez rencontré personne entre votre chambre et le salon ?

Le jeune Saunders rougit un peu.

— Non.

— Et quand vous avez soif, la nuit, vous vous peignez avant de descendre et vous mettez un faux col ?

— Ai-je des comptes à vous rendre ?

— A moi, non. Mais peut-être, d'ici peu, à la police.

Il blêmit et se tourna vers le pasteur encore tout effaré.

— Que se passe-t-il ? Est-ce qu'il est arrivé quelque chose à sir Lawrence ?

— C'est une idée, dis-je. Allons voir.

Nous pûmes bientôt nous convaincre que sir Lawrence reposait en paix, car on entendait, à travers la porte, une gamme de ronflements si parfaitement chromatiques qu'on regrettait presque de ne pouvoir saisir les ultra-sons.

— Alors ? chuchota Billy. Que signifient vos menaces ?

— Rien. Je trouve simplement qu'on a un peu trop soif, ici, passée une certaine heure. Bonsoir, messieurs.

Je les laissai s'expliquer et j'entendis, avant de rentrer dans ma chambre, le révérend qui s'écriait :

— Je vous jure que ce n'est pas moi.

Puis ils se dirigèrent ensemble vers l'office.

Je fus réveillé, à neuf heures, par des coups frappés à ma porte et à celle de Wolfe. Je reconnus la voix de William.

— Monsieur Goodwin, venez vite... Sir Lawrence ne répond pas.

Je sautai dans ma robe de chambre et ouvris. William paraissait très ému et arrivait à peine à s'expliquer.

— J'ai beau l'appeler, dit-il, sir Lawrence ne donne pas signe de vie. Sa porte est toujours verrouillée. On n'entend aucun bruit.

J'entrai chez Wolfe.

— Ah! vous voilà, grogna Wolfe. L'auto est-elle prête ?

Il achevait sa toilette. Sa valise, bouclée, était posée en travers d'un fauteuil.

— Voyons, patron. Puisqu'on vous dit que le vieux est peut-être mort...

— Tant mieux, dit Wolfe, d'un air sombre. Que son jambon l'empoisonne! Que ses rognons l'étouffent et que le diable vous emporte!

— Bon, bon. Mais, à propos du diable, sachez que j'ai vu le fantôme...

Et, comme Wolfe est incapable de nouer sa cravate tout seul, je lui racontai mes activités de la nuit tout en fignolant un splendide nœud papillon puis je sonnai pour avoir de la bière.

— Filez, Archie, ordonna Wolfe, et préparez tout. Nous partons dans une heure. Cette comédie a duré assez longtemps.

— Quelle comédie?

— Vous n'avez donc pas encore compris?

Quand le patron met en doute mes capacités intellectuelles, j'aime autant sortir parce que la discussion ne tournerait pas à son avantage. Je préférai donc rejoindre William qui secouait toujours la porte de sir Lawrence, aidé par le révérend.

— Allons-y, dis-je, et nous nous jetâmes ensemble sur le battant qui, au troisième assaut, se fendit. Bientôt une planche sauta et je pus manœuvrer la clef et le verrou. La porte s'ouvrit.

— Ciel! fit le révérend.

— Il est mort, cria William.

Sir Lawrence, en pyjama, était effondré au pied du mur, en face de la fenêtre, toujours close. Son attitude recroquevillée, le rictus qui défigurait son visage, faisaient penser à une mort violente.

— Allez chercher Nero Wolfe, dis-je à William. Ensuite, vous appellerez un médecin.

Et, comme le révérend se mettait à marmotter des prières, je l'expédiai à son tour, avec mission d'écarter les curieux. Puis, je cherchai l'ampoule qui avait contenu le poison, car j'étais persuadé que sir Lawrence s'était empoisonné. Mais je ne vis rien qui ressemblât à une ampoule ou à une seringue. Alors, j'examinai minutieusement le cadavre et finis par découvrir, au dos de la main droite, une minuscule éraflure, légèrement boursouflée sur les bords : la piqûre qui avait tué le savant. Il ne pouvait donc s'agir d'un suicide. Or personne n'était entré. Personne n'était sorti. Et il n'y avait d'autre issue que la porte ou la fenêtre, l'une et l'autre solidement verrouillées. Les mains aux hanches, j'examinai la chambre. La position du corps me semblait bizarre. Le cadavre gisait, la face sur un tapis qui, normalement, aurait dû se trouver au centre de la pièce, mais qui avait été étalé au pied du mur, couvrant un vaste rectangle de parquet débarrassé de tout meuble. Autant j'aime les gangsters, les tueurs et autres spécialistes de l'euthanasie, autant je déteste les poseurs de rébus, les criminels compliqués, les agités de la cervelle. Heureusement, je sentis, à un fléchissement du plancher, que Wolfe approchait.

Il jeta un coup d'œil distrait au mort, se laissa tomber sur le lit dont le sommier s'incurva jusqu'à toucher le sol, et me lança un journal du matin.

— Voilà ce qu'ils osent imprimer, dit-il.

Un énorme titre barrait la page.

« *Nero Wolfe est sorti de chez lui pour la première fois depuis cinq ans.* »

Et, en sous-titre :

« *Réussira-t-il à sauver l'inventeur de la machine à faire tomber les avions ?* «

— C'est arrivé au courrier, reprit-il. Vous devez être content de votre œuvre, Archie.

Quelque chose d'ironique dans le son de sa voix me fit dresser l'oreille.

— Dites que je l'ai tué, grommelai-je.

Il ne daigna pas me répondre. Ses yeux erraient sur le corps, sur les murs, sur le mobilier sommaire.

— Sa main droite est écorchée, dis-je, et je crois que...

— Allez me chercher John, coupa Wolfe.

Je trouvai John dans le corridor, ainsi qu'Isabella et les trois Saunders.

— Ce n'est pas moi, dit Billy. Je peux le prouver.

Je serrai tendrement le bras d'Isabella au passage et invitai John à entrer. Il était toujours aussi pâle, aussi détaché de tout. Il resta debout, devant Wolfe, comme un candidat résigné à être recalé.

— La victime, dit Wolfe, faisait de la culture physique, le matin ?

— Oui, Monsieur. Mon oncle suivait la leçon qui est diffusée à huit heures.

— Archie, allumez le poste.

— Inutile, dit John. Le poste est détraqué depuis trois jours et nous n'avons pas encore eu le temps de le faire réparer.

— Alors, comment votre oncle pouvait-il... ?

— Je prenais l'émission sur mon poste, dans ma chambre qui est mitoyenne. On entend très bien d'ici mon appareil.

— Archie, allez, je vous prie...

Je me rendis dans la chambre de John et captai une chanson de Bing Crosby : *Mon cœur est un oiseau des îles*. Des coups, frappés au mur, m'avertirent que l'expérience était concluante. Je revins auprès de Wolfe. La position du tapis, celle du corps étaient expliquées, évidemment. Sir Lawrence était mort pendant la leçon de culture physique. Mais qui l'avait tué ? Comment l'assassin était-il entré ? Avec ses mines de charlatan, Wolfe n'est pas plus malin qu'un autre.

— Vous ne voulez pas interroger Billy, patron ? suggérai-je perfidement.

— Non.

— Vous savez qui a volé le jambon, le fromage et le reste ?

— Oui.

— Et, naturellement, vous avez compris pourquoi on a transformé Billy en fantôme, cette nuit ?

— Naturellement.

— Donc, vous allez pouvoir m'expliquer comment l'assassin s'y est pris pour traverser le mur ?

— Sans doute.

J'enrageais.

— Alors, je vais préparer la voiture ?

— Je vous en prie.

J'essayai de ricaner d'un air insultant.

— Tâchez d'être correct, Archie, si ce n'est pas trop vous demander, dit Wolfe. Et voyez donc si le révérend Norton ou l'un des Saunders ne pratique pas la gymnastique suédoise.

Je faillis claquer la porte tellement j'étais hors de moi.

Ah! Wolfe voulait savoir si... Il allait être servi. Le corridor était vide. Les habitants du manoir devaient s'habiller à la hâte, en prévision de l'interrogatoire imminent. J'entrai sans frapper chez Billy.

— Vous faites de la culture physique ? dis-je.

— Ça se voit ? s'écria Billy, rouge d'émotion. Tenez, approchez... N'ayez pas peur.

Il tendit le bras droit, puis le plia lentement.

— Tâtez.

Dégoûté, je passai l'index sur la molle protubérance qui gonflait sa manche. J'avais une forte envie de le gifler.

— Je suis devenu un athlète, affirma Billy.

Et, d'un geste, il attira mon attention sur des pancartes qui étaient fixées aux murs de sa chambre : *La gymnastique au saut du lit vaut un élixir de longue vie.* » « *Dis-moi comment tu respires, je te dirai qui tu es.* » Etc.

— Très bien, dis-je. Ce matin, quels exercices avez-vous pratiqués ?

Il regarda son poste en se grattant la tête.

— Voyons. D'abord, quelques rotations des antérieurs avec flexion des postérieurs et extension latérale des deltoïdes. Ensuite, une minute de marche sur les mains, puis une minute d'assouplissement des supinateurs et deux minutes de pas de canard...

Il s'accroupit.

— Ça suffit, dis-je. Le pas de canard... Bougre d'idiot!

Et je me ruai chez le révérend.

— Faites-vous de la culture physique ?

Le révérend ne parut pas bien saisir ma question et je la reposai, deux tons plus haut, en faisant des moulinets avec mes bras.

— Ah! oui, murmura-t-il, la culture physique...

Sans doute ne tenait-il pas spécialement à avouer qu'il avait un compte à régler avec ses muscles couturiers, petits obliques, fessiers et pectinés.

— Vous prenez la radio, le matin à huit heures ?

— Comme tout le monde, mon enfant.

— D'abord, je ne suis pas votre enfant. Ensuite quels exercices avez-vous faits ? Parlez, bon Dieu !

Le révérend se signa et chuchota, en rougissant :

— J'ai fait deux minutes de pas de canard.

— Ça va, dis-je. J'ai compris.

Je pénétrai en trombe chez Mme Saunders, la grosse, et elle n'eut que le temps de se précipiter derrière un paravent.

— Vous faisiez le pas de canard, vous aussi, lançai-je, d'une voix méphistophélique. Ça va vous coûter cher.

Je me ruai dans l'escalier. Il y avait un gros homme en costume de flanelle dans le corridor.

— Pourrais-je voir le neveu de sir Lawrence ? dit-il. Je suis envoyé par la Compagnie Armstrong.

Wolfe se montra au seuil de la chambre.

— Qu'est-ce que vous lui voulez, à ce jeune homme ?

— Je désire prendre une option pour l'exploitation du brevet, expliqua le visiteur.

— Mais l'invention de sir Lawrence vaut-elle quelque chose ? demanda Wolfe.

L'autre sourit et cligna de l'œil.

— Si elle ne valait rien, vous ne seriez pas là, monsieur Wolfe.

— Vous entendez, Archie ? me lança Wolfe qui avait sa figure des mauvais jours.

Il rentra dans la chambre et j'indiquai à l'envoyé de la Compagnie Armstrong la porte de John avant de rejoindre le patron.

— Ils font tous de la gymnastique, dis-je, sans cacher ma mauvaise humeur.

— Quel genre de gymnastique ?

— Des mouvements... des exercices d'assouplissement. Vous ne pouvez pas comprendre, évidemment.

Wolfe fronça les sourcils.

— Attention, Archie. Quels exercices ont-ils pratiqués ce matin ?

— Le pas de canard.

— Montrez-moi cela, Archie.

— Écoutez, patron. Je suis patient, mais...

— C'est à prendre ou à laisser, monsieur Goodwin.

— Oh ! très bien.

Je m'accroupis et me mis à sautiller devant Wolfe.

— Dois-je faire coin coin ? demandai-je.

Wolfe m'observait, ses épaisses paupières à demi baissées.

— Ça suffit, dit-il.

— Vous remarquerez, observai-je, que je ne suis pas payé pour...

— J'avais raison, coupa-t-il. La Coleogyne rouge n'a jamais existé. Archie! Rassemblez tout le monde ici! Ensuite, vous fouillerez les chambres, toutes les chambres, jusqu'à ce que vous trouviez un disque. Vous me l'apporterez.

Chez les dames Saunders, je ne découvris que des produits de beauté. Dans la chambre du révérend, il y avait surtout des bouteilles, une profusion de bouteilles de toutes les formes, de toutes les marques, mais vides. Je m'attaquai ensuite à la chambre de Billy qui ne contenait rien de bien intéressant : des costumes, des cravates, des livres aux titres suggestifs : *Comment devenir un champion ; La culture physique à la portée de tous ; Force, santé, amour.* J'allumai une cigarette et ce fut alors que je perçus l'odeur, une odeur fade qui me parut plus spécialement dense au voisinage d'un carton à chapeau juché sur une étagère. Grimpant sur une chaise, j'attirai l'objet dont je fis sauter le couvercle et je me précipitai vers la fenêtre que j'ouvris toute grande. Je venais de mettre la main sur ce qu'il faut bien appeler le pot aux roses. Au fond du carton à chapeau reposaient la bouteille de sherry, le jambonneau, le presse-purée et une chose qui était, sans le moindre doute, un chester en quête de son espace vital. Je tenais le jeune Billy. Dès le début de l'affaire, je m'étais méfié de lui. Et ce gros pachyderme de Wolfe qui m'ordonnait de chercher un disque. Ce ne fut pas un disque, d'ailleurs, mais quatre que je dénichai dans la chambre d'Isabella. Ils étaient rangés dans un phono-mallette et je vis, en lisant leurs étiquettes, qu'il s'agissait de disques de danse. Le patron vieillissait, décidément! Il ferait beaucoup mieux de passer la main.

Je déposai le phono-mallette et le carton à chapeau dans le couloir et entrai dans la chambre de sir Lawrence où Wolfe, toujours assis sur le lit, achevait d'interroger Isabella. Billy, très pâle, évitait de regarder le cadavre. Les dames Saunders et le révérend semblaient sur le point de rendre l'âme. Quant à John, il se rongeait les ongles. Une vraie petite fête de famille!

— Lorsque ce coup de feu a été tiré sur votre oncle, dit Wolfe, vous étiez là ?

— Non, dit Isabella.

— Et la tisane empoisonnée, vous l'avez vue ?

— Non. Mais mon oncle n'était pas un menteur et s'il est venu se réfugier dans cette pièce, c'est bien parce qu'il craignait quelque chose.

— Est-ce que vous possédez une clef du laboratoire ?

— Non. Il n'y en a qu'une et mon oncle la porte toujours sur lui.

Wolfe se tourna vers moi.

— Vous avez trouvé, Archie ?

— Je trouve toujours, patron. Les objets volés, sauf l'orchidée, étaient cachés dans un carton à chapeau, chez le jeune Saunders.

— C'est faux! cria Billy. Je proteste. C'est une machination...

Le reste se perdit dans le tumulte. Tout le monde parlait à la fois et l'une des Saunders, la maigre, fit mine de s'évanouir.

— Silence! ordonna Wolfe. Le disque, Archie ?

— Il y en a quatre, dans un phono-mallette.

— Quatre ?... Pas bête. Allez dans la chambre de John, Archie, et faites-les passer.

— Mais je n'ai pas vu de phono dans sa chambre...

— Si. L'appareil de radio comporte certainement un tourne-disque et un pick-up.

J'emportai la mallette et dus me rendre à l'évidence. Ce diable d'homme avait raison. Mais l'expérience ne nous apprendrait pas grand-chose. J'écoutai le premier disque, un blues avec Lewis à la trompette. Le second, un paso-doble. Et le troisième, un arrangement de Goodman. Il aurait été plus simple de faire coffrer Billy tout de suite. Je posai l'aiguille sur le quatrième disque. Une voix s'éleva :

« Mes chers auditeurs, bonjour. Notre deux cent quarante-cinquième leçon de culture physique va commencer. Respirez à fond... Là... Parfait... Placez-vous maintenant le dos au mur ; dressez-vous sur la pointe des pieds... Bon... Élevez vos bras au-dessus de votre tête et laissez-les sur toute leur longueur en contact avec la paroi. Très bien... Inclinez-vous, maintenant, encore... encore... le plus possible... Relevez-vous... Les bras le long du mur. Répétez ce mouvement de plus en plus vite... Un... deux... trois... Relevez-vous... un... deux... trois... »

Des coups furent frappés dans la cloison. J'arrêtai le disque et revins auprès de Wolfe. L'assistance était pétrifiée et Wolfe souriait en me regardant.

— Du diable si j'y comprends quelque chose, lui lançai-je.

— Sir Lawrence, dit Wolfe, se plaça le dos au mur, selon les indications qui lui parvenaient de la pièce voisine. Mettez-vous le dos au mur, Archie, à l'endroit où devait se tenir la victime. Attention! Surtout ne levez pas les bras. Vous y êtes ? Bon. Levez la tête. Vous devez apercevoir au-dessus de vous et presque dissimulée dans les dessins de la tapisserie une petite pointe qui fait saillie...

Exact. J'aperçus, non sans peine, quelque chose qui ressemblait à un clou très mince dont on aurait fait sauter la tête. Déjà, je tendais la main...

— N'y touchez pas, cria Wolfe.

Je commençais à saisir la machination.

— Il est enduit de poison ? dis-je.

— Oui. Quand sir Lawrence a levé les bras, le dos de sa main a été écorché par cette pointe et la mort est survenue en quelques minutes. Curare, je suppose... Tenez-vous devant la porte, Archie, et sortez votre revolver. L'assassin est ici.

Mon revolver au poing, je les voyais tous de dos, maintenant, le cou tendu vers Wolfe qui leur faisait face.

— Compliments, John, dit Wolfe. Le piège était ingénieux.

John remua sur sa chaise et Wolfe ajouta :

— Du calme, mon ami. N'énervez pas Archie.

— Enfin, expliquez-nous... commença le révérend.

— C'est bien simple, reprit Wolfe. Sir Lawrence a été

victime de la publicité. Il avait besoin d'argent. Personne ne s'intéressait à ses recherches. Il imagina donc, quand son appareil fut à peu près au point, d'attirer l'attention sur lui par des attentats simulés. Naturellement, John et Isabella étaient au courant.

— Isabella ? m'écriai-je.

— Bien sûr.

— Mais alors, Billy ?

— Laissez-moi parler, monsieur Goodwin, dit Wolfe, sèchement. Les locataires de sir Lawrence sont hors de cause. Sir Lawrence les avait choisis... euh... parce qu'ils étaient inoffensifs, justement... crédules, si vous préférez. Leurs déclarations à la Presse ne pouvaient que confirmer les siennes. Vous connaissez la suite ! Les journaux s'emparèrent de l'affaire, qui semblait mystérieuse à souhait. Un insaisissable criminel se cachait dans le manoir et, la nuit, volait de la nourriture. Sir Lawrence était en danger. Son invention risquait de tomber entre des mains étrangères. Il devenait donc urgent de lui acheter son appareil, au prix fort, bien entendu. Des offres lui furent sans doute faites qu'il repoussa. Il laissait monter les enchères. Et John, pour exciter encore la curiosité du public, eut l'idée de me faire venir au manoir.

— Le coup de l'orchidée, dis-je.

— Oui. C'était maladroit car ma méfiance fut aussitôt éveillée. Une orchidée rouge... Ça n'existe pas. Je savais, en arrivant ici, qu'on essayait de nous mystifier. Passons. Je ne me serais pas fâché si la cuisine avait été bonne. Mais John, qui savait que son oncle garderait pour lui la plus grosse partie de l'argent qu'on lui verserait pour son invention, était décidé à jouer une autre partie, avec la complicité d'Isabella. Il enregistra une leçon de culture physique et planta dans le mur de cette chambre le clou empoisonné. Le piège était prêt. Isabella donna rendez-vous à Billy qui la courtisait depuis longtemps...

— Isabella ? protestai-je. Vous n'y pensez pas.

Wolfe ne daigna même pas hausser les épaules.

— Billy, continua-t-il, vint retrouver Isabella près de l'office pendant que John allait dissimuler dans la chambre de Billy les objets qu'il avait lui-même fait disparaître dans les jours précédents. Ainsi, les soupçons se porteraient sur Billy si la police enquêtait. Ce matin, Isabella emporta le disque dans sa chambre. Elle n'eut pas le temps de le détruire.

— Mais pourquoi John a-t-il entortillé Billy dans la housse du piano ?

Wolfe eut une espèce de sourire de cannibale.

— Parce que John est amoureux de sa cousine et qu'il n'était pas fâché de malmener un rival.

— Et vous voudriez me faire croire, grognai-je, que vous avez découvert la vérité dans votre lit, par le seul moyen du raisonnement ?

— Le lit. Parlons-en, du lit, gronda Wolfe. Il était si dur et si étroit que je ne pus fermer l'œil. J'ai eu tout le temps de réfléchir, monsieur Goodwin.

De nouveau, la colère le prenait. Il devenait urgent de l'amadouer.

— Qu'est-ce qui vous a mis définitivement sur la voie, patron ?

— Le pas de canard, dit Wolfe. Comme sir Lawrence n'avait pu être tué au cours d'un tel exercice, fatalement, l'assassin s'était servi d'un disque.

On frappa à la porte et je m'écartai pour laisser passer William.

— La police est là, dit-il.

— Faites entrer, dit Wolfe, et apportez-moi de la bière.

Je regardai Isabella. Encore une fois, j'étais un don Juan en chômage.

La Compagnie Armstrong garda l'invention et refusa de payer John. Wolfe m'a froidement obligé à lui rendre les trois mille dollars, à raison d'un dollar par semaine. Quand ma dette sera éteinte, j'aurai quatre-vingt-sept ans. Aussi, à l'insu de Wolfe, j'ai fait modifier le texte de nos annonces. « *Agence Wolfe. Rech. Enq. Filat. Succès assur. Consul. le mat.* 9-12. *Pour hom. seulem. Si pas célib. s'abstenir.* »

NI FLEURS NI COURONNES

A la manière de J. Hadley Chase

Andy n'avait même pas préparé son coup. Il en avait marre de traîner d'un camp de touristes à l'autre, de bouffer des clous, de voir les copains s'offrir de nouvelles poules tous les soirs. Il laissa passer une bagnole bleue dont l'antenne fouettait comme une canne à mouche. Elle disparut, happée par la descente, et le grésillement de ses pneus s'effaça tout de suite. Andy poussa la porte et vit le garagiste penché sur un registre. L'homme leva les yeux et devint gris. Ses lèvres remuèrent, au coin; mais Andy lui lâchait déjà trois balles dans la figure. Le sang éclaboussa le bureau, fusa sur la page du registre, faisant des bulles. Andy fut un peu écœuré. La gueule du type n'était pas belle à regarder. Il fouilla les meubles; pas un cent. Merde! pensa Andy. Il a dû planquer son fric dans son coffre. Le cadavre était lourd à soulever et on ne savait par quel bout le prendre pour ne pas se tacher. Une auto passa en trombe, mais Andy se foutait de tout à présent. Il y avait encore sept balles dans son chargeur; de quoi mettre en l'air six curieux et d'en finir. Il essaya les clefs du trousseau, une à une. La bonne vint la dernière, forcément. Le coffre s'ouvrit. Andy ferma les yeux; il n'avait jamais vu tant de dollars d'un seul coup. Il essaya de compter, mais les chiffres se brouillaient dans sa cervelle. Il fourra les billets dans sa poche, en bloc; il avait une espèce de sale tremblement dans les mollets. Pas moyen de l'arrêter. Quelque chose bougea dans la pièce et il s'adossa au coffre, le souffle coupé. Ce n'était qu'une mouche verte qui tourbillonnait dans un rayon de soleil. Elle s'abattit sur le registre. Andy remit son revolver dans sa poche, essuya sa main droite et sortit.

Il se heurta, au seuil, à une blonde qui lui sourit gentiment.

— Je voudrais des sandwiches! dit-elle. J'ai laissé la voiture au bas de la côte, près de la source. Ce ne sera pas trop loin ?

— Entrez! dit-il.

Il plongea la main dans sa poche et s'effaça. Il sentit, quand elle passa devant lui, le parfum de ses cheveux et baissa les yeux vers le corsage, échancré bas. Son doigt mollit sur la gâchette. Elle fit quelques pas, réprima un brutal mouvement des épaules, avança encore, lentement, du côté du mort. On n'entendit plus que la mouche, dérangée. Enfin elle se retourna, considéra l'étroit visage tordu aux lèvres tremblantes, puis le veston déformé par la masse du revolver braqué sous l'étoffe.

— Imbécile! murmura-t-elle.

Le mot atteignit Andy comme un crochet au menton. Il s'appuya au montant de la porte, la sueur aux tempes. Elle vint à lui, toute dorée; ses hanches ondulaient sous la robe légère. Elle passa son bras sous le sien, l'entraîna vers la route. Il y avait, autour de lui, comme un brouillard. Il avait l'impression de marcher sur le pont d'un bateau.

— Quel âge as-tu ? dit-elle.

— Dix-sept ans.

Il se laissa pousser dans le cabriolet. Le courant d'air l'étouffait La jeune femme, de la main gauche, tira deux cigarettes d'un étui, les plaça toutes deux entre ses lèvres et les alluma. A tâtons, elle planta l'une dans la bouche d'Andy.

— Parents ? dit-elle encore.

Il secoua la tête. La voiture traversa une petite ville illuminée comme une foire. Andy n'aperçut même pas deux cops motocyclistes qui les croisèrent dans une fusillade d'échappement libre. Il dormait, la main repliée sur son revolver.

C'était bien, chez Flo! La chambre à coucher, surtout! Andy avait vu des trucs comme ça, au cinéma. Il joua un peu avec le panneau coulissant du bar, se regarda dans toutes les glaces. Sa barbe était longue. Il eut honte. Flo lui apporta des vêtements, ouvrit la porte de la salle de bains. Il hésitait, devant tant de blancheur.

— Dépêche-toi! dit la jeune femme.

Il entra, retira sa veste. Flo, une épaule au mur, le considérait, à travers la fumée de sa cigarette. Il enleva sa chemise et son maillot, rougit.

— J'aimerais mieux être seul! balbutia-t-il.

Elle éclata de rire.

— Tu es libre de garder ton slip, si tu crains!

Il se dénuda, le sang de la colère dans les yeux. L'eau était bonne et la baignoire si vaste qu'on aurait pu y faire deux ou trois battements de crawl. La vapeur le dissimulait un peu et sa colère tomba, laissant passer un autre sentiment non moins tumultueux.

— Pourquoi ne m'avez-vous pas donné aux flics? demanda-t-il.

Elle ne le perdait pas de vue, à travers la buée.

— Je sais ce que tu penses! dit-elle enfin. Non! Tu n'es pas assez beau! Rod avait besoin d'un homme. Tu lui plairas peut-être.

— Qui est Rod?

— Rodney! Tu as sans doute entendu parler de lui! Il a fait sauter la banque de Denver, il y a deux jours... Si tu...

La jeune femme poussa un petit cri. Une silhouette immense apparut derrière elle.

— Oh Rod! Tu m'as fait peur, chéri! murmura-t-elle.

L'homme se pencha un peu, au-dessus de la baignoire. Il avait une taille d'athlète et des mains fines, ornées de bagues. Ses yeux, couleur de café brûlé, soupesaient Andy.

— C'est ça, ta trouvaille, Flo? Tu as le béguin pour les squelettes?

Il plongea sa main gantée dans l'eau, tâta Andy.

— Faudra le faire drôlement bouffer! grogna-t-il. Drôle d'idée de ramasser une cloche pareille!

— Ça va! gronda Andy.

— Ferme ta gueule! dit doucement Rodney. Il appuya sur la tête du garçon et la tint noyée quelques secondes. Andy revint à la surface, les yeux exorbités, le souffle court. Rod et Flo se mirent à rire et Rod embrassa Flo sur la nuque.

— Envoie-le moi quand il sera propre. Il pue des pieds, le salaud!

Andy se jura qu'il aurait sa peau. S'il avait eu son revolver sous la main, il les aurait descendus tous les deux, mais il était habitué aux longues rancunes. Il loucha vers Flo. Oui, il la ferait jouir, cette poupée. Elle était pourtant choucarde!

Il se sécha rapidement, enfila un complet à carreaux, rembourré aux épaules. Flo lui noua sa cravate rouge.

— Penche-toi! dit-elle.

Elle posa sa bouche sur la sienne. Il voulut la serrer contre lui, mais elle se dégagea promptement.

— Rod est là. Tu ne tiens pas à te faire farcir? Viens!

Rod fumait un cigare, les pouces aux aisselles, les pieds sur le bureau. A sa droite, un gringalet blême sirotait un alcool. A sa gauche, un gorille aux poignets tatoués étudiait un plan.

— Le mur a neuf pieds! disait Rod. Vous balancez une châtaigne à la viocque et le lardon est à vous...

Il se tut en voyant Andy et les deux autres rigolèrent doucement.

— Je t'aimais mieux à poil! murmura Rod. Sais-tu conduire une bagnole?

— Un peu.

— Et tenir une mitraillette?

— Non.

— Tu le connaissais, ce garagiste?

— Non.

— C'est le premier type que tu bouzilles?

— Oui.

— On peut le mettre à la place de Joe! grogna le gorille.

— Minute! trancha Rod. On va lui montrer le nègre. (Il cligna de l'œil.) S'il se dégonfle...

Sa main tomba, comme un couperet et Andy se sentit la bouche sèche. Rod fouilla dans un tiroir et jeta sur le bureau un rasoir.

— Ramasse ça! ordonna-t-il à Andy.

Le gorille et le gringalet encadrèrent le garçon et le poussèrent en avant. Ils traversèrent l'appartement et descendirent un petit escalier. Rod donna un coup de pied dans une porte de fer. Ils pénétrèrent dans une remise pauvrement éclairée par une lucarne crasseuse. Andy remarqua une grosse Airflow au pare-choc avant cabossé. Rod alluma une baladeuse suspendue à un clou. Il y avait, le long du marchepied de la voiture, une forme étendue. Les mains ouvertes du nègre faisaient deux taches pâles. Le gringalet se pencha sur l'homme.

— Si on ne le crève pas, dit-il, il est capable de durer encore toute la journée!

Rod souriait.

— Ce type-là, expliqua-t-il, a essayé de nous arrêter avant-hier, après le grabuge de la banque. On l'a un peu écrasé et il a bien fallu le ramasser pour être sûrs qu'il ne ferait pas de baratin. Alors tu vas nous prouver que tu sais te servir de tes mains autrement que pour porter des fleurs.

Andy le regarda sans comprendre.

— Prends le rasoir! dit Rod, la voix dure... Tu entends? Tu vas finir le nègre.

Andy recula d'un pas.

— Moi? Vous voulez que...

La main du gorille remonta sous son veston. Il sortit un Colt trapu d'encolure.

— Le rasoir! répéta Rod. Autrement, Willy va te réchauffer les boyaux.

— Ce n'est qu'un nègre! dit le gringalet gentiment. Will, amène la lampe!

Willy décrocha la baladeuse, la posa sur le ciment. Elle éclairait le noir par-dessous et découpait sur la portière de l'auto son profil qui était plutôt marrant. Le nègre semblait mort. Un filet de sang coulait de sa bouche et se perdait dans le cou, du sang rouge sur la peau d'ébène. Mais quand Willy eut relevé le buste pour le caler contre la roue arrière, le nègre laissa échapper une sorte de ronflement et une bulle sanguinolente creva entre ses lèvres. Le rasoir tremblait aux doigts d'Andy.

— T'es pire qu'une gonzesse! gronda Will.

Il ouvrit le coffre de l'Airflow, rafla une bouteille et une boîte de fer-blanc égarée au milieu des outils. Il décapita la bouteille sur le pare-choc, emplit la boîte.

— Avale ça.

Andy, halluciné, but. C'est à peine s'il remarqua que l'eau-de-vie avait un goût de pétrole.

— Et maintenant, vas-y! hurla Will... Bon dieu, c'est un rasoir! pas une pelle à gâteaux... faudra tout t'apprendre... La lame sous l'oreille, dans le mou! Après, tu feras glisser doucement sous le menton... Pas besoin de forcer. Ça entre tout seul, d'habitude.

Le sol tanguait sous les pieds d'Andy. L'alcool lui cognait dans les tempes. Il ne voyait plus que la face grisâtre du nègre, ses cheveux laineux et mouillés de sueur. Will lui empoigna le bras, le dirigea. Il sentit que le rasoir avançait dans quelque chose qui résistait, puis cédait mollement. Il entendit un liquide qui dégorgeait, crut que Will avait renversé la bouteille. La tête du nègre oscilla puis bascula brutalement en avant. Andy ouvrit la main. Le manche du rasoir, pointant sous le menton de l'homme, était agité de petits soubresauts. Andy essaya d'écarter ses doigts. Un sang épais, baveux, pendait en longs fils à son poing.

Rod fit claquer sa langue.

— Pas mal, hein, Bob ?

— Sûr! dit le gringalet. Il a le coup.

— Va me jeter ça aux ordures! ordonna Rod à Willy, en indiquant du pouce le cadavre.

Andy avait froid. Il suivit Rod. Ses pieds butaient dans chaque marche.

— T'es plutôt verni! lui chuchota Bob à l'oreille, parce que t'avais ta petite chance d'y rester.

Rod s'assit, alluma un cigare.

— Tu remplaces Joe! dit-il.

Il sortit de sa poche-revolver les liasses de billets que le garçon avait volées au garagiste. Andy avança la main. Rod ricana :

— Huit cents dollars. Nous sommes quatre. Je suis régulier. Cinquante dollars pour toi!

Andy ferma les yeux. Il n'avait plus peur. Il acceptait sa

défaite, car il savait qu'il saignerait Rodney et Bob et Willy. Et Flo ramperait devant lui.

Andy découvrit qu'il était patient. Rod le contrôlait de très près, surtout lorsque Flo était dans le même coin. Mais, peu à peu, il tolérait Andy, qui l'escortait au restaurant, au cinéma, et aussi en d'autres lieux moins publics mais plus dangereux. Andy alors devait sortir le premier et quand une auto longeait, par hasard, le trottoir à petite allure, il sentait ses tripes se rétrécir et sa gorge se bloquer. Une putain d'existence, pas à dire! Rod préparait son nouveau racket et Andy songeait à des choses, tout seul. Il encaissait les plaisanteries et les injures de Bob et de Willy sans râler. Ça le prenait quand il se couchait. Les images se mettaient à galoper dans sa tête; c'était un vrai cinéma. Des images qui lui donnaient chaud, qui lui expliquaient comment faire. Il ne voulait pas abîmer Rod. Il fallait le choper par surprise, pour avoir le temps, après, d'essayer sur lui tous ces trucs qui rendraient bavard un macchab. Rod avait choisi un nouveau quartier général, dans un petit drug-store derrière le champ de courses. Il effectuait de fréquentes sorties et la Buick qui avait succédé à l'Airflow rentrait grise de poussière, tandis que son compteur kilométrique accusait, d'une fois à l'autre, des différences importantes. Le plan mûrissait tout seul dans la cervelle d'Andy. Il guettait l'occasion.

Elle se présenta simplement, innocemment, comme le font toutes les bonnes blagues dans cette garce de vie. Un soir, Andy arriva au drug-store; la salle était déserte. Il monta au premier, comme d'habitude. Will et Bob buvaient, en jouant aux dés. Bob poussa la bouteille vers Andy.

— Où est Rod ? demanda Andy, sans penser à mal.

— Parti pour la nuit!

Andy, pour voir, tâta le terrain.

— Une banque ?

— T'es sonné! Quelque chose de plus chouette. Deux ou trois cents sacs.

Andy n'insista pas, mais il comprit que le moment était venu. Il sécha deux verres, coup sur coup.

— Drôle de quartier qu'il a choisi! murmura-t-il en bâillant.

Will alluma une cigarette.

— Quoi ? Qu'est-ce que tu veux dire ?

— Le coin n'est pas sain! Si les cops cernaient la baraque, on ne s'en douterait même pas.

— Te mêle pas de ça, morpion! conseilla Will.

Bob ramena son feutre sur son œil droit.

— T'en fais pas, môme! S'ils viennent, une sonnerie nous préviendra et ce placard, derrière Will, cache une sortie. Fais-lui voir le truc, Will.

Will se dressa sur ses poings.

— Rod a dit... grogna-t-il.

— Ça va! coupa Bob. Le môme est en cheville avec nous. Il la bouclera, quoi!

Will tira le battant du placard qui pivota lentement, comme le panneau d'un coffre. Il était d'acier plein. Will, à l'aide d'une courte tige bizarrement cannelée, fit jouer à plusieurs reprises le triple pêne de la serrure.

— Bon! Je vois que vous connaissez votre affaire. On peut se tirer tranquillement.

— Se tirer ? hurla Will. Qu'est-ce qui te prend ? Peut-être qu'on sera un jour obligés d'en jouer un air, mais ce sera tant pis pour les flics. Tu peux tout de suite te mettre dans le crâne qu'on en laissera derrière nous et que ceux-là ne seront pas très vigoureux.

Andy eut une petite crispation des mains.

— Vous voulez dire que vous avez des armes ?

Will rigola et envoya une claque à Bob.

— Tu l'entends ? Il est marrant! Sûr, oui, morpion, on a quelques armes. Amène-toi!

A l'entrée du couloir secret, il montra une caisse. Andy, se penchant, vit des pistolets de tous calibres, des chargeurs, des étuis, des matraques, deux fusils à canons sciés et une boîte plate qui ressemblait à une boîte à violon. Il se releva, un peu pâle.

— Épatant! murmura-t-il. Jamais vu encore une pareille collection!

Il ramassa, au hasard, un Luger qu'il braqua devant lui.

— Doucement ! dit Will. C'est pas un pistolet à amorces. Tu tiens ça comme une canne à pêche.

— Tout est dans le poignet ! fit remarquer Bob. On a ça de naissance.

Andy reposa le Luger dans la caisse.

— C'est un outil sérieux, je ne dis pas non. Mais ça ne vaut pas une mitrailleuse. Si les cops vous attaquaient, vous seriez quand même fabriqués.

Will cracha et se gratta la nuque.

— Ça t'amuserait de voir une mitrailleuse, une vraie ?

Il prit la boîte à violon, l'installa entre les verres, sur la table.

— Voilà l'ukulélé ! Ouvre !

Andy ouvrit la boîte. Côte à côte s'alignaient, dans une peau de chamois, le canon et la crosse d'une mitrailleuse. Will, méticuleusement, remonta l'arme.

— Jolie fille, pas ?

Il manœuvra la culasse, et tombant en garde sur sa jambe gauche fléchie, il fit mine d'arroser un ennemi imaginaire.

— Tu t'rappelles, Bob, à Kansas ? Trois flics en l'air ?

— Oui ! dit Bob. Et vingt-cinq sacs pour faire le poids.

— Soupèse ! s'écria Will... Laisse pas tomber, nom de Dieu... Attends ! Qu'on la coiffe de son silencieux... Là. Tu peux serrer ; c'est pas fragile... La main gauche à la poignée et l'autre sur la crosse, la deuxième phalange de l'index sur la détente...

— Pourquoi ?

— Ça donne plus de moelleux. Faut tout te dire, alors ! T'es taillé pour jouer avec ça comme Bob pour être caissier. On introduit le chargeur par-dessous... Bob, passe-moi un chargeur... Tu entraves ? C'est pas chinois. Un coup sec au levier pour envoyer la première balle dans le canon... Tu n'as plus qu'à appuyer. Au début ça secoue dur. Ça fait l'effet d'une défonceuse à air comprimé. On envoie la giclée dans le décor. Mais, avec de l'entraînement, on nettoie un cop à un demi-mile. Bob descend une rangée de noix sur une barrière. Pas vrai, Bob ?

Andy caressait, d'un doigt précautionneux, le canon gras. Il éprouvait, l'un après l'autre, les déclics de l'arme. Elle était belle, lourde, froide, fascinante. Il recula un peu. Son cœur battait dans sa gorge et il avait envie de tousser. Il fit un pas en arrière, puis un autre. Sa main droite, crispée, s'engourdissait. Il sentait son visage comme un bloc de pierre.

— C'est costaud, hein ? dit Will. Je vais t'app...

Il s'arrêta. Ses yeux venaient de rencontrer ceux d'Andy. Il y eut un silence inhumain. Ils entendirent miauler un chat au rez-de-chaussée. Figés, les deux gangsters regardaient Andy. Un peu de sueur brillait sur le front de Will et il y avait, autour de ses narines, comme un cercle blanc qui s'élargissait peu à peu.

— Donne ça ! chuchota Bob avec une voix d'enfant.

— Les mains en l'air ! dit Andy.

Ses paroles semblaient venir de très loin. Les quatre bras montèrent mollement. Les mollets d'Andy recommencèrent à trembler, comme là-bas, chez le garagiste. Une grimace tendit sa bouche et, soudain, un tonnerre étouffé éclata contre son ventre tandis que les dures flammes jaillies de lui semblaient torturer comme un fluide les deux silhouettes brusquement recroquevillées. La fin de la rafale s'abattit comme une avalanche de coups de marteau sur la porte de fer qui se referma doucement. Et le silence revint, brutal, énorme. Andy, épuisé, contemplait les deux corps désarticulés, flagellés de traînées rouges. Il répétait : « Salauds... Salauds... Salauds... » Quand il s'arrêta, la mitrailleuse s'échappa de ses mains et le bruit de sa chute résonna longtemps. Les gens du dessous, habitués aux façons de leurs clients, ne bougeaient pas. Peut-être n'avaient-ils rien entendu ? Andy se rinça la bouche avec du whisky. Il refoula les cadavres dans le placard, nettoya le plancher en vitesse, se lava. Il était une heure du matin. Andy se glissa dans l'escalier, traversa la cour, pénétra dans le garage. Il choisit, au mur, une clef anglaise. L'avenir sortait du brouillard, se montrait avec des contours nets qui n'étaient pas désagréables à regarder. Rod n'aurait pas dû, sous les yeux de Flora, se livrer à certaines petites plaisanteries. Le squelette avait bouffé, beaucoup bouffé et l'intelligence lui était venue. Andy se paya le luxe d'une cigarette.

Quand la clef de Rod fouilla la serrure, Andy s'aplatit près de la porte. La Buick entra en ronronnant. Ses phares dessinèrent sur le mur deux ronds éblouissants puis s'éteignirent. A reculons, Rod descendit. Il sifflotait, sans méfiance. La clef anglaise le sonna près de la nuque. Il se renversa dans les bras d'Andy. Pas malin, le grand Rodney! Andy donna la lumière, traîna Rod jusqu'à l'un des poteaux de ciment qui soutenaient l'armature du toit et le ficela avec la corde de secours de la Buick. Rod récupérait. Il fallait faire vite. Andy ouvrit son couteau et le posa sur le ciment. Rod secoua la tête, essaya de ruer. Il reconnut Andy.

— Fils de putain! dit-il doucement.

— Ça se peut! murmura Andy. Écoute, Rod! Je suis pressé. J'ai à peu près compris ton affaire. Tu vas me dire où crèche le lardon.

— Fils de putain!

— Je crois que tu vas souffrir, Rod!

Andy ramassa le couteau, en éprouva le fil sur son pouce.

— L'adresse?

— Fils de putain!

Andy vint tout près de Rod.

— Je commence par l'œil gauche! Il paraît que ce n'est pas drôle.

Il saisit à plein poing les cheveux de Rod, lui renversa la tête en arrière. Il découvrait, à quelques centimètres, la fascinante géographie du visage humain, le vallonnement soyeux des pommettes, la plage laiteuse du front avec sa veine fourchue qui battait, comme un mince animal captif, et la double cuvette des orbites creusées d'ombre. Les yeux étaient là, au fond, louchant un peu vers lui. Vus de si près, ils perdaient toute expression. Ils étaient dilatés, fixes, et le reflet de la lucarne qui les traversait d'une barre lumineuse, les faisait ressembler à des yeux de chèvre. Andy abaissa vers l'œil gauche la lame scintillante. C'était la pointe de l'arme qui semblait vivre. Le métal toucha la peau un peu au-dessous du globe, là où elle se ride et se gonfle en poche. Rod souffla et une grimace commença à lui tordre la bouche. La pointe déprimait l'épiderme et creusait un imperceptible entonnoir vers lequel convergeaient des plis minuscules, comme si un œil sanglant s'apprêtait à s'ouvrir sous l'autre. Les pupilles se démenèrent, essayant de fuir.

— L'adresse ?

— On partagera ! bégaya Rod.

— Tu auras cinquante dollars. Je suis régulier.

— Porc !

Andy imprima au manche une petite secousse et une goutte de sang suinta sous la lame, coula le long de la joue.

— Arrête ! hurla Rod. Son œil droit pleurait. Ses dents se mirent à claquer.

— L'adresse ?

— Sluice, Greenpark, près de San Diego.

Andy referma son couteau, saisit la clef anglaise.

— Au revoir, Rod !

Il fit un moulinet et Rod prit la massue en pleine gueule. Cela craqua comme un morceau de bois qui se rompt. Andy éteignit. C'était de beaucoup préférable. Il y eut un autre choc dans la Buick. Andy, la garde basse, s'approcha sur la pointe des pieds. Il ouvrit la portière arrière, gratta une allumette. Une boule noire gisait sur les coussins.

— De quoi ? grogna Andy.

Une seconde allumette lui révéla qu'il s'agissait d'un enfant de trois ou quatre ans, évanoui.

Andy entra nonchalamment dans la chambre de Flo.

— Prépare-toi, poupée ! On se taille !

— Rod ne m'a rien dit ! ricana Flo. Elle s'étira et Andy vit ses aisselles rousses. Il s'approcha du lit, la poitrine un peu contractée.

— J'ai eu une petite discussion avec eux ! Quand je suis parti, ils n'étaient pas très nerveux !

— Tu les as... ?

— Je veux. Tous les trois !

Flora était plus blanche que son drap.

— Et Freddy ? demanda-t-elle, soudain implorante.

— Quoi, Freddy ?

— C'est mon fils !

Andy referma sa main sur celle de Flora. Il n'appréciait pas beaucoup ce genre de complications. Flo n'était pourtant pas une débutante. Comment avait-elle été assez bête...

— Il est en bas dans l'auto. Il dort! dit-il. Dépêche-toi, chérie, on risque d'avoir les flics sur le poil avant le jour. Où était-il ce... enfin, ton fils, comme tu dis ?

— A la campagne, chez sa nourrice, depuis deux mois.

Elle s'habilla docilement et l'embrassa avant de le suivre. Andy connaissait un peu San Diego. Il roula toute la journée, sans penser à rien. Il avait du fric, une bagnole, une femme; c'était bon, cela. Il arriverait bien à supporter le morpion, le fils de Rod. Il avait cessé de haïr Rod. C'était le passé. Pour l'instant, il y avait Sluice et la fortune au bout de la route. Andy rêvait d'une ferme dans le Texas. Il ferait n'importe quoi pour posséder cette ferme, pour devenir un type comme les autres. Au fond, Andy n'aimait pas les histoires. Il avait des goûts simples et paisibles. A San Diego, il échangea la Buick contre une Ford, plus discrète, et loua un appartement au huitième, dans un block facile à évacuer en cas de coup dur.

La propriété de James Sluice était située à une quarantaine de miles de San Diego. Andy repéra le mur de neuf pieds, au fond du parc. Tous les jours, une rombière promenait le gosse dans une voiturette. Un chien policier l'accompagnait. Andy explora tous les chemins et sentiers autour de Greenpark. Un chouette job! Rod avait eu du nez! Andy patienta une semaine. Il avait acheté une voiture d'enfant semblable à celle qu'il avait vue à Greenpark. Flo promenait son fils dans la voiture, se montrait le plus possible aux voisins. Elle passait ses après-midi au jardin public, assise sur un banc près de la porte ouest. Le jour où elle vit Andy s'approcher d'un pas trop calme, elle comprit. Il se laissa tomber sur le banc, ouvrit un journal.

— Tu l'as ? dit-elle.

— Oui.

— Ça n'a pas été trop dur ?

— Pas trop! La vieille a un peu rouscaillé, mais pas longtemps! C'est le clebs qui a été le plus coriace.

Ils se levèrent ensemble et sortirent du jardin en flânant. Flo mit son fils dans l'auto et coucha le jeune Sluice dans la voiture d'enfant.

— Fais gaffe! souffla Andy. Il a une espèce de corset en plâtre. Ça doit être fragile.

La jeune femme releva la capote de la voiture et rentra chez elle sans se presser. Au moment de pénétrer dans le hall de la maison, elle entendit les premiers crieurs de journaux; ils galopaient, leurs feuilles au vent, hurlant :

— Le fils de James Sluice, le célèbre acteur, a été kidnappé. Une prime de vingt-cinq mille dollars est offerte... Un enlèvement sensationnel... La police fédérale...

Elle referma la porte.

Andy, lui aussi, entendait les crieurs de journaux. Il n'était pas très emballé de savoir les Fédés dans le coup. Il savait ce que cela voulait dire. Au moindre faux pas, il serait fait comme un rat. Il trouva une cabine dans un drugstore et chercha le numéro de Sluice dans l'annuaire. Il eut la communication instantanément.

— C'est Sluice ? demanda Andy. Alors, ouvrez vos étiquettes! On a le morpion. Il est plutôt du genre tubard. Y aura même pas à lui tordre le cou si vous faites le mariolle. Vous roulerez sur la route de Phœnix jusqu'à ce que vous aperceviez un bidon d'huile abandonné sur la route. Vous lâcherez le fric sans vous arrêter. Vous retrouverez votre lardon au retour. Si les poulets se mêlent de l'affaire, vous pouvez acheter un complet noir.

Il raccrocha et ramena Freddy à la maison. Le jeune Sluice hurlait sur le lit.

— Qu'est-ce qu'il a ? grogna Andy.

— Il ne veut pas manger! Il est maigre à faire peur. As-tu vu ses jambes ?

— Qu'est-ce qu'elles ont, ses jambes ?

— Je crois qu'elles sont paralysées! Faudra-t-il le garder longtemps ?

— Deux jours.

— S'il allait mourir ici ?

Andy haussa les épaules et, tirant un flask de sa poche-revolver, il but une grande gorgée d'alcool, puis alluma la radio. Des mots surgirent de la boîte et Andy crispa lentement les poings.

— Alerte aux patrouilles volantes... Alerte... Kidnapping

Sluice... Toute personne possédant un renseignement utile doit se mettre immédiatement en rapport avec James Sluice... Le signalement du baby est le suivant...

La voix donna une description complète du jeune Sluice.

— ... Alerte... La route de Phœnix doit être particulièrement surveillée...

— La vache! gronda-t-il. Il veut me faire poisser. Je l'ai prévenu, pourtant.

Il arpenta la chambre, grelottant de fureur. La voix aigre du gnard emplissait la pièce. Andy n'y tint plus. De la main gauche, il empoigna à plein corps le paquet de vêtements et, de la droite, il gifla à toute volée la petite tête grimaçante. Les cris cessèrent brusquement. Flo se recula dans un coin, les bras autour de Freddy, et ne bougea plus. Andy s'efforçait de faire jaillir de son crâne une idée. Il n'avait pas prévu la résistance de Sluice. Pour le moment, il ne risquait pas grand-chose, mais il ne pouvait renoncer à l'argent, à la ferme; il avait le droit de vivre sa vie, nom de Dieu! comme tous les autres, comme ce damné salaud de Sluice qui gagnait plus de fric à lui tout seul que tous les pecquenots de San Diego réunis. Andy méditait une vengeance efficace, mais la rage et la peur engourdissaient sa pensée; il n'imaginait que des plans absurdes. Il s'assit sur le divan, prit sa tête dans ses mains. Il aurait voulu pétrir cette matière grise, en faire gicler un projet réalisable.

Flo, soudain, lui secoua l'épaule. Elle avait les narines pincées et les yeux vagues.

— Le gosse, dit-elle. Le gosse... il est mort!

— Comment?

— Viens voir... je suis sûre qu'il est mort!

Il était mort, en effet. Il avait, sous le nez, une petite tache de sang. Quelque chose, dans ce corps minuscule corseté de plâtre, avait dû se rompre tout à l'heure. Flo pleurnichait.

— Fous le camp! dit Andy.

Elle poussa Fred dans la cuisine et tourna la clef dans la serrure. Andy haussa les épaules. On réglerait ça plus tard. Il y avait, pour le moment, des choses plus pressées; on ne pouvait garder ce cadavre. Andy, calmement, prit ses mesures. Il tiendrait dans la valise. Andy, soulagé, vida son flask. Avant d'enfermer le corps, il empocha le collier d'or de l'enfant. S'il ne touchait pas la rançon, du moins s'arrangerait-il pour soutirer à Sluice une récompense. La nuit tombait. Andy sortit la Ford. Les cordons de police devaient garder les routes à plusieurs miles de la ville. Il n'était pas nécessaire d'aller bien loin, heureusement! Un trou dans la terre, vite rebouché et soigneusement piétiné. Andy se sentit l'esprit léger. Il rentra à petite allure. S'il envoyait ce collier à Sluice comme une menace ? Mais ensuite que trouverait-il à envoyer ? Brusquement, Andy pensa à Fred. Il sourit. Sluice cracherait trois cents sacs. Cette fois, il n'oserait plus faire le malin. Andy gara sa voiture devant un cinéma. On jouait justement un film de Sluice. Il y a de ces rencontres marrantes! Andy, captivé par le spectacle, éprouva de la peine, en sortant, à comprendre que Sluice, l'acteur qu'il aimait, était bien le Sluice dont il avait tué l'enfant. Mais Andy n'était pas très porté sur ce genre de réflexions. Il monta chez lui et se coucha.

Le lendemain, il écouta la radio, lut les journaux. Les flics ne songeaient plus à la ramener. Sluice devait drôlement regretter d'avoir écouté les Fédés. Andy surveillait Flo du coin de l'œil. Elle avait les yeux rouges, c'était plutôt marle.

— Flo, j'ai inventé une combine tout ce qu'il y a de chenu! dit-il gentiment. Tu vas m'aider. C'est facile : tu montes dans la Ford et tu roules jusqu'à ce que tu repères le premier barrage.

— Et alors ?

Le ton de Flo était méfiant.

— Alors, c'est tout. J'ai besoin du tuyau!

— J'emmène Freddy.

— Pour filer avec lui, hein ? Non, poupée! Nous t'attendons ici.

Elle abaissa ses paupières. S'il avait vu son regard, les événements auraient pris un autre cours. Mais il songeait à ce qui allait suivre. Flo, docilement, se poudra devant la glace de la chambre, fouilla dans le veston d'Andy, à la recherche de la clef de contact. Elle partit très vite et Andy aperçut, quelques minutes plus tard, le toit arrondi de la

Ford qui se glissait dans le trafic. Il poussa le verrou, vint dans la cuisine. Freddy avait cessé de jouer avec son auto mécanique. Il restait toujours immobile, en présence d'Andy, la lèvre inférieure gonflée, étouffant une envie de pleurer. Andy se sentait maladroit, sans arme. Il hésitait, se demandant s'il en pinçait encore pour Flo ou s'il ne valait pas mieux les balancer tous les deux, la poule et le môme, par-dessus bord. Mais il n'avait pas encore eu le temps de bien profiter de Flo. Elle savait y faire, la salope! Il décida de ne pas trop démolir Freddy. Il y aurait un sale moment à passer avec Flo, mais le fric de Sluice arrangerait les choses. Il passa derrière Fred. Le gamin se retourna, la peur aux yeux. Andy aurait préféré avoir six poulets sur le dos et lutter pour sa peau. Il avança la main vers le jouet, mais Freddy cacha l'auto derrière son dos et recula jusqu'au mur.

— Prête, dit Andy, doucement.

Le gosse tourna la tête.

— Prête, j'te dis!

Fred commença à pleurer, sans bruit. Les larmes tombaient sur son pull-over. Andy l'accrocha par la ceinture de son pantalon et l'attira près de lui. D'un geste prompt, il saisit l'auto et la lança sur le plancher. Fred se baissa pour la rattraper. Andy visa le cou blanc, sous la toison bouclée, et frappa un coup rapide, du tranchant de la main. Fred, assommé comme un lapin, roula sur le flanc. Andy ouvrit son couteau. S'il avait été malin, il aurait opéré sur le cadavre de l'autre, avant de l'enterrer. Il était maintenant trop tard pour reculer. Et puis quoi, Fred n'en mourrait pas! 300 sacs! Ça méritait bien un petit sacrifice! Andy ouvrit la main gauche du gosse, l'étala sur le parquet, les doigts écartés. Il tâta la jointure de la première phalange du petit doigt, posa l'extrémité de la lame sur la peau, bien d'aplomb. Son poing s'abattit sur le couteau. L'élan avait été un peu trop violent; la lame entama profondément le plancher. Le bout du doigt était tranché net. Andy banda la main saignante avec son mouchoir, porta Fred sur le lit, enfila son veston. Il découvrit dans la cuisine un morceau de papier de soie dans lequel il enveloppa le débris de doigt. Il le glissa dans une enveloppe et, au crayon, en déguisant son écriture, il traça l'adresse de Sluice. Avant de coller l'enveloppe, il ajouta sur une feuille de carnet :

« 300 sacs, dans les conditions fixées hier... Sinon, les deux mains y passeront. »

Il ferma la porte à clef, déclencha l'ascenseur. Il avait la langue comme un morceau de cuir. La poste était à deux blocks de là. Andy jeta sa lettre et but un rye, dans un drugstore. Il plongea la main dans son veston pour payer. Le collier, bon Dieu!... Il fouilla partout. Le collier avait disparu. Il vit Flo cherchant la clef de contact. Difficile d'être mieux possédé! Andy mâcha des jurons obscènes. Flo, après la mort du jeune Sluice, avait eu les foies à cause de Freddy. Elle avait sûrement emporté le collier pour prouver aux flics qu'elle ne mentait pas. Il ne l'aurait pas bouffé, son Freddy. Il lui en aurait même fait un autre! Andy palpa son automatique; il jouait facilement dans l'étui. Il y aurait bientôt des courants d'air dans la carcasse de Flo! Andy revint sur ses pas. Ses yeux agiles photographiaient le mouvement de la rue. Pas de poulet dans le secteur. Flo n'était pas rentrée. Il traversa, s'enferma dans l'ascenseur. L'escalier plongeait sous lui, désert. Andy fit passer le lourd revolver dans la poche de son veston. Il stoppa la cage, écouta, sourit à part lui. Flo avait misé sur le mauvais cheval! La clef tourna sans effort dans la serrure et Andy fit instantanément un bond de côté; la porte n'était plus fermée à clef. Les Fédés étaient là! Andy, à pas furtifs, grimpa un demi-étage, s'arrêta au tournant. La porte de son appartement s'entrouvrit; une casquette plate s'avança avec prudence. Andy était renseigné : le block était cerné. Il tira. Le flic pirouetta et s'aplatit sur le nez. Andy s'élança vers les greniers. Des balles se plantèrent autour de lui, dans les boiseries claquant comme des coups de marteau. Il allait déboucher sur le corridor menant à la porte du toit. Plongeant en avant, il se laissa lourdement tomber, avec un cri aigu. Il entendit galoper et deux poulets gigantesques apparurent au-dessus de lui. Il lâcha deux balles presque sans viser. L'un bascula dans l'escalier, avec des moulinets de bras et de jambes qui auraient fait rigoler, au cinéma. L'autre, glissant lentement sur ses talons, le dos au mur, s'affaissa comme un ivrogne.

Andy lui faucha au passage son revolver. Le corridor était libre. D'un coup d'épaule, Andy ouvrit la porte du toit et cligna des yeux au grand soleil. Il était visible de partout; sacrée vacherie! Il se mit à l'abri derrière la cheminée la plus proche. Son souffle grondait dans sa gorge et ses jambes étaient en laine. Il risqua un œil vers la rue. La foule s'agglomérait au ralenti, formait une sorte de tache noirâtre bordée de points mobiles; Andy s'allongea à plat-ventre; il avait envie de vomir. Une sirène hurla, en bas. Des renforts arrivaient. Andy rampa vers l'autre extrémité du toit, se laissa tomber sur la maison voisine. Des grincements de clous l'avertirent. Il se releva sur un genou, envoya trois balles aux silhouettes qui se profilaient sur le fond de nuages. Un flic demeura immobile, au bord de la plate-forme. Ses bras pendaient dans le vide. Les douilles éjectées cascadèrent sur la pente, se perdirent. Andy, à quatre pattes, contourna un massif de cheminées; un éclat de brique, arraché par un projectile, ronfla au-dessus de sa tête, ricocha quelque part sur les tôles. Andy, au jugé, vida son chargeur et sauta sur une autre maison. Il ne s'orientait plus, au milieu de ces escarpements et de ces précipices et la terreur de perdre l'équilibre et de s'écraser dans la rue, commençait à lui tirer de brefs gémissements. Il avait oublié Flora; il ne savait même plus pourquoi il était poursuivi. Il crevait de chaleur parmi ces paysages de métal et de pierre. Des appels retentirent loin derrière lui et, dans le silence revenu, un bruit nouveau s'éleva peu à peu, une sorte de grondement lointain, comme celui d'un meeting ou d'un stade. Il comprit que c'était la foule, autour du block. Elle attendrait là tout le jour et toute la nuit. Il n'avait aucune chance d'en sortir. Il chercha, du regard, une lucarne, préférant se battre à couvert. Un coup de sifflet roula, tout proche. Andy, prenant son risque, courut le long d'une déclivité, biaisa vers une large cheminée. Il vira court. Il y avait un Fédé juste derrière. Andy lui arriva dans l'estomac sans que l'autre eût le temps de parer. Le Fédé s'abattit sur le dos; ses bras ramèrent, ses doigts saisirent la jambe gauche d'Andy. Ils commencèrent à glisser tous les deux sur une pente lisse qui luisait comme un patinoire. Andy, de toutes ses forces, assena la crosse de son automatique sur le poignet du flic. La main qui crochait dans son mollet lâcha prise. Le flic, beaucoup plus lourd que son adversaire, s'en allait sur le ventre, à petite allure, le long de la pente. Il prenait de l'avance, accélérait, tournant vers Andy une face violette, où les veines serpentaient comme des racines. Il fut brusquement happé. Andy, collé au toit qui filait doucement sous ses mains, entendit, mêlé au bourdonnement de ses oreilles, une rumeur profonde, un immense cri assourdi. Il écarta désespérément les bras, cherchant à incruster ses genoux. Il coucha sa joue sur la paroi, s'écorcha. Frottant le toit de toute sa peau brûlante, il freina un peu sa descente, aborda lentement l'arête, sentit le vide s'ouvrir sous ses pieds. Il cessa de remuer, comprenant que l'immobilité pouvait encore le sauver. Très loin, vers le haut de la piste brillante qu'il venait de parcourir, il aperçut des ombres agitant les bras. « Salauds ! » pensa-t-il. C'en fut assez pour que le mouvement de dérive reprît. Le poids de ses jambes le tirait en bas invinciblement. Le bord du toit lui scia le ventre et son souffle s'étrangla. Ses orteils, à travers le cuir des souliers, tâtèrent le mur vertical. Ils dérapaient, mais la ceinture du pantalon, formant bourrelet, adhérait au métal. Bizarrement cassé en deux, Andy demeura quelques secondes entre ciel et terre. Des bruits de klaxon montaient paresseusement de l'abîme. Puis tout se tut. Il y eut, sous les pieds d'Andy, une crispation du silence. Il entendit l'étoffe du pantalon craquer délicatement ; le bourrelet s'aplatit, franchit l'arête. Son corps devint une masse énorme pendue à ses épaules. Ses yeux, au ras du toit, ne distinguaient plus que des fulgurations lancinantes. Puis ils sombrèrent sous le rebord.

Avec une confuse volupté, Andy lâcha prise. Dans le tonnerre du vent déchaîné, il vit la rue se ruer sur lui, monstrueusement fleurie de milliers de visages livides qui montaient à sa rencontre comme des météores.

BONNE ET HEUREUSE

A la manière de Léo Mallet

— Savez-vous, mademoiselle, comment s'appelle l'avion qui est capable de voler sur place ?... Ne soufflez pas, mes sieurs dames... Allons, mademoiselle, un petit effort... C'est un ?... C'est un ?...

— Un gyroscope.

— Ah ! non. Je suis désolé, mademoiselle, vous avez perdu. C'est un autogyre !

Et voilà le boulot qu'il avait dû accepter, le petit Nestor, parce qu'il était fauché, mais alors, là, complètement raide, le crapautard ratatiné, le morlingue à zéro, sans un, nettoyé, à la côte. Finie, l'agence Fiat, Lux. Tout le matériel saisi. Mais ils n'avaient tout de même pas osé mettre les scellés sur l'imagination dudit Nestor et, grâce au *Crépu*, j'avais déniché ce job : je présentais les jeux radiophoniques à la salle Lexington. Je vous garantis que ça valait le voyage. Pour la mise en boîte, la vacherie, la guerre des nerfs et le toutime, je suis un peu là. Ce n'est pas pour rien qu'on m'appelait Dynamite, au temps héroïque où je mettais chaque matin le mystère K. O. Laxatifs, détersifs, dépuratifs, apéritifs, tout faisait mon affaire. J'inventais des slogans pour n'importe quel produit. « Purgol, le paradis du constipé. » Vous voyez le genre. Ça n'a l'air de rien. Ce n'est même pas fortiche. Mais il faut le tour de main, la risette, le coup de charme, quoi, pour créer l'ambiance. Quand deux mille péquenots ont chanté en chœur les mérites de Purgol, ils suivent les jeux avec plus d'attention, plus de sympathie. Et les jeux radiophoniques, c'est devenu ma spécialité.

Il faut rendre à César ce qui appartient à Nestor, si j'ose risquer cette citation biblique, personne ne me fait la pige pour les jeux, bicause Burma met aussi le hasard K. O. Je fais gagner qui je veux, autrement dit. Question de flair, de coup d'œil et d'organisation. Si, avant la séance, j'ai convenu avec un compère de lui demander les noms de trois champions cyclistes, de trois papes et de trois vedettes de cinéma, il est bien obligé de rafler la prime offerte par Purgol, une prime qui va chercher dans les quinze ou vingt sacs.

C'est pourquoi Hélène Châtelain, mon ex-secrétaire, Reboul, mon ex-homme de confiance, et Marc Covet, mon ex-confident, ne manquaient pas une seule séance au Lexington. Au moment psychologique, je leur envoyais un petit clin d'œil, mine de rien, et ils arrivaient sur la scène.

— Comment appelle-t-on les habitants de Bar-le-Duc ?

— Les Barisiens.

Aussi sec. La salle hurlait. On entonnait tous ensemble l'hymne à Purgol et, une heure après, je partageais les bénéfices avec Hélène ou avec Reboul. Ça payait toujours le terme et le perlot. Ça permettait de voir venir. Je voyais surtout venir des types à gueule d'huissier et ils étaient moins faciles à semer que le Petit Poucet. Pourtant, j'avais confiance en mon étoile, une étoile filante, ça, je peux le dire, mais garantie bon teint.

Ce soir-là, on n'avait pas été vernis, Hélène et moi. Je lui avais demandé si la pechblende était comestible. La voilà qui sèche. Elle en était même tout en eau, si j'ose dire, la pauvrette! Elle avait oublié de consulter le Larousse. Et pas moyen de la tubarder par des grimaces *ad hoc*. A la fin, elle répondit oui et toute cette bande de piafs se mit à rigoler, comme s'ils avaient été capables de faire une différence entre la pechblende et la pêche Melba. Une vraie poisse. Et, naturellement, je comptais sur la prime pour réveillonner. Parce que c'était la Saint-Sylvestre et que j'avais envie, pour une fois, de bouffer autre chose que des sardines et du camembert. Un désastre grand format. Je n'avais plus qu'à laisser la place à Freddy March et à son orchestre. Seulement, Burma est un obstiné, un qui s'accroche, et moi, je voulais boulotter de la langouste et du poulet, ce soir-là. Aussi, je rejoignis Hélène en douce et nous décidâmes d'attendre la course au trésor, parce que Freddy, pendant l'entracte, organise toujours une course au trésor et, c'est plutôt marrant, moi qui cours toujours après la fortune, sans jamais l'avoir au sprint, je me défends plutôt bien dans les courses au trésor. L'habitude des enquêtes et des filatures, évidemment. Mais le trésor va chercher deux mille balles à tout casser, d'habitude. Et il faut rapporter le matériel aux copains. Ça ne paye même pas la main-d'œuvre. Il est vrai qu'avec les radio-crochets, c'est encore pire. D'abord, parce qu'en fait de goualantes, je ne connais que *la Marseillaise*. Alors, toute la salle se lève et ça me flanque les jetons. Et puis, parce qu'à la sortie, il y a toujours deux ou trois terreurs qui m'attendent pour me casser la gueule sous prétexte que je suis un fachiste.

Bref. L'orchestre s'amène, Freddy en tête, avec son dolman à brandebourgs, son fouet, ses rouflaquettes et son air vache de Mexicain pour dames seules. Une idée à lui de se déguiser en dompteur pour conduire un jazz. Faut croire qu'elle était bonne puisque Freddy, que j'avais vaguement connu dans la mouise (je touche du bois), se vautrait maintenant dans une de ces bagnoles qui font mettre la flicaille au garde à vous, et traitait les petits copains comme de la crotte. Moi, comme de juste, je piquais un roupillon, pendant que Freddy faisait travailler ses fauves et, si Hélène ne m'avait pas enfoncé une épingle dans le gras, j'aurais loupé l'entracte. Freddy saluait, avec des plongeons, des ronds de jambe, des courbettes, l'œil humide, une mèche sur le nez, la main droite sur le téton gauche. Il y tâtait, le frère.

— Et maintenant, mesdames et messieurs, la course au trésor !

On se serait cru au Vél'd'Hiv' à l'heure des primes. Hélène était déjà prête à sténographier la liste des objets à rapporter, mais voilà que Freddy se lance dans un baratin maison... « Dans quelques minutes, la nouvelle année va commencer... Chez moi, en Amérique du Sud (là, il charriait un tantinet, parce qu'il est né à Ménilmuche)... une touchante coutume veut qu'à minuit on embrasse un nègre... ça porte bonheur...

etc... » Moi, je connais des choses qui portent plus sûrement bonheur quand on a la veine de marcher dedans, mais, après tout, autant ramener un nègre qu'un cheval de corbillard. On se fit inscrire pendant que l'orchestre jouait un machin en forme de passage à tabac.

— Minuit moins cinq, annonça Freddy. Bonne chance aux concurrents. (Tu parles.) Je me sentais drôlement défrisé et je voyais déjà le poulet Marengo du réveillon se transformer en œuf à la coque Waterloo. Des nègres. Je n'en connaissais pas à la douzaine, à part ceux de la Chambre des Députés, et ceux-là, pour les amener au Lexington, macache, comme on dit à l'*Officiel*. Ce nonobstant, je galopais derrière Hélène. On remonte le peloton des concurrents, on traverse le hall avec deux longueurs d'avance, on débouche sur le trottoir. Un marchand de journaux est là, qui bat la semelle, ses canards sous le bras. « Demandez le *Crépuscule*, les dernières nouvelles. La vérité sur les bijoux de la Bégum. » Il me barre le passage.

— Merci, dis-je. Tu repasseras pour la Bégum. T'aurais pas vu un nègre, des fois, dans le coinstot ? C'est pour la course au trésor...

Il fait passer son mégot de bâbord à tribord, m'envoie un jet de salive presque sur les targettes.

— Attendez donc... Un négro ?... J'ai vu ça, y a pas trois minutes... Il avait l'air d'attendre quelqu'un... Il me semble bien qu'il a tourné dans la petite rue, à côté du théâtre, comme s'il était allé du côté de l'entrée des artistes.

Je démarre tellement sec qu'il reste derrière moi un petit nuage de fumée. Pour un coup de pot, c'est un coup de pot. La ruelle est plutôt sombre, mais j'aperçois un type, appuyé au mur, qui avance à tout petits pas en regardant à terre, comme s'il espérait trouver le billet gagnant le gros lot. J'approche. Je sors mes allumettes. La quatrième s'allume, ce qui est inespéré, et je distingue un moricaud de toute beauté, qui roule des yeux comme s'il avait envie de vomir. Il est fin rond et tient à peine debout. J'appelle Hélène.

— Hep! Par ici. J'ai le nègre et il est complètement noir. Freddy va peut-être doubler la prime.

J'avais déjà coltiné pas mal de barbaque, mais celui-là,

comme lourdingue, se posait un peu là. Il fallait presque le traîner. J'avais beau lui promettre à boire, pour l'encourager, il était à peu près aussi nerveux qu'un édredon, avec cette différence qu'il n'était pas précisément un poids plume.

— Jamais on n'y arrivera, balbutiait Hélène qui poussait à l'arrière. Moi, je tirais comme un percheron. On allait avoir bonne mine sur la scène du Lexington. Enfin, on parvint à traverser le hall. Les ouvreuses se marraient et nous chariaient gentiment.

— Vaudrait peut-être mieux faire deux voyages. Il est mignon tout plein, votre nourrisson. Une fois passé à la paille de fer... Vous travaillez pour l'Union Française ?

On serrait les dents à s'en faire péter les mâchoires, mais on avançait.

Quand la salle nous aperçut, ce fut du délire, comme on dit dans le *Crépu*, et le bruit ranima notre gorille qui consentit à remuer un peu les gambettes. On le hissa sur le plateau, tandis que l'orchestre entamait un truc qui tenait du déraillement et du tremblement de terre.

— Minuit, criait Freddy. Je vous la souhaite bonne et heureuse. Embrassez le nègre, mademoiselle.

Hélène avait plutôt envie de le mordre, mais tous ces branquignolles hurlaient en cadence.

— La bise... La bise... La bise...

Alors, elle appuya sa joue sur la figure du nègre en grognant : « Vous me paierez ça, patron. » Soudain, je la vis qui sursautait, s'essuyait la joue d'un geste rapide, puis contemplait sa main.

— Il déteint, bégaya-t-elle.

Je lâchai le nègre. Il piqua en avant et se répandit sur le plancher. Hélène contemplait toujours sa main, tachée de noir. Quant à Freddy, il s'était agenouillé près du corps et il répétait comme un idiot : « Il est mort... Il est mort. »

Je regardais le spectacle en connaisseur : l'orchestre épileptique, le public déchaîné, le dompteur penché sur le négro et ma secrétaire à moitié dans les pommes.

— Ça oui, c'était un réveillon.

Quelques instants plus tard, la scène du Lexington ressemblait à un corps de garde mâtiné d'hôpital et de maison de fous. Il y avait des bourres partout, des infirmiers, un toubib qui pelotait le cadavre du pseudo-nègre, Freddy avec sa cravache en berne, les pompiers de service, les musiciens, les machinistes, le directeur, les suspects (Hélène et moi), et tout le monde parlait à la fois. Bref, une foire qui vous donnait une petite idée du Jugement dernier. Il y avait même le trompette qui égouttait encore son instrument. Mais quand arriva mon ami, l'inspecteur Faroux, tout le monde se tut, plus ou moins au garde à vous, sauf le macchab. Il ne m'avait jamais eu à la bonne, l'inspecteur Faroux, mais ce soir-là, s'il m'avait tenu dans un petit coin tranquille, on aurait sans doute vu comment un détective privé peut se transformer en un tas de viande impropre à la consommation. Pourtant, il ne m'incendia pas tout de suite. Il examina le mort, les pouces accrochés à son gilet, ses doigts tambourinant une petite marche sur ses pectoraux.

— Alors ? grogna-t-il.

Le toubib se releva.

— Coup de couteau dans la région du cœur. Joli travail.

— On ne voit presque pas de sang.

— La blessure est imperceptible. L'assassin a probablement utilisé un stylet. Dans ce cas-là, l'hémorragie est insignifiante. C'est ce qui explique pourquoi la victime n'est pas morte sur le coup.

— Comment est-il arrivé jusqu'ici ?

Hélène et Freddy s'avancèrent ensemble pour répondre, ouvrirent la bouche ensemble, la refermèrent ensemble. Un sketch drôlement au poil, mais Faroux, qui devait avoir sur le cœur son réveillon interrompu, beugla :

— Pas vous. Lui, là-bas.

Lui, c'était moi. Je m'approchai.

— Je vous la souhaite bonne et heureuse, Florimond.

Il devint rouge, puis vert, comme un signal avertisseur, et glapit.

— Faites pas le mariole ou je vous embarque tout de suite.

Il ajouta quelques petites gentillesses que je rapporterai une autre fois, quand j'écrirai un traité de civilité à l'usage des éditeurs. Je m'empressai de vider mon sac et de lui raconter ce que nous avions fait, Hélène et moi. Faroux appela un de ses flics.

— Gustave, va me chercher ce marchand de journaux.

Et il entreprit de me fouiller, moi, Burma. J'essayai de rigoler.

— Attention, Florimond. Dans cette poche, j'ai un lance-flammes et, sous mon mouchoir, il y a un bazooka.

Mais j'avais bonne envie de le mettre K. O. avant de m'attaquer au mystère, surtout que dans mes poches on trouve toujours un peu de tout, depuis un brûle-gueule en forme de tête de vache jusqu'à des reconnaissances du Mont-de-Piété.

— Dois-je retirer mon grimpant et mes godasses ? proposai-je, avec un sourire qui le fit reculer.

Il me lâcha et s'occupa du macchab, mais celui-ci n'avait rien dans les mains, rien dans les poches, ou plutôt si. Florimond découvrit dans son veston un morceau de papier crasseux où l'on avait écrit : « *Ce soir, vingt-trois heures cinquante, dans la petite rue, au coin du Lexington.* »

— C'est forcément un spectateur qui lui avait donné rendez-vous, décida Florimond. Qu'on le débarbouille.

Les bourres ne s'en ressentaient pas beaucoup pour ce genre de boulot. Ils étaient tous blêmes comme des passagers d'entrepont. Faroux fut obligé de laver, de frotter, d'astiquer, de poncer son mort et, à mesure que le type devenait blanc, les mains de Faroux devenaient noires. Il était furax, Florimond. Juste à ce moment, le flic parti à la recherche du marchand de journaux fit son entrée.

— Pas trouvé, chef. J'ai interrogé, à droite et à gauche. Personne n'a fait attention à lui. Je me demande même s'il a existé, ce marchand de journaux.

Du coup, tous les yeux se tournèrent vers moi. Faroux soupçonnait quelque sombre micmac, un faux nègre, un marchand de journaux fantôme et Burma pour couronner le tout ! Freddy, qui avait repris son sang-froid, commençait à s'impatienter.

— On pourrait peut-être aller se coucher, inspecteur ? Nous partons pour Lausanne demain soir et nous allons avoir pas mal de boulot.

Faroux savait que Freddy était une huile et il tenait à son avancement. Il capitula. Mais il nous retint, Hélène et moi, et nous fit conduire dans le bureau du directeur, une espèce de turne qui tenait du bar, du clapier et du cabanon. Il songeait toujours à m'étrangler, mais il se força à être correct.

— Voyons, Burma. De vous à moi, qu'est-ce que ça signifie ?

Je profitai de ce répit pour lui emprunter une pincée de gros cul et bourrer ma bouffarde.

— Il ne s'agit pas d'une coïncidence, reprit-il. Vingt-trois heures cinquante. Quelqu'un avait donc l'intention de sortir à l'entracte pour rejoindre le type et le poignarder.

— Si je l'avais tué, observai-je, vous croyez sérieusement que je l'aurais amené sur la scène ? Quand je bigorne un client, je prends toujours la précaution de le couper en morceaux et de le mettre à la consigne.

Florimond soupira. Si je n'étais pas l'assassin, il allait lui falloir enquêter sur chacun des deux mille spectateurs. Il aurait pris sa retraite avant d'avoir terminé une pareille enquête. J'allumai le radiateur électrique et découvris dans un classeur une bouteille de cognac à peine entamée et un verre. Nous bûmes à tour de rôle, mais l'alcool ne nous éclairait pas l'intellect. Je nageai autant que Faroux. Quelqu'un était sorti à l'entracte, avait tué le pseudo-négro et s'était débiné. C'était plutôt vague.

— Je me demande, soliloqua Florimond, pourquoi ce type-là avait éprouvé le besoin de se teindre.

— Pour faire peur à sa concierge ? hasardai-je, mais, à la réflexion, cela parut peu probable à l'inspecteur.

J'apercevais bien une autre étrange coïncidence mais jugeai préférable de ne pas en parler. Faroux finit par nous enfermer avant d'aller retrouver l'équipe de l'Identité judiciaire qui, à cette heure, devait s'en payer une tranche sur la scène du théâtre.

— Nous sommes mal partis, grogna Hélène.

Je fis descendre de trois doigts le niveau du cognac, me tassai tant bien que mal dans le fauteuil directorial et priai ma secrétaire de faire dodo. J'avais à cogiter. En une demi-heure de ce burlingue, je bossai plus qu'en dix années de bahut. J'en avais à la fin des crampes dans le caberlot et je sentais vaguement le roussi. Mais le mystère, s'il n'était pas encore tout à fait K. O., était du moins sérieusement groggy. J'étendis le bras vers le téléphone et formai le numéro de Covet. J'eus presque illico le *Crépu* en ligne et je reconnus la voix amène et légèrement éméchée du journaliste. Ça faisait une sacrée paye qu'on ne s'était pas causé.

— Allô! ici Nestor! Je vous la souhaite bonne et heureuse, mon petit Marc.

Curieux, comme cette formule de politesse avait le don, ce soir, de provoquer des grossièretés. Il tonitruait à en faire éclater le bigornot et j'appris que les enfants de cochon de directeurs du *Crépu* s'étaient arrangés pour que Covet soit de service de nuit justement pour l'empêcher de réveillonner, mais qu'il s'était fait monter un gueuleton du tonnerre accompagné de flacons idoines et qu'on pourrait bien faire sauter la planète et tous les détectives de choc avec elle, il ne se donnerait même pas la peine d'écrire un article nécrologique, parce qu'il commençait à en avoir soupé d'être considéré comme un type qu'on fait marcher à volonté et que, d'ailleurs, il allait leur foutre sa démission pas plus tard que demain puisqu'ils avaient la prétention de...

— Ça va, ricanai-je. Prenez un crayon et notez ce titre : « L'énigme du noir qui déteint. »

— Quoi ?

J'entendis un glouglou révélateur. Covet était en train de se remonter le moral et pas avec de l'eau qui fait pschutt!

— Répétez, éructa-t-il.

Je lui racontai l'histoire par le menu. Il soufflait comme un phoque.

— Seulement, ajoutai-je, vous allez me rendre un service. Le type qui s'est déguisé en marchand de journaux avait sous le bras un paquet de *Crépus*. Il avait dû se procurer ça dans un dépôt. Tuyautez-vous. Quelqu'un l'a vu, a parlé avec lui. Il faut que je retrouve sa piste et au trot.

— Facile, affirma Covet. Dans une heure je vous rencarde. Où êtes-vous ?

— Dans le bureau du directeur du Lexington avec Hélène sur les genoux et Faroux sur le poil. Grouillez-vous. Ce n'est pas confortable.

— O.K., fit-il en essayant de prendre l'accent yankee.

Je raccrochai au moment où Florimond chatouillait la serrure. Il avait l'air mauvais et je sentis qu'il avait découvert quelque nouveau pot aux roses.

— Hello, détective à la gomme, fit-il, car il se donne volontiers, lui aussi, le ton new-look. Où étiez-vous, avant-hier matin, à huit heures et demie ?

— Sous une table du Fouquet's, dis-je froidement. On allait m'embarquer dans un taxi pour me rapatrier.

— Et à quinze heures ?

— Pas de chance, Florimond. J'étais encore sous une table. Je ne me rappelle plus le nom du bistrot.

— Hem ! Vous buvez beaucoup.

— Chagrins intimes.

— Vous avez bien réfléchi, Burma ? Vous ne voulez pas me répondre ?

— Je ne peux pas, ricanai-je, en montrant Hélène qui faisait semblant de roupiller. Pas devant une dame.

Faroux empoigna la bouteille par le goulot puis, réflexion faite, se versa un plein verre de gnole.

— Personne ne connaît le mort, susurrai-je. On ne possède pas sa fiche aux sommiers et vous ne pouvez pas l'identifier ?

— Vous savez quelque chose, hurla Florimond.

Du poing, je me cognai le crânibus.

— J'utilise les surplus, Florimond.

— Ouais, grinça-t-il. Eh bien, je vais vous trouver un petit logement où vous pourrez faire bosser vos méninges sans être dérangé.

Il tira sa blague et j'en profitai pour me ravitailler en perlot.

— Vous savez sans doute, reprit-il, puisque vous êtes extra-lucide, pourquoi le type s'était déguisé en négro ?

— Parce qu'on le poursuivait, assurai-je. Alors, il a préféré changer de peau.

Les yeux de Florimond lui sortaient des orbites, à croire qu'ils étaient montés sur pédoncules.

— Vous voyez bien que vous êtes dans le coup, beugla-t-il.

— Si vous vous expliquiez, Florimond, peut-être pourrait-on cesser de jouer aux charades.

Il reprit sa respiration et un doigt d'eau-de-vie.

— Le type, commença-t-il, a téléphoné avant-hier à mon collègue Loiseau pour lui dire qu'il était en danger de mort. Il avait à ses trousses une bande qui avait déjà essayé de lui faire la peau et il demandait du secours.

— Il vous a téléphoné à huit heures et demie et à quinze heures ?

— Justement, continua Florimond. Mais à huit heures et demie, il ne se trouvait pas du tout dans les parages du Fouquet's. Il était place Blanche. Et à quinze heures, il a appelé d'un petit bar de la rue Montparnasse. Loiseau a envoyé un inspecteur à tout hasard. Et puis, il a laissé tomber. Si je ne l'avais pas eu par chance au bout du fil, tout à l'heure, je n'aurais pas pu faire le rapprochement, évidemment. Je suis sûr que c'est le macchab de ce soir qui nous a téléphoné.

— Façon de parler, remarquai-je, mais ça se tient. Avait-il l'accent étranger ?

Faroux me jeta un regard hébété.

— Quoi ? C'est un étranger ?

— Peut-être pas. Je demande s'il avait de l'accent.

— Quel accent ?

— Bon sang, est-ce que je sais ? Disait-il « une bann-de », comme un Amerloque ou « une pante », comme un Fridolin ? Vous êtes bouché ou quoi ?

Florimond se tassa un godet pour montrer qu'il n'était pas si fermé qu'il en avait l'air.

— Mettons qu'il ait eu une petite pointe d'accent, dit-il. Alors ?

— Eh bien, vous auriez intérêt à donner son signalement à la police belge, par exemple, ou à la police suisse. Le résultat serait sûrement curieux.

Il tendit vers ma personne un index culotté.

— Vous... crachota-t-il.

Puis il se débina à tout berzingue, oubliant, dans son émotion, de boucler la lourde.

— Qu'est-ce que c'est, patron ? gémit Hélène en ouvrant un œil.

— Faites pas attention, beauté. J'ai seulement déclenché le vide-ordure.

Elle me considéra d'un air soupçonneux et me déclara soudain :

— Vous êtes bien sûr que la pechblende, ce n'est pas comestible ?

Parce qu'elle a de la suite dans les idées, Hélène. Un corps de déesse mais une tête de cochon, comme aurait dit Covet. A propos de Covet... Je sautai sur le téléphone et formai derechef le numéro du *Crépu.*

— Allô... faudrait pas roupiller, là-bas, vous entendez ?

Fichtre oui, il entendait. Il n'était même pas beau à entendre. Si les murs ont des oreilles, au *Crépu*, l'immeuble doit être couleur pivoine. Enfin, il me refila le tuyau que j'attendais et je reposai l'appareil. Hélène était déjà debout, poudrée et tenant la porte entrouverte. Nous filâmes en faisant des pointes comme des danseuses étoiles. Si Florimond nous avait repérés, on aurait vu un drôle de ballet. Il n'y avait pas de poulet sur le trottoir. Nous traversâmes le boulevard. Les taxis ne manquaient pas, à cause de toute la viande saoule qui vadrouillait en liberté. Je nous fis conduire au *Crépu* et renvoyai Hélène chez elle.

— Moi, je suis sûre que c'est comestible, me glissa-t-elle, tandis que le taxi démarrait.

Toujours le même, Covet. Les yeux pleins de flotte — c'est même la seule partie de son individu qui supporte le contact de cet élément — et le nez passé au minium. Un peu partout, des litrons proprement nettoyés. Sur un coin de table, à côté de la machine à écrire, un plateau encombré de plats d'un aspect décourageant. Il jetait en l'air des boulettes de pain qu'il essayait de se faire retomber dans le gosier et il faillit s'étrangler quand je refermai la porte.

— La vie est dégueulasse, soupira-t-il. Seyez-vous.

En cherchant bien, je dégottai une chaise à peu près solide sur ses pattes.

— Pas celle-là, grogna-t-il, le dossier se débine.

— Votre mobilier a AUSSI réveillonné ? souris-je.

Il sortit un ricanement postillonnant et lugubre.

— J'en ai marre de ce métier, Burma. On se fout de moi. On me prend pour... pour...

Il chercha une comparaison adéquate, esquissa un geste fatigué et piqua un mégot sur le plancher jonché de clopes.

— Donnez-moi du feu, grimaça-t-il, et servez-vous.

Je lui tendis mon briquet et posai une fesse circonspecte sur le bord de la table, craignant quelque séisme.

— Alors, mon marchand de journaux ?

— C'est Jo-la-Tirelire, dit-il en mettant mon briquet dans sa poche. Il n'est pas plus marchand de journaux que les quintuplées. C'est un mec moitié book, moitié barbeau. Il a refilé cinq mille balles à l'employé du dépôt pour avoir les canards et la casquette du *Crépu.*

— On sait où il habite ?

— Dans un meublé, 120, rue de la Gare, derrière Austerlitz.

— Je vous emmène, Covet.

— Vous voyez bien que je suis de service, fulmina-t-il.

Je lui collai d'autor son feutre sur le cassis et le poussai dehors. Il soufflait un sale vent qui vous faisait des papouilles plutôt frisquettes. Bien entendu, nous dûmes nous taper le métro, tellement c'était au diable, cette rue de la Gare. Je remorquai Covet qui n'arrêtait pas de râler. Il était plus de trois heures quand nous dénichâmes le meublé, une espèce de bouge pour clodos, éclairé par un bec de gaz anémique. Nous entrâmes. Il y avait, dans un fauteuil en rotin, un veilleur qui pionçait. Il en avait même pour un bout de temps, à en juger par les coquards qui lui gonflaient les mirettes et lui enflaient la figure.

— C'est accueillant, dit Covet.

Je m'engageai dans l'escalier où régnait une odeur pour le moins complexe.

— Si encore on connaissait le numéro de la chambre, chuchotait Covet.

Mais je savais déjà que nous n'aurions aucun mal à repérer Jo. Derrière les portes closes, on entendait des ronflements variés, une sauvage musique de muqueuses relâchées. Je m'arrêtai devant une porte sous laquelle filtrait de la lumière. Aucun bruit dans la chambre.

— C'est là, dis-je, et j'entrai.

La Tirelire nous attendait bien sagement, fendu comme il se doit, mais d'une oreille à l'autre, et ce qui sortait de la gorge tranchée, ce n'était pas précisément de la petite monnaie. Covet siffla doucement.

— Un joli papier, ricana-t-il. Ça valait le voyage.

Et, sortant son kodak de poche, il ajouta :

— Pendant que vous allez fouiller la turne, je vais toujours faire un gros plan du macchabée. Prenez votre temps.

En sautillant pour ne pas marcher dans les flaques, je visitai le mobilier.

Le type qui nous avait précédés connaissait son affaire. Il avait tout retourné. Le matelas était crevé; le fauteuil, lacéré; l'armoire, béante. Quant aux poches de Jo, elles avaient été vidées comme par un percepteur. Ça ne collait plus. Il y avait un trou dans ma théorie. Un sacré trou. Je regardai le lit, les chaises, l'armoire, les photos de stars clouées au mur, puis le plancher et Covet qui achevait son rouleau. Ça ne collait plus du tout.

— Qu'est-ce qu'on fait ? demanda Covet.

— On a le choix, dis-je. On peut appeler Florimond ou téléphoner à l'hosteau, ou prévenir les pompiers, ou réveiller le veilleur, ou se tailler en douce.

— J'aimerais mieux le cinquième procédé, fit Covet. On a vu ce qu'on voulait voir, maintenant.

— Minute, aboyai-je.

Et, sortant mon canif, je me mis à arracher les punaises qui maintenaient les gravures. Il n'y avait rien derrière Rita Hayworth; rien non plus derrière Ingrid Bergman; mais, au verso de Martine Carol (pour parler poliment,) je dégottai une enveloppe ouverte et, dans l'enveloppe, une bafouille. Covet la lut par-dessus mon épaule.

« Le patron vous fais dire que ses harengé. Ramenes le frique et tous sera régul. Il axepte vos condissions. Je vous feré savoir demain l'endroi du rendé-vous. «

— A en juger par l'orthographe, dis-je, la Tirelire devait se régaler de vos articles, Covet.

— Ça va, grogna-t-il. Vous oubliez que c'est grâce à moi que vous avez trouvé ce papier. Vous croyez qu'il est de Jo ?

— Je ne crois pas. J'en suis sûr.

Et, promenant l'enveloppe sous le tarin de Covet, je lui fis voir l'adresse : *Joseph Blaehe. Family Hôtel, rue des Saints-Pères, Paris.*

— Ça, c'est l'adresse du faux nègre.

— Arrêtez, vous me collez la pépie, soupira Covet.

— Jo, poursuivis-je, a piqué Blache près du Lexington, sur ordre du patron. Il lui a ensuite fait les poches et a récupéré cette lettre qu'il lui avait envoyée la veille. Le billet trouvé sur Blache et que Jo, dans sa précipitation, a oublié, est aussi de sa main.

— C'est un peu compliqué, gémit Covet.

— Si votre intellect ne fonctionnait pas à l'alcool à brûler, dis-je, vous auriez déjà entravé la combine. Blache — qui ne s'appelle sans doute pas Blache — vient à Paris pour négocier quelque chose avec le fameux patron, M. X. Ils n'arrivent pas à se mettre d'accord et X essaye de supprimer Blache. Celui-ci téléphone à la P. J. pour demander du secours. Puis, toujours poursuivi par les hommes de X, il rentre à son hôtel. Mais X a réfléchi. Il charge Jo de contacter Blache, de le rassurer (d'où la lettre), et de lui donner un rencart. Jo se déguise en marchand de journaux et supprime Blache qui, méfiant, s'était camouflé en négro. Seulement, il cède à la tentation et, au lieu d'aller retrouver X, il garde le fric qu'il a trouvé sur Blache et se ramène ici où il cache la lettre pour avoir une arme contre X. Malheureusement, il n'a pas le temps de repartir pour planquer l'oseille. X arrive, endort le veilleur, bouzille Jo, reprend le pognon et fiche tout en l'air pour retrouver la lettre. Persuadé que Jo a dû la détruire, il se taille juste avant que nous arrivions. Cinq minutes plus tôt...

Covet se passa la main sur le gésier.

— Suffit, Burma. J'ai pigé... Ça se défend, votre truc. Mais ce ne sont que des hypothèses.

— Évidemment. Mais vérifiées. Je me bats contre la logique, comme d'autres contre la montre. Burma contre C. Q. F. D. Vous voyez ça ?

— Ouais, ricana Covet. Maintenant, on pourrait peut-être aller se pagnoter ?

— On va chez Blache, dis-je.

Il était quatre heures et demie. Covet me dit sa façon de penser, de la manière directe, imagée et percutante qui lui est familière, puis nous descendîmes en silence. Le veilleur commençait à sortir des brumes de l'inconscience. Il était debout devant la caisse et se versait un petit remontant quand nous arrivâmes près de lui.

— Bonne et heureuse, dis-je, et, d'un crochet au foie, je le réexpédiai au paradis des veilleurs de nuit, tandis que Covet s'appuyait le cordial.

Nous étions fin prêts pour gagner la dernière manche ou le paletot sans manche! Ça dépendait de M. X.

Il était près de six heures quand nous parvînmes devant le Family Hôtel. Il faisait si froid que le nez de Covet illuminait la rue. Le Family était resserré entre un magasin de couronnes mortuaires et une boutique d'armurier. Un petit rigolo, ce Blache!

— Votre M. X nous attend peut-être dans sa piaule ? dit Covet.

— Non, expliquai-je. Parce que Jo n'a pas été assez gourde pour filer à son patron la véritable adresse de Blache. C'est la deuxième raison pour laquelle X voulait récupérer la lettre.

— Et comment la découvrirez-vous, sa piaule ?

— Tous les locataires ont pris leur clef au tableau, à cette heure. La clef restante sera forcément celle de Blache.

Et toc. Covet en flageolait sur ses guibolles. L'admiration, ça lui tombe toujours sur les jambes. Du premier coup, nous repérâmes la fameuse clef, toute seule, au tableau. Il n'y avait personne à la réception. Le réveillon avait endormi, si j'ose dire, toute la maisonnée. Nous grimpâmes jusqu'au 27, au milieu d'un concert de borborygmes, de hoquets et autres fantaisies nasales qui nous assuraient une sécurité complète. La chambre de Blache n'avait pas été visitée. Sa valise était sur la table. Je l'inventoriai et, dans un tube d'aspirine, découvris un mince paquet renfermant de la poudre blanche, brillante. C'était donc ça. Le mystère était au tapis. Il avait son compte.

— Qu'est-ce que c'est ? questionna Covet.

— Héroïne, dis-je. Blache venait de Liège.

— De Liège ou d'ailleurs.

— Regardez l'adresse de la pharmacie, sur le tube : « Meulemans, 4, place de la Bourse, Liège. »

— *Fiat lux*, murmura Covet en soulevant son blum.

Nous nous présentâmes au Lexington, Covet et moi, vers la fin de la matinée. Covet avait appris au téléphone que Florimond était en train de procéder à une reconstitution avant le départ de Freddy et de ses boys. Quand Faroux m'aperçut, je crus qu'il allait à la fois me casser la gueule, me serrer dans ses bras et tomber pâle.

— Arrêtez-le ! rugit-il. Cette fois, vous aurez du mal à me filer entre les doigts.

— Bas les pattes, dis-je. Je n'aime pas les chatouilles.

Et je sautai sur la scène où les conscrits de Freddy, habillés en civelots, avaient l'air d'attendre le conseil de révision.

— Où étiez-vous ? gronda Florimond.

— Avec le marchand de journaux, puisqu'on ne peut rien vous cacher.

— Pourquoi ne l'avez-vous pas amené ?

— Il se sentait un peu faible, vu qu'il avait perdu cinq ou six litres de sang.

— Hein ? sursauta Florimond. Vous l'avez bigorné ?

— Pas moi.

— Qui, alors ?

— M. X.

Faroux se tourna vers ses bourres :

— Embarquez-le. Je peux plus le piffer, ce mec-là.

— Minute, protestai-je. Covet était avec moi. Son article

est à la composition. Si vous me mettez au ballon, j'aime autant vous dire que ça fera du raffût.

Ce petit coup de pied dans les rotules stoppa Florimond qui déteste la publicité du *Crépu*. Il essaya de crâner.

— Expliquez-vous, bon Dieu! puisque vous êtes si malin.

Je m'assis sur le tabouret du piano parce que je commençais à me sentir un peu flagada.

— Voilà, dis-je. Il y a une coïncidence qui m'a paru bizarre dès le début...

— Je sais, coupa Florimond. Le type a été tué juste au moment où l'on demandait aux concurrents de la course au trésor de ramener un nègre.

— Élève Faroux, vous êtes en progrès, dis-je. Concluez!

— Quoi ? grogna Florimond. Y a rien à conclure. C'est une coïncidence.

— Non. C'est un alibi.

La suite restera toujours un peu confuse dans ma cervelle. J'avais sur le bide un type qui me lançait à toute volée des ramponneaux dans l'accroche-pipe. Autour de moi, ça batifolait ferme, sur un rythme de sifflets à roulette et de godillots cloutés. J'entendis même deux coups de soufflant avant de porter à mon assaillant la botte secrète des ceintures noires. Il s'affala avec une espèce de sourire baveux et resta en tas au pied du piano. Covet s'expliquait avec deux balèzes qui le serraient de près. Mais il a une haleine qui tue les mouches à vingt pas. Alors, vous voyez les dégâts, à bout portant. Je préférai porter secours à Florimond, dont je n'apercevais, pour le moment, qu'un fond de culotte et une oreille, tellement il était emmêlé avec un autre zèbre. Je cognai sur les deux à tours de bras et ils finirent par se dénouer. Le partenaire de Florimond, c'était Freddy. Il avait le nez comme une betterave et sa mâchoire inférieure n'arrivait plus à rejoindre le gros du bataillon. Florimond semblait sortir de dessous un autobus. Les bourres nettoyaient le terrain. L'orchestre gisait, aplati, lessivé, ratatiné. Seul, Covet était indemne et il me visait avec son kodak en criant :

— Prenez la main de Faroux. Là. Parfait. Nestor Burma et le Monstre, en gros titre, à la une.

Des renforts arrivaient. La bande fut enlevée sauf Freddy, qui comptait ses dents et s'embrouillait dans son calcul.

— Alors, tu avoues, crapule ? lui dit Florimond.

— J'ai rien fait, bafouilla Freddy.

— Ne l'écoutez pas, surtout, intervins-je. Il est menteur comme un soutien-gorge, ce mec-là. Je vais vous affranchir, Florimond. Freddy fait le trafic de la drogue. Un orchestre qui circule d'un pays à l'autre, c'est commode pour passer de la poudre à la douane. Personne ne songe à examiner de près la batterie ou le saxo.

— Pardon... graillonna Freddy.

Florimond lui fila un coup de tatanne et il préféra la boucler.

— Mais Freddy, enchaînai-je, a eu des mots avec un de ses acheteurs belges, car le faux nègre était Belge...

— Exact, reconnut Florimond. Il a été identifié ce matin. C'est un nommé Patrice de Velde. La brigade de Bruxelles le surveillait depuis trois mois.

— J'en étais sûr. Donc, l'homme au sang bleu vient à Paris pour discuter le bout de gras avec Freddy et, naturellement, il refuse de lâcher son fric. Freddy se fâche et essaye de le faire descendre par Jo la Tirelire... Covet vous expliquera tout à l'heure cet épisode... Il charge Jo d'attirer le Belge près du Lexington et de le trucider à vingt-trois heures cinquante-cinq. A la même heure, il donne le départ de la course au trésor. La combine était bien goupillée. Normalement, Jo devait aiguiller un concurrent vers la petite rue avant de se tailler. Ainsi Freddy avait un alibi irréfutable et, comme il partait le lendemain pour Lausanne, il était bien peinard. Seulement, la déveine a voulu que Jo tombe sur Burma, que le faux nègre ne soit pas tout à fait mort, que je le déhale jusque sur la scène. Vous devinez la suite.

Mine de rien, je m'éloignai de quelques pas en bâillant.

— Je suis pompé, Florimond. Je rentre au paddok. Pour de plus amples détails, veuillez vous reporter à votre journal habituel. Je vous conseille l'édition spéciale du *Crépu*...

Et je me trissai en douce. J'étais pressé d'arriver à cause de ce que j'avais barboté à Freddy pendant la bagarre. Une bonne surprise m'attendait, sous les traits d'Hélène qui était en train de préparer le jus.

— J'ai pensé que vous seriez fatigué, patron.

Je balançai sur la table une liasse de billets grand format, cent sacs à vue de nez. Hélène s'assit, les nénés palpitants.

— Qu'est-ce que c'est ?

— La prime de rendement, beauté. De quoi renflouer l'Agence et s'offrir un réveillon gratiné.

Elle me sauta au cou et me glissa à l'oreille :

— Alors, patron, on va pouvoir en manger ?

— De quoi ?

— Vous savez bien... J'ai regardé dans un livre de cuisine. Eh bien ! j'avais raison... C'est comestible.

LE GORILLE AUX FLORALIES

A la manière de A. L. Dominique

Le Gorille entra chez le Vieux. Il ne vit pas la main tendue. Il étais mauvais, le Geo. Le Vieux l'observait, de son unique œil flamboyant et ses rides allaient et venaient comme les plis d'un soufflet. C'était sa manière de rigoler.

— Bien content de vous voir, dit-il.

Le Gorille chercha des yeux une chaise.

— Inutile, reprit le Vieux, vous avez cassé la dernière il y a un mois. L'Administration n'a pas les moyens d'acheter un matériel spécial pour Monsieur Paquet.

— Quand je serai le patron, commença le Gorille...

— Je ne suis pas mort, dit le Vieux. Ça vous embête, je sais.

Il émit une sorte de borborygme spasmodique et crachotant, qui était la marque d'une jubilation un tantinet rancunière. Comme le respect n'étouffait pas le Gorille, il tassa son quintal de muscles et d'os à même le plancher, entre des piles de dossiers. Le Vieux sortit d'un tiroir un cigare noirâtre qui ressemblait à un bâton de nougat tellement il était plein de nœuds, et l'alluma. Une fumée infecte l'entoura, qu'il écarta des deux mains, et il borgnotta du côté de Geo.

— J'ai deux histoires à vous raconter.

— C'est deux de trop, fit le Gorille. Parce que je dois vous rappeler que je suis en congé régulier et que j'ai l'intention d'aller faire trempette du côté d'Antibes. Alors, vos histoires, vous pouvez vous les mettre où je pense.

Berthomieu n'avait pas toujours été le chef des barbouses. Il savait, lui aussi, ce que représentait un congé de huit jours entre deux missions, quand on essayait d'oublier l'une et de ne pas penser à l'autre. Mais il adorait les rognes du Gorille.

— Vous n'êtes plus en congé, dit-il... Depuis une heure... Exactement, depuis qu'on m'a raconté la première histoire, et je l'ai écoutée, moi!

Le Gorille, avec une légèreté déconcertante, se trouva debout, la tête droite, les yeux fixés à quinze pas et le petit doigt sur la couture du pantalon.

— A vos ordres, grand-père.

Le Vieux sortit sa grimace nº 1 et, un rien condescendant, répliqua :

— Repos, mon ami, repos.

Ils se regardèrent une minute, fignolant la comédie, en mettant juste un peu trop, l'un ravagé de tics et l'autre plus raide qu'un mannequin, puis Geo lâcha la pose, appuya sur le coin du bureau une fesse large comme une presse à emboutir et murmura gentiment

— Si vous cessiez de déconner, croyez pas qu'on irait plus vite ?

Le dentier du Vieux faillit se débiner, il n'avait plus du tout envie de rigoler. Il consulta un papier qui traînait près de lui, dans ce qu'il appelait « le foutoir », et qui était la partie du bureau où échouaient des cure-dents, des élastiques, des trombones, des douilles et jusqu'à des rognures d'ongles.

— On a cambriolé les Usines Weber, attaqua-t-il.

— Et alors, grommela Geo, on n'est pas des poulets.

— Chez Weber, on travaillait depuis trois ans à mettre au point un accumulateur extra-léger et les recherches venaient d'aboutir. Vous comprenez ce que ça veut dire, un accumulateur extra-léger ?

— Vous fatiguez pas... Moi aussi, je lis « *Tintin* ». Continuez. On a fauché des plans ?

— Non. On a enlevé un élément de batterie.

— Aussi sec ? Y avait même pas un rombier chargé des services de nuit ?

— Si. Il a été assommé.

— C'est gros, ce machin qu'ils ont barboté ?

— Un mètre trente-cinq de haut, trente kilos.

— Pour de l'extra-léger, ça se défend.

— Ça c'est la première histoire. Le vol a eu lieu vers trois heures du matin. A six heures, deux agents cyclistes ont découvert, boulevard Masséna, un homme grièvement blessé ; une balle dans le foie.

— Vous parlez comme *France-soir*... C'était le voleur ?

— Devinez... Un grand blond, très élégant, avec une cicatrice de rasoir sous l'oreille droite.

Le Gorille se leva lentement.

— Kauffman ?

— Juste... On l'a transporté à l'hôpital et il est revenu à lui... Pas longtemps... Il a dit : « La batterie... Marguerite... Marguerite... ». Il est mort aussitôt.

— C'est ça, votre deuxième histoire ?

— Je peux vous raconter *Le Petit Poucet*, si vous préférez.

— Kauffman, dit le Gorille. Si les barbouses du Chancelier [1] sont sur le coup, les petits copains de Londres et de Moscou doivent vachement grenouiller dans le coin.

— Je dois ajouter, reprit le Vieux, que Kauffman portait des contusions sur tout le corps, comme s'il avait été jeté d'une auto ou comme s'il avait essayé de sauter en marche.

— Il court, il court, le furet, dit Geo. Kauffman barbote l'objet. Un autre arrive, qui le fauche à son tour...

— ... et vous allez le lui refaucher, conclut le Vieux.

— Mais comment donc! renauda Geo. Pas plus difficile que ça! Il avait des papiers, le Kauffman ?

— Oui. Au nom de Callezan.

— La presse est au courant ?

— Pas encore.

Le Gorille, mains dans les poches, arpentait le bureau et le plancher grinçait atrocement.

— Ça ne mène à rien de penser avec les pieds, remarqua le Vieux, suavement.

Le Gorille s'arrêta et regarda le Vieux.

— Il y a une Marguerite, dans les fichiers ?

— Non.

— Merci.

1. Désigne les Allemands de l'Ouest.

Il reprit sa promenade d'ours, jusqu'à ce que le Vieux, exaspéré, se bouchât les oreilles. Alors, il s'assit de nouveau sur le coin de la table et pointa un index gros comme un canon de fusil vers la poitrine du Vieux.

— Vous allez passer un coup de tube à votre distingué collègue de la Sûreté. Les journaux diront que Callezan a été blessé et qu'il a été hospitalisé dans la salle des urgences... Il n'a pas encore repris connaissance, mais on espère le sauver... Bien entendu, il s'agira d'un fait divers tout ce qu'il y a de banal.

Le Vieux sourit et eut soudain l'air d'un lézard préhistorique.

— C'est déjà fait, dit-il. Seulement, au lieu de l'hôpital, j'ai choisi une clinique, celle du docteur Picard...

Les deux hommes s'observèrent en silence.

— Vous pensez que l'objet est encore en France ? dit Geo.

— Pour les mêmes raisons que vous, dit le Vieux.

Joie de se comprendre à demi-mot.

— Le docteur Picard est d'accord, conclut le Vieux. Avec un peu de chance, vous pourrez prendre le Mistral demain soir.

Le placard était un peu juste. Il puait l'encaustique et le Gorille avait des crampes. Assis sur le derrière, les bras croisés autour des genoux, il somnolait. Si Chaboute lui avait demandé : « A quoi penses-tu ? », il aurait pu répondre : « A rien ». La porte du placard était légèrement poussée. Par l'entrebâillement, le Gorille apercevait le lit où Kauffman était couché. Le piège était appâté. Avec de la viande morte, comme il se doit. Mais le gibier ne venait pas vite. Et s'il ne venait pas ?... Le Gorille bâilla, changea de position; les fourmis passèrent de sa jambe droite dans sa jambe gauche. Comment serait-elle roulée, cette mystérieuse Margot ? J'ai tout du cocu, dans ce placard, songea le Gorille. Heureusement que je vais la coincer... La coincer... Touchons du bois... bois de campêche... pêche à la ligne... ligne de fond... fonds de commerce... commerce de bois... bois de campêche... Et puis, merde... Qu'est-ce que c'est ?...

Rien. Simplement Kauffman qui floflopait, bourré de gaz

exubérants. Le Gorille chercha un appui pour sa tête, se cala contre les balais suspendus. Charmantes vacances! Vue imprenable, odeurs sylvestres. Un petit coin bien peinard.

Et soudain, il sursauta. Au pied du lit, une ombre se déplaçait lentement, sans bruit. S'était-il endormi ? Ou bien l'autre avait-il traversé la muraille ? La veilleuse jetait un reflet bleu sur la gabardine, sur le poing ganté qui serrait un revolver muni d'un silencieux. La silhouette était mince. Marguerite ? Marguerite habillée en homme ? L'ombre s'approchait de Kauffman. Doucement, les doigts coururent sur le visage du mort. La main qui tenait le revolver s'abaissa remit l'arme dans la poche de la gabardine. L'ombre sortit du champ. Le Gorille attendit. Ce n'était pas le moment de se faire repérer. Il poussa doucement la porte du placard, jeta un coup d'œil. La chambre était vide. Le rodeo commençait. Avec une souplesse prodigieuse, Geo sortit dans le couloir qui filait, désert, jusqu'à l'escalier. Les consignes avaient été soigneusement observées. Pas un gêneur. Il n'y avait plus qu'à cueillir la Marguerite. Geo fonça, sur la pointe des pieds. Mais l'ombre fonçait encore plus vite, comme si elle avait le feu aux fesses. Elle était déjà dans la cour; elle se faufilait devant la loge. Le Gorille piqua un sprint façon Jeux Olympiques qui l'amena sur le trottoir, juste à temps pour voir démarrer une espèce de petit hors-bord rageur. Il sauta en voltige dans sa 15 et mit la gomme. Il comprit tout de suite que le rallye n'était pas dans la poche. L'autre tordue roulait à tout berzingue. Elle était seule et là, le Gorille ne pigeait plus. Elle *aurait dû* être accompagnée, ou alors c'est que les déductions foirottaient sur les bords. Ou bien c'est que la Margot était un homme. Geo rasa le pare-choc d'un « nuiteux » qui regagnait sa station. A force de jouer au con, il allait sûrement décrocher la timbale. Le pont de Neuilly fut avalé dans le style Fangio et le rond-point de la Défense apparut. Le petit bolide ralentit, piqua droit vers le Palais des Expositions.

— Vu, se dit Geo. C'est ici qu'on passe le relais.

Il freina, éteignit ses feux, puis stoppa car la voiture venait de s'arrêter, là-bas, devant une porte surmontée d'une pancarte : *Entrée des Exposants*. Il commençait à ne plus bicher du tout, le Geo! Est-ce que, par hasard, il se serait fait avoir ? Est-ce que la Margot s'était taillée en douce, à la sortie de la clinique, pendant qu'un complice attirait les éventuels poursuivants ? Mais non. Pas possible... Kauffman avait mis le nez dans leur pot aux roses. Ça, c'était sûr. Ils l'avaient descendu pour l'empêcher de parler. Bon. D'où le raid sur la clinique. Il fallait que Kauffman soit mort pour que l'expédition de l'accu soit tentée sans risque. La logique, ça existe. Et puisque la tueuse, ou le tueur (pas moyen de préciser encore) avait constaté que Kauffman ne dirait jamais ce qu'il savait, la voie était libre. On allait s'occuper sérieusement de l'objet...

Le Gorille, à demi-rassuré, sortit de la 15 comme si le sol avait été semé de tessons de bouteilles. Deux heures. Roupillon général. Silence. L'ombre avait ouvert la porte et, maintenant, sortait du coffre une chose allongée qui ne paraissait pas précisément gonflée d'air. Mais il n'avait pas l'air emprunté, car c'était un homme, pas d'erreur possible. Et il en connaissait un bout sur la manutention. Le colis sur l'épaule, un peu accassé par le poids, malgré tout, il disparut dans le bâtiment. Le Gorille, en quelques bonds, fut devant la porte. Elle n'était même pas fermée. Le temps de la pousser, de se risquer sur les pointes comme une danseuse de l'Opéra... Le sol était en ciment. Un coup de pot. Le Gorille, chaussé de crêpe, était plus silencieux qu'un fantôme, mais se voyait, malheureusement, de plus loin. Le gazier, par chance, était trop absorbé par son boulot pour se retourner. Il suivait bien sagement le couloir, précédé du pinceau de sa lampe électrique. Le couloir bifurqua et l'homme éclaira une pancarte, tourna à gauche, le Gorille dans son sillage. Une autre porte. Geo devenait méfiant. Qu'est-ce qu'on venait foutre dans le Palais des Expositions ? Quel rapport avec les accus de la maison Weber ?... Geo franchit la dernière porte, sur les talons du rombier. Il faillit lâcher un mot percutant. Il s'était attendu à tout sauf à ça. Devant lui, le hall du Palais semblait s'élargir à l'infini. La voûte était noire comme celle d'une forêt. Aux pieds du Gorille, c'était un jardin, un vrai, avec des fleurs qui brillaient doucement, éclairées, de loin en loin, par des ampoules dont la lumière, trop faible, faisait ressembler les allées à des ruelles d'ombre vaguement bariolées. « Les Floralies », pensa Geo. C'était tellement incongru qu'il s'arrêta une seconde, saisi d'une formidable envie de se marrer. « Ça manque un peu d'oiseaux! », songea-t-il encore, avant de reprendre sa poursuite. Ce n'était même plus une poursuite, mais une petite balade du genre footing matinal, à la fraîche. Pas un gardien en vue. Ils devaient en écraser quelque part, abrutis par les odeurs puissantes qui flottaient sous la voûte, dans un silence à couper au couteau. Un truc à attraper un rhume des foins. La barbouse trottait toujours, son butin sur l'épaule, parmi les tulipes et les azalées. Il contourna un massif de dahlias, longea un carré de quelque chose qui sentait le gazon mouillé et suivit une allée spacieuse, bordée de petits arbres, car il y avait aussi des arbres. Le Gorille était résolu à ne plus s'étonner. Peut-être allait-il croiser une vache ou un troupeau de moutons. Des panneaux, qui paraissaient suspendus dans le vide, marquaient les frontières. Geo apprenait ainsi qu'il venait de quitter les Pays-Bas pour la Suisse et qu'il allait pénétrer aux U.S.A. Devant, le globe-trotter se maniait drôlement le train. Il traversa les U.S.A. à la vitesse d'une soucoupe volante, entra dans le stand de l'U.R.S.S. Intéressé, Geo se rapprocha, en s'abritant derrière un rideau de palmiers. L'homme avait posé son colis sur le sol et attrapé une pelle à manche court qui, comme par hasard, était plantée au coin d'un parterre. Et ce parterre, vaste comme une prairie, était un champ de marguerites. Mais pas des marguerites comme vous et moi. Des marguerites revues et corrigées, à cœur blanc et pétales noirs, des marguerites de choc, boulottant de la vitamine irradiée, de l'hormone sélectionnée, du fumier atomique. Le gonze en mettait un coup. Les fleurs étaient plantées dans de longues caisses basses, du type jardinière, qui étaient rangées côte à côte. Avec sa pelle, il enlevait bien proprement la terre, installait avec des précautions de nourrice terreau et fleurs sur le ciment de l'allée. La première caisse, bientôt vidée, était assez profonde pour recevoir l'accumulateur. Marguerite! Le Gorille commençait à saisir le coup. Pas question d'une fillette! C'était beaucoup plus fortiche. On collait l'objet sous les fleurs et, après les Floralies, ces messieurs rapatriaient leur précieuse camelote, à la barbe des barbouses. Pas touche. Fleurs « scientifiques ». Voyageant en franchise, avec la garantie du gouvernement. C'était pratique et touchant. Le Rousky s'était relevé pour s'éponger le front. Geo s'avança vers lui, mais, peut-être alerté par son sixième sens, l'homme se retourna brusquement. Déjà, il avait sorti son revolver à silencieux. Geo leva les bras, docilement, ses mains se perdant parmi les feuilles raides d'un palmier. Le Popoff fit deux pas. Le troisième resta inachevé. Geo avait empoigné le sommet du palmier et, se baissant avec la violence et la vitesse d'un ressort, il avait arraché l'arbre, d'un coup de reins. Le palmier, crachant des mottes à tous les azimuts, décrivit un arc de cercle foudroyant et ses racines, renflées comme l'extrémité d'une massue, rebondirent sur la tête du rombier qui s'effondra pour le compte. Alors le Gorille se transforma en jardinier modèle. D'abord, le palmier. En quelques secondes, il réintégra sa plate-bande. La terre, tassée à la pelle, reprit un aspect débonnaire. Ce fut ensuite le tour du cadavre, dont les poches ne contenaient rien d'intéressant. Geo le coucha dans la caisse, et entreprit de le recouvrir de marguerites. Accroupi comme un moufflet en train de faire des pâtés, il remodelait le parterre à la main, et peu à peu lui rendait son aspect maison. A la fin, il n'en pouvait plus, mais les marguerites avaient vraiment bon air. Geo remonta son pantalon, alluma une Gauloise qui sentait la mousse et le sous-bois et, l'accu sous le bras, gagna la sortie paisiblement, comme un qui vient de finir sa journée.

Une dizaine de jours plus tard, le Gorille était de retour, avec le Vieux. Des équipes d'ouvriers démontaient les stands, enlevaient les fleurs. Quelques « officiels », des journalistes, des photographes, erraient au hasard des allées jonchées de débris. Autour des marguerites, des curieux s'attardaient. Un photographe prenait quelques clichés. Le Vieux, à petits pas, se promenait.

— Curieux, dit-il au Gorille... Tous ces palmiers pètent de santé, sauf celui-là... Il est tout jaune, tout fané...

— Taisez-vous, grommela Geo. Ils ont peut-être des hommes à eux.

— Et ces marguerites, reprit le Vieux. Comme c'est drôle... Elles sont toutes abîmées, défraîchies... sauf ce carré.

Il se baissa, cueillit une marguerite dont il regarda les pétales machinalement.

— Vous avez bonne mine, chuchota Geo.

Des ouvriers les firent reculer et soulevèrent la caisse qu'ils portèrent jusqu'à un camion bâché.

— Passionnément... Pas du tout..., murmura le Vieux.

— Amen, conclut le Gorille.

RÉVEILLEZ PAS LE TRUAND

A la manière d'Albert Simonin

Elle était choucarde, la mignonne! La frime de son dab, quand il avait vingt berges. Des châsses façon Hollywood, mais avec du mouillé, du tendre qui vous serrait le battant. Et pour le reste, pardon! C'était Marco [1], mais Marco gonzesse, Marco en flou, en vaporeux, Marco à cache-cache. J'en étais cinglé, de cette môme. Mézigue, Max le Menteur, comme un cave, je l'avais élevée. J'étais le vioque, pour les pégriots du mitan. Pour elle, j'étais le bon Dieu, pas le bon Dieu toquard des pantes, qui est plus vicelard qu'un bourre, mais une espèce de Père Noël crachant l'oseille au top. Elle était pas bêcheuse. C'était pas sa faute si je la pourrissais. Les perlouses, les tires grand sport, elle avait tout, même des diams, comme une rombière. Et pour les manières, impec! La fille du roi! Elle sortait d'une institution de frangines, pour nanas grand luxe. J'avais mis le pacqsif, mais Marco, il aurait été joice. Je l'avais pas toujours à la bonne, ma poulette. Elle m'appelait Pappy. Une gâterie genre englishmane que je pouvais pas piffer. Tous les loquedus se marraient. Pas longtemps. Je groumais un chouaye et je rambinais, nature. Elle avait un coup de sabord qui aurait fait rengracir un poulet [2]. Et aussi elle me balançait de ces vannes! « Vous parlez mal, Pappy. Ça vous donne mauvais genre! ». Je lui aurais filé une mandale par le travers, mais, dans le cigare, j'entendais Marco : « Vas-y mollo... C'est ma

1. Voir : *Touchez pas au grisbi.*
2. Elle avait une façon de vous regarder qui aurait déridé un flic.

gosse ». Et puis, elle me cloquait un bécot sur la pomme, et j'étais à sa pogne. Ma petite Loulou ! Autant que je m'allonge. J'étais jalmince. A soixante et des piges, avec les douilles qui se faisaient la malle et pas mal de brioche, j'étais jalmince comme un jeunot. Je la laissais jamais seulabre. Le dimanche, toute la jornaille, je faisais le maton [1]; ça commençait à la bouterolle [2], ça continuait au cinoche et jamais des trucs interdits aux mômes de seize piges. Rien que du propre, du rose, du fondant, la belle amour avec le marida au baisser du rideau. A la noye, on allait tortorer [3] du côté des Champs Élysées, avec les grossiums, histoire d'étrangler une rouille, en frimant les Prix de Diane, sapées comme la Bégum. La suite ? J'aurais dû la renifler, avec tous les michetons qui draguent par là. Pendant que je me rinçais l'œil, en pensant au vieux temps, la môme faisait risette à un gazier qui, lui, s'égarait pas dans les berlues. Un Marlon Brando en moins sauvage, l'alpague à carreaux avec les endosses en pente, le bénard étroit, au pli en lame de rasif, les tatanes à boucles, la bouille enflée de génie. Son job, c'était le cinéma. Il cherchait à emplâtrer un laranqué de briques pour tourner un machin de la Série Noire, avec hold-up, sulfateuse et le toutime et comme il gambergeait rapido et voyait moderne, la Loulou était pour lui le petit lot rêvé. Minute. J'étais pas encore mûr pour les entourloupes. Un soir, je suis descendu derrière lui aux toilettes et je l'ai alpagué en douce. Il a connu presto la couleur et que les salades étaient pas de saison.

— J'vous jure qu'elle m'aime, il a bonni.

Il était plus blanc que sa limace et la dame pipi osait pas moufter. On se serait cru à l'antifle [4], pour l'élévation. Je l'ai affranchi bien doucement, mais les paluches me démangeaient dur.

— Pour mézigue, t'es tricard, c'est vu, j'ai conclu. T'as la parole de Max. Casse-toi, et fissa.

Il avait les cannes qui se débinaient sous lui et la tronche

1. Je la surveillais.
2. L'église.
3. Faire un bon repas.
4. L'église.

comme un macchab. Mais après, j'ai eu droit à la fiesta. Une tigresse, ma Loulou. Le rif a duré un bon marcotin. Tous les coups bas, les cris, la chansonnette, les bouderies, la lourde bouclée... Y avait plus de Pappy. A mon tour, j'étais tricard. La carrée était plus habitable. Dans ma putain de vie, j'avais jamais connu pareille vape. Je m'en caillais le raisin. Elle le voulait, son gigolpince. Elle l'avait dans la peau, comme une polka [1]. Le rambin [2], c'est pas mon fort. A bien fallu, pourtant, renverser. Le blaze du rombier, c'était : Raoul de Brétigneul. J'aurais préféré morfler un coup de lattes au fion. De Brétigneul, comme char, c'est gratiné. Loulou, vicomtesse de Brétigneul! Dans le paddock, jusqu'au mat, je me répétais ce vanne à en tourner dingue. Mais c'était ça ou nib. La sacrée greluche! Elle l'a eu, son Raoul. Je lui ai ramené en moins de deux. Il croyait que j'allais le dérouiller. Il était pas flambard.

— Je vous ai rien fait, il répétait, en grimpant dans ma tire.

Et pour lui faire monter les trois étages, j'ai sorti mon calibre. Il a traversé la carrée, les mains en l'air.

— T'es contente ? j'ai crié.

Quand elle l'a tapissé, verdâtre et pas loin de chialer, elle s'est marrée, aussi sec.

— Mon pauvre Raoul, elle a dit... Faites pas attention. Pappy, il est comme ça... Un peu vif.

Et elle m'a filé la bise...

Tout ça me courait dans le cigare, pendant la messe. Ils étaient à genoux devant le rase qui leur balançait le baratin maison... « Croissez et multipliez... » Il avait pas besoin de leur faire un dessin, le salingue. Je le biglais de profil, le vicomte. Bille en tête qu'il encarrait dans le marida. Il en bavait d'avance. Et il pensait sans doute au pacson de talbins qu'il allait engourdir. Le hold-up, il était pas seulement dans son film. Loulou souriait comme elle avait jamais souri. J'avais du flou dans la tronche et je respirais tout menu. Derrière, il y avait un trèpe [3] de feu de Dieu. Plein

1. Comme une fille.
2. Le fait de s'excuser.
3. Une foule.

Notre-Dame! Tous les gros bras du cinoche et les vamps et les stars. Du smoking et du linge! Des bides comac et des roberts dans la dentelle, comme des primeurs. Les photographes flinguaient dans tous les coins. Ça pétait l'artifice et les orgues ronflaient en tremblement de terre. Autour des piliers, ou bien dans le fond, près des lourdes, les potes s'étaient planqués, bien sages. Ils se levaient, ils s'asseyaient en cadence. Réguls pour la dévotion, mais les châsses un chouaye baladeurs, because les pépées. A la quête, ils se fendaient d'un raidillard. C'étaient tous des hommes. J'avais reconobré [1] les anciens. Il y en avait pas lerche. Fredo la Roupane, Pierrot le Lyonnais, et Tintin le Broque et Paul le Camé, pour ce qui est du pedigree. Les autres, de la petite cote, de la bigaille, mais quand même du sérieux. La preuve, c'est que la maison Poulaga était là au grand complet, le bada à la pogne et les charmeuses en bataille, patrouillant dans les coins, mine de griffer une chaise. Loulou tendait la fourchette et l'autre lui enfilait la bagouse, le malfrat. Le rouge était mis. « Max, je gambergeais, te voilà bon pour la pêche à la ligne et la partie de dominos... »

Une espèce de branque harnaché en chasseur avec une gueule de pédale, a frappé le sol de sa hallebarde. Suivez le guide. Y avait plus qu'à signer, à la sacristie, et à se faire écraser les louches par toute la bande de caves. Ils se penchaient sur la mariée, lui balançaient des douceurs. Tout juste s'ils lui faisaient pas du gringue. Tout ce blanc, tout ce tendre, ça leur donnait des idées. Les noces, c'est tarte, ça m'a toujours débecté. Les boniments, les ronds de jambes, c'est pour les Actualités. Dans le fond, ils pensent tous à calcer. Après, elle a descendu l'allée au bras de son Jules. Ça carillonnait ferme. Sur la placarde [2], le bourguignon faisait des heures supplémentaires. Je bossais toujours du sinoquet. La tortore, je m'en foutais un peu. J'aurais aussi bien renquillé dans ma taule pour me noircir en Suisse, au lieu d'aller morfiler avec tous ces hotus. Mais je voulais pas faire un galoup [3] à la mistoune. Surtout qu'elle allait mettre les adjas

1. Reconnu.
2. Le parvis.
3. Jouer un mauvais tour.

pour une bonne paye : Nice, Venise, Rome. Fallait du sleeping au vicomte pour le faire reluire.

On a clapé à « la Tour d'Argent », les bourgeois et les autres. Fredo et Tintin avaient l'habitude du grisbi. Pas de danger qu'ils prennent la truelle à poisson pour un cure-dent. Mais avec Paul, maldonne. Il était envapé à mort et, dès le foie gras, commençait à travailler au corps la gisquette à sa droite. On l'a déplanqué du schpile en lousdé; Fredo l'a fourgué dans un bahut. Tchao! Je respirais. La fripe était franche, le picton chauffait doux les étiquettes. L'embellie était presque en vue. Presque! J'étais pas obligé de penser à l'avenir. J'entendrais plus le bruit de ses petits talons, dans les pièces. J'irais draguer dans les sirops jusqu'à minoye, pour attendre quoi? Je prenais un bon départ pour le marathon du déconnage. La gamberge, c'est mon boulot.

C'est juste à ce moment que je remarquai l'absence de Pierrot. Et je remarquai aussi que Fredo et Tintin paraissaient mous sur la fourchette. Surtout Tintin. Il ne cessait pas de bigler sa tocante. Deux plombes fifty. Et pas de Pierrot. Ça sentait le suif. Par un loufiat, j'envoyai le duce à Fredo[1] et je fis semblant de foncer aux tartisses[2]. Fredo me rejoignit dans le couloir.

— Renaude pas, Max, il a fait, bonhomme. J'aurais dû t'affranchir. Pierrot avait repéré depuis longtemps un coup à Neuilly. La noce, c'était la bonne coupure. La maison j't'arquepince à la bouterolle, tous les arcans à la communion, il a décarré en souplesse. C'est un petit cassement de père de famille, chez une vioque qui vit seule avec son cador[3] et sa perruche. Il va ralléger.

J'avais sans doute mis le drapeau noir parce que Fredo semblait l'avoir à la caille.

— Il aurait pas dû, d'accord. Mais il aime pas la joncaille qui traîne, cézigue. Et là, y avait qu'à se baisser.

Comme mouscaille, c'était laubich. Tout le mitan croirait que c'était un coup monté. Un condé fumant pour payer la dot de Loulou. Et, pour finir, la poulaille sur le paletot.

1. Je fis prévenir Fredo.
2. Lavabos.
3. Chien.

Encore un ami ! Même les vieux, ils n'avaient plus de mentalité. Le grisbi, ça les déboussolait.

— Je l'attends ici, j'ai dit.

— Allons, Max, a dit Fredo. Tu vas pas faire du rif aujourd'hui.

— Je vais peut-être me gratter ! Tu es dans le coup ?

— Afanaf [1]... J'ai eu l'idée.

Et voilà Tintin qui fonce à son tour, l'air d'avoir aux miches toute la maison Parapluie.

— Bon Dieu, il fait, je vous cherchais partout. Je viens d'avoir un coup de grelot de la part de Pierrot. Il a buté la vieille et il a effacé une valda dans le baquet [2]. C'est le môme de la vioque qui a renquillé en pleine fiesta. Pierrot l'a endormi d'un coup de goumi [3]. Heureusement, il avait son blave autour de la tronche. La tante a pas eu le temps de le voir. Pierrot est dans un rade de la rue Fontaine. Il a pu riper jusque-là mais il va pas tenir longtemps.

Ils se tournaient vers mézigue comme si j'avais ordonné la partouze. Ils commençaient à me peser lourd. J'allumai une galuche. J'avais les moltegommes [4] qui me picotaient. L'électricité me sortait de partout.

— Max...

— Quoi, Max ! Il s'est foutu dans le fumier. Qu'il y reste.

— Tu peux pas faire ça.

Ah, ils étaient fortiches pour chanter : Fleur bleue. Je les aurais tartés, les malfrats.

Mon chrono marquait trois plombes. A côté, le banquet s'excitait. C'était l'heure du champ' et des discours Je gambergeais à tout va. S'il y avait pas eu Loulou, je les aurais laissé tomber, aussi raide. Mais la petite devait rester en dehors de la corrida. Je descendis au bar écluser un pastaga pour chasser le brouillard. J'en avais quine de leurs salades. De l'air ! Je renvoyai Tintin mastiquer et j'invitai Fredo à la boucler. Dans le temps, pour les turbins glandilleux,

1. Moitié-moitié (half and half).
2. Il a reçu une balle dans le ventre.
3. Matraque en caoutchouc.
4. Mollets.

j'étais champion. En moins de deux, j'affurais les combines vachardes, les coups tordus. J'en avais dans le crâne. Mais j'avais remisé depuis longtemps et la mécanique n'en voulait plus. Je fis descendre le pastaga avec un whisky et le whisky avec un cognac. Pendant ce temps, là-bas, l'autre enfoiré pissait le raisiné. Et au-dessus, il y avait un cave qui baratinait avant de boire à la santé de... Je serrais les paluches à bloc, et soudain j'entravai. J'avais le cigare qui fumait, tellement ça tournait prompto, là-dedans.

— T'as un remède ?

Fredo dragua dans ses vagues [1] et me fit passer un 38 spécial, court de gueule et bien en pogne.

— C'est le même que celui de Pierrot, il dit.

Alors je l'affranchis en lousdé.

— Tu vas lui tuber la coupure. Quand il entendra klaxonner, qu'il sorte et qu'il suive le ruban, comme un petit père tranquille qui rejoint sa cabane. C'est tout.

Fredo, pour la gamberge, il arrivait plutôt quand le contrôle était fermé.

— J'y pige que t'chi, il avoua.

Je continuai, en faisant le détail, pour qu'il évite les conneries, une fois sur le boulot.

— On fera semblant, nous deux, de s'expliquer, comme deux méchants un peu chargés en tisane. Je te flinguerai, mais à la rigolade, j'enverrai la fumée en l'air, et Pierrot aura qu'à se répandre, comme s'il avait encaissé la giclée. Il sera le bon cave victime d'un règlement. La poulaille l'aura dans l'os. Tous les témoignages innocenteront Pierrot.

— Ah! dis donc, il fit, Fredo... Chapeau!

Sa tire était garée au parking, une 403 grise, comme des milliers d'autres. Je drivai sec; il devait virer au blanc, Pierrot. Rue Fontaine, le trèpe était clairsemé; c'était du gâteau. Un coup de klaxon à la sauvette, comme un amoureux qui retrouve sa frangine. Je borgnottai à droite et à gauche. C'était franc. Je collai la chiotte derrière une Pontiac couleur dragée, sans stopper le moulin et je descendis d'un côté, Fredo de l'autre. Déjà, Pierrot décarrait. Il avait

1. Fouilla dans ses poches.

l'air ourdé[1] et s'appuyait au mur, la main au buffet comme un qui va au refile[2].

— A toi de jouer, je dis à Fredo.

Il me balança une châtaigne. Je lui collai une manchette qui le fit partir à reculons et, comme il revenait, sonné, les cannes molles, je le foudroyai d'une droite à l'estome.

— Pour Loulou, je l'avertis.

Je l'enjambai et j'arrivai sur Pierrot, la calibre en batterie.

— Pour le vicomte!

Je lâchai la purée à bout portant et je fonçai vers la tire. Au passage, je lançais le feu à côté de Fredo. Ça leur apprendrait à me chercher des patins un jour de deuil... Je démarrai dans le style rallye. J'étais sorti de l'auberge avant même que les nanas du coin aient eu le temps de tomber dans les pommes.

... Je regagnai ma place, dans la salle à manger, juste pour recevoir une porcif de bombe glacée. Ils rigolaient, les pantes; ils étaient tous congestionnés. Seul, Tintin comprit et le traczir lui fit trembler les chocottes. Il se cassa gentiment, sans déranger personne.

Loulou s'était même pas aperçue que je m'étais absenté.

1. Ivre.
2. Sur le point de vomir.

BLACKIE

A la manière de William Irish

Jack Sullivan repoussa son grand doberman.

— Va dormir en bas, Blackie.

Le chien poussa un petit gémissement aigu et pencha la tête pour voir si son maître parlait sérieusement, puis, lentement, à regret, il sortit de la chambre et ses griffes grincèrent sur les marches de l'escalier. Jack ferma la porte et se permit une dernière cigarette avant de se coucher. Debout devant la fenêtre, il regardait tomber la nuit. Il n'aurait pas dû revenir. Il n'aimait plus cette maison. Dire qu'il avait déliré de joie quand ils l'avaient achetée ! « Linda, regarde comme c'est beau ! Le ruisseau sous le balcon. La forêt tout autour. Le bout du monde pour nous deux. Et à cinq heures de New York ! Tu es heureuse ? »

Bien sûr qu'elle était heureuse. C'était juste avant le Vietnam... C'était loin, si loin, comme dans un conte de fée. Jack jeta sa cigarette, suivit des yeux le point rougeoyant qui éclata tout en bas, juste sur le rocher en bordure du ruisseau. Il savait encore viser. Il n'avait pas perdu la main. Il pourrait encore placer une bombe en plein sur la place d'un village. Sullivan ! L'as de l'escadrille !

Tête basse, il s'approcha du lit en claudiquant, commença à se déshabiller. Il lui fallait toujours longtemps pour défaire les courroies qui maintenaient solidement sa prothèse, ce long membre artificiel qui s'attachait à sa hanche et ressemblait à une pièce d'armure. Linda n'avait jamais pu s'habituer. Elle tournait la tête quant il retirait cette jambe à laquelle on avait vainement essayé, grâce à un adroit modelage, de donner un aspect décent, la couleur de la chair et la souplesse de la vie. Mais, sous le plastique, s'embusquait le bruit du métal. Pour un quart de lui-même, il n'était qu'un robot.

Il plaça la prothèse debout, à la tête du lit, coucha sur le plancher, à portée de la main, la canne dont il se servait comme d'une béquille, si par hasard il se levait la nuit, et, les yeux clos, laissa défiler les images... Linda... Les querelles sans cesse renaissantes... « Tu bois trop... Tu fumes trop... Tu te laisses aller... » Elle avait raison. Le bel athlète qu'elle avait épousé : un mètre quatre-vingt-deux... quatre-vingt-douze kilos... n'était plus qu'un individu vaguement obèse... Quatre-vingt-douze kilos... mais avec la prothèse... Attention ! Prière de ne pas tricher ! Pourquoi trichait-elle constamment ? Pourquoi par exemple, ne cessait-elle de lui dire : « Il y en a beaucoup d'autres comme toi ! Ça ne les empêche pas de travailler. On peut toujours se reconvertir. » Comme si elle n'avait pas su que les mutilés, après tant d'années, n'étaient plus que des infirmes, à qui, c'était bien normal, on préférait des jeunes.

En bas, dans la cuisine, Blackie marchait. Il s'ennuyait. Bientôt, il gravit l'escalier. Il était si lourd qu'il faisait craquer certaines marches. Il renifla sous la porte, gratta de la patte, puis, avec un bruit sourd, se laissa tomber sur le seuil et poussa un profond soupir. Un cadeau de Linda, Blackie ! « Tu t'ennuieras moins quand je serai au bureau », avait-elle dit. Le doberman n'était alors qu'un chiot, noir et feu, qui s'était donné à lui avec adoration. Il avait appris à marcher lentement, du côté de la jambe vivante, contre laquelle il se pressait, quand Jack s'arrêtait pour allumer une cigarette. Sûr de sa force, il dédaignait bêtes et gens. Il se promenait hautainement avec son seigneur et, à la maison, il ignorait Linda. Il ne se demandait pas pourquoi son maître avait tantôt deux pieds et tantôt un seul. Cela provenait sans doute de décisions qu'il ne lui appartenait pas de discuter. L'important était de demeurer près de lui, dans l'espace où flottait son odeur.

Jack eut envie de lui ouvrir la porte, mais Blackie grimperait sur le lit et ç'en serait fini du repos. Jack s'avisa alors qu'il avait oublié de prendre son somnifère. Il ralluma et, s'appuyant sur sa canne, à cloche-pied, alla dans le cabinet de toilette. Il avala deux comprimés, plus que la dose permise, pour être bien sûr de sombrer jusqu'au matin dans l'inconscience. Le plus dur, c'était de ne plus pouvoir dormir sur le côté mutilé et de rester sur le dos, dans une position tout de suite douloureuse. Il éprouvait alors d'intolérables démangeaisons dans sa jambe absente. « L'illusion des amputés », avait dit le docteur. Une illusion si puissante qu'il gémissait, grognait, se plaignait dans son sommeil. Linda avait pris le parti de coucher dans la chambre d'ami. Il n'y avait plus à revenir là-dessus.

Jack regagna son lit, redoutant les cauchemars qui ne tarderaient pas à le torturer, car il allait rêver, comme chaque nuit, qu'il était poursuivi et qu'il courait, qu'il sautait par-dessus des flammes. Mais, peut-être apaisé par l'air de la campagne, il dormit d'un trait jusqu'au matin. Et quand il reprit conscience, il s'aperçut avec étonnement qu'il était presque de bonne humeur. Il y avait du soleil dans la chambre. La vie était plus supportable que d'habitude. Et même il avait faim.

Il boucla sa prothèse, qui lui rappelait toujours le temps où, avant de partir en mission, il serrait autour de lui des courroies, vérifiait des attaches, s'attelait étroitement à son avion. Mais maintenant tout cet attirail de cuir et de métal ne servait qu'à le river plus étroitement au sol. Son premier raid de la matinée allait le conduire jusqu'à la cuisine où il préparait d'abord le repas de Blackie.

— N'est-ce pas, Blackie ?

Le doberman, derrière la porte, émit un son guttural qui était sa manière de dire bonjour et Jack lui ouvrit.

— Allons ! Reste tranquille. Et passe devant.

Sa prothèse était suffisamment perfectionnée pour qu'il pût plier le genou, mais il préférait descendre la jambe raide, marche après marche, lourdement, partagé entre le désir d'éveiller la pitié et l'aigre satisfaction de la refuser. Il n'y avait qu'avec Blackie qu'il se sentait tout à fait à l'aise. Le chien s'était assis devant le vaste frigidaire, bourré de bonnes choses.

— Oui, tu vas avoir, dit Jack. Espèce de goinfre !

Il prépara la pâtée enrichie d'un gros os, et il dosait son café quand le téléphone sonna. Ce n'était pas Linda. Jamais elle ne téléphonerait la première. Le téléphone était à l'autre bout de la pièce, sur une petite table, près de la fenêtre. Jack prit son temps, espérant que l'importun allait se décourager, mais la sonnerie insistait.

— Voilà, voilà, grommela-t-il. Allo... Ah ! C'est toi, Bob. Oui, tu vois, je suis à la campagne... Mais comment l'as-tu su ? ... C'est Linda, qui... Elle ne devait pas être très aimable... Oui, on a eu une explication assez vive, l'autre mardi... Hé, ça fait déjà une dizaine de jours... A toi, je peux bien le dire, mais que ça reste entre nous, hein ?... Tu sais que ça ne marche pas très fort, elle et moi. Et remarque, c'est de ma faute. J'ai tout le temps de faire le point, ici. Tout seul du matin au soir, tu penses si je peux ruminer... Je m'en rends bien compte, je deviens impossible. Mais, de son côté, tu la connais. Pas patiente ! Alors on a décidé de se donner quinze jours de réflexion, de solitude. Si on comprend clairement que tout est fini, on divorcera. Si on sent, au contraire, qu'on tient encore l'un à l'autre, comme avant, malgré ce qui m'est arrivé, eh bien, on tâchera de repartir du même pied, si j'ose dire. Le premier qui pardonnera à l'autre téléphonera... Non, ton coup de téléphone ne m'a pas fait sursauter. Si quelqu'un doit céder, ce ne sera pas elle, tu peux en être sûr. Mais sois chic, que personne ne sache que je suis ici. Je ne veux pas être dérangé... Mais tu es tout excusé, mon vieux... Non, je me débrouille très bien. J'ai apporté des provisions, de quoi soutenir un siège. Mais il ne peut rien m'arriver, mon vieux Bob. D'accord, la maison est isolée, seulement réfléchis : j'ai mon fusil dans la voiture et surtout j'ai Blackie. Et si Blackie attaquait quelqu'un, je n'ose penser à ce qui arriverait... Oui, il est tout content de ces vacances, bien qu'il me paraisse un peu triste, ces jours-ci. Au début, il a fait le fou. Il a peu maraudé dans la forêt. Il s'est d'ailleurs écorché une patte. C'est un citadin, Blackie. Maintenant, il est tout à fait calme. Ecoute, je te reverrai dans une quinzaine, promis. D'ici là, tu m'oublies. Tout le monde doit m'oublier... A bientôt, vieux.

Jack raccrocha. « Un examen de conscience, pensa-t-il. Franchement, je n'avais pas besoin de quinze jours. Je le sais bien, que tout est foutu. »

Le doberman était couché près de son écuelle, le museau sur les pattes.

— Et alors, Blackie. Tu n'as pas faim ? Voilà que tu me laisses de la viande, à présent. Tant pis pour toi.

Jack remonta au premier et fit une rapide toilette. Puis il partit pour sa promenade du matin, au bord du lac. Il y avait non loin de la maison une sorte d'éperon rocheux sur lequel il aimait s'asseoir. Il regardait les vaguelettes qui brisaient le reflet des nuages et il glissait très vite dans une rêverie amère. Linda était irréprochable. C'était ça, la vérité qu'il fallait affronter. S'il avait été honnête, il aurait dû déjà l'appeler et lui dire : « Je regrette. » Mais cela, jamais il ne le dirait. Jamais il ne pourrait avouer à un avocat qu'il était jaloux des bras, des jambes de Linda, de son corps qu'il avait tellement aimé et qu'il n'osait même plus toucher maintenant. Les limaces n'ont pas le droit de ramper sur les fleurs. Il caressa le chien.

— Heureusement que tu es là, Blackie. Regarde-moi, mon bonhomme. Tu fais une drôle de tête.

Le doberman respirait vite, comme s'il avait couru.

— Aide-moi, tiens !

Jack s'appuya sur les épaules de Blackie et se releva péniblement.

— Il vaut mieux qu'on rentre. Allez, amuse-toi un peu, puisque toi, tu peux courir.

Il ramassa une branche qu'il lança au loin. Blackie fit mine de s'élancer puis il s'arrêta et poussa un bref aboiement.

— Bon, dit Jack. Comme tu voudras.

Il observait l'animal. Est-ce que Blackie était souffrant ? Il n'était pourtant pas question de revenir à New York. Mais quoi ? Les bêtes ont bien le droit, elles aussi, d'éprouver de petits malaises, de temps en temps. Il ne le perdit pas de vue, sur le chemin du retour. Blackie marchait tranquillement à côté de lui, cependant, d'habitude, il suivait des yeux les oiseaux, portait haut la tête et braquait sans cesse ses oreilles en forme de cornets vers des bruits qu'il était le seul à entendre. Aujourd'hui, il paraissait indifférent au spectacle de la nature. Bizarre ! Peut-être que la vue d'un steak bien rouge lui rendrait sa joie de vivre.

Jack sortit du frigidaire une superbe tranche de bœuf qu'il s'était réservée pour le repas de midi. Blackie flaira la viande et s'éloigna d'un air dégoûté. Soucieux, Jack déjeuna rapidement. Bien sûr, il n'y avait rien d'alarmant, mais il faudrait peut-être téléphoner à un vétérinaire, et, pour en avoir un, ce ne serait pas facile. Mais pourquoi faire appel à un vétérinaire ? Du sang-froid, que diable ! Blackie n'avait pas faim. La belle affaire ! On pouvait bien s'accorder un délai de vingt-quatre heures.

— Blackie, réponds-moi. Tu n'es pas malade ?

Le doberman, assis près de la table, contemplait pensivement son maître. Des reflets rougeâtres passaient parfois dans ses yeux marron. Il avait l'air triste.

— Fais voir ton nez ?

Jack tâta le museau de l'animal, le trouva sec.

— Toi, tu me couves quelque chose. Si ça ne va pas mieux demain... Mais tu n'es pas chic, Blackie. J'ai d'autres soucis, tu sais.

Il remit à plus tard la corvée de vaisselle et monta dans sa chambre. Le chien n'essaya pas de gravir l'escalier. Il s'allongea au bas des marches. Du palier, Jack le voyait, puissant, redoutable et doux. « Toi, je t'aime », murmura-t-il, en refermant la porte. Il s'allongea sur le lit, sans retirer sa jambe métallique, et, après avoir passé en revue des noms d'avocats spécialisés dans les divorces, il s'assoupit.

Ce qui le réveilla en sursaut, ce fut un aboiement rauque, semblable à une toux, et il crut tout d'abord qu'un chien étranger rôdait près de la maison. Mais un second aboiement acheva de lui rendre sa lucidité. C'était Blackie. Aussi vite qu'il le put, Jack traversa la pièce et passa sur le palier, d'où il découvrait tout le living. Blackie allait et venait comme un malade qui marche pour endormir sa douleur. Il soufflait. Il faisait entendre, de temps en temps, une espèce d'horrible cri caverneux.

— Blackie !

Le doberman leva la tête et montra les crocs, puis il se dirigea vers l'escalier, et Jack, effrayé, se réfugia dans la chambre et s'adossa à la porte. Est-ce que Blackie avait la rage ? « Mais qu'est-ce qui me prend ? se dit Jack. Je n'ai pas à avoir peur de Blackie, tout de même. D'abord, qu'est-ce que je sais de la rage ? »

Il se rappela soudain l'écorchure à la patte du chien. Peut-être Blackie avait-il été mordu par quelque bête, quand il s'était amusé dans la forêt. Cela faisait combien de jours ? Jack compta sur ses doigts. Onze. Jack croyait se souvenir que la maladie se déclarait au bout d'une quinzaine. Mais il n'était sûr de rien. Seul, un vétérinaire pourrait... Eh bien, il fallait tout de suite appeler un vétérinaire. Il ouvrit la porte et s'arrêta net. Le téléphone se trouvait dans le living, et Blackie était là, au pied de l'escalier, grondant sourdement. Jack se pencha.

— Blackie, c'est moi ! Je suis ton vieux copain. Tu ne voudrais pas me faire de mal !

Le chien le regardait douloureusement, comme s'il cherchait à reconnaître la silhouette amie à travers un brouillard d'images. Il gémit, puis sa voix s'enroua et ce fut, sortant de sa gorge comme un flot d'injures, un aboiement horrible, rocailleux, abominable. Jack se réfugia dans sa chambre. Il entendit l'animal qui montait lentement l'escalier et s'arrêtait devant la porte, qu'il gratta d'un ongle impatient. Sa voix rauque et comme avinée proféra d'obscures menaces et il redescendit.

D'un revers de bras, Jack essuya la sueur qui lui mouillait le visage. Blackie, toutes ses habitudes de chien civilisé balayées, était en train de devenir un fauve. Et il n'y avait pas moyen de prévenir quelqu'un, d'appeler à l'aide. Impossible d'aller chercher du secours. La fenêtre ouvrait directement sur la petite falaise qui descendait à pic jusqu'au ruisseau. Un vide d'une dizaine de mètres. Autrefois, il aurait sans trop de peine réussi à longer l'étroite corniche qui ceinturait le premier étage. Une fois à l'aplomb de la cour, il aurait sauté. La porte d'entrée étant fermée, il n'aurait plus rien eu à craindre de Blackie. Il aurait pris la voiture et... Mais à quoi bon rêver ? Il traînait cette jambe qui lui interdisait toute prouesse sportive. Alors, il devait imaginer autre chose. Mais quoi ? Il était prisonnier. Affronter Blackie ? Le frapper ? L'assommer ? La bête le renverserait au premier assaut. Une seule solution : attendre. Attendre que la maladie eut terrassé l'animal, ce qui prendrait peut-être des jours.

Jack, découragé, s'assit dans le fauteuil et alluma une cigarette. C'était trop idiot, à la fin ! Etre là, coincé, hors d'état d'appeler, victime d'un chien qui n'était même pas enragé, peut-être. Pris d'un doute, Jack se releva et, sans bruit, entr'ouvrit la porte. Le palier était désert. Il fit quelques pas, mais sa prothèse grinça et Blackie, en bas, leva la tête. Aussitôt, il courut vers l'escalier. Jack battit en retraite. Cette fois, le danger était évident. Blackie mordrait. Le pacte entre l'homme et la bête était rompu. Blackie était l'ennemi. Jack en aurait pleuré. Que faire ? Seigneur ! Que faire ? Et soudain, Jack s'aperçut qu'il n'avait rien à manger. Toute la nourriture était dans le frigidaire. Il était assiégé, sans ressource. La faim l'obligerait bientôt à affronter la bête. Et pas une arme sous la main.

Des yeux, il fit le tour de la chambre. Elle était sommairement meublée : lit, chaises, table, fauteuil, armoire. Rien d'autre. Les cannes à lancer dont il ne se servait plus depuis longtemps étaient rangées dans la penderie, au fond de la salle de bains. Il y en avait trois, en bambou refendu, assez solides pour maîtriser un gros brochet. Mais Blackie les casserait comme des allumettes. Non, vraiment, il était totalement désarmé. Il reprit sa place dans le fauteuil, s'efforçant de réfléchir calmement.

Pas de nourriture. Pas d'arme. L'accès au téléphone, interdit.

Un instant il songea à utiliser sa prothèse comme massue. Pendant que le chien la mettrait en pièces, il aurait peut-être le temps de téléphoner. Mais il écarta cette idée absurde. Ce n'était pas le moment de se raconter des histoires. Il dut s'avouer que, depuis des années, il refusait la réalité. Et maintenant la réalité le saisissait à la gorge. Il ne s'agissait plus de fuir mais de lutter. Ce n'était plus une affaire de muscles mais d'intelligence. Il ne restait plus qu'un moyen : avertir quelqu'un de l'extérieur, sans passer par le téléphone. Comment ?

Il ouvrit la fenêtre, se pencha. D'où il était, il apercevait obliquement une toute petite partie de la cour, la chambre ayant été construite sur l'arrière de la maison, à cause de l'admirable panorama qui ne se découvrait que de là. En visant bien, il n'était peut-être pas impossible de lancer dans la cour un message. Il disposait d'un carnet et d'un crayon. Le lest lui serait fourni par les plombs de ses lignes à brochet.

Sans perdre un instant, il arracha une feuille et écrivit : « *Défense d'entrer. Mon chien a probablement la rage. Prévenir le marshall pour qu'il vienne me délivrer. Ça presse.* »

Il se relut et un sanglot lui noua la gorge. Il venait de condamner Blackie. Certes, il savait que son doberman était perdu, mais il ne supportait pas qu'on le massacre à coups de fusil ou de pistolet. Il faillit pleurer et s'irrita de se sentir si faible, si vulnérable. Quelle pente avait-il donc descendue ? Comme Linda avait eu raison de le rabrouer. Elle n'avait même pas été assez dure. C'était sa peau contre celle de Blackie. Il n'y avait pas à tergiverser. Il fit un petit paquet assez lourd pour être jeté loin et, penché à sa fenêtre, estima la distance et la direction. Il n'avait pas le droit de se tromper mais il avait été un pêcheur très habile et il connaissait bien le geste qu'il devait faire. Il balança le bras et lâcha le paquet qui tomba juste à l'endroit visé et roula hors de vue, donc vers l'allée centrale. Comme les volets du rez-de-chaussée étaient ouverts, ce qui prouvait que la maison était habitée, peut-être quelqu'un entrerait-il. Un promeneur... Un chasseur... C'était une chance à courir. Et peut-être ce passant de la providence verrait-il le papier.

« J'ai tort de compter sur les autres, se dit Jack. C'est d'abord sur moi que je dois compter. » Il revint à son fauteuil, alluma une cigarette pour tromper la faim qui commençait à le tourmenter. Il était habitué à se mettre à table à des heures régulières. Eh bien, il faudrait lutter contre le confort que lui assurait Linda. « D'un côté, il y a Blackie, pensa Jack. Et de l'autre, il y a moi. Telle est bien la situation. C'est donc une espèce de duel, à qui tiendra le plus longtemps. Mais lui, il est malade, tandis que moi, malgré ma patte folle, je suis encore solide. S'il est hors d'état de manger et de boire, ses forces vont rapidement décliner. Moi, je n'ai rien à manger, mais je peux boire et par conséquent supporter la faim pendant quelques jours. Conclusion : ne pas le perdre de vue et profiter du moment où il ne pourra plus se traîner pour m'emparer du téléphone. Si je fais vite, le fil du téléphone est long et je pourrai revenir sur le palier. »

Jack réfléchit. Il y avait là quelque chose qui clochait. C'était l'escalier qu'il fallait interdire à Blackie. Si l'escalier redevenait libre, la partie serait plus qu'à moitié gagnée, car il ne resterait plus à franchir que la distance entre le pied de l'escalier et le téléphone. Qu'est-ce qui pourrait bien obstruer le pied de l'escalier ? Un meuble ? Un meuble qu'il suffirait de pousser d'en haut et qui dévalerait les marches pour former en bas une sorte de barricade ? L'opération méritait d'être tentée. Et d'ailleurs tout valait mieux que l'inaction. Le seul meuble utilisable était l'armoire. Jack entreprit de la vider, ce qui ne lui prit pas beaucoup de temps car elle ne contenait qu'un peu de linge, quelques couvertures et des lainages. Elle était un peu vermoulue et il n'était pas trop difficile de la déplacer. La prenant à pleins bras, Jack l'amena au milieu de la pièce mais là il dut s'arrêter. Il était hors d'haleine. Lui qui avait été, autrefois, si fort ! Quelle déchéance ! Il respira profondément puis il se posta derrière la porte pour écouter. Il n'entendit aucun bruit. Alors, avec beaucoup de précautions, il entr'ouvrit et aussitôt repoussa le battant violemment. Blackie était là. Il avait eu le temps d'apercevoir les yeux fous qui le regardaient méchamment. La bête gratta puis poussa un cri enroué et s'agita bruyamment sur le palier. Enfin, elle descendit et pendant un long moment rôda à travers le living, grommelant des choses farouches et déplaçant des chaises en se frottant contre elles. Jack, matant difficilement sa frayeur, se glissa dehors. Aussitôt, le chien cessa de marcher et observa cette silhouette qu'il ne reconnaissait plus.

— Blackie ! dit doucement Jack.

Quant il entendit son nom, le doberman recula, comme s'il avait été frappé, et ses mâchoires mordirent le vide. Puis il s'élança avec un aboiement terrifiant et, dressé contre la porte refermée, plus haut qu'un homme, des deux pattes il boxa le battant, délirant d'une colère qui était peut-être du désespoir. Jack écoutait. Il avait vu, autrefois, des soldats devenus fous. Il cherchait à sentir s'il n'y avait pas quelque similitude entre la démence du combattant et celle de l'animal. La crise meurtrière étant passée, le malade tombait pendant un long moment dans une prostration complète. Peut-être Blackie allait-il, lui aussi, s'effondrer, et alors il faudrait pousser rapidement l'armoire dans l'escalier. Au bout de quelques minutes, le bruit des griffes s'éloigna. La malheureuse bête ne pouvait plus tenir en place. Jack la situait assez bien, grâce à son lourd trottinement. Elle était maintenant devant la porte d'entrée, qu'elle flairait au passage. Elle revenait vers la cuisine, tournait autour de la petite table qui supportait le téléphone et recommençait inlassablement sa déambulation hagarde, laissant échapper une plainte basse, épuisée, qui torturait Jack.

La nuit venait rapidement. Jack se risqua hors de la pièce et alluma la lampe qui éclairait le rez-de-chaussée. Il fit ensuite de la lumière dans la chambre. Si le parquet avait été moins rustique, l'armoire aurait aisément glissé sur deux pieds. Mais sur le plancher raboteux, elle avait tendance à se coincer. Or, Jack devait la pousser devant lui, s'il voulait la faire basculer dans l'escalier. Pas question, bien sûr, de la tirer à reculons, pour se trouver entre le meuble et le chien, si celui-ci avait encore la force d'attaquer.

Jack s'efforçait de calculer froidement... Environ cinq mètres pour traverser le palier... en comptant au moins une minute par mètre, car l'armoire ne filerait pas droit et il faudrait la soulever partout où les pieds accrocheraient... Cela faisait cinq minutes. Beaucoup trop long ! Et pourtant il devait exister un moyen. Jack se rappelait combien il était ingénieux avant de devenir infirme. Il tourna autour de l'armoire, la frappant à petits coups du plat de la main, comme une monture qu'on veut rassurer. Bien sûr, il y avait un moyen : le savon. Il coucha l'armoire sur le dos et, avec le savon de la salle de bains, étala sur chaque pied du meuble une mince couche de lubrifiant. Ensuite, il saisit l'armoire à la façon d'une brouette et la poussa. Elle s'ébranla sans difficulté. Quand le moment serait propice, il n'y aurait plus qu'à foncer d'un seul élan et à la grâce de Dieu.

Jack s'accorda une nouvelle cigarette, l'avant-dernière. Il en avait encore deux paquets dans la voiture, autant dire de l'autre côté de la terre.

Sa montre marquait dix heures moins cinq. Linda était-elle endormie ? Pour la première fois depuis bien longtemps, il pensa à elle sans rancune. Des souvenirs de leur lune de miel lui revinrent en foule. Pas le moment de s'attendrir ! Il enveloppa de chiffons sa chaussure métallique pour étouffer le bruit de ses pas. Cette précaution, il aurait dû la prendre depuis longtemps. L'esprit d'initiative, heureusement, lui revenait peu à peu. Il sortit lentement sur le palier et constata avec satisfaction que Blackie ne l'avait pas entendu. Peut-être la maladie commençait-elle à obnubiler ses sens. Il était assis auprès du téléphone comme s'il avait guetté un appel. Il tournait le dos à l'escalier. C'était le moment d'agir. Jack ouvrit en grand la porte de la chambre, empoigna l'armoire et se jeta en avant de toutes ses forces. Le meuble, cahotant, heurtant les murs, arrachant des échardes au plancher mal équarri, progressait avec fracas. Jack sentait son moignon se gonfler, comme s'il avait encore été prolongé par une jambe vivante. Il y eut un choc, à l'avant de l'armoire. Blackie venait de se ruer sur l'obstacle et essayait de le repousser pour atteindre l'adversaire invisible dont il entendait la respiration saccadée. L'homme et l'animal, arc-boutés dans un effort opposé, s'évertuèrent pendant une longue minute à vaincre leur résistance mutuelle. Le premier, le doberman céda et hurla sa rage tandis qu'il reculait vers l'escalier. Puis il renonça et descendit marche après marche, les crocs à nu, les yeux brûlants.

L'armoire fut happée par la pente et, dégringolant soudain en avalanche, dans un tumulte d'écroulement, de portes arrachées, de planches éclatées, se désarticula en bas, formant un tas de débris. Il flottait autour d'elle une légère poussière blonde, comme dans une scierie.

Jack se rendit compte alors qu'il avait mal calculé son coup. L'armoire brisée formait une barrière qu'on ne pouvait franchir ni d'un côté ni de l'autre. Peut-être aurait-il mieux valu utiliser le fauteuil et les chaises. Pour en avoir le cœur net, il vint jusqu'à la barricade. De l'autre côté du rempart, Blackie guettait. Déblayer un passage suffisant n'avait rien d'impossible. Mais c'était une affaire de longue haleine. Jack avait imaginé qu'il réussirait à construire quelque chose comme une espèce de portillon qui, fermé, le mettrait à l'abri des assauts du chien, mais, ouvert, lui permettrait de s'emparer du téléphone par surprise. L'enchevêtrement des planches était tel qu'il fallait renoncer. Il aurait dû comprendre que son idée était folle. Et pourtant le téléphone n'était pas loin, à quatre ou cinq mètres, pas plus. Avec une longue perche, on aurait pu l'atteindre. Mais où trouver une longue perche Et d'ailleurs une perche pourrait le tirer, le pousser, mais pas le saisir.

Jack, découragé, s'assit sur une marche. Il aurait bien voulu boire une grande gorgée d'alcool, mais la bouteille était dans le frigidaire, avec le poulet, le jambon, les victuailles variées qu'il avait apportées. Blackie patrouillait toujours entre la porte d'entrée et la barrière qui lui interdisait l'escalier. Il délirait à voix basse, l'arrière-train légèrement fléchi, la queue ballottant comme un morceau de corde. Il était si petit, quand Linda le lui avait donné, et déjà si tendre, avec son museau chaud qui cherchait les genoux, les mains, pour s'y enfouir. Et maintenant, il fallait le haïr pour survivre. Et pour survivre, il fallait atteindre le téléphone. Jack remonta dans la chambre et entendit la pluie, toute proche, sur le toit. Il pensa au billet qu'il avait lancé dans la cour. L'eau allait le dissoudre. Il s'aperçut que cela lui était indifférent. Et même il s'en réjouit. Ou bien il aurait le dessus, tout seul. Ou bien il crèverait près de son molosse. C'était désormais une question de dignité, ou d'orgueil ; il ne savait pas très bien. Il alluma sa dernière cigarette et, la tête dans les mains, assis au bord du fauteuil, il réfléchit longuement. Sa canne pourrait-elle accrocher l'appareil, grâce à son bout recourbé ? Il faudrait l'attacher solidement à une des cannes à pêche, mais l'ensemble serait trop souple et la ligature cèderait. Restait l'autre solution. Pourquoi pas ? Il se leva avec raideur. Son moignon lui faisait mal. Il étala sur le lit son matériel de pêche. Les cannes étaient en bon état. Les moulinets auraient eu besoin d'être graissés, mais ils tournaient encore d'une manière satisfaisante. Le nylon qui les garnissait paraissait solide bien qu'il fût devenu cassant. Ce qui manquait, c'était un hameçon suffisamment important. Mais on pouvait faire, avec les trois ou quatre plus gros hameçons liés en bouquet, une sorte de boule hérissée de pointes qui ne manquerait pas d'accrocher le fil du téléphone, si elle était lancée avec adresse. Ensuite ? Eh bien, l'appareil tomberait sur le plancher et, si le nylon résistait, il viendrait à petites secousses comme un poisson à l'épuisette. Quand il serait au bas de la barricade, en manœuvrant tout doucement le moulinet, on le hisserait jusqu'au scion et on mettrait enfin la main dessus. Le combiné traînant derrière serait facile à récupérer.

Jack confectionna sans peine la chose informe et barbelée qui allait peut-être le sauver. Il arracha le mégot qui lui brûlait les lèvres et descendit l'escalier jusqu'à mi-hauteur pour bien dominer sa cible. A l'instant même où il imprimait à son poignet l'élan convenable, le téléphone sonna. Il eut un tel sursaut qu'il faillit lâcher la canne. Blackie aboya violemment. Mais Jack se ressaisit aussitôt. Quelque imbécile qui l'appelait de New York ! Bob avait dû avoir la langue trop longue. Mais, à cette heure de la nuit, aucun ami n'aurait osé le réveiller. Et si c'était...

La sonnerie l'interpellait, insistante, implorante. La tête un peu perdue, il lança ses hameçons par-dessus la table, ramena vivement la ligne dont l'extrémité pendait au-delà du téléphone, mais son mouvement fut trop nerveux. Les hameçons accrochèrent le bord du meuble qui se renversa et le téléphone fut projeté à un mètre. Le combiné se sépara de son support, et soudain Jack entendit la voix de Linda, qui semblait sortir du plancher. Une petite voix irréelle, rongée par la distance et pourtant distincte :

« Jack... Tu m'écoutes ?... Oui, puisque j'ai entendu Blackie... Mais fais-le taire... Pourquoi est-ce qu'il aboie comme ça ?

Jack tira du monticule de débris un morceau de bois qu'il lança sur le chien. Il le manqua, mais Blackie se tut.

— Jack, mon chéri... Il faut absolument que je te voie... Nous sommes des idiots, tous les deux... Quoi ?... Mais réponds-moi, je t'en prie... Tu m'en veux tant que ça ? Je t'aime, Jack... Tu vois, je te le dis la première... J'ai du chagrin... Allo, Jack ?... Dis-moi que tu regrettes, toi aussi... Tu aimes mieux te taire ? Je te dérange ?... C'est bon. Je prends la voiture et je pars tout de suite...

— Non, hurla Jack. Non. Ne viens pas.

Il ne comprit pas bien les paroles qui nasillaient dans le combiné. La voix de Linda, maintenant, était trop faible.

— Ne viens pas ! cria-t-il.

La voix se tut et Jack, accablé, posa près de lui sa canne à pêche. Elle allait venir. Elle allait ouvrir la porte. Blackie se précipiterait sur elle. Non. Pas ça ! Surtout pas ça. Il reprit un peu de sang-froid et essaya de situer le téléphone. Il l'apercevait mal par-dessus le parapet de planches. L'appareil était tombé presque le long du mur et il était devenu impossible de lancer les hameçons entre le fil et la paroi. Cette fois, la partie était perdue. Jack remonta lourdement. Lui aussi, il aimait Linda. Tous ses doutes, tous ses griefs, tout ce mauvais temps étaient balayés. Restait cette immense douleur. Linda allait mourir s'il ne trouvait pas, tout de suite, une ultime parade. Car elle ne l'avait sûrement pas entendu, quand il avait crié. Il l'espérait de toutes ses forces. Si elle avait saisi ses paroles, si elle avait cru comprendre qu'il ne voulait plus d'elle... Non !... Ce serait pire que tout. Puisqu'elle l'aimait encore, il devait coûte que coûte s'évader du piège horrible où il était tombé. Puisqu'il ne pouvait sortir par la porte, il ne lui restait plus qu'à sortir par la fenêtre.

Fuir par la corniche ! C'était insensé ! Il avait renoncé à ce moyen, mais alors il ignorait que Linda allait l'appeler. Et maintenant tout était changé. Il sentait comme un sang nouveau dans ses veines. Le risque était énorme, mais l'exploit était à la portée d'un homme entraîné. Pourquoi ne serait-il pas, pendant quelques instants, cet homme-là ? Sa faute... ce qui avait tout gâché... c'était d'avoir dit oui à son infirmité. Il devait la nier, la repousser comme on rejette une tentation. Il n'était pas fini et il allait se le prouver, tout de suite. Il jeta un dernier coup d'œil au doberman. Le chien, babines retroussées, tête basse, semblait faire un effort immense pour rester debout, mais il se redressa quand il vit Jack bouger et lança vers l'escalier un aboi lugubre. Il s'affaiblissait sans aucun doute, mais il était assez puissant pour demeurer dangereux encore très longtemps. Jack n'hésita plus. Il ferma la porte de sa chambre, machinalement, comme il tirait autrefois, au-dessus de sa tête, la trappe du cockpit. Encore une fois, il partait en mission. L'ennemi à vaincre, c'était lui. Il vérifia les sangles qui fixaient sa prothèse, enleva son blouson qui formait bourrelet. Il savait qu'il devrait s'aplatir le long du mur de rondins, coller comme une mouche à la paroi. Si tout allait bien, il ne mettrait pas plus d'une vingtaine de minutes pour longer la corniche jusqu'à l'angle à partir duquel il n'aurait plus qu'à se laisser tomber dans la cour. Il enjamba l'appui de la fenêtre et, le dos au vide, suspendu par les bras, il tâta du bout de son bon pied l'espace au-dessous de lui.

Il regretta aussitôt de n'avoir pas ôté sa chaussure. Son brodequin le renseignait mal, et tâtonnait en aveugle, à la recherche d'un point d'appui. Il le trouva enfin ; la prothèse racla le bois en prenant à son tour position auprès de sa jambe sœur. Jack lâcha la fenêtre et demeura immobile pour maîtriser sa respiration. Il n'y avait plus moyen de revenir en arrière. La nuit l'enveloppait. Une pluie fine lui mouillait le dos et les mains. Il n'y prenait pas garde. C'était le vide qui l'angoissait. Il avait perdu le sens de l'air et il n'osait plus bouger. « Elle m'aime », se dit-il. Et ce fut comme s'il avait murmuré : « Mon Dieu, protégez-moi. »

La joue, le ventre, les cuisses plaqués le long du mur, sa main gauche envoyée en reconnaissance, il progressa de quelques centimètres, en appui sur sa jambe morte qui pouvait à chaque seconde se dévisser, faute de sentir la bordure sous sa semelle. La fenêtre, derrière lui, dessinait un rectangle lumineux qui éclairait la pluie. Elle s'éloignait peu à peu, mais si lentement ! Et la fatigue, déjà, lui engourdissait le genou. Il était en sueur. Il avait l'impression d'être attaché à un cadavre quand il ramenait à lui cette jambe rétive qui avait tendance à traîner et qui était prête à le trahir.

Bientôt, il comprit qu'il n'irait pas plus loin. Il n'en pouvait plus. Ses mains, son pied, demandaient grâce. S'il lâchait prise, il s'assommerait tout en bas, et cela n'avait guère d'importance. Mais Linda... Linda qui, de la cour, l'appellerait :« Jack... Jack chéri... » Et elle ouvrirait la porte et... Jack serra les dents, se poussa sur la corniche. La maison était faite de troncs superposés dont l'arrondi mouillé était glissant. Il fallait enfoncer les doigts dans les interstices et chercher une rugosité formant saillie. C'était épuisant. La volonté, grignotée, faiblissait, rougeoyait comme une lampe qui va s'éteindre.

Halte ! Le front sur le bois, écartelé contre le mur, Jack refaisait provision d'attention. Il tirait de sa mémoire quelques souvenirs des jours heureux. Cette maison, quel coup de foudre quand ils l'avaient découverte, tous les deux. Elle, c'était le panorama qui l'avait enchantée ; lui, c'était le vaste living, la cheminée où il se promettait d'allumer de crépitantes flambées. Allons, encore un pas, et puis un autre pas... Ils avaient choisi le mobilier ensemble... Ils avaient pendu la crémaillère avec les amis les plus chers... Bob et Larry, et Steve... et quelques autres avec qui il serait bon de renouer... Encore trois ou quatre mètres... Le plus dur est derrière. Jack, tu as vaincu... tu...

Le pied de métal dérapa. Le corps bascula. Les ongles s'arrachèrent. Jack n'eut même pas le temps de crier. L'air lui fouetta le visage tandis qu'il s'enfonçait dans la nuit. Il traversa des arbustes qui le déchirèrent, et il lui sembla qu'il éclatait. Il perdit connaissance.

Ce fut la pluie qui le tira de son évanouissement. Une douleur lui labourait l'épaule. Probablement une fracture de l'omoplate. Il réussit à s'asseoir. Sa prothèse s'était brisée au niveau du genou, mais il était, quoique fortement contusionné, à peu près indemne. Malheureusement, la pente qu'il lui fallait gravir pour atteindre la cour était trop raide. Il n'arriverait pas à temps pour arrêter Linda. Il se débarrassa de sa jambe artificielle qui ne pouvait que l'encombrer et tâta le terrain autour de lui, en grimaçant de douleur. Sa main rencontra des broussailles, des arbustes qui lui offraient une prise solide. Il entreprit de grimper, en se tortillant comme un ver. De temps en temps, il essayait de voir l'heure à sa montre, mais la douleur lui brouillait la vue et il ne distinguait, à la place du cadran lumineux, qu'une sorte de phosphorescence pâle. Sa bataille dura une éternité. Il eut une syncope, quand, après un dernier coup de reins, il roula dans la cour. Il ne vit pas les phares, qui éclairaient la barrière. Mais il entendit claquer la portière. Ces pas, sur le gravier, c'était Linda.

— Jack ! Tu dors ?

Elle arrivait devant la porte. Jack voulut crier : « Va-t-en ! », mais aucun son ne sortit de sa bouche. Là-bas, Linda ouvrait. La lumière du living projeta l'ombre chinoise de sa longue silhouette dans la cour et Blackie poussa un hurlement de damné. Jack ferma les yeux et sombra dans l'inconscience.

Il se réveilla dans une ambulance. Le visage de Linda était penché sur lui.

— Il t'a mordue ? dit-il, d'une voix terrorisée.

— Non, mon chéri. Il était paralysé. Le mal avait eu raison de lui. J'ai appelé le marshall. C'est lui qui l'a abattu. Et puis nous t'avons trouvé.

— Je voulais tellement te prévenir, murmura Jack.

— Repose-toi... Dors... Tu me raconteras plus tard. Maintenant, nous avons toute la vie devant nous.

ACCROCHE-TOI, PÉPÉ

A la manière d'Exbrayat

Ange Colombani trouva sa femme en larmes.

— Ho, ma belle ! Et qu'est-ce qui t'arrive ?

— Hé, tu le demandes ! Comme si tu ne le savais pas !

— Ce ne serait pas le Pépé, des fois ?

— Et oui, c'est le Pépé. Il devient impossible.

Sandrine s'essuya les yeux d'un revers de main et, passant soudain de sa voix de petite fille à sa voix de poissarde :

— Ça ne peut plus durer, dit-elle. Moi, j'en ai jusque-là.

Et sa main, agitée à plat loin au-dessus de sa tête, montrait éloquemment qu'elle était en train de couler corps et biens dans un océan d'embarras et de soucis.

— Doucement, dit Ange. Tu parles de grand-père.

— Ton grand-père, c'est un vieux cochon.

Ange Colombani s'épanouit.

— Qu'est-ce que tu veux, Sandrine. Nous sommes comme ça dans la famille. Quand l'oncle Antoine a reçu l'extrême-onction (Ange esquissa un timide signe de croix), comme il avait la vue basse et que le curé portait encore la soutane, il a cru, le pauvre, qu'il entendait un bruit de jupe et alors...

— Hé, je le sais. Tu racontes ça à tous les enterrements !

Colombani fronça ses sourcils charbonneux.

— Sandrine, regarde où tu mets les pieds. Que je plaisante, moi, c'est permis. Mais toi, tâche d'être polie. Il t'a un peu pincée au passage. Faut pas faire attention. C'était de bonne amitié.

— Hé non. Les pinçons, j'ai l'habitude. Mais il ne veut plus se laver. Il ne veut même plus se raser. Si ça continue, il aura la figure comme une rascasse. Et puis, ce n'est pas tout.

Elle se rapprocha de son mari et chuchota :

— Devine un peu sa dernière. Il lui faut un grand gâteau pour son anniversaire. Avec quatre-vingts bougies. Il n'en démord pas.

Ange pâlit et admit que le Pépé, en effet, commençait à devenir fada.

— Tu l'aurais vu, reprit Sandrine, quand je lui ai apporté le ragoût ! Il a soufflé dessus tant qu'il a pu et j'ai reçu de la sauce partout. Il a dit qu'il s'entraînait pour éteindre les bougies.

Ange hocha gravement la tête. Cette fois, les choses allaient trop loin.

Il alluma un cigarillo de contrebande et s'assit à califourchon sur une chaise, au soleil, devant la porte.

— A mon avis, reprit Sandrine.

— Tais-toi. Je réfléchis.

Mettre le Pépé à l'hospice, c'était impossible. Ça ne se faisait pas, voilà tout. Il était égoïste, exigeant, grincheux et depuis quelque temps pas très propre, mais ce n'était pas une raison pour le traiter comme un va-nu-pieds. Evidemment, il y avait cette histoire de bougies qui n'arrangeait rien. Si le vieux, maintenant, se prenait pour un Américain !... Mais quoi ! On habitait chez lui. La maison lui appartenait ainsi que le cabanon, qui était loué à un garagiste de Marseille. Et puis la pension du Pépé n'était pas à dédaigner. Et, à tout prendre, ces quatre-vingts bougies, si ça lui faisait plaisir... A quatre-vingts ans, le vieux était usé. Il n'en avait peut-être plus pour longtemps. L'héritage était à portée de la main. On pouvait bien montrer encore un peu de patience.

Ange cracha loin et éteignit le cigarillo sous son talon.

— Sandrine ! Viens un peu ici... Sandrine, je me mets à ta place...

— Ça m'étonnerait, dit Sandrine, dont la voix tremblait encore de rancune. Si tu te mettais à ma place, tu ne jouerais pas aux boules toute la journée. Tu laverais. Tu ferais le ménage, la cuisine... Tu t'occuperais tout le temps du Pépé, que c'est un vrai gosse. Il fait tomber exprès son journal pour que je le ramasse. Tiens, c'est bien simple. Choisis. C'est lui ou moi,

Et elle alla s'enfermer dans la chambre. Ange haussa les épaules. Elle était comme ça, Sandrine ! Quand le vent soufflait de l'est et que les cigales grinçaient à vous rompre les oreilles, elle crachait le feu. Il valait mieux éviter de discuter. Mais qu'est-ce que ça voulait dire : lui ou moi ? C'était pire, en un sens, que de la révolte. C'était de la contestation. C'était Mai 68. Il y avait de la manif dans l'air. Donc, il était urgent de ne pas bouger, de lui montrer par un silence méprisant qu'on ne faisait aucun cas de ses humeurs et qu'elle devrait se rendre sans condition.

Ange, malgré tout perplexe, se gratta l'oreille et jura. Il oubliait toujours qu'il avait perdu le petit doigt de la main gauche, sur le Vieux Port, un soir de rixe. Une balle égarée, qui lui avait valu, grâce à des complaisances dont il aurait été bien difficile de débrouiller l'écheveau, une invalidité de 90%. « Je ne peux rien faire, disait-il avec un énorme soupir. C'est bien gênant, allez, quand on n'a qu'une main ! »

Il alluma un second cigarillo, mais le cœur n'y était pas. Il revint dans la cuisine, s'aperçut que Sandrine n'avait encore rien préparé pour le déjeuner. Le Pépé somnolait dans son fauteuil. Il avait lâché sa pipe et un brin de tabac incandescent rougeoyait sur la manche de sa chemise. Un coup à foutre le feu partout. « Mais qu'est-ce que je vous ai fait, Bonne Mère, se dit Ange, pour porter une pareille croix ! »

Il secoua le Pépé.

— Ho ! Réveille-toi ! Et tâche de ne pas incendier la baraque. Après tout, elle est à toi !

C'était à prendre l'un pour taper sur l'autre. Il gravit l'escalier à pas de loup et, l'oreille contre la porte de la chambre, il écouta. Quoi ! Ces gémissements, ces hoquets, ces coups de trompette inimitables, car Sandrine avait l'habitude de se moucher à la cantonade... Eh oui, elle pleurait, peuchère ! Ange sourit de satisfaction mais, en même temps, se sentit tout amolli. On n'allait pas se manger le nez à cause du vieux !

Il tourna la poignée. La porte s'ouvrit. Elle ne s'était même pas enfermée, la pauvrette ! C'était vraiment le gros chagrin.

— Ma Sandrinette ! dit-il.

Et elle se jeta dans ses bras, car c'était la première fois depuis leur nuit de noce qu'il l'appelait « ma Sandrinette ». Ils restèrent longtemps sans parler. C'est toujours délicat de revenir sur terre, après des effusions qui vous gonflent le cœur comme une pastèque. Enfin, Ange donna quelques tapes affectueuses sur la croupe de sa femme et dit :

— Je mangerais bien des spaghetti comme tu sais les faire. Tu sais, avec des anchois.

— Et du parmesan bien frais, ajouta Sandrine.

— Et de belles tomates, avec des olives, complèta Ange.

Le plat de spaghetti, c'était le symbole de la paix retrouvée. Ils redescendirent, la main dans la main. Le Pépé ronflotait et de temps en temps chassait les mouches, d'une main aux veines grosses comme des varices.

— Tu vois, dit Sandrine, je regrette d'avoir mal parlé de lui. Il me fait de la peine.

Elle jetait les pâtes dans l'eau bouillante, commençait à mettre la table.

— C'est triste d'être si vieux, poursuivit-elle. Quelle joie a-t-il ? Quand il ne dort pas, il grogne. Et quand il ne grogne pas, il souffre de ses reins, de ses dents, de tout. Tu pourrais peut-être peler les tomates.

— Je veux bien, dit Ange, plein de zèle. Mais avec ma blessure...

— Oui... Bon... Laisse... C'est tout caprice et douleur, ces vieux. Et ça ira en empirant, forcément. Il va tout doucement perdre la tête, et puis il tombera peu à peu paralysé... Tu verras : un de ces jours, tu seras obligé de le promener dans une petite voiture.

Les jambes coupées, Ange s'assit.

— Tu crois ?

— Mais ça crève les yeux, voyons ! Tes parties de boules, c'est bien fini. Encore quelques mois, peut-être. Et puis ce sera la poussette. Rappelle-toi le grand-père de Titin ! Et toi qui te moquais, qui plaisantais, en passant à côté de lui : « Demandez les esquimaux glacés, bonbons, chocolat ». Je te promets que tu n'auras plus envie de rire !

— Je n'avais pas pensé à ça.

— Tu ne penses jamais à rien... Ah ! Si tu ne m'avais pas ! Tiens, occupe-toi de lui. Il est en train de se réveiller.

— Mais qu'est-ce qu'on peut faire ?

Sandrine baissa le gaz sous les spaghetti.

— Je me le demande, fit-elle d'un air lugubre. Il y a des moments où je me dis qu'il vaut mieux être mort que gâteux.

— Tais-toi, murmura Ange. Il pourrait nous entendre.

— Quoi ? s'écria le Pépé, une main en cornet à l'oreille.

— Rien. Ne vous occupez pas de nous. On parle.

Le plat de spaghetti était prêt. Sandrine ouvrit une boîte de pâté et aida le Pépé à passer à table.

— Il n'a plus que les os, dit-elle à voix basse. Tu n'as pas remarqué comme il a maigri. Regarde ce pauvre poignet de poulet.

Bientôt, il ne pourra plus manger tout seul. Moi, à sa place, tu vois, j'aimerais mieux m'en aller tout doucement... d'un seul coup. Ange, si je deviens impotente, jure-moi que tu m'aideras à mourir.

— Mais qu'est-ce qui te prend ? dit Ange, après avoir fait remonter dans sa bouche, d'une vigoureuse succion, un long fil de spaghetti.

— Je suis sérieuse, reprit Sandrine. C'est une preuve d'amour de donner la mort dans certaines circonstances...

— Qu'est-ce qu'elle dit ? cria le Pépé, en colère. Parlez plus fort.

Ange s'était arrêté de manger. Il était blême, avec une tache de jus de tomate au menton.

— Ho, Sandrine, chuchota-t-il, tu crois que je ne vois pas où tu veux en venir !

— C'est pour son bien, dit-elle.

— Comment ? s'écria le vieux. Le bien de qui ? J'ai bien le droit de savoir, non ? Je suis chez moi, ici.

Le repas s'acheva en silence. Pendant que Sandrine lavait la vaisselle, Ange, à l'ombre du micocoulier, essayait de rendre équitablement la justice. Certes, les arguments de Sandrine étaient forts, mais, d'un autre côté, jamais on n'avait entendu parler, dans sa famille, de cette chose difficile à prononcer qui était en somme, la permission d'abréger les souffrances des grands malades. Mais quelles souffrances? Le vieux mangeait comme quatre, dormait comme un bébé. Il faisait semblant, comme tous les vieillards, d'être accablé de maux. N'empêche qu'au fond il était encore solide. Sandrine était de mauvaise foi. Mais si, écœurée, elle retournait à Calvi ? Qu'est-ce qu'il deviendrait tout seul, avec son infirmité ?

Le Pépé, il le gardait près de lui, parce que c'était la tradition. Mais Sandrine, il la voulait près de lui, parce que c'était ça, l'amour. Et si on plaçait dans un plateau de balance la tradition, et dans l'autre, l'amour, qu'est-ce qui était le plus lourd, hé, collègue ?

Il fit une petite sieste, histoire de s'éclaircir les idées, et, quand il s'éveilla, sa résolution était prise. Il ne discuta pas avec Sandrine. Fine mouche comme elle l'était, elle devait déjà avoir son idée. Il se contenta de sourire d'une certaine façon un peu lâche.

Au dîner, Sandrine, après avoir enlevé les arêtes d'un rouget et poussé le plat devant le grand-père, dit de sa voix la plus avenante :

— Pépé, ça vous ferait plaisir, des champignons ?

L'œil du vieux brilla et Ange se sentit des gouttes de sueur à la racine des cheveux. Elle avait donc choisi les champignons ! C'était bien risqué. Si le Pépé était le seul à en manger, la chose paraîtrait suspecte. Mais s'ils en mangeaient tous les trois... Ange repoussa son assiette.

— Ils ne sont pas bons, mes rougets ? demanda Sandrine.

Tout de suite rebiffée et prête à prendre la mouche. Quelle femme !

— Si, bien sûr. Ils sont très bons, mais je n'ai pas faim, avoua Ange.

— Moi, j'en mangerais bien un autre, dit le Pépé d'un air vainqueur.

C'est vrai qu'il était à tuer ! Des champignons ! Mais où prenait-elle des idées pareilles ? Il attendit qu'elle eut couché le Pépé et s'informa, timidement :

— Est-ce que c'est bien la saison ?

— La pleine lune de septembre, trancha-t-elle. Il n'y a pas de meilleur moment.

— Et où iras-tu les chercher ?

— Près d'Aubagne, dans les collines. Je connais le coin.

— Le coin pour les cèpes. Mais les cèpes, ça n'a jamais fait de mal à personne.

— Il n'y a pas que des cèpes, là-haut. Il y a aussi...

Elle s'interrompit et rougit.

— Ange, tu veux me faire dire des bêtises. Je connais bien le mot mais il n'est pas joli.

— Des phalloïdes

— Eh, oui, grand couillon !

Ange était tellement troublé qu'il saisit machinalement un torchon et commença à essuyer son verre.

— Il est tellement gourmand, reprit-elle, qu'il en reprendra deux ou trois fois. Et nous, on se contentera de quelques bouchées, juste pour être un peu gênés.

Ange lâcha le verre qui explosa entre ses pieds.

— Non, fit-il, une main sur l'estomac. Non. Je n'ai pas envie de...

— C'est ça ou la valise.

Il s'essuya le front avec son torchon. Elle continua, impitoyable.

— Tu voulais jeter ton vieux costume noir. On t'en achètera un tout neuf, qui pourra servir longtemps.

La Sandrine, maintenant, lui faisait un peu peur.

— Il va souffrir, murmura-t-il. Et nous aussi.

— Mais non, dit-elle, conciliante. Nous, on sentira peut-être comme une espèce de mal de mer. Ça passera vite.

— Si tu crois, dit-il, rendant les armes.

Le lendemain, Sandrine prenait le car, et Ange s'occupa tant bien que mal du Pépé. Pour un peu il lui aurait flatté l'encolure, comme on fait à un vieux cheval dont on doit se débarrasser. Jamais il n'avait été si affectueux, si prévenant. Il se rappelait tant de glorieuses campagnes : le coup des cigarettes blondes, à Tanger... l'affaire du Bar des Iles... Colombani, c'était le roi. Malheureusement, il n'avait jamais su compter. C'était peut-être bien ça que Sandrine ne lui avait jamais pardonné, parce que la Sandrine, hé, pour ce qui était des sous, elle s'y entendait. Elle revint par le dernier car, portant un cabas rebondi.

— Il dort, dit Ange.

Elle vida son cabas sur la table de la cuisine. Ange repéra tout de suite les amanites.

— J'en mettrai deux pour une douzaine de cèpes, dit Sandrine.

— C'est beaucoup, non ?

Sandrine haussa les épaules. Elle n'allait pas discuter. Son flair de cordon-bleu lui soufflait que c'était juste assez. Elle prépara soigneusement le plat de champignons, avec beaucoup d'ail pour rendre un dernier hommage au Pépé. Et ce fut le matin, après une nuit d'insomnie. Et ce fut l'heure de faire cuire les cèpes. Une odeur délicieuse emplit la cuisine. Le Pépé, énervé par le parfum qui s'échappait du four, ne tenait plus en place.

— Vous en aurez, promit Sandrine. Mais restez tranquille. Vous êtes toujours dans mes jambes.

Ange attendait lugubrement l'heure de passer à table. Il voyait déjà le gros titre, dans le *Petit Provençal* : « *Triple décès causé par des champignons vénéneux* ».

— Venez, Pépé ! dit enfin Sandrine.

Elle lui noua sa serviette autour du cou. Le plat fumait devant eux.

— Laissez-moi vous servir, reprit-elle.

Et elle déposa dans l'assiette du vieux une énorme portion.

— Tu lui en mets trop, protesta Ange.

— Non, s'écria le Pépé. Les cèpes, j'aime.

— Eh bien, dit Sandrine en se tournant vers son mari, mange, pendant que c'est chaud.

Blême, le cœur sur les lèvres, Ange chipotait, triant les morceaux qui lui semblaient inoffensifs. Sandrine, au contraire, montrait un innocent appétit.

— Encore un peu, Pépé ?

Elle remplit à nouveau l'assiette du grand-père, qui bredouilla, dans un claquement de dentier.

— Vous êtes une bonne fille, Sandrine.

C'en était trop. Ange toussa violemment dans sa serviette, comme s'il venait de s'étrangler et sortit prendre une grande goulée d'air. Ah, ça n'était pas facile d'aller jusqu'au bout. Bien sûr, ce n'était pas un crime, puisque chacun prenait son risque. C'était plutôt une imprudence, une distraction, une étourderie. Voilà ! Il s'agissait d'une étourderie. On ne fait pas attention, et les amanites se glissent parmi les cèpes. Et après, c'est un peu comme à la roulette russe. On ne sait pas qui va être foudroyé.

Bravement, Ange revint dans la salle à manger. Le Pépé en était au fromage, toujours guilleret et très à l'aise. Il but un dernier verre de vin et rejoignit son fauteuil pour sa petite méridienne. Sandrine commença à desservir.

— Est-ce que tu sens quelque chose ? demanda Ange, dans un souffle.

— Pas encore, dit Sandrine. Mais ça va venir.

Quelques instants plus tard, en effet, le mal fondit sur eux. Sueurs froides, jambes de laine, nausée.

— Va vite chez Morucci, dit Sandrine. Qu'il téléphone au docteur.

Ange, décomposé, traversa la rue et faillit s'effondrer en pénétrant dans le bistrot. On se précipita.

— Nous sommes tous morts, balbutia Ange. Les champignons...

Ensuite, il y eut un grand tumulte. Les clients de Morucci avaient envahi la maison. Certains avaient encore leurs cartes à la main. « Il faut qu'ils boivent du lait », affirmaient les uns. « Il faut les faire vomir », protestaient les autres. Le cafetier estimait qu'un pastis bien tassé...

— L'alcool, affirmait-il, ça nettoie les intérieurs. Je me rappelle

Collaro... Vous savez bien... Pas celui qui est aux Baumettes...

Là-dessus, le docteur Pellegrini arriva et mit tout le monde à la porte. Il flaira ce qui restait du plat de champignons, examina rapidement Ange.

— Vous, ce ne sera pas grave. Aidez-moi. Il faut coucher votre grand-père. Vous voyez bien que c'est lui le plus atteint. Allons, du nerf. Regardez votre femme. Elle est plus malade que vous et elle tient le coup.

Ils parvinrent à hisser sur son lit le Pépé qui paraissait à toute extrémité. Mais le médecin connaissait son affaire. Il prit fermement en main la situation, fit des lavages d'estomac, des piqûres ; il obligea Sandrine et son mari à rester couchés.

— Une infirmière va venir, dit-il. Vous allez vous en tirer sans dommage, mais le pauvre Pépé, lui, il est bien mal parti.

— Pensez, murmura Sandrine. Il a presque tout mangé à lui tout seul.

— Ces vieux, dit le docteur, c'est pire que des enfants. Je reviendrai demain. Nelly, mon infirmière, s'occupera de vous... Pas d'imprudences !

Il leur serra la main et partit, mais, dès qu'ils furent seuls, domptant migraine et vertiges, Ange et Sandrine se traînèrent dans la chambre du Pépé.

— C'est vrai qu'il a l'air fatigué, chuchota Ange.

— Pour moi, dit Sandrine, il ne passera pas la nuit.

...Et pourtant, le lendemain matin, il était toujours là ; sa bouche remuait sans émettre un son, mais il y avait de la vie dans ses yeux et même comme une petite flamme de malice. L'infirmière montait la garde.

— Il ne faut pas le déranger, disait-elle. Il va plutôt mieux. Regardez-le de loin.

Par la porte entr'ouverte, ils apercevaient le Pépé et échangeaient des coups d'œil navrés.

— Ce n'est pas deux par douzaine que j'aurais dû mettre, observa Sandrine, mais quatre ! Quand on n'a pas l'habitude...

Vers le soir, un visiteur se présenta. C'était maître Landolfi, un vieil ami du grand-père.

— Qu'est-ce que j'apprends ? Joseph est gravement malade ?

— Oui. C'est affreux, gémit Sandrine.

Et elle expliqua au notaire la terrible méprise qui avait failli leur être fatale.

— Je peux lui parler ?

L'infirmière hésita.

— Je ne resterai qu'une minute, insista le notaire. Il va être si content de me voir !

La conversation dura plus longtemps que promis, et, quand maître Landolfi reparut, son air grave frappa beaucoup l'infirmière et les époux, qui attendaient dans le couloir. Le notaire prit ceux-ci par les épaules et les éloigna de la chambre.

— Ça ne va pas du tout, dit-il. Je crois bien qu'il ne va pas s'en tirer... Et je me sens obligé, en conscience, de vous faire une confidence. Mais elle devra rester entre nous. Vous me le promettez ?

— C'est juré, s'écrièrent-ils d'une seule voix.

— Eh bien, voilà. Votre grand-père a un cousin, Toussaint Negroni, qui s'est fixé en Argentine, il y a vingt ans. Il vous parlait bien de lui, quelquefois ?

— Jamais, dit Sandrine, vexée.

— Quel cachottier ! fit le notaire. Et ce n'est pas n'importe qui, ce cousin. Il est devenu riche à millions.

Un mot qui brûle et qui fait mal. Les époux, pétrifiés, se taisaient.

— Or, poursuivit le tabellion, votre grand-père est son seul héritier, à condition qu'il soit encore vivant quand Toussaint Negroni décèdera. Si, au contraire il vient à mourir le premier, la fortune ira à des œuvres. C'est tout ce qu'il y a de plus régulier. Alors, mes pauvres amis, vous voyez le drame. Toussaint Negroni a quatre-vingt-douze ans. C'est lui, normalement, qui devrait disparaître bientôt. Mais à cause de ce malheureux plat de champignons, j'ai bien peur... Enfin, vous me comprenez.

— Les millions vont nous passer sous le nez, bredouilla Ange.

Sandrine poussa une sorte de sanglot et tomba évanouie.

— Hé bé ! Hé bé ! Qu'est-ce qu'elle a ? bredouilla le notaire. Donnez-moi un coup de main, fiston.

On ranima Sandrine. Dès qu'elle eut repris connaissance, elle se tordit les mains de désespoir.

— Sauvez-le, docteur. On l'aime tant, notre Pépé !

— Elle délire, dit le notaire. Ho ! Ma belle ! Je suis maître Landolfi. Pas le docteur.

— C'est ma faute, gémissait-elle. Je ne me suis pas méfiée. Ils avaient l'air bien honnêtes, ces champignons !

— Mais oui. Je sais bien que vous n'y êtes pour rien, répétait le notaire. Calmez-vous. On vous le sauvera, le Pépé.

Sandrine s'assit sur le lit, les yeux pleins de larmes.

— C'est vrai ? Vous allez le sauver ?

— C'est au docteur Pellegrini qu'il faut demander ça. Mais on va tous s'y mettre.

Et ce fut le début d'un miracle. A force de soins, le Pépé refit surface. Un matin, Sandrine entra dans la cuisine, toute émue.

— Ange, tu sais ce qu'il m'a fait ? Il m'a pincée. Comme avant. Cette fois, je crois qu'il est tiré d'affaire.

— C'est reculer pour mieux sauter, observa Ange, d'un air sombre. Tu m'as toi-même expliqué que, de toute façon, il n'en avait plus pour longtemps. Alors, je me demande pourquoi on se donne tout ce mal.

— Sans cœur ! lança Sandrine, indignée.

Et elle se mit à pétrir la pâte.

— C'est pour quoi faire ? demanda Ange.

— C'est pour le gâteau, té ! Tu crois qu'il ne l'a pas mérité. Et puisque tu es là, les bras ballants comme d'habitude, va acheter les bougies. Quatre-vingts. Compte-les !

Le Pépé reprit sa place à table. Sandrine, joue contre joue, l'aida à souffler les bougies.

— Bravo, Pépé ! Vous soufflez comme un chef. Ange, découpe le gâteau. Et taille-lui une grosse part... Mieux que ça ! Je sais qu'il a encore faim. Pas vrai, Pépé ?

... En peu de jours, Pépé devint un tyran. Il était tout spécialement insupportable pour la nourriture. Il voulait manger de la sole, de la langouste.

— Quoi, s'étrangla Ange, je vais lui en foutre, moi, de la langouste !

— Sois raisonnable, plaidait Sandrine. C'est ton grand-père !

Les voisins venaient le voir, le félicitaient pour sa bonne mine, prenaient Sandrine dans un coin.

— Vous êtes admirable, ma bonne Sandrine. Quel dévouement ! Ah ! Il vous doit une fière chandelle.

Sandrine, maintenant, était fière du Pépé. Il avait laissé pousser sa barbe pour l'embêter car elle était obligée de la nettoyer quand des spaghetti ou du jaune d'œuf se prenaient dans les poils. Profitant de la situation, il passait la main sous sa robe. Sandrine lui tapait sur les doigts avec coquetterie.

— Sage, Pépé, sage !

— Savez-vous, dit le notaire qu'on voyait souvent à la maison maintenant, il ressemble à Victor Hugo.

Sandrine rougit d'orgueil comme si elle venait d'être décorée en présence de tout le quartier. Victor Hugo ! Bien sûr. Avec cette belle barbe blanche, c'était frappant. Et c'était son œuvre. Dorénavant, elle veilla sur lui ; elle l'époussetait comme s'il avait été un personnage de musée.

— Si ça ne fait pas mal au ventre, grognait Ange. Pour un peu, c'est moi qui serais de trop.

Il passait de plus en plus de temps au bistrot. Le notaire aidait Sandrine à sortir le Pépé et à l'installer confortablement dans son fauteuil, sous le micocoulier.

— Avez-vous des nouvelles de l'Argentin ? chuchotait parfois Sandrine.

— Il baisse, murmurait maître Landolfi.

Sandrine, le visage illuminé, rentrait dans la maison. Le notaire s'asseyait près du Pépé qui riait de toutes ses rides, et allumait un cigare.

— Tu peux dire que tu les as bien baisés, chuchotait le Pépé. Le cousin d'Amérique ! Ah ! Ah ! Ils ne sont pas près de m'avoir ! Mais je ne te croyais pas si menteur.

— Qu'est-ce que tu veux, Joseph, disait Landolfi. Ils sont jeunes et nous, on est vieux. Alors, ils essayent de nous pousser dehors. C'est la nature. Nous aussi, on a été jeunes. Nous aussi, on a fait les quatre cents coups.

Mélancoliquement, ils regardaient au loin, vers le passé.

Dans la cuisine, Sandrine chantonnait, l'espoir au cœur, en préparant un minestrone.

S.O.S. S.A.S.

A la manière de Gérard de Villiers

Son Altesse Sérénissime le prince Malko Linge, chevalier de l'ordre des Séraphins, Margrave de la Basse Lusace, grand Voyvode de Serbie, maître de l'ordre de la Toison d'Or, chevalier de l'Aigle Noir, comte du Saint-Empire romain, Landgrave de Fletgans et d'autres lieux, savourait un verre de vodka Krepskaïa, en écoutant le *Trio à l'Archiduc*, de Ludwig van Beethoven, dans sa luxueuse garçonnière de Poughkeepsie, Etat de New York. Il portait une robe de chambre dont la soie était douce comme le pelage d'un angora. Dans le cabinet de toilette, se déshabillait Greta, la pulpeuse créature qu'il avait rencontrée, quelques heures plus tôt, sur le 747 des Scandinavian Air Lines. Enfin quelques jours de repos. Si toutefois Robert C. Gallup, le patron de la section H de la CIA, consentait à ne pas se manifester.

L'alcool était frais ; la fille était chaude, et les travaux de réfection de la bibliothèque de son château historique, situé en Autriche, avançaient d'une manière satisfaisante. En somme, la vie aurait été belle si l'entreprise Spartzenberg, chargée des réparations, ne s'était trouvée perpétuellement à court d'argent.

Greta poussa la porte. Les yeux d'or de Malko la détaillèrent avec gourmandise. Le téléphone sonna au même moment. Malko, d'un signe, fit comprendre à la blonde beauté qu'il allait congédier promptement l'importun et il décrocha. Il reconnut tout de suite la voix nasillarde de Gallup.

— Allo... S.A.S. ?

C'était tellement plus commode de dire : S.A.S. au lieu de Son Altesse Sérénissime !

— C'est moi, dit Malko.

— Venez immédiatement. Il s'agit d'une affaire extrêmement importante.

— Mais... je rentre à peine.

— Vous avez un avion dans une heure. Je vous attends, S.A.S. Vous ne le regretterez pas.

Ces derniers mots décidèrent Malko. Il aurait pu refuser car il ne travaillait à la CIA qu'en qualité d'extra. Si une mission lui déplaisait, il s'excusait courtoisement. Mais, la plupart du temps, il se laissait convaincre car Robert C. Gallup n'était pas homme à lésiner et il payait largement.

— C'était ma grand-mère, expliqua-t-il à Greta. Le médecin est assez inquiet et je dois partir.

Il prit la main de la jeune femme et la porta à ses lèvres.

— Si vous saviez comme je suis désolé !

— Oh ! Je comprends, fit-elle.

Non seulement elle était belle, mais elle avait bon caractère. Très touché, S.A.S. lui entoura la taille de son bras et, d'un geste large, montrant la pièce :

— Emportez un souvenir, dit-il. Ce que vous voudrez.

Elle tendit un doigt vers la photographie posée sur une table basse.

— Ça, dit-elle.

Malko hocha la tête. Ça, c'était une vue aérienne de son château, fière demeure féodale aux tours admirablement conservées. Malheureusement, la Hongrie avait annexé l'immense parc, si bien que la forteresse était maintenant en bordure d'un pays interdit. Malko était trop grand seigneur pour refuser. Il détacha de son cadre la photographie.

— Vous m'arrachez le cœur, soupira-t-il. Promettez-moi que vous reviendrez.

Quand elle fut partie, il s'affaira, car Gallup n'aimait pas attendre. Sa valise était toujours prête. Il en vérifia le contenu, s'assura que dans le double fond était toujours dissimulé le pistolet qu'il avait l'habitude d'emporter bien qu'il ne s'en servît jamais. C'était une arme extra-plate et extra-légère, construite à quelques exemplaires seulement pour la CIA. Elle tirait au choix des balles explosives, des balles au cyanure ou des balles au dolipranyl de mercure qui transformaient l'adversaire en statue[1]. Un taxi l'emporta à l'aéroport et, en fin d'après-midi, il se pré-

1. Authentique.

sentait, à Washington, devant le grand patron, après avoir été identifié, de couloir en porte blindée, quatre ou cinq fois. Robert Gallup lui serra la main.

— Scotch ? Vodka ?

— Vodka, s'il vous plaît, dit S.A.S., quoiqu'il éprouvât pour la vodka fabriquée en Amérique une certaine aversion.

— Voici pourquoi je vous ai fait venir, dit Gallup, après avoir réfléchi un instant. Notez que je peux me tromper, mais je ne crois guère aux coïncidences. Un de nos agents à Mexico, Stan Murphy a été tué d'une manière très mystérieuse. Il enquêtait sur une organisation dont la principale activité, à notre connaissance, consiste à faire passer de la drogue au Texas. C'est une patrouille de police qui l'a ramassé, agonisant, et a prévenu nos services. Il avait été poignardé et il est mort à l'hôpital après avoir prononcé une phrase extrêmement bizarre : « Attention aux gophers ». Bien entendu, vous ignorez ce que cela veut dire.

— Complètement, dit S.A.S.

— J'étais comme vous, reprit Gallup. Mais il m'a suffi de consulter un dictionnaire. Les gophers sont de petits rongeurs dont la taille et la forme rappellent la marmotte. Ils creusent des trous dans la terre et se nourrissent de racines. On les trouve un peu partout, mais surtout dans le Middle West où ils causeraient de vrais ravages s'ils n'étaient détruits par de nombreux prédateurs. J'ai voulu en savoir davantage et j'ai téléphoné à Thomas Perkins qui est le savant le plus qualifié dans ce domaine. Je vous résume notre entretien. D'après lui, notre gopher à nous — car il en existe plusieurs espèces — est en réalité un pika, *ochotona princeps*, qui se distingue du précédent par des oreilles rondes et des pattes postérieures plus longues [1]. C'est un animal très vorace, etc., etc. Je ne veux pas vous faire un cours. Je vous répète l'essentiel.

— Mais moi, dit Malko, qu'est-ce que j'ai à voir avec ces gophers qui sont des pikas qui sont des « ochoto » quelque chose ?

— Nous y voici, répondit Gallup. J'aurais voulu que vous rencontriez Thomas Perkins. Or, il est mort, lui aussi. Il a été tué d'un coup de revolver dans son bureau et tous ses papiers ont été emportés.

1. Authentique.

— Quand est-ce arrivé ?

— Hier matin. Nous avons passé la maison au peigne fin. Aucun indice. Le laboratoire n'a même pas été visité. Ce qui intéressait l'assasin, c'était uniquement la documentation et les fichiers. A mon avis, il y a un lien entre ce crime et la mort de notre agent à Mexico. Mais quelle est la nature de ce lien ? C'est à vous de le découvrir.

— Merci, dit S.A.S. Vous me confiez toujours des besognes faciles. A première vue, je pencherais pour l'hypothèse de la guerre bactériologique. On a déjà pensé à inoculer à des rats le virus de la peste. Alors, pourquoi pas à des gophers ?

— Non, dit Gallup. Ce n'est certainement pas cela. Les rats contaminés seraient, la cas échéant, utilisés contre les populations urbaines. Mais les gophers fuient les agglomérations. Nous devons être exactement renseignés le plus vite possible. Le président s'inquiète. Vous partez pour Mexico demain matin. Voici un mot d'introduction pour le professeur Ramon Morales, qui occupe une chaire d'histoire naturelle à l'université de Mexico. Il est un peu l'homologue de Thomas Perkins. J'espère qu'il n'est pas en danger. Mais, à tout hasard, nous l'avons mis sous surveillance.

Gallup poussa vers Malko une volumineuse enveloppe.

— Tout ce qui vous sera nécessaire est là, dit-il. Papiers, argent, adresses, etc.

Il se leva et serra la main de Malko.

— Bonne chance, et faites attention, vous aussi, aux gophers.

Malko, pensivement, prit un des seize ascenseurs qui desservent les sept étages de l'immense building et se fit conduire à l'aéroport. Il connaissait à peu près toutes les capitales du monde et il aimait bien Mexico, à cause de la légèreté de l'air, des délicieux « coco-locos » qu'on boit au Hilton, du grouillement pittoresque des avenues et de la beauté des femmes à qui quelques gouttes de sang indien donnent si souvent des yeux de feu et des allures de reines. Son enquête lui laisserait sûrement quelques loisirs qu'il ne manquerait pas d'occuper agréablement.

Dans l'avion, il essaya par jeu les armes de sa séduction sur les hôtesses. Mince, blond, habillé avec une élégance raffinée, il lui suffisait de regarder ses proies d'une certaine façon et ses yeux d'une couleur si rare faisaient le reste. Il ne connaissait pas d'échecs. La preuve : les hôtesses étaient déjà aux petits soins pour lui. Le voyage lui parut court. Pas une fois, il ne songea aux rongeurs qui inquiétaient tellement la CIA. Il avait remis au lendemain les affaires sérieuses. Ce qui l'intéressait, pour le moment, c'était la somptueuse poitrine de Conchita, le suggestif déhanchement d'Ilna, le parfum prometteur de Dolores. Il n'aurait eu qu'à tendre la main. Mais il se contenta de quelques-uns des compliments dont il avait le secret et qui lui attachaient les femmes encore plus étroitement que des baisers. Il fut tout surpris de voir apparaître au hublot, sous un soleil voilé, les hauts buildings de l'immense métropole. Le DC 8 roulait déjà sur le tarmac.

Malko, qui, au départ de Washington, avait revêtu un très léger pardessus, sachant par expérience qu'il ne fait pas chaud, en novembre, dans une ville située à 2 300 mètres, s'acquitta rapidement des formalités douanières. Il s'apprêtait à héler un taxi quand une voix s'éleva près de lui :

— Prince Malko Linge ?

Malko se retourna et se trouva en face d'un homme aux épaules athlétiques et au sourire accueillant.

— Dave Mitchell ! Votre arrivée nous a été signalée. Je serai à votre disposition pendant votre séjour ici.

Il y eut un échange de poignées de main et Malko prit place à côté de Mitchell dans une Plymouth un peu délabrée. Le trajet jusqu'au Hilton fut assez rapide malgré les encombrements qui rendaient difficile la circulation autour du Palais des Beaux-Arts et le long de l'avenue Juarez. Malko se sépara de Mitchell dans le hall du Hilton.

— Je vous remercie de votre obligeance, dit-il. Mais j'ai l'habitude de me débrouiller seul. Si j'ai besoin d'aide, j'ai l'adresse de nos services et je téléphonerai, merci encore.

Mitchell hésitait.

— C'est que j'ai des ordres pour vous accompagner partout, dit-il enfin.

— Quoi ? Serais-je en danger ?

— Peut-être pas. Mais j'obéis. Mettez-vous à ma place.

— Bon, dit Malko conciliant. Eh bien, venez me prendre dans une heure. J'ai l'intention de me rendre à l'ambassade, pour commencer.

Il s'installa dans une chambre du quatorzième étage d'où il découvrait, à travers le brouillard que la pollution de l'air entretient en permanence au-dessus de Mexico, la haute silhouette de la tour latino-américaine et les deux clochers de la cathédrale.

Il changea de costume et choisit un alpaga anthracite coupé à Londres et une cravate de soie achetée à Paris. Puis il logea dans un compartiment secret de sa valise les papiers que lui avait donnés le patron de la CIA et le chèque qui les accompagnait. 50 000 dollars. Gallup, pour montrer une telle générosité, estimait donc que la mission était périlleuse. Il avait la fâcheuse habitude de ne pas dire à ses agents toute la vérité. Soucieux, Malko téléphona à l'ambassade. Une voix féminine pleine de charme lui répondit que l'ambassadeur était absent mais que le premier secrétaire avait été prévenu et que le prince était attendu. Le professeur Morales assisterait à l'entretien. « Diable ! pensa Malko en raccrochant, on met les bouchées doubles. L'opération gophers leur donne des migraines ! »

Il prit le temps de boire un coco-loco, mélange délicieux de rhum blanc et de jus de fruits glacés, servi dans une noix de coco évidée. Au fond, c'était le professeur Morales qui détenait sans doute la clef du mystère. De ses explications dépendrait la suite de l'enquête. Et, pour finir, il n'y aurait peut-être même pas du tout d'enquête. Ce Stan Murphy avait pu être tout simplement exposé aux morsures des rongeurs avant de mourir. Malko se souvenait qu'il avait failli lui-même être torturé de la même façon[1], pour rien, pour le plaisir d'un sadique. Cette fois-là, il s'agissait de rats. Mais rats ou gophers, c'était pratiquement la même chose.

Mitchell l'attendait, au volant de la Plymouth.

— L'ambassade est Plaza de la Constitucion, dit-il.

— Je connais, fit Malko.

Deux « marines » gardaient l'entrée. Un huissier les conduisit dans un vaste bureau où ils rencontrèrent un homme d'une quarantaine d'années, grand, de type espagnol, qui se leva et se présenta avec raideur.

— Professeur Ramon Morales, dit-il.

— Prince Malko Linge.

Il y avait toujours un silence quand S.A.S. énonçait son titre. Mais le professeur, qui avait l'air préoccupé, n'y fit pas attention.

Je pense qu'on ne nous retiendra pas trop longtemps, dit-il. J'ai des expériences en cours et je n'entends rien à la politique.

1. Voir : *Opération Apocalypse.*

On m'a expliqué que vous veniez de Washington pour tirer au clair la mort d'un agent de la CIA et on m'a appris la mort du professeur Perkins. Je suis navré, bien sûr. J'ai suivi les cours de Perkins pendant un an. J'estimais beaucoup ses travaux, bien que...

Il fut interrompu par l'arrivée du premier secrétaire. Nouveaux saluts, nouvelles poignées de main. L'ambassadeur s'excusait. Il était obligé d'assister à l'inauguration de...

Malko n'écoutait pas. Il avait hâte d'en venir au fait. Il retint juste le nom du premier secrétaire : David Goldstein. Celui-ci offrit des cigares et des alcools variés, et céda enfin la parole à Malko.

— C'est très simple, dit S.A.S. Notre agent Stan Murphy a été assassiné ici récemment et il a prononcé, avant de mourir, une phrase mystérieuse : « Attention aux gophers » ! Je voudrais savoir quelles réflexions cette phrase inspire au professeur Morales.

Le professeur parut embarrassé.

— Il m'est difficile de vous parler des expériences que je poursuis, dit-il. Mais si vous avez le temps de venir visiter mon laboratoire, je vous montrerai quelque chose d'assez curieux.

— Concernant les gophers ?

— Précisément.

— Et cela pourrait expliquer la mort de Murphy et celle du professeur Perkins ?

— Je l'ignore, mais...

Il y eut une détonation sourde puis le fracas tout proche d'une rafale de mitraillette. David Goldstein se leva brusquement. Mitchell avait déjà son pistolet au poing. Mais une porte s'ouvrit derrière eux.

— Lâchez ça, ordonna une voix rauque.

Mitchell laissa tomber son arme. Quatre hommes, le visage masqué, les entourèrent et les poussèrent brutalement le long du mur.

— Les mains sur la tête ! Asseyez-vous par terre !

Celui qui commandait se tourna vers un des guérilleros et lui parla dans une langue qui aurait été incompréhensible pour tout autre que Malko. Mais Malko, grâce à sa prodigieuse mémoire, possédait une bonne vingtaine de langues et autant de dialectes et d'idiomes. Il reconnut tout de suite le cherokee, langue si insolite qu'elle était utilisée par les aviateurs en mission, pendant la guerre contre les Japs [1]. L'homme devait être d'origine indienne.

— Bouclez les autres au premier, dit-il. On commence par ces quatre. Occupe-toi d'eux, Len.

Avant de sortir, il ferma les radiateurs, à la grande surprise de Malko. Surprise qui devint de la stupeur quand le nommé Len leur ordonna de se déshabiller. Sous la menace de la mitraillette, ils se dénudèrent complètement. Le guérillero leur lia les poignets.

— A genoux !

Ils s'exécutèrent, non sans avoir échangé des regards angoissés. Quel supplice leur réservait-on ? Au premier étage on entendait des piétinements, des bruits de portes claquées, des cris. Combien d'otages en tout ? se demandait Malko. La famille de l'ambassadeur, son personnel, les employés des divers services... Beaucoup de monde, de quoi négocier avec succès. S'il ne s'était pas trouvé dans une posture ridicule et indécente, Malko se serait senti rassuré. Des raids sur des ambassades, c'était désormais monnaie courante. Les pourparlers duraient des jours, voire des semaines, et finalement les gouvernements capitulaient. On relâchait des prisonniers politiques, on accordait une forte rançon et un avion. Et tout se passait sans drame. Mais pourquoi, cette fois-ci, avait-on obligé les otages à se déshabiller ?

— Ça vous coûtera cher, dit David Goldstein.

Le guérillero le menaça de son arme puis il sortit de la poche de son blouson un rouleau de sparadrap et entreprit de bâillonner les quatre hommes.

Un long moment s'écoula. Le silence était revenu. Malko commençait à avoir froid, et des crampes lui nouaient les mollets. Il passait vainement en revue les moyens de s'évader qui pouvaient être utilisés avec quelque chance de succès, et les abandonnait les uns après les autres. Le chef revint et s'entretint à voix basse avec son second. Il faisait allusion à une conversation téléphonique qu'il venait d'avoir avec quelqu'un de haut placé.

— J'ai demandé cent millions de dollars, murmurait-il, toujours en cherokee. Ils ne veulent rien savoir. Il va falloir leur forcer la main.

— Et l'avion ?

1. Authentique.

— On l'aura. Va chercher les paniers. Quand ils verront le premier cadavre, ils réfléchiront.

Len sortit et le guérillero alluma un cigare. A l'odeur, il n'y avait pas d'erreur possible. C'était un Havane d'origine. Les agresseurs travaillaient pour Cuba. Mais alors, qu'est-ce qu'ils voulaient au juste, aucun différend politique n'opposant le Mexique à Cuba ? Uniquement une rançon ? Il y avait là un problème dont Malko n'entrevoyait pas la solution. Len rapporta trois paniers ronds, en paille tressée et les posa sur la moquette, à quelques pas des otages. Les quatre hommes discutèrent dans un coin de la pièce, têtes rapprochées. Impossible de surprendre un mot de cette conversation. De temps en temps, ils regardaient leurs prisonniers et ils riaient. Puis Len ressortit et revint avec un long bambou muni d'anneaux dans lesquels coulissait une cordelette terminée par un nœud coulant.

Et alors Malko comprit car il avait visité, au Brésil, une ferme où l'on élevait des serpents venimeux pour fabriquer des sérums. Il fut certain de ne pas se tromper quand il vit les geôliers se percher, le chef et le plus petit sur un bureau, les autres sur les dossiers des fauteuils. Malko avait déjà affronté bien des périls sans broncher, mais cette fois une sueur d'angoisse lui mouilla le visage. Morales et Goldstein étaient devenus livides. Mitchell secouait ses liens. Malko aurait voulu leur crier de rester tranquilles et surtout de ne pas faire monter leur température car le reptile qui allait surgir du panier le plus proche se dirigerait vers le corps le plus chaud et, au moindre mouvement, il mordrait. Mais le sparadrap collé à ses lèvres le rendait muet.

Len, du bout de sa canne à pêche, fit adroitement basculer le couvercle du premier panier, et aussitôt quelque chose remua à l'intérieur. Une longue minute passa. Len, du bout de son bâton, donna un petit coup sur le flanc du panier. Alors, une tête plate se dressa lentement, projetant à coups rapides une épaisse langue fourchue qui tâtait l'espace environnant. Le silence était tel que la rumeur de la rue devenait perceptible. Au-delà des jardins, la foule devait se presser derrière des barrières métalliques dressées à la hâte pour la contenir. Et des tireurs d'élite, embusqués sur les toits, devaient surveiller les fenêtres, tandis qu'un conseil de guerre, quelque part, délibérait fiévreusement dans la fumée des cigarettes.

Le serpent glissa doucement hors du panier, comme s'il avait été lubrifié, et les taches sombres qui ornaient ses flancs réfléchirent la lumière des fenêtres. C'était un gros serpent à sonnette, un de ceux que les Mexicains appellent *cascabels*. Il s'enroula sur lui-même, la tête rejetée en arrière, comme un javelot balancé, et sa queue, terminée par une sorte de manchon semblable à un épi de maïs, commença à vibrer rapidement, émettant un grelottement qui, dans le désert, est le signal de la mort. Mais le serpent, surpris par l'étrangeté du lieu, ne paraissait pas pressé d'attaquer. Ses yeux sans regard brillaient comme de la soie, quand il remuait la tête, et sa langue, jaillie d'un étrange trou rond, entre ses crocs, captait fébrilement les ondes vivantes qui provenaient des silhouettes prostrées.

Malko se concentrait intensément pour maîtriser sa peur, car il savait que toute émotion forte produit une odeur qui excite les bêtes. S'il réussissait à produire moins de chaleur et de transpiration que ses voisins, le danger s'écarterait de lui. Sans doute ses compagnons avaient-ils fait le même calcul car ils étaient figés dans une immobilité de pierre. Le serpent se dénoua et s'allongea vers Goldstein, coulant sur la moquette comme un ruisselet de reflets. Goldstein, les yeux fous, ne put réprimer un retrait du buste. Le serpent s'arrêta et son corps, qui s'était aminci, sembla grossir en refluant vers sa tête. Il demeura un instant immobile. Alors, les guérilleros commencèrent à l'invectiver, et, changeant soudain de direction, il se déploya vers Mitchell, salué par des cris et des bravos. Len lança un pari. Les autres ripostèrent et, à chaque centimètre parcouru précautionneusement par la bête, les enchères montaient. Le serpent, la tête levée, sembla examiner la situation.

— Allez ! criaient les parieurs, qui agitaient les bras comme s'ils avaient encouragé un pur-sang.

Rampant vers un fauteuil, le cascabel chercha un abri. Mais Len, de l'extrémité du bambou, le repoussa au milieu de l'arène et l'animal, furieux, se rassembla comme un ressort, sa tête en fer de lance visant autour de lui l'ennemi qui le harcelait. Il y eut un répit pendant lequel le serpent, prêt à frapper, parut chercher sa victime. Mais il était trop loin pour attaquer les prisonniers et sa queue cessa peu à peu de résonner. Il restait sur la défensive, sa langue palpant l'air à longues détentes. Len lança une obscénité qui les mit en joie et brusquement le compagnon du chef se redressa. Quand il fut debout sur la table, il retira son blouson puis sa chemise et découvrit deux seins couleur de cuivre. C'était une métisse qui commençait à se dévêtir pour narguer les gringos. Les autres, pour rythmer son strip-tease, chantaient maintenant une mélodie dont ils scandaient les paroles en tapant dans leurs mains. Les prisonniers ne pouvaient pas ne pas regarder. Ils en oubliaient le serpent, fascinés par les mouvements lascifs de ce corps menu mais plein de grâce qui se dévoilait avec une savante lenteur. La dernière étoffe tomba. Seule la tête restait masquée. Et Malko était trop profondément sensible à la beauté pour ne pas être touché par ce spectacle sauvage et pur, dont il devina soudain l'infernale malice. La danseuse avait un but précis en se balançant ainsi, voluptueusement, devant ces hommes offerts sans défense au danger. Comment auraient-ils pu se maîtriser, contenir l'émoi de leur virilité surprise ?

Le serpent observait ces ventres indociles dont il percevait de plus en plus nettement la chaleur moite. Malko aurait voulu crier : « Calmez-vous ! Ne la regardez pas ! » Ses lèvres collées ne laissaient passer aucun son. Il ferma les yeux et s'efforça d'évoquer des images de l'hiver. Il revit son château, à Noël, sous les flocons. Il monta au sommet de la tour est, et laissa les yeux de son imagination errer sur les sapins et les bouleaux du parc. Il devait à tout prix se laisser gagner par le froid ; il aurait voulu devenir un bonhomme de neige. Aucune partie de sa chair ne devait plus tressaillir, sous peine de mort.

Et soudain, près de lui, quelqu'un poussa un cri horrible, étouffé à demi par le bâillon. Malko entr'ouvrit les yeux. Il vit un grouillement d'anneaux entre les genoux de Morales et retint avec peine une nausée. Le malheureux n'avait pas réussi à se dominer et il avait été mordu le premier. Et maintenant, à qui le tour ?

Len, adroitement, sépara le serpent de sa proie et, manœuvrant sa ligne avec vivacité, emprisonna le cou de la bête dans le nœud coulant. Il fit rentrer le serpent, malgré ses soubresauts, dans le panier dont il rabattit le couvercle. La métisse se rhabillait.

— Quand ils sauront comment il est mort, dit le chef en cherokee, ils cesseront de discuter. Et s'ils essayent de gagner du temps on leur servira un deuxième cadavre.

Il détacha les prisonniers, tandis que ses compagnons emportaient les paniers et le corps de Morales qui se tordait dans les douleurs de l'agonie. Puis, sans dire un mot, il leur montra les vêtements entassés dans un coin du bureau, et sortit. La clef tourna dans la serrure.

Dès qu'ils furent seuls, les trois hommes arrachèrent le sparadrap qui leur meurtrissait les lèvres.

— Affreux ! dit Goldstein.

Mitchell haussa les épaules et fit des grimaces avec sa bouche, pour atténuer la douleur du bâillon.

— Le gouvernement ne cèdera pas, reprit Goldstein. Il y a trop de raids contre les ambassades en ce moment. Tant pis pour les otages !

— Vous croyez qu'ils recommenceront avec nous ? demanda Mitchell.

— Probablement ! Ils ont choisi ce genre de supplice pour épouvanter les négociateurs. Mais un cadavre ne suffira pas. Dans ce pays, voyez-vous, on adore les parties de bras de fer.

— Une partie qui a pour enjeu cent millions de dollars, fit remarquer Malko. Il se trouve que je comprends un peu leur langage secret. Cent millions ! Sans aucune exigence politique. Ils ne posent qu'une condition et elle est d'emblée inacceptable. Cela me semble très bizarre.

— Ils en réclament cent pour en obtenir cinquante, observa Goldstein.

— Non, dit Malko. Il y a autre chose. S'il s'agissait de vulgaires gangsters, ils n'auraient pas assassiné l'un d'entre nous aussi vite. Les pourparlers, dans ce genre d'affaire, durent longtemps d'habitude. Et pouvez-vous m'expliquer pourquoi ils s'en sont pris à nous, justement ? Alors qu'ils détiennent une bonne partie du personnel de l'ambassade. Nous, c'est qui ? Deux hommes de la CIA, un diplomate et un savant. Et réunis pourquoi ? Pour discuter de quelque chose qui concerne peut-être la sécurité des Etats-Unis. Tout a l'air de se passer par hasard. Des bandits s'emparent de l'ambassade au moment où s'y tient une conférence très importante. Pure coïncidence ! Ils imaginent une torture qui ressemble à une loterie et c'est précisément l'homme qui pouvait le mieux nous renseigner qui meurt ! Pure coïncidence. Et maintenant il y a des chances pour que je sois la prochaine victime parce que c'est moi qui mène l'enquête. Est-ce que ce sera aussi une pure coïncidence ? Eh bien, je vais faire un pari, à mon tour. S'ils acceptent pour finir une somme très inférieure à cent millions de dollars, ce sera la preuve qu'ils se moquent de l'argent. En réalité, ils seront venus pour nous tuer, le professeur et moi. Et peut-être vous, pour masquer leur intention véritable.

— Drôle de pari, dit Mitchell.

— J'ignore ce que vous comptiez demander à Morales, fit Goldstein.

— Moi aussi, figurez-vous, dit Malko. Tout ce que je sais, c'est qu'il s'agit d'une histoire de gophers.

— De quoi ?

— De gophers. Ce sont de petits rongeurs sur lesquels le professeur savait tout. Et nous avons tout lieu de croire que les gophers représentent pour nous un danger. Mais de quelle nature ? Nous l'ignorons.

Mitchell, tout en écoutant Malko, faisait le tour de la pièce. Les deux fenêtres étaient protégées par des grilles finement ouvragées. Les deux portes matelassées étaient fermées à clef. Il n'y avait aucun bruit. Les rues, autour de l'ambassade, devaient être interdites. La partie se jouait maintenant au téléphone.

— Nous sommes quand même trois, grommela Mitchell. Nous n'avons qu'à leur sauter dessus.

— Ils nous fusilleront à bout portant, dit Goldstein. S'ils craignaient une surprise, ils ne nous auraient pas détachés.

Mitchell, qui ne cessait de fureter, décrocha les deux téléphones et les jeta furieusement sur le bureau.

— Ils sont morts, cria-t-il, et il décocha un terrible coup de pied au fauteuil le plus proche.

— Attendons, décida Malko. Pas la peine de s'énerver. Moi, je vais dormir un peu. Ce que j'ai enduré tout à l'heure m'a rudement secoué.

Il s'allongea sur le canapé et ferma les yeux. Il était capable de trouver le sommeil à volonté et ce précieux don lui avait été souvent fort utile.

Ce fut le bruit de la clef qui le réveilla. Il s'assit, lucide et reposé. Mitchell et Goldstein, debout devant les fenêtres, regardaient la nuit tomber sur les jardins. Le chef des guérilleros entra et alluma le lustre. Il était encadré par Len et un autre homme de haute stature. La métisse n'était pas là.

— Mettez-vous au fond, ordonna le chef, et du canon de sa mitraillette il montrait un des murs.

— Vous avez obtenu ce que vous vouliez ? demanda Malko,

— Nous ne sommes pas là pour ce que vous croyez, répondit l'homme.

Il leva son arme et la tint en position de tir.

— Qu'est-ce que je vous avais dit, murmura Malko à ses compagnons.

Il croisa les bras. Allons ! Son château ne serait jamais restauré. Sa lignée allait prendre fin ici, avec lui. C'était dommage. Les trois mitraillettes étaient braquées sur eux. Encore une seconde.

Un tintement léger retint l'ordre de tirer sur les lèvres du guérillero. Il leva la tête. Le lustre se balançait doucement. Malko sentit que le plancher oscillait. Et puis il y eut une brusque secousse, qui culbuta les six hommes. Déjà, Malko se ruait.

— A moi ! cria-t-il.

Mitchell plongeait sur une mitraillette qui filait à la dérive. Goldstein, peu entraîné au close-combat, essayait de se remettre debout. Il reçut en pleine figure le poing d'un des guérilleros et disparut sous le bureau qui tanguait dangereusement. La maison craquait de toutes parts, comme un bateau par gros temps. Malko, d'un coup de pied, renversa Len, saisit son arme et fit feu. Mitchell, au même instant, vidait son chargeur sur les assaillants. L'électricité s'éteignit. Un peu partout, dans les étages, des choses dégringolaient. L'une des fenêtres sembla éclater et projeta des éclats de verre à travers la pièce. Un sourd grondement se répercutait sous leurs pieds. Malko, qui s'appuyait au mur, sentit décroître la vibration du tremblement de terre. Des lampes électriques éclairèrent le champ de bataille. Des soldats de la garde nationale surgissaient dans le bureau.

— Pas de mal, señor ? demanda un capitaine.

— Non. Ça va. Je crois qu'on les a tués.

Parmi les gravats et les meubles enchevêtrés, les trois guérilleros gisaient, foudroyés.

— Ne restez pas là, dit le capitaine. Il va y avoir d'autres secousses. On est habitués, remarquez. Mais celle-la a été particulièrement violente. Au moins de la force 6.

Les soldats aidèrent les prisonniers à sortir. La foule, effrayée, s'était dispersée. Mais les véhicules de la garde nationale restaient disposés en bataille. D'autres guérilleros, mains jointes sur la tête, sortaient de l'ambassade et montaient dans une voiture de police. L'ambassadeur, Andrew Mallory, accueillit Malko et ses deux compagnons dans sa Cadillac.

— Je vais tout vous raconter, dit Malko. Mais auparavant, une question. Où en étaient les négociations ?

— Ils acceptaient nos conditions. Vingt millions de dollars et un avion, contre la vie de tous les otages.

— Et pourtant, ils allaient nous tuer, observa Malko. Laissez-moi vous expliquer.

Rapidement, il mit l'ambassadeur au courant et conclut :

— C'était le professeur Morales qui était visé en premier lieu. S'il avait été abattu chez lui ou dans la rue, la police aurait procédé à une enquête approfondie, ce qu'il fallait à tout prix éviter. Tandis qu'en le faisant disparaître au cours d'un raid terroriste, on égarait les soupçons. Il ne s'agissait plus d'un assassinat, mais d'un accident. Surtout que sa mort aurait été masquée par la nôtre.

— Vous avez certainement raison, dit l'ambassadeur. Que comptez-vous faire maintenant ?

Une nouvelle secousse ébranla la voiture.

— Ce n'est rien, reprit-il. Ici, la terre tremble très fréquemment. Mais tout le quartier moderne est construit de manière à résister, et puis le sous-sol marécageux amortit les chocs. Il en va autrement, bien sûr, dans les vieux quartiers périphériques. Là, les dégâts peuvent être graves. Voulez-vous que mon chauffeur vous ramène au Hilton ? Vous devez être épuisé.

— Non, je vous remercie, dit Malko. J'ai encore deux ou trois choses à vérifier. Si Monsieur Goldstein veut bien nous accompagner ?

Goldstein, qui se frottait la mâchoire, acquiesça de la tête.

— Nous allons reprendre la Plymouth de mon ami Mitchell, décida-t-il. Il vaut mieux que nous passions inaperçus. Je vous remercie encore de votre hospitalité, Monsieur l'Ambassadeur.

— Vous ne manquez pas d'humour, dit Andrew Mallory. Bonne chance et tenez-moi au courant, si toutefois la CIA vous le permet.

Pendant que Mitchell allait chercher la voiture, Malko fit quelques pas hésitants. Le sol ne lui semblait plus sûr. Il s'attendait à être une nouvelle fois bousculé. Des reflets d'incendie perçaient un brouillard de fumée et de poussière et l'on entendait, dans le lointain, les avertisseurs haletants des voitures de police ; une partie de la ville restait plongée dans l'obscurité.

— C'est la plus forte secousse depuis une dizaine d'années, fit observer Goldstein.

— Savez-vous où habitait Morales ? demanda Malko qui, malgré sa fatigue, était tout entier plongé dans ses réflexions.

— Tout près du parc de Chapultepec. Je vous montrerai. Il vit avec une nièce, Manuela, et quelques domestiques.

— Vous vous rappelez, il nous a dit qu'il avait des expériences en cours. Il a donc un laboratoire.

— Oui. Mais situé beaucoup plus loin, à San Angel, près de la Cité universitaire où il enseignait.

Mitchell revenait au volant de la Plymouth.

— Allons parler à sa nièce, dit Malko.

Il fit asseoir Goldstein près de Mitchell et se laissa aller sur la banquette arrière avec un soupir de soulagement.

— Vous suivez l'avenida de los Insurgentes, expliquait Goldstein, et ensuite vous prenez l'avenida Chapultepec. C'est à dix minutes, s'il n'y a pas trop de monde dehors.

Malheureusement, une foule nombreuses encombrait les avenues. De loin en loin, les phares de la Plymouth découvraient des attroupements sur les trottoirs, autour de corps étendus. Des éclats de verre brillaient sur la chaussée. Des voitures abandonnées barraient parfois le passage, portières ouvertes et la panique n'était pas calmée ; on voyait courir, ça et là, des femmes et des enfants.

— C'est embêtant, dit Mitchell. Il doit y avoir beaucoup de monde dans le parc. Quand les gens sentent la terre trembler, ils ont tendance à se réfugier dans les jardins publics.

Il tourna dans une rue bordée de belles demeures de style colonial.

— C'est là, fit Goldstein. La troisième à droite.

La rue était calme. Des grilles de fer forgé, ouvragé comme de la dentelle, donnaient accès à des cours au fond desquelles s'élevaient les maisons aux étages bordés de balcons. Mitchell se gara sans difficulté et les trois hommes observèrent l'immeuble aux volets clos.

— Il n'y a plus personne, dit Mitchell. Regardez ! La grille est entr'ouverte.

Il sortit de la boîte à gants une puissante lampe électrique et mit pied à terre.

— Bizarre, murmura-t-il.

La porte d'entrée n'était pas fermée. Ils firent quelques pas, Mitchell promenait partout le faisceau de sa lampe.

— Quelqu'un ? cria Malko.

Pas de réponse. Aucun bruit.

— Je crois que je comprends, dit Goldstein. La nièce du professeur a eu peur et elle est partie en catastrophe, avec tout le personnel.

Ils visitèrent un superbe salon, puis une bibliothèque abondamment garnie, et pénétrèrent dans le bureau de Morales.

— Halte, dit Malko.

La lampe électrique révélait un grand désordre. Des classeurs avaient été vidés sur le tapis. Les tiroirs du bureau béaient. Malko s'agenouilla et examina rapidement les papiers répandus ; des factures, des rapports, des comptes rendus d'expériences, des lettres émanant de sociétés savantes. Il ramassa une feuille à en-tête de l'Université de Harvard, chercha la signature : Thomas Perkins. Il se releva et lut :

« *Mon cher collègue.*

J'ai pris connaissance de votre communication. J'admire la persévérance avec laquelle vous avez mené vos recherches, mais vous donnez à vos travaux une direction que je n'approuve pas. Il est évident qu'un jour ou l'autre vos manipulations génétiques aboutiront à une catastrophe. Moi-même, parvenu à peu près aux mêmes résultats que vous, j'ai renoncé et détruit les produits que j'avais réussi à sélectionner, non sans beaucoup de peine. Croyez-moi, mon cher collègue, abandonnez. Je vous le demande au nom de la paix et de l'humanité. »

— N'oubliez pas, dit Malko à Goldstein, que le professeur Perkins a été assassiné. Or, il travaillait depuis des années sur les rongeurs. Exactement comme Morales. Et Morales a été tué à son tour. Et nous avons la preuve que ses papiers ont été emportés. Et notre agent est mort en disant : « Attention aux gophers ! » C'est clair, non ? Filons à son laboratoire. Nous nous occuperons plus tard de sa nièce. Au fait, cette Manuela, qu'est-ce qu'elle faisait ?

— Elle aidait son oncle. Elle était docteur en quelque chose.

— Alors, il n'y a plus une minute à perdre.

— Vous croyez qu'elle a été enlevée ? demanda Mitchell.

— C'est bien pire ! Vite.

Ils coururent vers la sortie. Une très légère secousse les avertit que le séisme n'était pas encore terminé.

— Quel pays ! fit Mitchell. Ça dure quelquefois pendant des jours. Je ne m'y habituerai jamais.

Ils remontèrent en voiture.

— Vous suivez l'avenida Constituyentes et vous attrapez le Teatro de los Insurgentes.

— Je sais, grogna Mitchell.

Les lampadaires se rallumèrent et le désordre, autour d'eux, s'atténua quelque peu, mais il y avait encore beaucoup de mouvement. Des voitures de police réclamaient impérieusement le passage et ils furent doublés en trombe par deux voitures de pompiers. Un incendie semblait faire rage du côté du village olympique.

— Plus vite, dit Malko.

Mais Mitchell devait louvoyer parmi les débris qui jonchaient l'avenue et il leur fallut près d'une demi-heure pour parvenir devant le bâtiment qui abritait le laboratoire.

— Vite ! répéta Malko.

Ils se ruèrent hors de la Plymouth et traversèrent un hall désert. Le drame éclata au moment où ils allaient pousser la porte du laboratoire. Celle-ci s'ouvrit et une silhouette parut sur le seuil.

— Arrêtez ! cria Malko.

Deux coups de feu retentirent mais personne ne fut touché.

— Aux jambes ! cria Malko à nouveau.

Mitchell plongea comme un joueur de rugby et stoppa l'adversaire qui s'assomma en tombant sur les dalles. Une cage roula sur le sol. Malko sauta sur le revolver qui avait glissé loin des combattants et, visant soigneusement les bêtes qui s'agitaient dans la cage, il tira quatre fois.

— Qu'est-ce que c'est ? demanda Golstein.

— Des gophers ! Et la personne qui a failli nous échapper, c'est Manuela, la nièce du professeur.

Robert Gallup, le chef de la CIA, secoua chaleureusement la main de Malko.

— Mon cher S.A.S., compliments. Voilà une affaire menée rondement. Mais si je la connais en gros, j'aimerais bien, maintenant, avoir quelques détails. Ne soyez pas méfiant. Personne n'écoute. Il n'y a pas de micro.

— Oh ! C'est très simple, dit Malko. Manuela, la nièce du professeur, a craqué et a tout avoué. C'est une fille plutôt exaltée, qui espionnait son oncle pour le compte des Cubains. Or, le professeur Morales était parvenu, par des manipulations génétiques compliquées, à tripler la fécondité de ces rongeurs qu'on appelle gophers ou quelquefois pikas. Vous savez avec quelle rapidité, dans des conditions normales, certains rongeurs se reproduisent. Rappelez-vous l'invasion du Sud de l'Australie par les souris. Alors, imaginez que des gophers femelles, convenablement traitées soient lâchées dans les terres à blé du Middle West, par exemple.

— C'était là le plan des Cubains ? demanda Gallup.

— Exactement. Manuela venait de s'emparer de quatre gophers sélectionnés, après des années de recherches, par son oncle. Si ces animaux avaient été introduits dans un habitat favorable, ç'en était fini des céréales qui font notre richesse. Mais, naturellement, il fallait d'abord neutraliser le professeur Perkins qui aurait peut-être été capable de trouver une riposte, et ensuite le professeur Morales. Je ne parle pas du malheureux Stan Murphy, assassiné avant d'avoir pu parler.

— Et vous avez été vous-même sauvé par un tremblement de terre, dit Gallup. Cela vous ressemble bien. Que comptez-vous faire, maintenant ?

— M'occuper un peu de mon château.

— Bonne idée. Mais que diriez-vous, auparavant, d'un petit voyage à Manille ? On nous signale là-bas...

— Non, coupa Malko. Tout ce que vous voudrez, mais les pays à serpents, c'est fini pour moi.

TABLE DES MATIÈRES

Achevé d'imprimer le 15 octobre 1980
sur presse CAMERON,
dans les ateliers de la S.E.P.C.
à Saint-Amand-Montrond (Cher)

23-61-3503-01

ISBN 2-01-007580-3

Nº d'Édition : 1573. Nº d'Impression : 882.
Dépôt légal : 4e trimestre 1980.
Imprimé en France

23-3503-2